Les Jours sombres

FEY VON HASSELL

LES JOURS SOMBRES

Le destin extraordinaire d'une Allemande antinazie

••

RÉCIT

TRADUIT DE L'ANGLAIS PAR PHILIPPE PÉRIER
PRÉFACE D'ANTHONY CAVE-BROWN

ÉDITIONS FRANCE LOISIRS

Édition du Club France Loisirs,
avec l'autorisation des Éditions Denoël.

Éditions France Loisirs,
123, boulevard de Grenelle, Paris.
www.franceloisirs.com

ISBN : 2-7441-3434-1

Avant-propos

Lorsque j'écrivis en 1945 la majeure partie de ce livre qui raconte mon histoire de prisonnière des S.S., j'étais loin de penser que mon récit serait soumis un jour au jugement du public. En reprenant quelques-unes de mes notes et une liste conservée précieusement des lieux et des protagonistes, j'avais relaté les faits dans leur sécheresse immédiatement après les événements. Je voulais rendre compte à ma famille de ce que j'avais vécu, et trouver par là un dérivatif à mes pensées qui allaient sans cesse vers mes enfants disparus. Un an plus tard, j'y ajoutai la description des événements survenus pendant l'occupation allemande à Brazzà – notre propriété de famille dans le nord de l'Italie – et je fis dactylographier et relier le tout. Ce récit écrit en italien fut classé, avec mes journaux intimes, les lettres et les photographies datant de cette période et aussi d'avant la guerre, dans un grand secrétaire en marqueterie de la maison de Brazzà.

Au cours des années qui suivirent, parents et amis prirent connaissance avec intérêt des documents contenus dans ce meuble. Dès 1950, un ami très cher, l'écrivain et poète Andrea Giovene di Girasole, me pressa de rassembler des extraits de mes journaux de jeunesse avec l'histoire de ma captivité pour en faire un livre. Il était certain que l'ouvrage passionnerait le grand public. Je tentai plus tard de faire ce qu'il me demandait, avec le concours de ma mère et de l'écrivain Mario Schettini, un ami adorable dont la mort prématurée devait interrompre ces premiers efforts.

Au début des années quatre-vingt, je résolus de remettre en forme les matériaux rassemblés trente ans plus tôt. Je fus grandement encouragée dans cette tâche, qui me paraissait ardue au point de me décourager souvent, par mon gendre David Forbes-Watt et par ma fille Vivian. D'autres aussi me prodiguèrent leur temps et leur talent, et m'apportèrent une contribution aussi précieuse qu'appréciée.

Je suis particulièrement reconnaissante à mon mari, Detalmo Pirzio-Biroli, dont l'assistance dans la préparation de la première version du récit en italien aboutit à sa publication par Editrice Morcelliana (Brescia) en 1987. Je dois aussi de vifs remerciements à Helen Kotsonis, d'Athènes, qui fut toujours de bon conseil et, par ses questions pertinentes, me permit d'extraire du fond de ma mémoire nombre de faits ou d'impressions que je croyais depuis longtemps oubliés.

La version en langue anglaise doit dans une large mesure son existence à David Forbes-Watt, qui se chargea entièrement de l'édition chez John G. Murray. Il me faut accorder une mention particulière à Emily Fitzherbert, dont les multiples talents nous aidèrent considérablement, tant dans la traduction que dans le choix et le classement chronologique des notes, des lettres et de la plupart des citations. Je remercie encore ma fille Vivian, qui se chargea de préparer la carte et de choisir les photos. Je ne voudrais pas oublier non plus de rappeler les contributions généreuses de Michael Carroll, de Rome, et de Jesse Ausubel, de New York.

Je désire témoigner ici de l'intérêt constant manifesté par Edward T. Chase, éditeur principal chez Scribner à New York. Il se passionna aussitôt pour mon histoire, et son soutien fidèle stimula durant des années nos efforts pour mettre en forme un manuscrit présentable. Je voudrais exprimer enfin mes remerciements à John G. Murray, des éditions John G. Murray de

Londres, dont les nombreuses et sages recommandations furent toujours écoutées de l'auteur comme de l'éditeur.

En conclusion, je désire préciser que j'assume seule l'entière responsabilité d'éventuelles erreurs historiques.

F. v. H.

Préface
Le « gratin international »

Le 20 juillet 1944 à midi, une petite bombe de forte puissance explosa sous la table de la conférence qui réunissait Hitler et son état-major au grand quartier général situé quelque part dans une forêt de Prusse-Orientale. La bombe avait été placée là par un officier allemand qui assistait à la réunion, le colonel Claus von Stauffenberg. L'attentat faisait partie d'un plan qui reposait sur l'hypothèse que la Seconde Guerre mondiale se prolongerait tant que le Führer serait en vie, et que sa mort permettrait à l'État-major de la Wehrmacht de chercher un accord de cessez-le-feu avec les États-Unis, l'U.R.S.S. et la Grande-Bretagne. Une nouvelle Europe verrait le jour, ou plutôt un monde nouveau, dans lequel l'Allemagne rejoindrait la communauté fraternelle des nations, participerait à la reconstruction européenne et bannirait définitivement la guerre.

Tout cela était bel et bon mais, par une malchance incroyable, la bombe manqua sa cible, et quand tout le monde apprit qu'Hitler avait survécu à l'explosion, le complot s'effondra, les S.S. reprirent entièrement le contrôle politique du Grand Reich allemand, et les exécutions commencèrent. Une des premières victimes des représailles – il devait y en avoir en tout cinq ou six mille – fut Ulrich von Hassell, l'ancien ambassadeur d'Allemagne à Rome et le gendre du grand amiral von

Tirpitz, créateur de la marine impériale du Kaiser Guillaume II. Il écrivait une dernière lettre à sa femme.

Berlin. Plötzensee
Königsdamm 7
8.9.44

Mon Ilsechen adorée,

Cela fait aujourd'hui trente ans que j'ai reçu cette balle française que j'ai toujours dans le corps. C'est aujourd'hui aussi que le Tribunal du peuple a prononcé sa sentence qui, si elle est exécutée, ce dont je ne doute pas, mettra fin aux années de bonheur suprême que j'ai connues grâce à toi. C'était certainement trop beau pour durer ! En cet instant, mon cœur est empli de la plus profonde gratitude envers toi et envers Dieu. Tu es auprès de moi et tu me donnes la paix et la force dont j'ai besoin. Cette pensée adoucit quelque peu les tourments de mon agonie à l'heure de te quitter, toi et les enfants. Puisse Dieu faire que nos âmes soient un jour réunies. Ma seule et grande consolation toutefois, au milieu de toutes mes angoisses à ton sujet – y compris matérielles –, est de te savoir en vie, pour l'avenir de nos enfants, courageuse et ferme tel un roc, mais un roc doux et cher à leurs cœurs. Demeure telle que tu es, aimable et bonne, et ne laisse pas l'amertume t'envahir ! Dieu te bénisse et bénisse l'Allemagne !

J'espère que mes mémoires (jusqu'à la période Copenhague) te parviendront et que tu les recevras comme mon testament, en souvenir de notre bonheur et en témoignage de ma reconnaissance.

Mon affectueux souvenir à Bonne-maman, tante Mani, Wolf et tous mes amis.

Je te serre sur mon cœur avec toute la profondeur de mon amour et ma gratitude,

Ton Ulrich.

Hassell appartenait à une famille aristocratique du Hanovre qui avait fourni plus d'un fonctionnaire distingué à cet ancien État devenu province allemande. Son combat contre Hitler débuta très tôt, tandis qu'il exerçait à Rome les importantes fonctions diplomatiques qui furent les siennes de 1932 à décembre 1937. Il fut vite dégoûté des nazis, de leurs méthodes brutales, et entrevit clairement les terribles conséquences que leur accession au pouvoir devait avoir bientôt pour l'Europe et pour son pays tant aimé. Tandis que les principaux chefs nazis débarquaient l'un après l'autre à l'ambassade de Rome, l'aversion de l'ambassadeur pour le régime devint si manifeste qu'on finit par le relever de ses fonctions et par le mettre en congé des Affaires étrangères.

De retour à Berlin alors que la guerre qu'il avait redoutée commençait pour de bon, et sous le couvert d'un poste de conseiller économique, Hassell se fit l'énergique avocat de l'opposition aux nazis, et devint un des leaders politiques du groupe de civils et de militaires qui partageait ses idées. Mais les S.S. et la Gestapo l'avaient fait surveiller dès son retour d'Italie à Berlin en 1938, et lors de l'échec de l'attentat de juillet 1944 il sut que ses jours étaient comptés. Au cours des interrogatoires, Hassell reconnut avoir participé à plusieurs complots contre Hitler, qui visaient tous à liquider l'État S.S. et à rétablir la démocratie en Allemagne.

On ne se contentait pas d'exécuter ou de jeter en prison les seuls « conspirateurs ». Aux termes d'une ancienne loi allemande, il existait un moyen légal, connu sous le nom de *Sippenhaft*, qui permettait d'arrêter les membres de la famille, ainsi que les parents et les alliés de ceux que l'on accusait de crimes politiques, sans qu'il fût besoin de prouver qu'ils avaient participé à ces crimes, ni même qu'ils en avaient eu connaissance. L'une des infortunées victimes de cette loi barbare fut précisément la brillante et délicieuse fille de Hassell, Fey, qui était aussi l'épouse de Detalmo Pirzio-Biroli, un officier italien descendant d'une des plus grandes familles de l'Italie du Nord.

Bien que Fey fût totalement étrangère au complot, et n'eût rien à se reprocher sur le plan politique, elle n'en fut pas moins arrêtée par les S.S. dans la somptueuse villa de son mari située à Brazzà, non loin de Venise, et emmenée à Innsbruck avec ses deux petits garçons âgés respectivement de deux et trois ans. Ceux-ci furent alors brutalement arrachés à leur mère et disparurent, car la *Sippenhaft* autorisait également les S.S. à prendre en charge les enfants des personnes apparentées aux coupables de crimes politiques afin de les rééduquer pour en faire des *Führertreu,* autrement dit de jeunes Allemands dévoués corps et âme au Führer. Ni Fey ni aucun membre de sa famille ne put savoir où l'on avait emmené les enfants, et personne n'entendit plus parler d'eux pendant près d'un an. Ce n'est que bien longtemps après l'événement que l'on apprit qu'ils étaient élevés sous un nom d'emprunt dans un foyer S.S. par les matrones de la N.S.V., le corps des Assistantes sociales national-socialistes.

Après un internement de trois semaines à la prison d'Innsbruck, Fey fut transférée dans un hôtel perdu, et de là conduite sous bonne garde jusqu'à un camp S.S. situé quelque part en Pologne. C'est là qu'elle fit la connaissance de plusieurs Stauffenberg, tous parents de l'officier qui avait placé la bombe, ainsi que des Goerdeler, Hofacker et autres Helder, qui étaient eux aussi directement ou indirectement mêlés à l'attentat contre Hitler. Le fils de Hassell, Hans Dieter, fut également interné dans une forteresse après avoir été rappelé du front d'Italie, bien qu'il n'eût pas non plus pris la moindre part au complot, seulement parce qu'il s'appelait von Hassell.

Au cours des huit mois qui suivirent, Fey fut traînée d'un camp à l'autre, s'attendant à chaque minute à être exécutée ou à périr sous les bombes des raids aériens alliés. Ces camps se trouvaient en Pologne, en Prusse-Orientale, dans le Wurtemberg, et pour finir, par suite d'une confusion bureaucratique, en Bavière. Il s'agissait du camp de concentration tristement célèbre de Dachau, près de Munich. À ce moment-là les *Sippen-*

häftlinge comprenaient un grand nombre de ces hommes et de ces femmes qu'Hitler désignait avec mépris sous le nom de « gratin international », ou *Gesellschaftklasse,* c'est-à-dire les représentants des grandes familles, ou les personnages de premier plan dans leur pays sur le plan social ou politique, et que le dictateur considérait en bloc comme des ennemis.

On trouvait là le fils de l'amiral Miklòs Horthy, l'ex-régent de Hongrie ; le Dr Martin Niemöller, pasteur protestant antinazi ; l'ancien premier ministre français Léon Blum ; Fritz Thyssen, le magnat de l'industrie, dont la femme arborait souvent ses bijoux fabuleux pour se remonter le moral ; le Dr Josef Müller, ami du pape Pie XII, chef du parti catholique bavarois et agent secret de l'amiral Wilhelm Canaris ; l'historien allemand et l'une des têtes pensantes du complot contre Hitler, Fabian von Schlabrendorff ; le lieutenant de l'armée de l'air soviétique Vassili Kokorin, neveu de Molotov ; le général Franz Halder, ancien chef d'état-major de la Wehrmacht ; l'économiste allemand Hjalmar H.G. Schacht ; l'ancien chancelier d'Autriche Kurt von Schuschnigg, sa femme et sa jeune fille ; le général Alexander von Falkenhausen, autrefois gouverneur général de la Belgique ; un des neveux du Kaiser Guillaume II, le prince Léopold de Prusse ; le prince Xavier de Bourbon-Parme ; le prince de Hesse qui avait été au service d'Hitler ; et le colonel Bogislav von Bonin, qui avait appartenu dernièrement à l'état-major de la Wehrmacht. Fey croisa également sur sa route l'amiral Canaris, chef du service de contre-espionnage allemand, et son adjoint qui était aussi l'âme du complot contre Hitler, le général Hans Oster : tous deux venaient d'être arrêtés pour haute trahison.

Il y en avait bien d'autres, mais le plus intéressant de tous est l'homme à qui, comme le reste du groupe, Fey doit d'avoir survécu. Cet homme, qui devint très vite et tout naturellement leur chef, était le capitaine Sigismund Payne Best, un officier de renseignements britannique de grande taille et portant monocle.

Il avait été capturé en 1939 par les S.S. à Venlo, sur la frontière germano-hollandaise, alors qu'il croyait mener des « négociations de paix » entre l'État-major général allemand et le Premier ministre de Sa Majesté Neville Chamberlain. Il venait de passer plus de cinq ans, la plupart du temps aux fers, dans une cellule isolée du camp de concentration de Sachsenhausen près de Berlin, et il avait tiré de cette expérience une connaissance approfondie des S.S. et de leurs méthodes. Il parlait parfaitement leur langue et il connaissait les points faibles des gardiens. Il possédait aussi cet air d'autorité et de supériorité qui lui donnait un ascendant moral sur ces hommes, pour la plupart âgés et d'origine modeste, à cent lieues d'incarner les S.S. de l'imagerie populaire, véritables surhommes d'Hitler. Ils étaient en majorité corrompus, timorés, usés physiquement et moralement. Ils étaient de plus terrorisés à l'idée d'être envoyés sur le front de l'Est.

Comme Fey le dit elle-même dans son récit, elle savait peu de chose de ce Britannique étrange, plein de morgue, terrible, impitoyable, et au demeurant très efficace. Mais elle ne devait pas oublier l'homme au monocle étincelant, vêtu de tweed anglais, qui réussit à imposer sa volonté au gardien-chef S.S. du groupe, l'*Untersturmführer* Edgar Stiller. Celui-ci en arriva progressivement à ne plus prendre le risque de déplaire à Payne Best, tant il craignait de payer personnellement les conséquences de ses actes ; l'autorité du capitaine était telle que ces abrutis de gardiens finirent par croire que Payne Best avait de puissants appuis auprès des chefs S.S. et du grand État-major, qu'il était un haut personnage du commandement allié, et qu'il avait le pouvoir de punir ou de faire punir tous ceux dont la conduite l'offenserait. Sa manière de laisser négligemment tomber un nom à point nommé permit au « gentleman anglais » non seulement de protéger Fey et ses compagnons, mais aussi de leur assurer le plus souvent des rations alimentaires presque décentes.

Vers le mois d'avril 1945, le convoi d'autocars transportant Fey, le *Sippenhaft* et d'autres représentants du « gratin international » avait atteint Dachau ; on s'aperçut alors qu'il y avait des limites à l'influence de Payne Best. Le commandant Franz Liedig et le capitaine Ludwig Gehre, deux éminents officiers liés à l'amiral Canaris, furent séparés du groupe ainsi que l'émissaire du Vatican Josef Müller et, quelques jours plus tard, le pasteur antinazi Dietrich Bonhoeffer. On les envoya rejoindre Canaris au camp de la mort de Flossenbürg. Ils furent pendus, sauf Müller et Liedig, et leurs cendres dispersées aux vents du pays bavarois. On les accusait de haute trahison pour avoir eu des contacts avec les services secrets britanniques.

C'est alors qu'arriva la lettre du 5 avril 1945, dont une copie était destinée au S.S. Stiller. Cet effroyable chef-d'œuvre est parvenu jusqu'à nous. Bien que la fin de la guerre fût imminente, alors que les ruines fumantes du Reich achevaient de se consumer d'un bout à l'autre de l'Allemagne, les bureaucrates assassins des Sections spéciales demeuraient à leur poste et, par obéissance à une sorte de terrible routine, continuaient à expédier des ordres de liquider les prisonniers rédigés avec une précision à faire frémir, agrémentés de formules de politesse aussi onctueuses que répugnantes :

CHEF DE LA POLICE DE SÉCURITÉ ET DU S.D.
– IV – G. Rs
Préciser date et référence de votre réponse
KLD Dep. Via-Sb. ABw
Reçu : le 9.4.45
Journal n° : 42/45 Berlin SW11
5 avril 1945
Prinz Albrechtstrasse 8
AFFAIRE D'ÉTAT !
Lettre exprès !

Au Commandant du KL de Dachau
S.S. Obersturmbahnführer Weiter,
PERSONNEL !

Sur les ordres du R.F. [Reichsführer] S.S. [Himmler] et après décision de la plus haute autorité [c'est-à-dire Hitler] la... question de notre prisonnier sous protection spéciale, Eller [Georg Elser] a été de nouveau évoquée à l'échelon le plus élevé. Les instructions sont les suivantes :

À l'occasion du prochain « Raid de la terreur [1] » sur Munich ou, si le cas se présente, au voisinage immédiat de Dachau, il sera prétendu officiellement que le prisonnier « Eller » a reçu une ou plusieurs blessures mortelles.

Je vous demande en conséquence, lorsqu'une telle occasion se présentera, de liquider « Eller » aussi discrètement que possible. Faites en sorte s'il vous plaît que peu de personnes soient au courant ; encore faut-il que vous vous assuriez de leur silence. La notification de l'exécution de cet ordre devra me parvenir rédigée à peu près comme suit :

À l'occasion... au cours d'un « Raid de la terreur » sur... le prisonnier sous protection spéciale, « Eller », a été blessé mortellement.

Après avoir pris connaissance des ordres contenus dans cette lettre et les avoir exécutés, détruisez-la.

Signé
[illisible]

SECRET D'ÉTAT !

Des ordres semblables furent donnés pour la liquidation de Fey et du groupe tout entier. Le fait que cette exécution massive n'ait pas eu lieu est sans aucun doute le résultat de la présence, de l'influence et de l'ascendant moral de Payne Best sur Stiller, dont tout le monde savait qu'il détenait l'ordre écrit de tuer tous ses prisonniers, y compris des *Sippenhäftlinge* comme Fey, s'ils risquaient de tomber entre les mains des Alliés.

1. Allusion aux bombardements massifs de l'aviation alliée.

Prisonnière itinérante depuis sept mois, et parfois presque heureuse de se retrouver en relative sécurité derrière les barreaux, Fey réussit à garder son équilibre et à se maintenir en bonne santé grâce à ses qualités personnelles, mais aussi grâce à celles d'un homme remarquable, le comte Alexander von Stauffenberg, le propre frère de celui qui avait placé la bombe sous la table de conférence d'Hitler le 20 juillet 1944. Stauffenberg ne quitta pas Fey d'une semelle au cours des péripéties effroyables de ce pèlerinage insensé. C'est avec une candeur surprenante que la jeune femme raconte comment Stauffenberg s'éprit d'elle, et nous parle des liens qui se développèrent entre eux pendant cette période où ils côtoyaient la mort quotidiennement.

Il y avait aussi la femme de Stauffenberg, qui avait été laissée en liberté. En qualité de pilote de l'armée de l'air allemande, elle disposait de son propre avion, un monomoteur de reconnaissance léger Fieseler Storch. Aux commandes de cet appareil, la comtesse-lieutenant Lita von Stauffenberg repérait les convois des *Sippenhäftlinge*, larguant çà et là des fruits, des fleurs, des légumes et des messages – jusqu'au jour où elle fut descendue par des avions alliés en patrouille dans le sud de l'Allemagne. Il y avait enfin l'omniprésent Payne Best et son garde du corps.

Payne Best conserva son ascendant sur Stiller jusqu'à la dernière étape du voyage, dans les Alpes autrichiennes. Le groupe n'était plus alors qu'un ramassis d'épaves comprenant plusieurs ex-premiers ministres ou secrétaires d'État, des généraux, d'anciens espions de haut vol, des princes, des comtes et autant de représentants du « gratin international » que les camions du convoi pouvaient en contenir, au total environ cent vingt personnes. On sait qu'ils étaient en permanence escortés par un véhicule à la forme bizarre d'aspect sinistre. Il s'agissait d'une chambre à gaz mobile dans laquelle Stiller devait exécuter les prisonniers quand leur libération par les Alliés semblerait inévitable.

Ils parvinrent finalement au petit village de Villabassa, dans les Dolomites, où il apparut que Stiller allait enfin devoir obéir aux ordres de ses chefs. Le groupe était cerné par des partisans en foulards rouges postés sur les collines environnantes, et l'avant-garde d'une armée des États-Unis était massée en bas dans la vallée. Mais Stiller n'exécuta pas ses ordres. Payne Best lui offrit la vie, la liberté et de l'or contre un délai supplémentaire. L'autre accepta tandis qu'un des prisonniers, le colonel von Bonin, prenait contact avec le général von Vietinghof qui commandait l'armée allemande du Tyrol. Vietinghof envoya aussitôt un peloton sous les ordres du major Werner von Alvensleben, dont la famille appartenait elle-même au « gratin international », avec mission de renvoyer la garde S.S. et de prendre sa place. Les jeeps et les véhicules blindés de l'armée américaine furent bientôt là, et le cauchemar prit fin. La guerre prit également fin quelques jours plus tard, mais pas l'agonie de Fey. Qu'étaient devenus ses enfants ?

C'est maintenant le privilège de Fey de nous raconter son histoire et celle de sa mère, Ilse von Hassell, fille du grand amiral von Tirpitz. Elle s'en est admirablement tirée, grâce aux excellents journaux qu'elle tenait à l'époque, grâce aussi à ses notes et à celles de son père, Ulrich von Hassell, et au témoignage de Payne Best. Le récit de Fey constitue un document rare, émouvant et profondément humain. Il propose peut-être une réponse à ceux qui se demandent s'il y a un Dieu. Il se termine aussi, hélas, sur une note bien triste. L'armée américaine expédia tous les prisonniers à Capri, où ils furent bientôt rejoints par leurs familles. Detalmo, le mari de Fey, qui avait lui aussi vu maintes fois la mort de près dans la Résistance, arriva de Rome pour récupérer sa femme, et Stauffenberg, dont l'épouse était morte dans les circonstances que l'on sait, resta seul sur l'île tandis que les époux enfin réunis faisaient voile vers le continent.

Fey von Hassell nous montre la machine de mort S.S. à l'œuvre dans sa terrifiante réalité. Son récit, souvent drôle dans des circonstances pourtant tragiques, nous émeut parfois jusqu'aux larmes, et le courage de cette femme extraordinaire force notre admiration.

Anthony Cave-Brown

1

Rome

1932-1934

Au cours de l'automne 1944, à l'âge de vingt-cinq ans, je fus arrêtée en Italie par les S.S., brutalement séparée de mes enfants, et traînée d'un camp de prisonniers à l'autre dans l'angoisse et la peur à travers le IIIe Reich dévasté par la guerre. Je survécus en définitive, mais je devais rester quatre mois encore dans l'ignorance totale du sort de mes deux petits garçons de deux et trois ans.

Je mis à profit cette période pour coucher sur le papier tous les souvenirs encore frais dans ma mémoire de ces affreux voyages, des prisons, des camps et de tous ceux qui avaient été mes compagnons d'infortune. Mais alors que ce récit forme la majeure partie de mon histoire, je compris tout en l'écrivant que pour bien comprendre ce qui m'était arrivé, et mes réactions aux événements d'alors, il me fallait remonter plus loin dans le passé, jusqu'à l'époque de mon adolescence dans les années trente à Rome où mon père, Ulrich von Hassell, était ambassadeur. En fait, ce père adoré se trouve être le véritable héros de ce livre, car c'est son exécution, à la suite de l'échec de l'attentat du 20 juillet 1944 visant à écarter les nazis du pouvoir par la mort d'Hitler, qui fut la cause de mon arrestation.

La première partie de mon récit, nourrie par mes premiers journaux de jeune fille et mes lettres ainsi que celles de ma famille et de mes amis, commence donc en septembre 1932. Je n'avais pas encore quatorze ans, et je vivais avec mes parents à Feldafing, la maison de ma grand-mère von Tirpitz dans le sud de l'Allemagne.

En plus de ma grand-mère, de tante Mani, et de mes parents, il y avait ma sœur aînée, Almuth, vingt ans, et mes deux frères Wolf Ulli et Hans Dieter, âgés respectivement de dix-neuf et seize ans. Vers la fin de notre séjour, mon père fut convoqué à Berlin pour connaître sa prochaine affectation diplomatique. Nous espérions tous que ce serait l'Italie. Ce devait être l'une des dernières nominations d'un ambassadeur par la république de Weimar ; nous étions loin d'imaginer que quelques mois plus tard Hitler commencerait son irrésistible ascension vers le pouvoir absolu en Allemagne.

3 septembre 1932 Le téléphone sonne et ma mère se précipite à l'appareil. C'est Rome ! Je suis si heureuse, car nous adorons tous le soleil, la mer, et le monde méditerranéen en général. [Mon père avait déjà passé trois ans à Gênes avant la Première Guerre mondiale comme vice-consul, deux ans à Rome comme chargé d'affaires puis comme premier conseiller, et cinq ans à Barcelone en qualité de consul général.] Ma mère est particulièrement heureuse à cause de mon père. Elle sait à quel point il est passionné de Dante, et il ne trouvera pas de meilleur endroit que Rome pour poursuivre ses études. La seule ombre au tableau, c'est que les enfants ne peuvent pas partir tout de suite avec elle.

20 septembre Ma mère vient juste de rentrer de son premier voyage à Rome. Elle dit que la maison et le jardin sont magnifiques ; il y a même les vestiges d'un aqueduc romain dans le parc...

[La villa Wolkonsky, où se trouvait alors l'ambassade d'Allemagne, est aujourd'hui la résidence de l'ambassadeur de Grande-Bretagne à Rome.]

10 octobre Ici à Feldafing je meurs d'ennui. Wolf Ulli a repris ses cours à l'université de Königsberg, et Hans Dieter est entré à la Ritterakademie de Brandebourg. Almuth fait des aller et retour entre ici et Berlin. Elle est fiancée à un type ennuyeux à périr, prussien jusqu'au bout des ongles, au visage toujours sévère et incapable de la moindre plaisanterie. Il est certainement très sérieux, mais à quoi peut-il servir s'il n'est pas capable de s'amuser un peu ? Il n'est même pas joli garçon. Je ne choisirais jamais un homme pareil. Je préférerais sortir avec quelqu'un d'amusant, quitte à sacrifier ma sécurité.

Aujourd'hui Lotti est revenue. Je l'aime beaucoup, mais elle ne me laisse pas assez de liberté !

[En 1921, quand la famille habitait Barcelone, Lotti Fette, originaire de Hambourg, fut engagée par ma mère comme gouvernante. C'était une femme petite et robuste avec de fortes convictions religieuses. Elle nous suivit d'Espagne au Danemark, puis en Yougoslavie, et finalement à Rome. Elle était entrée chez nous si jeune qu'après dix-huit ans de service elle faisait pratiquement partie de la famille.]

15 octobre Ma mère nous écrit de Rome pour nous dire que mon père a fait une visite non protocolaire à Mussolini. Elle dit qu'il a dû traverser une des salles immenses qui abritent les bureaux du Duce dans le Palazzo Venezia au centre de Rome. Mussolini était assis derrière une grande table au fond de la pièce. Il se leva, fit le tour du meuble pour serrer la main de son visiteur, après quoi il retourna derrière le bureau, étendit les deux mains et dit en roulant de gros yeux : « *Dunque ?* » [Eh bien ?]

22 octobre Bien que ce soit le jour anniversaire de mes quatorze ans, j'ai passé la journée seule en compagnie de ma grand-mère et de Lotti, qui même pour cette occasion spéciale n'a pas voulu me faire grâce d'une seule leçon. Espérons qu'à Rome il y ait une école allemande pour que je puisse en finir avec ces sacrées leçons particulières ! [C'étaient jusque-là des professeurs particuliers qui se chargeaient de mon instruction, de sorte que je n'avais jamais encore fréquenté l'école.]

20 novembre Mon père a présenté ses lettres de créances au roi d'Italie Victor-Emmanuel III. Ma mère nous a raconté son départ du Quirinal après la cérémonie qui lui a paru se dérouler dans un autre siècle. Le roi l'avait fait prendre à l'ambassade dans un superbe carrosse attelé de quatre chevaux. Mon père avait grand air avec toutes ses décorations. L'entrevue fut néanmoins courte et plutôt impersonnelle. Le roi mesure moins d'un mètre cinquante, et mon père plus d'un mètre quatre-vingts !

22 décembre Lotti, Hans Dieter et moi sommes enfin partis pour Rome où Almuth et Wolf Ulli nous avaient précédés de quelques jours. Maman nous attendait à la gare dans une gigantesque limousine Horch...

La maison est immense et j'ai une belle chambre pour moi toute seule avec un balcon ravissant qui donne sur le jardin. Je me fais l'effet d'une princesse ! Il faisait déjà nuit quand nous sommes arrivés, de sorte que je n'ai pas pu voir grand-chose. Mais l'odeur grisante du Sud m'emplit les narines.

24 décembre Veille de Noël. Nous nous sommes livrés aux préparatifs habituels, mais cette année tout a pris des dimensions géantes. L'arbre de Noël a trois mètres de haut, et nous n'avons pas moins de douze serviteurs. Lorsque nous avons chanté « Douce nuit, sainte nuit », on croyait entendre un chœur d'église. Wolf Ulli a gâché nos effets ; il chante faux et voulait absolument se tenir debout près de moi.

Ma mère, Lotti et moi sommes allées entendre la messe de minuit dans l'église Santa Maria d'Aracoeli, en plein cœur de l'ancienne Rome...

30 décembre J'essaie de me mettre dans la tête les noms et les visages des domestiques. Ils me paraissent tous assez étonnants. Il y a trois maîtres d'hôtel. Le chef, qui est aussi le plus vieux, s'appelle Brauner. Il est grand et gros et doit avoir soixante ans. Le second répond au nom de Reinecke, et semble très astucieux. Le troisième, Georg, a l'air stupide, mais il est très gentil. Il y a encore Wilma, la femme de chambre de ma mère, et trois autres servantes, Hanni, Maria et Liesel. Nous avons aussi deux chauffeurs. Schuhknecht, un Allemand, nous sert de chauffeur particulier, et Tito, le chauffeur de l'ambassade, est italien. Netty règne sur les cuisines, comme toujours.

[Netty, notre cuisinière, était dans la famille depuis 1926, quand mon père était en poste à Copenhague et à Belgrade. Elle était autrichienne, mais tous les autres serviteurs étaient allemands, car mon père pensait que dans une ambassade il était plus sûr d'employer des nationaux.]

31 décembre En dépit des beaux cadeaux et des festivités de toutes sortes, l'atmosphère était plutôt pesante ces jours-ci car Almuth veut rompre avec son fiancé, qui était venu passer Noël avec nous. Il voit bien qu'il l'énerve et en paraît quelque peu déprimé.

2 janvier 1933 Almuth a fini par dire à son fiancé qu'elle veut reprendre sa liberté. Il a pleuré, mais ma sœur lui a dit : « Tu vois, quand Wolf Ulli pleure, j'ai envie de pleurer aussi ; mais toi, quand tu pleures, ça ne me fait aucun effet ; ça veut dire que je ne t'aime pas assez pour me marier avec toi. » Je dois avouer que ce n'est pas une explication très aimable. Il est ennuyeux à mourir, c'est vrai, mais je suis tout de même désolée pour lui. C'est ma mère qui va le conduire ce soir à la gare. Que c'est embarrassant pour elle !

1er février Hindenburg vient de nommer chancelier Adolf Hitler. Mon père est consterné !

[Au cours des années trente, le chômage grandit dans de telles proportions qu'il devint peu à peu impossible à la République de Weimar de trouver une majorité parlementaire sur une politique donnée. Bien que tout désignât Hitler – leader du parti le plus largement représenté au Reichstag – pour être le prochain chancelier, ses objectifs antidémocratiques clairement avoués ainsi que la violence de ses partisans armés – les S.A. – faisaient que le vieux maréchal Hindenburg hésitait à confier le pouvoir à l'homme qu'il avait surnommé « le caporal autrichien ».

En janvier 1933, Hitler fit alliance avec le précédent chancelier Franz von Papen. Sur les instances de ce dernier, le président Hindenburg accepta l'idée d'un gouvernement à prédominance non nazie dont Hitler serait chancelier et von Papen vice-chancelier. Bien que trois seulement des nouveaux ministres fussent nazis, en l'espace de huit mois l'Allemagne était gouvernée par un parti unique avec Hitler à sa tête.]

Je suis moi aussi désespérée, mais pour d'autres raisons. Mes parents ont décidé qu'au lieu de fréquenter l'école allemande je recevrais des leçons particulières à la maison. Les leçons particulières me rasent. Mon précepteur, le professeur Gerke, a le teint jaune et d'horribles rouflaquettes noires. Il est amoureux des sarcophages. Toutes les semaines je dois aller rendre visite à quelques-uns de ces sarcophages, dont je me soucie comme d'une guigne. Il me faut ensuite écrire d'ennuyeuses dissertations à leur sujet.

28 février Tout le monde est alarmé par la nouvelle de l'incendie du Reichstag. Les nazis accusent les communistes... Mon père est presque convaincu que l'incendie a été déclenché par les nazis eux-mêmes.

[En prétendant que l'incendie du Reichstag annonçait un coup d'État communiste imminent, les nazis persuadèrent le président Hindenburg de proclamer l'état d'urgence et de suspendre les libertés civiques. C'est ainsi que, pendant la semaine précédant les élections du 5 mars 1933, les partis d'opposition ne purent faire campagne : leurs réunions furent interrompues, leurs manifestations dispersées, leurs journaux censurés ou interdits, et leurs chefs arrêtés.]

Je joue tous les après-midi dans le jardin en compagnie de Wolfram et de Willi [fils de fonctionnaires de l'ambassade]. Parfois nous tirons l'âne de son écurie pour l'amener jusqu'au fond du parc. Puis nous sautons sur son dos et tentons de nous y maintenir pendant qu'il se hâte de retourner d'où il vient. Il fonce tout droit au milieu des arbres et des buissons, de sorte qu'il est difficile de ne pas tomber, et mes vêtements sont tout déchirés.

9 mars On vient d'annoncer les résultats des élections. Avec les élus nationalistes les nazis ont la majorité...

[A la suite de ces dernières élections libres du régime de Weimar, les nazis ne purent obtenir la majorité des deux tiers requise pour changer la Constitution. Cependant l'indécision et le désarroi des partis nationalistes et du centre permirent à Hitler de mettre en place un gouvernement de dictature pendant quatre ans. Celui-ci devait jeter les bases constitutionnelles du Reich nazi.]

2 mai Le concours international d'équitation de la piazza di Siena vient de débuter. Il fournit à la gent féminine un excellent prétexte pour sortir les toilettes de printemps. Mon père doit s'y montrer souvent à cause des équipes allemandes en compétition. Lotti m'y a emmenée après le déjeuner... Le dernier concurrent allemand était un officier du nom de Momm. Il montait Wotan, un sauteur si parfait qu'on aurait dit un cheval mécanique. Il suffisait d'un seul obstacle renversé pour qu'il termine ex aequo avec un concurrent italien, et le suspense était insupportable. Momm a vidé un de ses étriers et perdu sa casquette sans un battement de cils. Il a terminé son parcours sans faute, avec un seul étrier ! Bien qu'il soit allemand sa victoire a été saluée par une ovation frénétique.

Aujourd'hui en Allemagne les syndicats ouvriers ont été mis hors la loi. Pendant le dîner mon père a dit que la situation évoluait rapidement vers le pire.

> [C'est ainsi que le 2 mai 1933 s'écroulait une des institutions les plus puissantes de la République de Weimar. En moins de trois semaines le prétendu Front du travail contrôlé par les nazis était mis en place, et les négociations collectives interdites.]

20 mai L'autre jour mon père nous a commenté sa dernière visite à Mussolini. Il pense que celui-ci est un homme aux idées larges qui ne deviendra probablement pas un dangereux dictateur, en partie à cause du roi, toujours présent et qui joue dans la coulisse un rôle non négligeable. En Allemagne les choses sont différentes. Il n'y a pas de roi, et Hitler devient chaque jour plus tyrannique...

25 mai Nous sommes allés pour la première fois nager dans la mer à Fregene. Il n'y avait absolument personne, car là-bas les Italiens ne s'aventurent même pas en canoë avant la fin juin...

8 juin L'accord quadripartite a été signé hier par les quatre grandes puissances, l'Allemagne, l'Italie, la France et la Grande-Bretagne. Mon père est très satisfait, car il n'a cessé de promouvoir cet accord depuis son arrivée à Rome...

[Les gouvernements français et britannique ne ratifièrent jamais l'accord quadripartite, qui était surtout d'inspiration italienne. Ce texte n'en influença pas moins la politique européenne pendant plusieurs mois.]

20 juin Mes parents viennent de donner une énorme garden-party à l'intention des Allemands qui vivent à Rome. Il y avait deux mille invités. J'étais de corvée moi aussi. Après la réception, Brauner, le premier maître d'hôtel, a dit à mon père qu'une grande quantité de cuillers d'argent avait disparu, et qu'il avait vu des gens puiser par poignées dans les coffrets à cigarettes et à cigares. Mon père était furieux et a décidé de cacher désormais l'argenterie, et de ne plus offrir de cigares dans des boîtes ouvertes. Et cela se passait avec des Allemands. Je croyais qu'ils ne volaient jamais rien !

30 juin Hans Dieter est arrivé pour les vacances scolaires d'été. Il est pâle et paraît souffrant. Ma mère a décidé de l'emmener à la montagne en Suisse, et je les accompagnerai.

[Ma mère, Hans Dieter et moi passâmes donc le mois de juillet de l'année 1933 dans le petit village d'Engstenalp, haut perché dans les Alpes suisses. Au bout d'une semaine, Hans Dieter tomba sérieusement malade, et dut garder le lit. Une semaine plus tard, j'avais à mon tour la gorge enflammée : nous avions tous deux la scarlatine. Ma mère attrapa aussi la maladie, de sorte que nous fûmes finalement évacués sur des civières arrimées sur le dos d'un mulet. La fièvre scarlatine eut évidemment pour effet de gâcher nos vacances, mais cette fâcheuse circonstance devait se révéler très heureuse, dix ans plus tard, au cours de ma captivité dans les camps infectés par toutes sortes de maladies contagieuses.]

30 juillet Je suis de retour chez ma grand-mère dans ce bon vieux Feldafing toujours aussi sinistre. Il y a quand même une bonne nouvelle : j'ai peut-être une chance d'aller à l'école en octobre prochain !

22 septembre Mon père revient de Berlin, où il a rencontré Hitler. Il dit que la conversation avec cet homme est impossible. Il ne cesse pas un instant de discourir sur le sujet qui l'intéresse ce jour-là, quel qu'il soit. Il n'est pas question de discuter. Par contre, si par hasard son interlocuteur réussit à placer un mot, Hitler tombe souvent d'accord avec lui, autrement dit c'est le dernier à parler qui a raison. Mon père en conclut qu'Hitler est un faible. Mon père s'est tout de même arrangé pour mentionner l'éventualité d'une collaboration italo-allemande sur la question des Balkans, en ajoutant que l'idée intéressait Mussolini. Apparemment, Hitler n'a pas réagi. Il n'a même pas eu l'air d'avoir entendu, pas plus, sur ce point en tout cas, que von Neurath [le ministre allemand des Affaires étrangères].

Depuis qu'Hitler a dissous tous les partis politiques en juillet dernier, mon père croit que c'en est fini de la démocratie en Allemagne...

22 octobre Jour anniversaire de mes quinze ans. J'ai le sentiment que cette année sera très agréable, surtout depuis que ma mère a décidé de me faire donner des leçons d'équitation. J'ai reçu un accordéon en guise de cadeau d'anniversaire.

L'école vient enfin de commencer. Ma classe compte huit élèves, garçons et filles.

[Des années plus tard, Lotti me raconta que le jour de la rentrée, tandis que le directeur remplissait le registre, j'avais hurlé mon nom et mon adresse d'une voix si forte qu'il avait dû me dire de me calmer. Au lieu de retomber dans un silence embarrassé, j'avais répliqué sur le même ton : « Il faudra vous habituer, car c'est ainsi que nous parlons à la maison. » Il faut dire que Lotti était un peu sourde. Le directeur fut si étonné qu'il fit aussitôt part à mes parents de mon étrange conduite. Ma seule excuse était que, contrairement aux autres, je n'étais encore jamais allée à l'école.]

30 octobre Je suis montée à cheval aujourd'hui pour la première fois. Mon professeur est un sergent de l'armée italienne appelé d'Inzeo. [Costante d'Inzeo était le père des deux futurs champions olympiques Raimondo et Piero d'Inzeo.] J'étais assez fière de moi, mais il me critique sans cesse, disant que mon assiette est mauvaise, que je me tiens trop droite sur ma selle, que j'ai toujours les étriers trop longs...

5 novembre Pour une fois nous étions tous réunis pour le souper. Mon père nous a parlé d'une visite qu'il a faite à Mussolini récemment. Il a comparé cet entretien à son entrevue du mois dernier avec Hitler. Celui-ci n'en sort pas à son avantage. Hitler est un fanatique irrationnel incapable de s'intéresser à d'autres idées que les siennes, alors que la pensée de Mussolini est infiniment plus logique, et qu'il est volontiers à l'écoute des autres. Mon père a conclu sur ce commentaire : « Espérons que le pouvoir ne va pas le gâter dans les années à venir, car malheureusement ce danger existe, cela ne fait pas de doute. »

[En 1923, mon grand-père, le grand amiral Alfred von Tirpitz, fut prié de rencontrer Hitler afin de juger des aptitudes de cet homme politique à l'avenir prometteur. La conversation des deux hommes ne dura que vingt minutes. À ceux qui lui demandaient ensuite son opinion mon grand-père répondit : « Cet homme a peut-être de nobles intentions, mais il semble que la raison n'ait pas de prise sur lui. C'est un fanatique, avec une tendance à la folie. De plus, il a toujours été gâté, de sorte qu'il ne connaît aucun frein. »]

20 novembre L'autre jour, tout le personnel de l'ambassade s'est rendu à Civitavecchia, où le *Duisburg* [un navire de guerre allemand] était amarré, afin de faire voter l'équipage à l'occasion des élections allemandes et du référendum sur la Société des Nations...

[Le 14 octobre 1933, au nom de l'Allemagne, Hitler se retira de la conférence de Genève sur le désarmement et de la Société des Nations, en annonçant qu'il soumettrait sa décision au peuple allemand par voie de référendum. Le référendum eut lieu en même temps que les élections au Reichstag de novembre 1933. Hitler gagna l'un et les autres à une écrasante majorité. Le parlement n'existait plus, mon père nous disait que nous étions devenus un État dictatorial.]

Depuis que je vais à l'école, Lotti a changé de métier. Au lieu de m'instruire elle dirige les domestiques et m'emmène à des tas de réceptions ennuyeuses. Je ne connais pas très bien les jeunes gens d'ici.

25 novembre Ma mère offrait aujourd'hui un thé gigantesque à un millier de personnes. Un petit homme boiteux du nom de Fofo se tenait devant l'entrée principale. Dès que les gens s'en allaient, il aboyait leurs noms et leurs titres d'une voix de stentor, et appelait le chauffeur. Il connaît tout le monde dans les milieux diplomatiques de Rome, qui utilisent régulièrement ses services. On ne peut s'empêcher d'admirer sa mémoire et la promptitude de ses réflexes !

3 janvier 1934 Les vacances scolaires ne sont pas encore terminées. Je monte à cheval aussi souvent que possible. D'Inzeo paraît plus content de moi, mais ce n'est toujours pas parfait !

17 janvier Aujourd'hui j'ai reçu une carte d'Aga. [Aga, ainsi que nous appelions Anning von Kleist, était une amie de la famille. Elle avait pris soin de moi dans la propriété de ses parents après la Grande Guerre, alors qu'il n'y avait rien à manger à Berlin.] Elle me demande d'être la marraine de son sixième enfant qui vient de naître. J'en suis à la fois fière et flattée. Je dois me dépêcher d'organiser ma cérémonie de confirmation à temps pour le baptême.

4 mars Mes parents sont partis en vacances en Tripolitaine avec Almuth. [Cette province côtière de la Libye était sous contrôle italien depuis 1912.] Juste avant son départ ma mère m'a dit que nous prendrions l'avion toutes les deux pour aller en Allemagne baptiser l'enfant d'Aga. Je serai la première de la famille à voyager en avion, avant ma sœur et mes frères !

25 mars Aujourd'hui ma mère s'est fâchée parce que je joue au football dans le parc avec les autres enfants. Elle a dit qu'il y a quelques jours Santa Hercolani, sa meilleure amie de Rome, lui demandait des nouvelles de nous autres, les enfants. Ma mère a dû répondre : « Eh bien, si tu veux savoir ce que fait la plus jeune, la voilà en train de jouer au football ! » Elle voudrait désespérément que j'aie des manières plus féminines, mais ça ne me dit pas grand-chose.

> [La princesse Santa Hercolani, née Borghèse, était violemment antifasciste. Elle était copropriétaire du palais Borghèse à Rome. Son mari, le prince Astorre Hercolani, possédait un magnifique domaine près de Bologne. Elle devait plus tard m'être d'un grand secours pendant les années de guerre, alors que mes parents avaient quitté l'Italie.]

Dimanche des Rameaux J'ai été confirmée ce matin à l'église protestante de la via Sicilia. C'était très solennel, et le sermon magnifique ; le verset de la Bible choisi par le pasteur pour me guider dans la vie aussi. C'était celui-ci :

« Et nous avons connu l'amour que Dieu nous a donné et cru en lui. Dieu est amour ; et celui qui demeure dans son amour demeure en Dieu, et Dieu en lui. » (1 Jean, 4:16)

5 avril Nous avons pris le vol de Berlin, ma mère et moi, avec escales à Venise et à Munich. Nous avons dû voler au-dessus des nuages parce que le temps était mauvais. L'avion tanguait énormément et j'avais mal aux oreilles. Je suis tout de même heureuse d'être la première de la famille à monter dans un aéroplane. En tout le voyage a duré huit heures. Nous avons ensuite pris le train jusqu'à Stiefelbein en Poméranie. Le cocher des Kleist nous attendait dans une voiture. Les chemins étaient sablonneux, de sorte qu'à part le souffle des chevaux et le cliquetis des harnais nous n'avons pas entendu un bruit jusqu'à notre arrivée à la maison d'Aga...

6 avril Nous nous sommes réunis pour le baptême dans une petite chapelle à l'intérieur de la maison. Je tenais dans mes bras le bébé, qui reçut le prénom d'Ansgar. La cérémonie fut suivie d'un grand dîner ; tout le monde était en tenue de soirée. Oncle Ewald [notre hôte, le mari d'Aga] s'est levé pour proposer aux assistants de porter un toast au Kaiser. Tout le monde s'est mis debout, coupe de champagne en main. Je voyais que ma mère désapprouvait cette initiative. Plus tard, elle me dit que ce geste lui paraissait vide de sens dans la mesure où cela faisait vingt ans que le Kaiser était parti. Je fus frappée par sa réaction, car elle avait grandi à la cour impériale et connu Guillaume II.

[Dans sa jeunesse, et comme elle était la fille du chef suprême de la marine impériale, ma mère avait souvent assisté aux bals et aux manifestations officielles de la cour d'Allemagne. Quand elle était encore enfant, le Kaiser avait coutume de l'appeler « mon petit croiseur » à cause de son nez pointu. Plus tard, quand elle était devenue très belle, il la surnomma « mon petit destroyer » parce qu'elle allait sûrement faire des ravages dans les cœurs.]

3 mai On parle beaucoup de la prochaine venue d'Hitler en Italie, où il doit rencontrer Mussolini. L'entrevue aura probablement lieu à Venise. Il y avait aujourd'hui grand déjeuner chez nous avec les ambassadeurs et les ministres. Que tout cela est pompeux et formel ! Quand je suis arrivée, encore en tenue de cheval, les invités étaient déjà dans la salle à manger dont les portes étaient fermées. J'ai dit à Lotti de veiller à la porte d'entrée. Je me suis mise alors à faire le poirier, et j'ai traversé tout le salon en marchant sur les mains. Lotti mourait de peur à l'idée de voir brusquement apparaître un des convives, mais il n'en fut rien, heureusement !

13 juin Mes parents sont à Venise pour la rencontre d'Hitler et de Mussolini...

[Il s'agissait de la première entrevue des deux dictateurs, les 14 et 15 juin 1934.]

18 juin Mes parents sont de retour. La rencontre fut un échec total. Pendant le gigantesque déjeuner du Lido, Hitler est d'abord resté silencieux, comme suspendu aux lèvres de Mussolini qui faisait son discours. Puis il s'est mis à manger, très salement. À un moment ma mère l'entendit parler à Mussolini de son projet de créer une maison de retraite pour les musiciens et instrumentistes allemands qui s'étaient distingués par des œuvres ou des exécutions remarquables. Quand Mussolini demanda quels seraient les critères de sélection, Hitler répondit : « Je les choisirai moi-même ! »

Le soir même un dîner était réservé aux messieurs. Les dames les rejoignirent pour écouter la musique de Wagner, le compositeur favori d'Hitler. Pendant le concert Hitler dit à Mussolini : « Je suis bien content de rentrer à Berlin. » Mussolini fit mine de n'avoir pas entendu. Quelques minutes plus tard Hitler reprit : « Je serai très heureux de rentrer à Berlin, et de retrouver mon ami le Dr Goebbels ; je le vois pratiquement tous les jours ; je passe toujours la soirée avec le même groupe de personnes. »

Cette fois Mussolini répondit : « Je préfère voir toutes sortes de gens différents... »

7 juillet Almuth et moi sommes allées en vacances dans le Sud en compagnie de nos parents. Herculanum et Pompéi m'ont fait une forte impression. C'est étrange de marcher dans les rues d'une ville de l'Antiquité qui avait même le chauffage central, et de découvrir le goût merveilleux des Anciens en examinant des fragments de mosaïque.

Tandis que nous étions à Naples, mon père apprit par un coup de téléphone de l'ambassade qu'à Munich Ernst Röhm s'était révolté. Il y avait à peine trois ou quatre lignes sur l'affaire dans les journaux du lendemain. Mussolini avait visiblement donné des instructions pour en minimiser l'importance. Quelques jours plus tard, nous entendîmes parler du massacre perpétré par Hitler avec l'aide des S.S. Mon père est horrifié ; je ne l'avais jamais vu si pâle. Il dit que la presse étrangère a raison de considérer toute cette clique comme un ramassis de gens de sac et de corde.

[Ernst Röhm, complice d'Hitler de la première heure, était chef des S.A., l'aile paramilitaire du parti nazi. Il était responsable de la violence dans les rues qui avait tant fait pour créer l'anarchie précédant la nomination d'Hitler comme chancelier. Malgré cela, la nuit du 30 juin 1934 (connue sous le nom de « Nuit des longs couteaux »), Röhm et des centaines d'officiers S.A. furent accusés de fomenter une révolte, et assassinés.

Cette purge éclair, menée par les propres gardes du corps d'Hitler, favorisa l'ascension du chef des S.S., Heinrich Himmler. Elle indiquait clairement au monde stupéfait et horrifié que l'on pouvait s'attendre à tout de la part des nouveaux maîtres de l'Allemagne.]

J'ai fait un rêve étrange, en couleurs, ce qui est je crois très rare. Je voyais la baie de Naples toute sombre, presque noire, surmontée d'une pleine lune énorme d'un jaune brillant. Peu à peu la lune changea de forme et devint le visage d'Hitler, froid et couleur de cendre. Puis le visage se transforma de nouveau pour devenir une tête de mort.

Mon père est profondément troublé, et se pose une foule de questions. Est-il possible d'échapper à leur domination ? Que peut-on faire ? Est-il encore utile de travailler avec eux pour éviter le pire ?

26 juillet Dollfuss vient d'être assassiné à Vienne. Tout le monde est absolument horrifié. Il avait beau imiter les fascistes, mon père dit que c'était un homme honnête et droit. La nouvelle fait les gros titres de la presse italienne. Ils sont furieux...

En tant que représentants officiels du gouvernement allemand, mes parents se trouvent dans une position gênante. Pourtant, lors de la messe célébrée à Rome à la mémoire de Dollfuss, tous ont été particulièrement aimables avec eux, car on sait bien qu'ils désapprouvent totalement les nazis. Même Mussolini est venu serrer la main de mon père !

[Engelbert Dollfuss devint chancelier d'Autriche en 1931. En 1933, à la suite de la victoire des nazis en Allemagne et de l'agitation pro-nazie qui s'ensuivit dans son pays, Dollfuss, après avoir interdit le parti nazi autrichien, établit un régime de dictature d'inspiration fasciste. Le 25 juillet 1934, encouragés par l'Allemagne, les nazis autrichiens s'emparèrent de la station de radio de Vienne et assassinèrent Dollfuss. La garde nationale parvint néanmoins à rétablir l'ordre, et un proche collaborateur de Dollfuss, Kurt von Schuschnigg, prit les fonctions de chancelier d'Autriche.]

2 août On vient d'annoncer la mort d'Hindenburg. Il n'a pas réussi à empêcher Hitler d'accéder au pouvoir, mais il ne porte pas seul le poids de cette responsabilité. Un militaire fait rarement un bon politicien, en particulier quand il s'agit d'un homme qui était au fond de son cœur resté fidèle au Kaiser...

[À la mort d'Hindenburg, Hitler assuma la charge de chef de l'État en plus de son rôle de chancelier. De cette façon il s'assurait la loyauté de l'armée (tous les officiers durent prêter serment « d'obéissance inconditionnelle au chef de l'État Adolf Hitler »), et détruisait du même coup le dernier obstacle constitutionnel à la légitimité de sa dictature.]

10 octobre À l'école nous sommes maintenant sept dans ma classe. Il y a moi, Gerda Bruhns [fille du directeur de la librairie allemande Herziana], Annemarie Fischer [fille de l'attaché militaire de l'ambassade], trois garçons, un Hongrois, un Bulgare et un Estonien, et enfin Annelise Petchek Caro, une fille juive qui a fui Berlin avec sa mère à l'arrivée des nazis...

27 octobre Irmtraut Reisinger [fille du chancelier de l'ambassade], Kurt Hunger [autrefois membre de l'Association de la jeunesse chrétienne dissoute par les nazis] et Hans Durt [un ancien boy-scout] ont monté à Rome une section des Hitlerjugend [Jeunesses hitlériennes]. J'en ai parlé à mon père et j'ai l'intention d'y adhérer. Ça ressemble beaucoup au scoutisme. Nous nous réunissons tous les samedis à la villa Bonaparte [l'ambassade d'Allemagne auprès du Vatican]. Kurt est à la fois très sérieux et très pieux. Tous les dimanches il emmène sa petite troupe à l'église. Je crois que les nazis ne veulent rien avoir à faire avec l'Église, qu'elle soit protestante ou catholique.

30 novembre À l'école nous lisons *Faust*. Goethe a toujours été mon poète favori, et *Faust* est sa plus belle œuvre. Döhner, notre professeur principal, en donne un magnifique commentaire. Le Dr Schuh, notre professeur d'histoire, est pessimiste quant à l'avenir du monde. Il n'aborde jamais le sujet de la politique, bien entendu, mais j'ai l'impression qu'il est contre les nazis. Notre professeur d'histoire de l'art, le Dr Körte, est horriblement timide. Il rougit pour un oui ou pour un non, et chaque fois qu'il prend la parole il me regarde fixement. Les autres disent qu'il est amoureux de moi. Je crois plutôt qu'il est si nerveux qu'il lui faut fixer son regard quelque part, et qu'il est tombé sur moi par hasard !

31 décembre Almuth est allée à un bal de la Saint-Sylvestre. J'étais choquée de la voir avec du rouge à lèvres. Je ne sais pas si c'était à cause du rouge, ou parce qu'elle l'avait mis en cachette. Le reste de la famille s'est attardé autour de l'arbre de Noël jusqu'à ce que la dernière bougie soit consumée. L'ombre projetée sur le mur était effrayante...

2

Adolescence

1935-1937

Tout au long de ces dernières semaines, je me suis souvent demandé s'il était bien de continuer à servir un régime aussi foncièrement mauvais. D'un autre côté, si je me retrouvais brusquement « en dehors du coup », les chances déjà très faibles d'une opposition efficace deviendraient inexistantes.

ULRICH VON HASSELL,
Journal, 17 septembre 1938, Berlin.

16 janvier 1935 Les résultats du référendum sur la réoccupation éventuelle du bassin de la Sarre ont été rendus publics. Plus de quatre-vingt-dix pour cent des électeurs ont voté pour le rattachement à l'Allemagne. Annemarie Fischer et moi nous sommes disputées à ce sujet. J'étais d'avis que le nationalisme allemand est stérile et fait mauvaise impression sur le reste du monde. Elle trouve que tout va pour le mieux dans le meilleur des mondes...

[Le bassin de la Sarre, province frontalière riche en charbon, avait été occupé par les Français après la Première Guerre mondiale. Le traité de Versailles stipulait que les Sarrois décideraient par un référendum populaire s'ils désiraient rester français ou redevenir allemands.]

20 janvier Mes parents donnaient hier soir un grand bal costumé. J'étais trop jeune pour être invitée, mais je me suis débrouillée pour jeter un coup d'œil au travers de la tapisserie rouge tendue derrière l'orchestre. C'était amusant de voir les jeunes couples occuper le centre de la piste pour danser joue contre joue à l'abri du regard réprobateur des gens plus âgés rejetés vers l'extérieur...

4 mars Le chef des Jeunesses hitlériennes est parti. Kurt Hunger a pris sa place, avec Willi pour adjoint. C'est le troisième jardinier de la villa Wolkonsky ! Tout le monde sait que ces deux-là ne pourront pas s'entendre, car Willi qui se sent inférieur à Kurt le hait cordialement. Il adresse plainte sur plainte au centre de Berlin, en particulier parce que Kurt nous emmène à l'église et fréquente la bonne société.

Annemarie et moi avons rédigé une lettre que nous voulons envoyer au centre, et demandé à tous les élèves de l'école qui font partie des Jeunesses hitlériennes de la signer. Kurt est un type très bien que nous aimerions garder. Nous avons obtenu vingt signatures !

5 mars Aujourd'hui après le déjeuner Willi est venu à la maison me réclamer la lettre. Il a dit qu'en Allemagne les activités de ce genre étaient punies de la peine de mort. Cette absurde menace m'a fortement irritée. Je lui ai dit que mon nom devait lui suffire et que ce serait plus mal encore de vouloir mettre d'autres personnes en cause. Là-dessus Willi s'est mis en fureur et m'a ordonné de lui rendre ma carte de membre des Jeunesses hitlériennes. J'en ai parlé à ma mère, qui envoya aussitôt chercher Willi. Ils se sont mis d'accord, et j'ai dû donner la lettre à ma mère qui l'a jetée dans le feu en présence de Willi. Quel désastre ! Cette déplorable affaire a tout de même eu l'avantage de faire réfléchir Annemarie. Elle est trop intelligente pour se laisser abuser par des types comme Willi !

18 septembre Mon père est venu nous rejoindre à Feldafing. Il arrivait du congrès de Nuremberg, horrifié par l'ampleur du déploiement militaire. Mais ce n'est rien à côté des lois antijuives que l'on vient d'annoncer. Mon père se fait beaucoup de mauvais sang pour ses amis juifs.

7 octobre L'Italie a envahi l'Abyssinie [l'Éthiopie] ! La Société des Nations a déclaré que l'Italie était l'agresseur et imposé des sanctions. Plusieurs amis d'Almuth ont été appelés sous les drapeaux et sont en partance pour l'Afrique. L'Angleterre désapprouve, naturellement, tandis que l'Allemagne ne fait rien.

Mon père est très préoccupé par toute cette affaire. Il commence à mettre en doute les capacités de Mussolini, en particulier dans le domaine de la politique mondiale. Il craint de le voir s'embarquer dans la dangereuse aventure d'une dictature absolue. Il semble en fait que ce soit déjà le cas.

[Bien que des tentatives de la dernière chance aient permis de régler le différend italo-abyssinien par la négociation, Mussolini voulait absolument une victoire fasciste pour sa plus grande gloriole. L'efficacité des sanctions imposées par la Société des Nations fut réduite à néant par l'impossibilité de parvenir à un accord sur l'embargo pétrolier, et par le fait que les États-Unis, qui avaient refusé d'adhérer à la Société des Nations dans les années vingt, restèrent en dehors du conflit.]

5 janvier 1936 Mes parents m'obligent à prendre des cours de danse particulièrement ennuyeux dans le but avoué de me faire faire la connaissance de quelques jeunes Italiens « de bonne famille », comme dit ma mère. Elle a déclaré que je devais donner un thé dansant. Ce n'est pas du tout de cette façon que je comptais m'amuser ! En tout cas mon amie Paola Antonelli m'a aidée à établir une liste d'environ soixante noms. Lotti a installé un gramophone dans le salon, et Paola s'est chargée d'apporter des disques de danse. Nous avons bu du thé et de l'orangeade. Je pense que la plupart des invités se sont amusés !

7 janvier En route pour notre leçon d'équitation, Paola m'a demandé quels garçons je préférais. J'ai cité les noms d'Antonio Morozzo della Rocca et de Detalmo Pirzio-Biroli, qui est originaire d'un vague patelin dans le Nord, du côté de Venise.

30 janvier Almuth a donné ce soir son deuxième bal costumé. Cette fois j'étais de la fête. Je portais un costume de page bleu roi et j'ai dansé toute la nuit.

Depuis mon *thé dansant* je suis invitée partout. Je m'amuse énormément car Detalmo est presque toujours mon cavalier !

14 mars Pour la première fois mes parents m'ont emmenée à l'opéra. On donnait *Tannhaüser*, de Richard Wagner. Je n'ai pas aimé : c'est trop héroïque, et surtout trop long.

Santa Hercolani nous accompagnait. Elle a commencé une discussion avec mes parents sur les défauts comparés de l'Allemagne nazie et de l'Italie fasciste. Elle prétend que le régime de Mussolini est pire que celui d'Hitler. Mon père lui donne tort. D'après lui, à côté d'Hitler, Mussolini et sa bande sont des agneaux...

Au milieu de notre conversation Mussolini est entré dans la loge voisine et a invité mon père à l'y rejoindre. Sur le chemin du retour nous apprîmes qu'ils avaient parlé de la guerre d'Abyssinie et de l'occupation de la Rhénanie par l'Allemagne. J'ai l'impression que leur discussion a tourné court. Mon père est opposé à la guerre d'Abyssinie, et Mussolini trouve que l'Allemagne ne devrait pas occuper la Rhénanie parce qu'elle est assez grande comme ça !

23 mars Willi a réussi à faire chasser Kurt des Jeunesses hitlériennes ! Je suis furieuse que l'on nomme une brute sans éducation comme Willi, aussi malpropre au-dedans qu'au-dehors, à la place d'un homme droit, sincère, et qui a de la religion. Cet exemple illustre parfaitement ce qui est en train de se passer, la disparition pure et simple de toutes les valeurs traditionnelles, du bon et du bien.

La croisade d'Hitler contre les Juifs se fait tous les jours plus féroce. Beaucoup d'entre eux sont obligés de partir, alors qu'ils aiment l'Allemagne d'un amour sincère. Je suis étonnée de l'attitude d'Annelise Petchek et de sa famille. Bien qu'ils aient dû quitter l'Allemagne parce qu'ils étaient juifs, sa mère continue de l'envoyer à l'école allemande, et elle ne dit jamais du mal des Allemands...

7 avril L'ambassadeur d'Allemagne à Londres, Leopold von Hoesch, vient de mourir. Mon père en est bouleversé, car il restait un des rares diplomates en fonction à critiquer ouvertement le régime. Ribbentrop devient chaque jour plus puissant. Mon père dit que c'est un ignorant et un fat...

[Joachim von Ribbentrop adhéra tardivement au parti nazi en 1932. Ses relations dans les milieux d'affaires se révélèrent utiles au moment où Hitler fut nommé chancelier. Avec l'arrivée au pouvoir des nazis, Ribbentrop, ancien représentant en champagne sans la moindre expérience politique, fut nommé à la tête du « Bureau Ribbentrop », un organisme parallèle chargé de court-circuiter le ministère des Affaires étrangères. Von Neurath, le ministre d'alors, avait dit à mon père que Ribbentrop et ses « missions spéciales » ne feraient pas long feu. Mon père en doutait, car il ne nourrissait déjà plus d'illusions, mais il avait lui-même bien du mal à prendre Ribbentrop au sérieux.]

15 avril Les Italiens ont atteint le lac Tana en Abyssinie. Ils avancent rapidement depuis quelques jours. Que pensent réellement les Anglais de tout cela ?

Aujourd'hui nous sommes allés nous promener dans la campagne avec d'Inzeo. Miracle des miracles, il m'a félicitée de mes progrès. J'ai failli tomber de mon cheval !

22 avril Je suis allée pour la première fois en visite chez Detalmo. Il vit avec sa mère et sa jeune sœur Marina dans un bel appartement de la via Panama. J'ai été flattée de voir qu'il avait deux photos de moi sur son bureau. Il m'a demandé de l'épouser. J'ai éclaté de rire, mais il avait l'air sérieux...

1er mai Un gros bonnet nazi est venu aujourd'hui à Rome pour la célébration du Premier Mai. Par chance, ce n'était pas un des plus affreux, mais il est triste de voir l'Allemagne aux mains de ces bandits. Bien des personnes convenables ont choisi de donner leur démission plutôt que de travailler pour des gens de cette espèce. Mon père aussi songe à démissionner...

5 mai Le concours hippique international s'est à nouveau tenu sur la piazza di Siena. Le concours était moins passionnant que l'an dernier, car il y avait peu d'équipes étrangères en compétition. L'autre jour le son des cloches d'alarme a rompu la monotonie des épreuves. Une voix dans le haut-parleur annonça que Mussolini allait faire un important discours sur la piazza Venezia. Lotti, Annemarie, Detalmo et moi courûmes jusqu'à la place déjà noire de monde. Nous avions tort de nous presser, car il fallut attendre deux heures avant que le « grand homme » nous fît l'honneur d'apparaître pour annoncer que l'armée italienne venait d'entrer dans Addis-Abeba [la capitale de l'Éthiopie].

Les Italiens se mirent à hurler de joie. Le spectacle de cette foule en délire avait de quoi impressionner, mais je fus contente d'avoir gardé la tête froide. Pour un peu l'aventure mussolinienne en Abyssinie prenait les apparences d'une cause noble et juste...

21 mai Après le dîner mon père m'a demandé de venir dans son bureau « pour me dire un mot ». Il a découvert que je rencontrais secrètement Detalmo, et m'a interdit de le voir pendant deux mois. Je suis furieuse !

25 juin Malgré l'interdiction paternelle, je reste en contact avec Detalmo. Nous échangeons des lettres par l'entremise de Paola Antonelli.

3 juillet Mussolini vient de remanier son gouvernement. C'est son gendre Ciano qui le remplace aux Affaires étrangères. Aux yeux de mon père c'est bien dommage, car il n'aura plus aussi souvent l'occasion de rencontrer le Duce. Mon père dit encore que Ciano est un enfant gâté doublé d'un grossier personnage.

[Le comte Galeazzo Ciano avait épousé Edda, la fille de Mussolini, en 1930. Il n'avait que trente-trois ans lorsque son beau-père le nomma ministre des Affaires étrangères en juillet 1936.]

4 juillet Aujourd'hui j'ai accompagné mes parents au défilé militaire célébrant la victoire italienne. Le général Pietro Badoglio, le « grand conquérant », marchait en tête de ses troupes. Il y avait aussi quelques Abyssins en uniforme qui avaient combattu aux côtés des Italiens. Detalmo m'avait parlé de son oncle, le général Alessandro Pirzio-Biroli, qui commandait le corps d'armée formé de troupes érythréennes... et devint par la suite gouverneur de la région de l'Amara.

[Le général Alessandro Pirzio-Biroli descendait d'une lignée d'officiers supérieurs de l'armée du Piémont, la grande province qui avait tant contribué à l'unité italienne. Jeune héros de la Première Guerre mondiale, il joua ensuite un rôle important en Abyssinie. Son frère le colonel et futur général Giuseppe Pirzio-Biroli, père de Detalmo, le rejoignit là-bas pendant la campagne.]

7 juillet Nous recevons actuellement un nazi de haut rang du nom de Ley, qui est venu rendre visite aux Allemands résidant à Rome. Tout le monde s'est assemblé pour écouter son discours, qui était catastrophique, car il avait visiblement bu. Il est arrivé avec un tel retard que l'un des malheureux porte-drapeaux des Jeunesses hitlériennes, après l'avoir attendu deux heures au pied de la tribune, est tombé dans les pommes au milieu de son speech. On l'a relevé, mais au lieu de lui demander s'il se sentait mieux, Ley s'est contenté de faire cette remarque : « Si quelqu'un a le droit de se sentir fatigué, c'est moi ! » Je me suis dit que cela seul suffisait à situer le niveau des gens que les nazis envoient en mission à l'étranger, mais une des responsables des Jeunesses hitlériennes s'est tournée vers moi comme pour me prendre à témoin : « N'est-il pas merveilleux ? N'est-ce pas qu'il parle bien, notre cher Ley ! »

[Robert Ley, un nazi notoire doublé d'un ivrogne, fut placé à la tête du nouveau Front national du travail après la dissolution des syndicats ouvriers en 1933.]

8 juillet Detalmo quitte l'Italie dans quelques semaines ! Ses parents d'Amérique l'ont inscrit pour une année au Rollins College en Floride. Nous craignons que l'un de nous deux ne tombe amoureux de quelqu'un d'autre. Je ne pense pas que cela puisse être mon cas !

[La grand-mère de Detalmo, Cora Slocomb, était américaine. Elle avait connu son mari, le comte Detalmo Savorgnan di Brazzà, en 1890 à Rome.]

15 juillet Mes parents ont décidé de m'éloigner de Rome en raison de l'épidémie de paralysie infantile (comme on appelait alors la poliomyélite). La petite fille d'un de leurs amis en est morte et la fille de Mussolini vient de l'attraper. Apparemment celui-ci ne quitte plus son chevet. La pensée de quitter Rome sans avoir revu Detalmo m'est odieuse !

16 juillet J'ai réussi à joindre secrètement Detalmo par téléphone, et il a une idée. Il prendra le même train que moi jusqu'à Florence...

19 juillet Ma mère et Lotti m'ont accompagnée jusqu'à la gare et confiée à la mère d'Annemarie. À peine les adieux terminés sur la promesse cent fois répétée de ne pas écrire à Detalmo, je jetai un coup d'œil par la fenêtre. J'aperçus aussitôt sa petite tête à l'autre extrémité du train ! Quelques instants plus tard il faisait son entrée dans notre compartiment, et nous le présentâmes à la mère d'Annemarie sous le nom de Giacomo [le frère cadet de Detalmo]. Elle ne connaissait ni l'un ni l'autre, de sorte que tout alla le mieux du monde.

Je restai dans le couloir à bavarder avec Detalmo jusqu'à Florence. Au moment de sauter du train il me mit de force une bague dans la main. Je ne voulais pas l'accepter, mais tout se passa si vite que je n'eus pas vraiment le choix !

Berlin 14 août Ribbentrop est nommé ambassadeur à Londres. J'ai de la peine à imaginer cet ancien vendeur de champagne dans la peau d'un diplomate !

J'ai caché les lettres de Detalmo au grenier dans une valise avant de partir assister au mariage de ma cousine Ulrike von Hassell à Koenigsberg en Prusse-Orientale. En route j'ai dû faire une escale de vingt-quatre heures ici à Berlin, où se déroulent les Jeux olympiques. Je n'avais malheureusement pas de billet, mais j'ai quand même décidé de tenter ma chance. Par bonheur l'homme qui se tenait devant le portail m'a fait signe d'entrer dans le stade, qui était plein à craquer. On voyait partout des drapeaux à croix gammée, mais le spectacle était inoubliable...

J'étais assez nerveuse en rentrant toute seule par le métro. J'ai commencé par me tromper de direction. Quand je suis enfin descendue à la station voisine du domicile de mon oncle Wolf, j'eus l'impression qu'on me suivait dans les rues sombres bordées d'arbres immenses. Mon cœur battait follement dans ma poitrine lorsque j'atteignis enfin la maison. Comparée à cette métropole, Rome fait l'effet d'une ville de province!

20 août Me voici au campement des Jeunesses hitlériennes à Potsdam, dans la banlieue de Berlin. Ce camp héberge toutes les femmes responsables des sections de Jeunesses hitlériennes à l'étranger. Mes parents ne voulaient pas que j'y aille, mais j'ai insisté, car je tiens à faire cette expérience afin d'être capable de juger par moi-même.

30 août Il se trouve par bonheur quelques filles charmantes au milieu de ce concert de harpies. Je veux parler d'Annemarie Fischer et de Benigna von Wied en particulier. Au moins pouvons-nous toutes les trois échanger librement nos impressions. Cette affaire est complètement ridicule! Les responsables des cours d'histoire sont d'une ignorance navrante. Elles nous parlent de l'idéologie nazie *[Weltanschauung]* et jettent pêle-mêle par-dessus bord toutes les valeurs de la civilisation occidentale, le christianisme, la démocratie et la liberté. Elles n'ont rien à offrir en échange. Annemarie, qui était une nazie convaincue, est heureusement tout à fait guérie de cette maladie...

14 septembre Notre groupe est arrivé à Nuremberg pour participer au congrès. Bien que nous soyons logées dans un campement éloigné de la ville, ma mère a réussi à me localiser, et m'a fait parvenir un message irrité. Ils ont découvert les lettres de

Detalmo. Elle m'enjoignait d'aller retrouver mon père dans un hôtel du centre. J'avais très peur, mais il était loin d'être aussi en colère que je m'y attendais. Il m'a en effet reproché d'avoir manqué à ma promesse, mais il a bientôt changé de sujet pour me demander ce que je pensais du congrès. Il a dit que les nazis savaient admirablement faire appel à la sentimentalité populaire, et que seuls étaient immunisés ceux qui avaient assez de maturité politique pour voir clair dans leur jeu.

23 octobre Après les deux visites de Göring en deux ans, c'est maintenant le tour d'Himmler. Les S.S. qu'on fait venir à Rome sont généralement des hommes grands, blonds et d'un physique agréable, ce qui ne manque pas d'impressionner les Italiens, encore que la plupart du temps ceux-ci ne réalisent pas du tout à qui ils ont affaire. Himmler est plutôt petit avec les cheveux bruns, et son physique n'a rien d'attirant. Il ressemble assez à un maître d'école. Ma mère ne parvient pas à cacher sa répugnance pour le personnage, et mon père ne fait pas mieux. Selon lui, le comportement de Mussolini à l'égard de son « hôte illustre » est d'une servilité abjecte.

> [Le Reichsführer Heinrich Himmler était le chef puissant et redouté des S.S. Il prit progressivement le contrôle de toutes les forces de police et de sécurité d'État en Allemagne, et fut même nommé général en 1944. En qualité de chef suprême des S.S. et de la Gestapo, Himmler était responsable des camps de concentration, et de la terrible « Solution finale » qui devait conduire à l'holocauste des Juifs d'Europe. J'étais incapable en 1936 d'imaginer les conséquences qu'auraient un jour les ordres de cet homme d'apparence insignifiante sur le destin de ma famille.]

1er novembre Mon père vient de partir avec Ciano pour Berlin à l'occasion de la visite officielle du ministre des Affaires étrangères d'Italie. Celui-ci aurait préféré voyager seul, car les deux hommes ne s'apprécient guère...

Mon père pense que la guerre civile espagnole ne fait qu'aggraver la situation. Avec les Italiens et les Allemands aux côtés de Franco, et les Français, les Russes et les Britanniques qui soutiennent les républicains, nous sommes déjà pratiquement en guerre !

28 novembre Il y a quelques jours que le Pacte anti-Komintern a été signé conjointement par l'Allemagne et le Japon. Mon père avait bien raison de dire que lorsque Hitler s'essaye à la politique internationale, il en résulte presque toujours un désastre irréparable. Il est facile de voir la main de Ribbentrop dans cette affaire. En tant qu'ambassadeur à Londres il est absolument catastrophique. Toujours d'après mon père, il accumule gaffe sur gaffe...

> [Par la signature de ce pacte, l'Allemagne et le Japon s'obligeaient à lutter contre l'extension du communisme et à prendre le contre-pied des activités de la IIIe Internationale, ou Komintern, une organisation regroupant tous les partis communistes ou socialistes alignés sur la doctrine de Moscou.]

30 novembre Mes parents n'ont pas un instant à eux ! C'est maintenant l'amiral Horthy [le régent de Hongrie] qui vient d'arriver ici en visite officielle. Le gouvernement italien organise en son honneur manifestation sur manifestation. Comme dit mon père, le Bon Dieu *(der Liebe Gott)* ne serait pas mieux traité.

31 décembre Alors que je devrais commencer à bûcher mes examens, ma mère me fait inviter à toutes les réceptions. Elle dit que c'est peut-être ma dernière occasion de mener cette vie mondaine, que mon père pourrait être muté bientôt, on ne sait jamais. Je crois pour ma part que mes parents cherchent plutôt à me faire oublier Detalmo dans les bras de tous ces beaux jeunes gens. Comme ils se trompent !

Comme de coutume, et peut-être à Rome pour la dernière fois, nous avons allumé toutes les bougies sur l'arbre de Noël. Je me demande ce que l'année nouvelle apportera au monde.

8 janvier 1937 Almuth donnait ce soir son troisième bal costumé, sur le thème « les amoureux des opéras célèbres ». Lotti nous a taillé nos costumes dans de vieilles robes de cour de ma mère. Almuth incarnait le Chevalier à la rose, et j'étais Sophie. Il y avait au moins trois cents invités, et nous avons dansé jusqu'à quatre heures du matin.

27 janvier Encore une visite officielle de Göring. Cette fois il est venu avec sa femme, Emmy. C'est une blonde colossale, très allemande, mais qui a l'air d'une bonne fille. J'étais invitée à la réception donnée en leur honneur par Mussolini au Palazzo Venezia. Il y avait trois énormes tables rondes, et j'étais assise à celle de Mussolini. Tout était remarquablement organisé ; le dîner fut expédié en trois quarts d'heure, un record ! Quand nous nous levâmes pour prendre congé, tout le monde pouvait voir mon père, Mussolini, Ciano et Göring debout en grande conversation.

À un moment donné Göring a confié à l'un de nos amis : « Je suis perplexe. Ciano commence par me dire que von Hassell n'est pas l'homme de la situation, et l'instant d'après il l'accueille avec les plus grandes marques d'affection, comme pour indiquer qu'il serait bien embarrassé si von Hassell n'était pas là. Alors ? »

Au cours de l'après-midi Göring dit en confidence à mon père que si Reinecke [le second maître d'hôtel] était à son service, « il flanquerait immédiatement ce cochon à la porte ». [Nous découvrîmes plus tard que Reinecke nous espionnait pour le compte de la Gestapo.]

[Hermann Göring, qui se disait lui-même « garçon de bonne famille », était un des as de l'aviation allemande pendant la Grande Guerre. Il rejoignit les rangs nazis dès 1923. À partir de 1933 Göring constitua et développa une force aérienne redoutable, la Luftwaffe, fut nommé maréchal du Reich *(Reichsmarshall)* et devint le numéro deux dans la hiérarchie nazie, immédiatement après Hitler. Sa disgrâce en 1945 ne l'empêcha pas d'être jugé pour crimes de guerre et condamné à mort. Il se suicida la veille de son exécution.]

23 février Nous étudions Bismarck en cours d'histoire. Il y a une incroyable différence entre les hommes de cette époque et les délinquants qui nous gouvernent aujourd'hui. Une phrase prophétique de Bismarck m'a particulièrement frappée :

« Pourquoi le versement d'une pension de retraite est-il réservé aux fonctionnaires et aux militaires ? à coup sûr les travailleurs ont les mêmes droits, quel que soit leur métier. Ces droits seront un jour reconnus. Quand je ne serai plus là, mon système de gouvernement peut changer, ou même s'écrouler, mais l'avènement du socialisme d'État est inéluctable. Celui qui bâtira son programme sur cette idée prendra aussitôt le pouvoir dans le pays. »

10 mars Nous avons donné un dîner officiel en l'honneur du général Badoglio. Par bonheur j'étais assise à côté d'un Italien. Avec eux la conversation est facile. Il suffit de poser quelques questions et les voilà partis. Il ne reste plus qu'à s'installer confortablement dans sa chaise et à les écouter !

24 mars Mon père revient de Berlin, où il avait assisté à la cérémonie de confirmation du neveu de ma mère, Egbert von Tirpitz. Il nous a raconté que le pasteur Niemöller avait fait un sermon extraordinaire. Il regardait l'assistance de l'air résolu de celui qui n'a rien à redouter, et s'exprimait sur un ton d'absolue conviction, comme un prophète. Son message était clair : c'est le devoir de chacun de combattre le mal qui se propage à travers l'Allemagne.

[Le pasteur Martin Niemöller était l'âme autant que le chef spirituel de la *Bekenntsniskirche*, l'Église confessionnelle, qui professait des opinions résolument antinazies, au contraire de l'Église officielle, la *Reichskirche*. Après bien d'autres membres du clergé, le 1er juillet 1937 il fut à son tour arrêté et jeté en prison. Aux yeux du monde extérieur, Niemöller devint le symbole de l'opposition chrétienne à Hitler. Vers la fin de la guerre, en avril 1945, je devais me retrouver avec lui dans le même groupe d'otages prisonniers des S.S.]

Pendant son séjour à Berlin mon père a rencontré Hitler et le ministre des Affaires étrangères Neurath. Il a tenté de convaincre celui-ci d'essayer de dissuader Hitler d'entraîner l'Italie dans le pacte anti-Komintern. L'idée est effectivement dans l'air. Le pacte est déjà bien assez dangereux comme cela, mais si l'Italie s'y associe, nous allons inévitablement vers la guerre. Mon père a encore dit que tout au long de la réunion Hitler n'avait parlé que de guerre ; on a l'impression qu'elle est attendue, pour ne pas dire désirée.

7 avril Le pape vient de publier une nouvelle encyclique par laquelle il condamne les persécutions nazies contre les chrétiens et les Juifs. Mon père pense que c'est une bonne chose, mais il a dit aussi qu'Hitler n'en tiendrait certainement aucun compte.

20 avril C'est l'anniversaire d'Hitler. Ettel, qui est le plus important nazi parmi les Allemands résidant à Rome, a manifestement appris tout *Mein Kampf* par cœur. Il est écrit en effet dans ce livre que la meilleure méthode de persuasion consiste à marteler sans arrêt les mêmes slogans jusqu'à ce qu'ils soient entrés dans la tête des gens. Le discours imbécile d'Ettel rappelait successivement toutes les apparitions d'Hitler en public en une sorte de récital incroyablement ennuyeux, qui a duré deux heures. Chaque histoire commençait et finissait invariablement par les mêmes phrases :

« Un silence total régnait dans l'assistance. Le Führer se leva et dit, Mon peuple... » et à la fin : « Alors la foule regarda l'avion étincelant du Führer s'élever dans les airs et disparaître derrière les nuages. » Malheureusement personne ne semblait percevoir l'absurdité de ce fatras !

12 mai Nous ne parlons plus de politique à table depuis que mon père a découvert que Reinecke l'espionnait. Le porc ! Nous comprenons maintenant le sens de l'allusion de Göring. Manifestement celui-ci se trouve être de ces gangsters qui n'aiment pas les mouchards.

20 mai On m'a interdit de correspondre avec Detalmo pendant toute la durée de son séjour aux États-Unis. Il envoie donc ses lettres à ma sœur Almuth. Il rentrera en Italie plus tard que prévu. J'espère que nous pourrons nous voir dès son retour !

[De Detalmo à Almuth, posté en Floride et daté du 29 mars 1937 (écrit en anglais)]

...C'est un affrontement continuel entre l'ancien et le nouveau monde, entre l'avenir et le passé, entre l'Europe et l'Amérique. Pour l'instant c'est l'Amérique qui mène : c'est pourquoi j'aimerais que vous soyez ici à mes côtés pour équilibrer les chances de notre vieux continent. Je ne sais pas comment Fey prendra cette déclaration ; j'ai peur qu'elle ne soit déçue, et pourtant mes sentiments n'ont pas changé. Je comprends mieux aujourd'hui ses craintes de me voir devenir un « Americano ». Je croyais qu'elle pensait au chewing-gum et au whisky... L'Amérique n'a pas changé mes sentiments à l'égard de Fey, elle n'a pas non plus altéré mes principes moraux, mais elle a bouleversé mes idéaux et mes convictions en ce qui concerne la vie et les hommes...

[De Detalmo à Almuth, posté en Floride et daté du 14 mai 1937 (écrit en italien)]

... J'ai reçu aujourd'hui de mon frère Giacomo une lettre dans laquelle il m'écrit qu'il a vu Fey à l'Exposition du cheval. Elle lui a dit qu'elle allait quitter Rome à la fin du mois de juin ! Cela signifie que je ne la verrai pas pendant ces vacances, et l'hiver prochain je serai pris par mon service militaire jusqu'au mois d'avril 1938. Almuth, je vous en prie, écrivez-moi pour me dire tout ce que vous savez. Je n'ai jamais cru à la sincérité de votre mère lorsqu'elle disait qu'elle accepterait volontiers que nous revoyions, mais plus tard. Maintenant ce départ précipité me confirme dans mes doutes...

30 mai Il y a quelques jours je suis retournée au Palazzo Venezia à l'occasion d'un autre grand dîner officiel. Cette fois c'était en l'honneur du Feldmarshall Werner von Blomberg [chef des forces armées allemandes de 1933 à 1938]. Lors de la réception qui suivait le dîner, Mussolini s'est intéressé personnellement à moi, et m'a demandé si tout allait bien à l'école et aux Jeunesses hitlériennes. Je me suis sentie très flattée.

20 juin Santa Hercolani a dit l'autre jour à ma mère que mon père, de même que Suvich [sous-secrétaire d'État au cabinet de Mussolini], est surnommé « le frein » dans les milieux politiques italiens, à cause de son opposition à la formation de blocs militaires et politiques...

30 juin L'école est finie ! Les examens oraux se sont déroulés en présence d'un commissaire du Reich venu spécialement de Berlin. Mon père a fait une apparition de deux heures, car c'étaient les premiers examens de fin d'études secondaires depuis la Première Guerre mondiale. À ma grande surprise, j'ai eu la mention « bien », comme Annelise Petchek et Gerda Bruhn. Toutes les autres ont eu la mention « passable ». Gerda et moi étions furieuses car Annelise méritait incontestablement une mention d'excellence. C'est seulement parce qu'elle est juive.

3 juillet Detalmo est revenu ! Il est très américanisé, mais je pense que cela passera. Nous sommes déjà allés plusieurs fois à la plage avec Almuth. Mes parents ne savent rien.

Plusieurs discours dirigés contre les Juifs et les chrétiens ont fait du bruit en Allemagne. Les nazis sont incapables de se tenir tranquilles...

21 juillet Le 7 de ce mois, je suis partie avec ma mère pour Ischia. Mes parents disent que voyager me fera du bien après le dur travail du lycée. Je crois plutôt que c'est pour m'éloigner de Detalmo !

D'Ischia nous avons accompagné mon père jusqu'à Pérouse et Assise, où nous avons fait la connaissance d'un Américain expert en art, Bernard Berenson. Il nous a fait visiter ces deux villes, et quand nous sommes arrivés en haut devant la basilique Saint-François, il a dit : « C'est ainsi que l'architecture gothique devrait toujours nous apparaître, pleine de lumière et de gaieté. En Espagne comme en Allemagne les églises gothiques sont le plus souvent sombres et tristes. »

Mes parents ont eu avec Berenson de longues conversations sur l'état déplorable dans lequel se trouve aujourd'hui l'Allemagne...

10 septembre Almuth et moi venons d'arriver en Angleterre. Nous avons remonté la Tamise en bateau, ce qui est une excellente façon de découvrir Londres. Comme Berlin, cette cité fait paraître Rome toute petite...

15 septembre Almuth et moi sommes hébergées comme hôtes payants chez un couple anglais de Yeovil dans le Somerset. Le maître de maison est un officier en retraite. Mari et femme sont très pieux. Il y a aussi leur fille, Kitty, qui est plutôt aimable, ainsi qu'une jolie Suédoise, Ulla, qui n'a pas grand-chose dans la tête. Nous sommes allées ensemble jusqu'à la mer. Il faisait aussi chaud qu'à Rome, ce qui est étonnant si j'en crois la réputation du climat anglais.

J'ai assisté à un service anglican qui m'a beaucoup plu, ni tout à fait catholique ni vraiment protestant. Je crois tout de même que je suis protestante de cœur, car le sermon m'a paru trop court. Après tout, vous pouvez dire des prières ou chanter des hymnes n'importe où !

Ma mère m'a écrit pour me dire que Curtius [le directeur de l'institut archéologique allemand de Rome] a été saqué. Sa lettre de licenciement était signée par Hitler lui-même ! Il tenait ouvertement des propos hostiles aux nazis, et mon père n'a pas réussi à le sauver.

23 septembre La vie que nous menons ici me fait penser aux histoires de jeunesse de ma mère. On ne vit plus ainsi de nos jours sur le continent. Nous faisons de longues promenades à travers les champs et les bois en emportant notre pique-nique, quel que soit le temps, nous jouons au tennis, montons à bicyclette, et prenons le thé sur des pelouses d'un vert inimitable...

Les gens sont aimables, mais pas du tout intellectuels ! Parce les Anglais sont des insulaires, j'ai le sentiment de vivre dans un monde clos. Ils ont apparemment moins de problèmes et s'intéressent peu à ce qui se passe dans le reste du monde, qu'après tout ils ne voient jamais...

Une fois de plus Hitler s'est conduit comme un idiot à Nuremberg. Tantôt ce sont les Juifs, tantôt les Bolcheviques, et voilà maintenant qu'il parle des « colonies ».

On n'est pas plus stupide. Dieu sait que le monde a d'autres problèmes à résoudre, la Chine et le Japon, la guerre civile espagnole, et il éprouve le besoin de discourir sur les colonies !

25 septembre Je ne reçois pas de lettres de Detalmo ; ma patience est à bout. Nous jouons sans arrêt au tennis. C'est le passe-temps favori des Anglais. Ils y jouent des journées entières, et en plus sur gazon, ce qui ralentit beaucoup trop les échanges !

29 septembre La visite de Mussolini en Allemagne fait les gros titres de tous les journaux anglais. Il semble qu'il ait été reçu comme un empereur. Je n'ai pas de peine à imaginer son triomphe. *Il Duce* a fait un discours en allemand, qui commençait par ces mots : « Le Führer et moi n'avons d'autre souci que la paix. » Je serais curieuse de savoir ce que pense mon père de cette déclaration...

13 octobre Hier après-midi Thomas [le fils aîné de la maison de Yeovil] recevait tous ses amis. Nous avons passé des heures à nous battre sur le plancher, à nous distribuer des bourrades au hasard, et nous avons dans l'ensemble beaucoup ri. Je n'aurais jamais cru qu'en Angleterre les choses pouvaient se passer ainsi !

Les Allemands ont offert aux Belges de s'engager à ne pas traverser leur pays en cas de conflit si de leur côté ils promettent de rester neutres. La bonne blague ! bien entendu la Belgique a immédiatement accepté le marché.

J'ai reçu une lettre de Detalmo. J'avais raison de me faire du souci, parce qu'il avoue s'être amouraché d'une Américaine. Mais il ne sait pas laquelle de nous deux il préfère. En d'autres termes il n'en aime véritablement aucune. Il ne s'en rend peut-être pas compte, mais je ne me fais plus d'illusions.

5 novembre Par respect des traditions familiales, je quitte aujourd'hui Yeovil pour aller passer deux mois au collège des Dames de Cheltenham. [Ma grand-mère, ma mère et ma tante ont toutes passé une année à Cheltenham. Quand ce fut le tour de ma mère, mon grand-père lui déclara qu'il l'envoyait là-bas « parce que le monde devient très rapidement anglo-saxon ».] Comme je ne dois pas rester longtemps, je n'habiterai pas au collège, mais dans une famille.

15 novembre Les conceptions anglaises et continentales de l'éducation sont étrangement différentes ! Ici le fait de copier est contraire à l'« esprit sportif », et il est interdit de s'aider mutuellement ; c'est vraiment très étonnant. Dans la bibliothèque, qui sert aux filles d'étude non surveillée, on entendrait voler une mouche. La discipline est très rigide, peut-être un peu trop.

Les gens chez qui je vis m'ont énervée hier en me disant que j'avais de mauvaises manières parce que je mangeais ma soupe en me servant du bout pointu de la cuillère, alors qu'il faut, paraît-il, utiliser le côté. À supposer que ce soit vrai, j'ai quand même dix-neuf ans. J'ai répondu que je sortais d'une famille convenable et que nous avions toujours mangé notre soupe de cette façon...

20 novembre J'ai lu dans les journaux que Ribbentrop n'est pratiquement jamais à son poste à Londres, car il est toujours quelque part en mission spéciale. Il vient de passer plusieurs jours à Rome, ce qui n'a pas dû faire plaisir à mon père, j'imagine. J'écrivais dans ma dernière lettre à l'auteur de mes jours : « J'espère que *Die Regentropfen* [littéralement : gouttes de pluie, notre code familial pour désigner Ribbentrop] ne tarderont pas à quitter Rome. Vous devez trouver ces gouttes-là bien irritantes et même dangereuses. »

[Quand je revis mon père un peu plus tard, il me raconta que, tandis qu'il développait ses arguments contre le pacte anti-Komintern, Ribbentrop l'avait interrompu en disant : « Prenez garde, vous parlez à votre futur ministre des Affaires étrangères. » Mon père avait répliqué : « Même si vous l'étiez déjà, je ne parlerais pas autrement. »]

27 novembre Nous sommes allées l'autre soir à un bal assez amusant, mais les Britanniques sont vraiment guindés. Je suis étonnée de rencontrer tant d'Anglais enthousiasmés par l'Allemagne !

Ce qui me frappe surtout en Angleterre, c'est le sens de la démocratie qui prévaut au Parlement, dans la vie publique et dans la vie privée. J'aimerais que nous fassions de même. L'Allemagne et l'Italie seront-elles un jour des pays démocratiques ?

Detalmo a répondu à ma dernière lettre dans laquelle je lui faisais part de mon intention de ne plus lui écrire de quelque temps puisqu'il a pour le moment d'autres motifs d'intérêt. Il me dit qu'il va partir faire son service militaire, et que je ne dois jamais plus le menacer de le laisser sans nouvelles.

[De Detalmo à Fey, le 24 novembre 1937 (écrit en anglais)]

Je veux t'écrire une dernière fois avant mon départ. Demain soir je dormirai à la caserne. Je déteste le service militaire à cause de ces corvées dégoûtantes mais ça ne sert à rien d'en parler puisqu'il faut y passer de toute façon... Je ne sais toujours pas quand ni pour combien de jours je pourrai venir à Rome en permission ; j'essaierai quand même de te le faire savoir bientôt. J'espère que tu pourras me consacrer de longues heures car franchement, Fey, tu me manques énormément, et il me tarde de te revoir. Tu ne me croiras peut-être pas, mais c'est pourtant la vérité, tu t'en apercevras bientôt par toi-même. Donc écris-moi, s'il te plaît, et ne dis plus jamais que je ne veux pas t'écrire. Donne-moi du courage, et essaie de comprendre ce garçon un peu fou qui est néanmoins tout à toi. Je compte te retrouver heureuse et pleine de gaieté. Je ne te demande pas de m'aimer, car je commence à me demander si je vaux la peine qu'on s'intéresse à moi, mais je veux que tu sois heureuse, parce que tu es douce et chère à mon cœur, et tellement, tellement meilleure que moi...

20 décembre J'ai fait seule le voyage de retour à Munich, et nous voici tous réunis à Rome. J'ai beaucoup vu Detalmo qui connaît maintenant toute la famille. Il est très amoureux de moi, mais la réciproque n'est pas vraie. Je pense que d'une manière ou d'une autre c'est fini. Et pourtant il continue à faire de moi ce qu'il veut...

Mon père dit que pour lui tout est déjà fini. Ciano et Ribbentrop réclament à cor et à cri son renvoi parce qu'il se met en travers de leur diplomatie guerrière...

3

La fin d'une époque

1938-1939

J'écris ceci sous l'empire de l'émotion terrible provoquée en moi par les ignobles persécutions infligées aux Juifs après le meurtre de vom Rath. Jamais depuis la Grande Guerre nous n'avons autant perdu de notre crédit... Je suis profondément troublé par le retentissement de ces affreux événements sur la vie de la nation, chaque jour plus inexorablement dominée par un régime capable de telles horreurs.

ULRICH VON HASSELL,
Journal, 25 novembre 1938, Ebenhausen.

6 février 1938 L'annonce du renvoi de mon père a paru dans les journaux ! Comme tout le monde s'y attendait, Ribbentrop a remplacé Neurath aux Affaires étrangères. Pauvre Europe ! on a renvoyé dans ses foyers le général Werner von Fritsch, et Hitler s'est arrogé le titre de Commandant suprême des armées.

[Hitler profita de ce remaniement pour se débarrasser d'officiers généraux et de hauts fonctionnaires qui se montraient intraitables sur le chapitre de ses dépenses militaires et qui jugeaient sa politique extérieure dangereuse. Mon père, alors âgé de cinquante-sept ans, ne fut pas nommé à un autre poste, et fut même officiellement mis en disponibilité l'année suivante.]

Nous avons failli renoncer au bal costumé que nous donnons tous les ans, pour finalement décider de le maintenir. Le thème de cette année sera « la fin du dix-neuvième siècle ».

9 février Notre quatrième et dernier bal fut un grand succès ! Il s'est transformé pour mon père en une sorte d'ovation à l'italienne, tellement enthousiaste qu'elle en était presque gênante... Ils sont tous venus lui serrer la main, les fascistes comme les antifascistes. Cette année, beaucoup de mes amis étaient là... Seul manquait Detalmo, qui fait son service à Gênes dans la cavalerie.

24 février Au déjeuner offert à la villa Madame par le ministère des Affaires étrangères d'Italie, Ciano a fait un discours. Il n'a pas une fois levé les yeux des notes qu'on lui avait préparées, et n'a pas eu un seul mot amical et personnel à l'occasion du départ d'un ambassadeur en poste à Rome depuis des années. Mon père s'est levé à son tour, et a parlé d'abondance et sans notes de son amour pour l'Italie et les Italiens. J'ai remarqué que beaucoup de gens avaient les larmes aux yeux, en partie sans doute parce qu'ils avaient le sentiment d'être à un tournant de l'histoire.

3 mars Après avoir reçu des milliers de témoignages d'amitié ou de solidarité, mes parents ont quitté l'Italie pour de bon. Almuth et moi resterons ici un mois encore avant de les rejoindre.

J'ai vu Detalmo il y a quelques jours. Il a dit que la jeune fille américaine avait finalement épousé quelqu'un d'autre, ce qui m'a comblée d'aise. Il était plutôt déprimé d'apprendre que ses parents allaient se séparer. Je suis désolée pour lui...

14 mars Les troupes allemandes ont occupé l'Autriche ! Le chancelier Schuschnigg est consigné chez lui, et c'est un nazi qui a pris sa place !

22 mars L'Autriche n'existe plus ! Mussolini n'a rien pu faire. Les Italiens s'expriment ouvertement sur ce sujet, et leurs opinions sont violemment antiallemandes !

Tout le monde a le sentiment qu'il n'y a plus de limites. Si l'Autriche peut être aussi facilement rayée de la carte, pourquoi pas demain la Tchécoslovaquie ? La presse allemande parle déjà des « infortunés Allemands des Sudètes », sauvagement maltraités par les Tchèques, etc. Detalmo m'a fait parvenir une lettre horrifiée à ce sujet.

[Les Allemands des Sudètes vivaient dans la région des montagnes du même nom, qui avait été rattachée à la Tchécoslovaquie après la Première Guerre mondiale. Ils étaient nombreux à réclamer le retour à l'administration allemande.]

29 mars Aga von Einsiedel est venue nous rendre visite à Rome. La manière qu'elle avait de regarder par-dessus son épaule avant de dire quoi que ce soit contre les nazis m'a frappée. Elle a précisé qu'en Allemagne c'était devenu une réaction automatique. Ce réflexe a même un nom, *der deutsche Blick* [le « coup d'œil allemand »]. Elle m'a encore dit que seuls sont considérés aujourd'hui comme fréquentables les gens qui ont déjà été arrêtés.

18 avril Je suis finalement partie pour l'Allemagne. Des tas d'amis sont venus à la gare me faire leurs adieux. C'était bien triste, car je ne sais pas du tout quand je les reverrai. Detalmo a trouvé le moyen d'obtenir une permission pour venir aussi me dire au revoir !

27 avril Feldafing Lotti, qui fut toujours si gentille et si généreuse, nous quitte pour de bon. Elle va vivre avec sa sœur Anni près de Hambourg. Nous avons du chagrin de la voir partir, et elle aussi, je crois. Elle a passé dix-huit ans chez nous. C'est vraiment la fin d'une époque.

9 mai Hitler est venu en visite à Rome. Mon père est soulagé de ne plus y être, et l'ambassade d'Allemagne est toujours dépourvue d'ambassadeur. Sur le passage du train à Bolzano (une région enlevée à l'Autriche après la Grande Guerre, et dont les habitants parlent allemand), une foule innombrable s'était rendue à la gare pour l'acclamer ; ce comportement dans un pays étranger comme l'Italie n'est pas exactement un modèle de tact. Le roi en personne, accompagné de Mussolini, a accueilli Hitler en gare de Rome. Au cours de la parade militaire, les soldats italiens placés en tête du cortège défilaient au « pas romain », imité du pas de l'oie allemand. Leur prestation plutôt médiocre se déroulait sous l'œil goguenard des Allemands venus assister au défilé. N'imitez jamais les autres, c'est une règle d'or !

10 juin Nous devons quitter Feldafing ; ma grand-mère s'est vu signifier son expropriation par l'administration allemande. Ils veulent construire une grande école nazie juste devant la maison...

Mon père cherche désespérément un moyen de s'installer à Berlin, afin de rester en contact avec ses amis de l'opposition au régime. Malheureusement personne ne semble désireux d'offrir du travail à un homme en disgrâce notoire auprès des nazis !

14 juin Le monde entier a les yeux fixés sur la Tchécoslovaquie. Les nazis inondent les journaux du récit des prétendues atrocités subies par les Allemands des Sudètes. L'Angleterre a fait savoir à l'Allemagne qu'il ne fallait pas toucher à la Tchécoslovaquie...

20 juin Mes parents ont déniché une grande maison toute neuve à vingt kilomètres de Munich dans la ville d'Ebenhausen. Avant de déménager, mon père veut faire un court voyage en Autriche avec l'intention de placer ses modestes économies dans une petite maison bien à lui. J'emploie le mot « modeste » à dessein parce que mon père, qui est un homme de l'ancienne école, a toujours donné des réceptions diplomatiques fastueuses sans hésiter à puiser dans sa propre bourse. À ma connaissance, personne n'a encore jamais eu l'idée d'en faire autant...

20 juillet Nous sommes revenus d'Autriche... Mon père déteste conduire, et bien qu'elle ait appris récemment ma mère est très nerveuse au volant. J'ai donc conduit la plupart du temps. À part un ou deux légers accrochages, je m'en suis assez bien tirée, en dépit du fait qu'en Autriche on roule à gauche, ce qui ne simplifie pas les choses.

Nous avons adoré la campagne, mais toutes les maisons que nous avons visitées étaient en mauvais état. La complaisance des Autrichiens à l'égard du régime nazi m'a littéralement stupéfiée. À un certain moment mon père a même remarqué : « Même la fille d'étable fait le salut hitlérien et dit *Heil Hitler* avant de se mettre à traire les vaches ! »

Hitler a certes employé la force pour s'emparer de l'Autriche, mais l'Autriche paraît se soumettre bien volontiers, à part quelques rares exceptions

23 juillet Nous sommes allés à Berlin, Wolf Ulli et moi, pour le mariage d'Adelheid von Weizsäcker [son père, le baron Ernst von Weizsäcker, était sous-secrétaire d'État au ministère des Affaires étrangères, et nos familles étaient amies depuis des années. Un des frères d'Adelheid, Karl Friedrich, a épousé une cousine suisse de ma mère et l'autre, Richard, a fait une brillante carrière politique. Il est aujourd'hui président de la République fédérale d'Allemagne].

J'ai trouvé Berlin plus brillant encore qu'il y a deux ans. Dans les rues désertes à cette heure tardive, les rares passants éclataient de rire en apercevant sur la tête de Wolf Ulli le haut-de-forme de grand-père von Tirpitz. La coiffe était trop grande et lui aurait entièrement caché le visage si les bords ne l'avaient arrêtée à la hauteur des oreilles.

Un ami de Wolf Ulli, Friedrich von Bismarck, est sorti avec nous un soir. Nous avons passé la nuit à visiter les boîtes de nuit, et quelles boîtes de nuit ! En rentrant, Wolf Ulli m'a dit que Fritz lui avait demandé s'il pouvait sortir avec moi. Il est bien gentil, mais n'existe pas à côté de Detalmo !

14 août Mussolini vient d'avoir la triste idée de copier l'antisémitisme des nazis. C'est bien dommage, et c'est aussi totalement injustifié, car enfin les Juifs n'ont jamais causé le moindre problème en Italie ! C'est folie de fabriquer ainsi des griefs imaginaires...

3 octobre La situation en Tchécoslovaquie empire de jour en jour. Au congrès de Nuremberg, Hitler a dit qu'il ne voyait plus d'autre choix que l'emploi de la force. De son côté mon père dit que les chefs militaires et les industriels ont fait de leur mieux pour le convaincre que la guerre signifierait la ruine, mais que le seul résultat tangible de leurs représentations semble avoir été d'exciter chez Hitler la haine des classes dirigeantes.

> [Dans son discours du « Jour de la culture » au congrès de Nuremberg de 1938, Hitler déclara : « Je veux souligner la différence entre le peuple, c'est-à-dire les masses allemandes fidèles, au sang jeune et vigoureux, et les gens de la soi-disant " Haute Société " en pleine décadence, dont le sang est appauvri par des générations d'alliances consanguines. Ces gens-là sont parfois appelés par ceux qui n'ont pas encore compris " les classes dirigeantes ". En fait ils ne sont que le produit d'une sorte de fausse couche, d'une éducation foncièrement mauvaise. Ils sont corrompus par des idées cosmopolites et ont perdu tout caractère. »]

Chamberlain a demandé à Mussolini d'intervenir, et le 29 septembre à Munich une grande conférence a réuni Mussolini,

Hitler, le premier ministre français Édouard Daladier, et Chamberlain. Il semble que la paix ait été sauvée au dernier moment.

[Aux termes de l'accord de Munich, la Tchécoslovaquie perdit trois millions et demi de ses habitants, et quelque vingt-cinq mille kilomètres carrés d'un territoire où était installée une des plus fortes lignes défensives d'Europe occidentale. Bien que la Tchécoslovaquie fût ainsi clairement condamnée à mort, les Tchèques, qui n'assistaient pas à la conférence de Munich, durent s'incliner.]

12 novembre Un terrible raid nazi a ravagé les maisons des Juifs, leurs magasins et leurs synagogues. Les incidents ont éclaté à la même heure dans toute l'Allemagne. La police regardait sans intervenir, tandis que l'on tirait les habitants de leurs lits pour les jeter dans les rues glaciales en vêtements de nuit. C'est de la barbarie pure et simple ! Mon père dit que l'Allemagne n'est plus un pays civilisé.

[Le pogrom des 9 et 10 novembre – que l'on appela plus tard la Nuit de cristal, à cause du bris d'innombrables vitrines de magasins – fut organisé parce qu'un réfugié juif, dans un geste de protestation contre la déportation de ses parents en Pologne, avait tué à coups de revolver un fonctionnaire de l'ambassade d'Allemagne à Paris, Ernst vom Rath. Sous le regard indifférent des policiers, les nazis et leurs sympathisants, excités par les commentaires de la presse aux ordres du gouvernement, détruisirent, saccagèrent et pillèrent des milliers de magasins et de bureaux appartenant à des Juifs, ainsi que des dizaines de synagogues. Quelque vingt mille Juifs furent arrêtés sous divers chefs d'inculpation fabriqués de toutes pièces, et soixante-quatorze personnes, des Juifs pour la plupart, furent tuées.]

17 novembre J'ai fait de mon mieux pour persuader mes parents de me laisser retourner à Rome afin d'y prendre des cours d'italien. Un diplôme me serait utile si je décidais plus tard d'étudier les langues à l'université de Heidelberg. Mes parents ne sont pas très enthousiastes, car ils pensent que c'est un prétexte pour revoir Detalmo. Je m'évertue à leur dire que nous sommes simplement bons amis !

14 janvier 1939 C'est incroyable. Mes parents m'autorisent à retourner à Rome. Je suis arrivée avant-hier, et qui était là pour m'accueillir sur le quai de la gare ? Detalmo en personne ! Exactement ce que mes parents ne voulaient pas et que je leur avais promis d'éviter...

Je suis si heureuse d'être de retour à Rome l'insouciante. C'est sans doute une ville un peu superficielle, mais est-il donc si important d'être exact et précis en toutes choses ? C'est tellement différent de l'Allemagne, où les gens ne vous parlent que de choses sérieuses sur un ton grave.

16 février Je découvre chez Detalmo beaucoup plus de maturité et de bon sens qu'auparavant. Cette fois nous avons parlé sérieusement mariage. La seule difficulté vient évidemment de mes parents !

17 mars Ce que tout le monde redoutait vient de se produire. Hitler a purement et simplement détruit la Tchécoslovaquie. Les Slovaques ont proclamé leur indépendance, mais ne sont que des vassaux de l'Allemagne. Les Hongrois ont envahi la Ruthénie – la partie ukrainienne des Carpates – et la Bohême-Moravie est désormais placée sous protectorat allemand, avec Neurath à sa tête ! Detalmo comme moi pensons que Neurath aurait dû refuser. La France et l'Angleterre restent muettes. Quelle honte !

20 mars Aujourd'hui j'ai reçu de ma mère une réponse à la lettre dans laquelle je lui annonçais mon intention d'épouser

Detalmo. Elle dit que nous sommes beaucoup trop jeunes. J'ai tout de même la permission de rester à Rome à condition de tenir nos fiançailles secrètes jusqu'à ce que mon père ait pu s'entretenir avec Detalmo. Elle écrit aussi que mon père a trouvé du travail à Berlin pour le compte de la Mitteleuropäischer Wirtschaftstag [Organisation économique de l'Europe centrale]. Il paraît qu'il devra beaucoup voyager dans le cadre de ses nouvelles occupations, en particulier dans les Balkans, ce qui doit lui convenir parfaitement.

J'ai décidé de rejoindre les *Arbeitsdienst* pour deux raisons : la première, c'est que ça m'intéresse, et la deuxième, c'est qu'au cas où je ne me marierais pas, j'aurais sans doute à nouveau envie de suivre les cours de l'université. Detalmo s'oppose à ce projet et vient d'écrire à ma mère pour lui demander de m'en dissuader.

[Les *Arbeitsdienst* étaient des chantiers de jeunesse créés un peu partout en Allemagne par le gouvernement. Garçons et filles vivaient dans des camps séparés et s'activaient aux travaux des champs. Sous le régime des nazis, les jeunes gens devaient obligatoirement passer au moins six mois dans un de ces camps avant de pouvoir entrer à l'université.]

31 mars Mes cours d'italien sont terminés. J'ai mon diplôme et je dois maintenant repartir pour l'Allemagne, comme promis. La mère de Detalmo a donné un dîner d'adieux en mon honneur. Elle nous considère comme fiancés et, bien que cela reste en principe un secret, elle m'a fait cadeau d'un bracelet en or.

2 avril Mes parents s'opposent toujours à nos fiançailles. Ma mère ne quitte pas des yeux mon bracelet ! J'en suis désolée pour elle, mais ma décision est prise. Je commence à me demander si je vais rejoindre les *Arbeitsdienst*, car je ne suis plus tellement sûre d'avoir envie d'entrer à l'université...

13 avril Les troupes italiennes ont envahi l'Albanie la semaine dernière. La France et l'Angleterre sont maintenant les seules nations garantes de l'indépendance de la Grèce et de la Roumanie, ainsi que de la Pologne...

15 avril Je pars aujourd'hui pour les *Arbeitsdienst.* Je préfère ne pas emporter mon journal, en raison des opinions politiques de mes futures compagnes...

[Ici s'achève le compte rendu extrait des carnets de mon journal original. La plus grande partie des carnets ultérieurs, qui couvrait les années 1939 à 1944, a été brûlée par des amis bien intentionnés désireux de faire disparaître des « preuves accablantes », à la suite de mon arrestation par la Gestapo au cours de l'automne 1944. Le récit de la période suivante, c'est-à-dire de septembre 1939 à mon mariage en janvier 1940, est écrit de mémoire et d'après les souvenirs de ma mère ou d'autres personnes de ma connaissance.]

Septembre La guerre éclata pendant que je me trouvais dans les *Arbeitsdienst.* Les filles reçurent aussitôt l'ordre de prolonger leur séjour d'au moins six mois, afin de remplacer aux champs les hommes appelés sous les drapeaux. J'étais désespérée, mais par chance mon père réussit à me faire libérer sous prétexte qu'il avait besoin de moi comme secrétaire.

Comme je m'y attendais, l'expérience du camp se révéla pleine d'intérêt. Nous étions une cinquantaine de filles logées dans trois grandes pièces aménagées en dortoir, et nous prenions nos repas toutes ensemble autour d'une immense table en bois. Avant de commencer à manger, nous devions crier à l'unisson : « Faim ! » en nous tenant par la main. Le même cérémonial se répétait à la fin du repas, mais cette fois nous devions hurler : « Rassasiées ! » Bien qu'on ne nous ait jamais expliqué le sens de ce rite, je suppose qu'il était censé remplacer le bénédicité.

Chacune de nous se voyait affectée à une seule famille de fermiers, mais on nous changeait de famille tous les mois pour prévenir la formation d'attachements durables. Nous avions de petits carnets sur lesquels il nous fallait chaque soir inscrire la nature de notre travail et le nombre d'heures effectuées dans la journée. Un jour par mois nous faisions parie de l'équipe chargée de la lessive, des gros nettoyages et de la cuisine.

Cette expérience avait incontestablement des aspects positifs. Presque toutes les filles venaient de la ville, et c'était donc leur première sinon leur dernière chance de découvrir les beautés de la nature. Toutes, moi comprise, paraissaient travailler avec plaisir, et s'intéressaient même aux techniques souvent ingénieuses employées par les paysans pour améliorer le rendement de leurs exploitations.

Mais, à part cela, les résultats furent négatifs. L'effort entrepris pour mélanger les classes sociales se soldait par un échec total. Les différences entre celles qui avaient terminé leurs études secondaires – nous étions six – et les autres s'étaient plutôt accentuées vers la fin de notre séjour. Je faisais de mon mieux pour me lier d'amitié avec des filles qui travaillaient d'ordinaire comme serveuses de restaurant ou vendeuses de magasin, mais je rencontrais chez elles une grande réserve qui frisait rapidement l'hostilité. Nous comprîmes vite qu'elles préféraient de loin la compagnie de leurs semblables, et ne voulaient rien avoir à faire avec nous.

Les responsables du camp, des femmes à peine plus âgées que nous, étaient en général d'une ignorance crasse, et s'enivraient plus souvent qu'à leur tour. Chaque soir avant le souper, il nous fallait subir des cours d'histoire durant lesquels elles tentaient de nous inculquer la *Weltanschauung* (la culture) des nazis. Les six filles de notre petit groupe les embarrassaient par des questions dont nos « éducatrices » ignoraient les réponses. Celle qui faisait fonction de chef devait admettre en rougissant qu'elle ne savait pas. Elle n'en prétendait pas moins passer pour un professeur authentique. C'était absurde.

Nous ne parlions guère de politique. Je crois cependant que les critiques virulentes de mes cinq compagnes un peu instruites à l'égard des responsables du camp en disaient long sur leurs idées. Je n'en fus pas moins frappée par la bêtise de l'une d'entre elles qui le jour de la déclaration de guerre me dit : « Attends un peu, tu verras que l'Italie va nous trahir encore une fois. » Je lui répondis vertement que l'Italie n'avait pas du tout trahi la fois précédente, et que c'était typique de la sentimentalité allemande de vouloir faire du romantisme en politique. La remarque était vraiment stupide. En politique on ne fait pas de sentiment !

Toutes ces mesquineries de notre vie en commun me mettaient souvent en colère. Je me rappelle qu'une fois nous reçûmes l'ordre de nous rassembler parce que le chef du camp allait nous faire un discours. Elle déclara d'emblée que plusieurs personnes faisaient courir le bruit qu'on ouvrait leur courrier, et demanda aux coupables de s'avancer d'un pas. Bien entendu je m'étais déjà plainte amèrement à ce sujet, ainsi que plusieurs autres filles, mais aucune d'entre nous ne sortit du rang. Elle menaça de punir tout le monde si personne ne se dénonçait. Je finis par m'avancer, suivie d'une de mes compagnes. Le chef nous lut alors une longue déclaration d'où il ressortait que le courrier n'était pas ouvert, et qu'il fallait cesser de répandre de fausses rumeurs. Nous savions qu'elle mentait, car les enveloppes étaient invariablement mal recollées.

On nous faisait travailler du matin au soir. La journée commençait à six heures du matin par le salut au drapeau accompagné de chants patriotiques. La cérémonie était suivie d'une séance de culture physique et d'une course de vingt minutes au pas de gymnastique. Après le petit déjeuner, nous partions travailler aux champs, vêtues de tuniques bleues et la tête couverte d'un fichu. Au retour nous faisions nos ablutions à l'eau froide (nous avions la possibilité d'utiliser les douches communales deux fois par semaine) ; ensuite venaient les cours d'instruction civique, puis le souper. Pour finir nous chantions une dernière chanson patriotique avant d'amener les couleurs et d'aller nous coucher, recrues d'une saine fatigue.

Le dimanche nous allions parfois dans un café pour danser avec les garçons de l'*Arbeitsdienst* voisin. Nous devions obligatoirement revêtir nos uniformes de sortie, jupe noire et chemisier blanc. Toutes les filles s'asseyaient sur une espèce de podium et subissaient l'inspection des garçons. J'avais l'impression d'être à la foire aux bestiaux.

Tous les deux mois nous avions le droit de nous absenter du camp le temps d'un week-end. Je crois que sans cela je n'aurais pas supporté la monotonie et la frustration de cette existence trop bien réglée. Detalmo vint me voir une fois, et nous nous installâmes dans un hôtel de la ville voisine. Une autre fois je sortis avec Fritz von Bismarck. Il était horriblement timide, et ce fut pénible de rester deux jours en tête à tête avec lui. Il me demanda de l'épouser, de sorte que je fus bien obligée de lui avouer mes fiançailles avec Detalmo !

Les lettres que je recevais régulièrement de ma famille et de mon futur mari restaient mon lien principal avec le monde extérieur. Detalmo s'occupait activement d'organiser notre avenir. S'il réussissait son examen d'entrée au ministère des Affaires étrangères, nous irions vivre à Rome. S'il échouait, nous nous installerions dans sa maison de campagne du Frioul, au nord-est de l'Italie.

Dans une de ses lettres il me rapporta le commentaire de Ciano lorsque celui-ci apprit nos fiançailles :

> *Meno male, finalmente c'è un ragazzo Italiano che si innamora di una Tedesca.* [Grâce au ciel, enfin un Italien qui s'éprend d'une Allemande.] Mais dis-moi, Fey, que vont en penser tes parents ? S'ils découvrent que tout Rome est au courant, ils vont être furieux, tu ne crois pas ?...
>
> Chérie, j'ai peur de ne pas pouvoir satisfaire ta passion pour les oranges. On ne peut rien envoyer dans un pays étranger, à

moins d'entreprendre des démarches longues et fastidieuses auprès de la Banque d'Italie. Tes oranges s'inscriraient dans les comptes financiers de l'année 1939 de sorte qu'en contrepartie les Italiens pourraient exiger de l'Allemagne vingt comprimés d'aspirine afin d'équilibrer les échanges commerciaux entre nos deux pays.

(écrit en anglais)

Dans la dernière lettre que je reçus de lui, Detalmo disait qu'il venait d'avoir une longue conversation téléphonique avec ma mère. Elle avait fini par capituler. Maintenant que la guerre était devenue une réalité, elle allait faire son possible pour que nous puissions nous marier rapidement.

Quand je revins à la maison vers la fin du mois de septembre 1939, mon père me raconta que jusqu'à la dernière minute il avait fait la navette entre Sir Neville Henderson, ambassadeur de Grande-Bretagne à Berlin, et les principaux dirigeants nazis pour tenter d'éviter un conflit généralisé. Il s'était dépensé en pure perte. Hitler avait voulu sa guerre, et maintenant il l'avait ! Hans Dieter se trouvait sur le front français, mais il n'y avait pas eu de combats. La plupart de nos amis étaient sous les drapeaux.

[Le 1er septembre 1939, et sans déclaration de guerre préalable, les Allemands entrèrent en Pologne avec un million sept cent mille hommes appuyés par une force aérienne disposant d'une écrasante supériorité. Deux jours plus tard la Grande-Bretagne et la France honoraient leur promesse en déclarant à leur tour la guerre à l'Allemagne, mais elles ne firent absolument rien pour se porter au secours de la Pologne, que de son côté l'Union soviétique envahissait dès le 17 septembre. (Le fameux pacte de non-agression germano-soviétique avait été secrètement ratifié au mois d'août précédent.) À la fin du mois de septembre, la résistance polonaise s'effondrait, et commençait alors une occupation sanglante marquée par les crimes les plus atroces jamais commis par les nazis.]

Octobre D'après mon père, l'incroyable succès des Allemands en Pologne eut pour effet d'accroître encore la répugnance des généraux de la Wehrmacht à entreprendre quoi que ce soit contre Hitler. Il ajouta que le seul espoir pour l'Allemagne serait que celle-ci fût vaincue rapidement, ce qui lui paraissait peu vraisemblable. Privée du soutien de l'armée, l'opposition civile était totalement impuissante.

Le Dr Hans Frank – un des plus fanatiques parmi les nazis – fut nommé gouverneur général de la Pologne, et Netty, notre ancienne cuisinière à Rome, entra bientôt à son service. Des années plus tard, nous apprîmes que Netty s'était suicidée. À l'évidence, ses nerfs n'avaient pas supporté les horreurs dont elle était chaque jour le témoin sous l'atroce régime de Frank.

À sa manière l'histoire de Schuhknecht, notre ancien chauffeur à Rome, est tout aussi édifiante. Après nous avoir quittés, il était entré au service d'Himmler, toujours en qualité de chauffeur. À la suite d'un accident sans gravité, et de son refus d'exécuter je ne sais quelle corvée de nettoyage, son patron le fit jeter dans une espèce de cave démunie d'ouvertures et de lieux d'aisances. Au bout de six semaines de ce traitement, on le libéra contre l'engagement écrit de ne parler à personne de son cruel châtiment. Malgré sa promesse, il vint immédiatement voir ma mère à Ebenhausen, et encore tout tremblant lui fit le récit de ses malheurs. Pauvre Schuhknecht ! S'il avait jamais eu un faible pour les nazis, ça lui était bien passé.

Peu de jours après la visite de Schuhknecht, mon père reçut un coup de téléphone d'Himmler en personne. Celui-ci se vanta de n'avoir pas autorisé Schuhknecht à faire un rapport sur mon père, « pour le motif, précisa-t-il, qu'on ne doit pas encourager les domestiques à dire du mal de leurs anciens patrons ». C'était parfaitement ridicule, surtout de la part d'Himmler. Mon père fit d'ailleurs ce commentaire mi-figue, mi-raisin dans son journal d'avril 1939 :

... Dans cette affaire, Himmler n'a pas fait preuve d'esprit de camaraderie *[Volksgemeinschaft]*; il a, bien au contraire, singé les manières de la haute société tant décriée par les nazis. Il est intéressant de noter que c'est lui, le chef suprême de la Gestapo, qui a tenu à me préciser qu'il n'était bien entendu pour rien dans la mésaventure de ce pauvre Schuhknecht.

Même Reinecke, le maître d'hôtel chargé de nous espionner quand nous étions encore à Rome, devait perdre ses illusions sur les nazis. Entré au service de Ribbentrop, il tomba sérieusement malade. Il nous adressa de l'hôpital une carte postale, d'ailleurs bien imprudente, où il disait ceci : « Maintenant je sais faire la différence entre un gentleman et celui qui ne l'est pas. Ni mon patron ni sa femme ne sont venus me voir à l'hôpital. Ils n'ont même pas pris des nouvelles de ma santé. » J'ai pensé que c'était bien fait pour lui !

Novembre Detalmo a terminé ses études. Il est maintenant docteur en droit. C'était la condition posée par mes parents avant de consentir à notre mariage. Il est venu à Ebenhausen pour un dernier entretien avec mon père. Ils sont sortis du bureau paternel au bout d'une heure, et Detalmo m'a offert une bague. Nous avons décidé de nous marier le 9 janvier de l'année prochaine (1940), c'est-à-dire vingt-neuf ans jour pour jour après le mariage de mes parents en 1911.

Ma mère m'a raconté que, même après sa conversation avec Detalmo, mon père était resté très vague sur la situation financière et les projets de son futur gendre. Allait-il devenir diplomate ou journaliste ? « Une chose est certaine toutefois, la famille Pirzio-Biroli possède dans le Frioul un domaine agricole. Ils pourront toujours planter des pommes de terre. L'important de nos jours, c'est de ne pas mourir de faim ! »

À Rome, Detalmo s'occupait activement de réunir tous les papiers dont nous avions besoin. Les formalités nécessaires au mariage d'un Italien avec une étrangère, protestante de surcroît, me semblaient d'une complication absurde. Nous pûmes obtenir que la cérémonie religieuse se déroulât dans une chapelle annexe de la cathédrale de Schäftlarn, près d'Ebenhausen. J'étais furieuse à cause du petit curé qui trouvait évidemment que c'était péché pour un catholique d'épouser une protestante. Il ne voulut à aucun prix d'une bénédiction protestante, à laquelle mon père et moi tenions pourtant beaucoup, et me fit jurer sur la croix d'élever mes enfants dans la religion catholique. Ces difficultés ne laissaient pas de nous étonner. Par les temps troublés que nous vivions, j'espérais plus de tolérance de la part d'un chrétien.

Janvier 1940 Quelques jours avant mon mariage, je reçus de Detalmo une lettre adressée pour la dernière fois à « Fräulein von Hassell » :

> Ma chère petite Fey, mon immense amour,
>
> Je tiens à t'écrire encore une fois avant que nous soyons réunis pour toujours. C'est ma dernière lettre à ma petite Fräulein von Hassell adorée ! Je tiens absolument à te l'envoyer parce que c'est la dernière d'une très longue série... Avec notre mariage, mon grand idéal se réalise enfin, et je suis le plus heureux des hommes quelques jours à peine avant de commencer notre vie commune. Mon amour sera le pilier qui soutiendra mon existence et m'aidera dans l'accomplissement d'un autre idéal : participer, même modestement, à la renaissance de notre civilisation. Si ce second vœu se réalise aussi, je pourrai mourir en paix, et le dernier jour de ma vie sera encore plus heureux que le premier... Quant à toi, mon amour chéri, je te souhaite bonne chance du fond de mon cœur ! Tu quittes ta glorieuse famille et les tiens pour me suivre ! Tu pars avec moi pour t'installer dans une grande maison sinistre, à moitié vide, et habitée par une belle-mère malade ! Pauvre petite Fey ! Tu épouses un jeune homme qui n'a pas fait ses preuves, et qui

aujourd'hui n'a rien à t'offrir : une maison dépourvue de confort, pas beaucoup d'argent, pas de situation assise, vraiment rien! Tu as eu assez de courage et d'esprit de sacrifice pour décider quand même de lui confier ta destinée. Tu t'embarques dans l'inconnu! J'ai parfaitement conscience de tout cela, Fey, et je t'en admire encore davantage...

Le 7 janvier 1940, Detalmo débarquait à Ebenhausen en compagnie de son frère et de sa sœur. Sa mère n'avait pas pu venir, elle était immobilisée à Rome par une grave maladie de cœur. Son père, retenu par ses obligations militaires, ne pouvait pas non plus faire le voyage. C'était Giacomo, frère cadet de Detalmo et tout jeune officier de cavalerie, qui serait son témoin.

Le 8 janvier, nous passâmes devant M. le Maire, qui était tellement ému qu'il n'arrivait pas à surmonter son bégaiement. Le matin suivant, nous eûmes la cérémonie religieuse catholique. Après la messe, le petit curé qui m'avait fait jurer d'élever mes enfants dans la foi du Christ sortit de l'église en courant pour me dire : « Souvenez-vous de ce que vous m'avez promis, pas de cérémonie protestante. » À cet instant je ne pus m'empêcher de le haïr.

En dépit de cet avertissement, le pasteur protestant nous donna sa bénédiction le même jour, mais un peu plus tard, dans la maison de mes parents. Il nous gratifia d'un discours assez long, et plutôt ennuyeux, bien qu'animé des meilleures intentions. De nombreux amis nous avaient rejoints, et pendant que nous prenions le thé mon père fit un discours. J'allais d'un invité à l'autre sans pouvoir m'empêcher de pleurer comme une Madeleine. Cela me rendait furieuse contre moi-même, mais les larmes ruisselaient de plus belle sur mes joues. Je découvris plus tard que mon père avait tout juste eu le temps de terminer son discours avant de quitter le salon précipitamment, car lui aussi était incapable de maîtriser son émotion. Au même moment Almuth et Hans Dieter s'étaient cachés dans la cave pour sangloter à leur aise. C'était par trop ridicule!

Nous fûmes littéralement noyés sous une pluie de télégrammes de vœux de bonheur, et mon père reçut même un message personnel de Mussolini que j'ai conservé, et que voici :

> ... TRANSMETTEZ À VOTRE CHARMANTE FILLE QUE JE ME RAPPELLE TRÈS BIEN MES PLUS SINCÈRES FÉLICITATIONS. J'ESPÈRE QUE CETTE HEUREUSE CIRCONSTANCE VOUS DONNERA L'OCCASION DE REVENIR EN ITALIE, OÙ VOUS AVEZ LAISSÉ DE NOMBREUX AMIS ET UN EXCELLENT SOUVENIR, CHEZ MOI EN PARTICULIER. MEILLEURS VŒUX DE BONHEUR, MUSSOLINI.
>
> *(écrit en italien)*

Quand vint l'heure des adieux, ma mère me prit à part pour me dire : « Comme tu le sais sûrement, certaine chose ennuyeuse doit se passer entre époux si l'on veut avoir des enfants. » J'étais au courant, bien entendu, mais je ne pensais pas que ce fût si ennuyeux que cela. Bien des années plus tard nous revînmes sur ce sujet, et ma mère fit alors cette étonnante déclaration : « Il est étrange que ce dont il s'agit ait été qualifié différemment par trois générations successives. Lorsque je me suis mariée, ma mère me mit en garde contre cette chose dégoûtante qu'il faut subir pour avoir des enfants. Quant à moi, je la trouvais simplement ennuyeuse, et tu me dis aujourd'hui que tu la trouves amusante, et même agréable. »

Nous partîmes pour l'Italie sous un déluge de larmes. Au dernier moment Detalmo lui-même sanglotait !

4

Un mariage de guerre

1940-1941

Il [Hitler] a non seulement réussi à s'attirer l'inimitié de la plupart des nations de l'univers, il a encore trouvé le moyen de mobiliser contre lui toutes les grandes forces du monde intellectuel : le capitalisme, le bolchevisme, le libéralisme, l'Église et les Juifs.

Ulrich von Hassell,
Journal, 19 août 1943, Ebenhausen.

Pour ce chapitre et le suivant, qui couvrent l'intervalle de trois ans et demi séparant la date de mon mariage de celle de l'armistice intervenu entre l'Italie et les Alliés au mois de juillet 1943, je me suis servie d'extraits choisis de lettres présentées dans l'ordre chronologique. Cette correspondance est abondante, car j'étais alors éloignée de ma famille restée en Allemagne, et souvent aussi de mon mari qui se déplaçait fréquemment en Italie. J'ai cru bon d'intercaler quelques explications, ainsi que des notes sur les événements survenus pendant cette période.

Après notre mariage à Ebenhausen, Detalmo et moi nous rendîmes directement à Rome pour voir ma belle-mère, Idanna Savorgnan di Brazzà. Son cœur était de plus en plus malade. Nous décidâmes tout de même de partir en voyage de noces pour la Sicile, comme prévu. C'est avec le cœur lourd que nous arrivâmes à Taormina. Le temps était mauvais, et Detalmo préoccupé par la santé de sa mère. Au bout de dix jours, nous reçûmes une lettre de Marina qui nous décida sur-le-champ à regagner Rome.

14 janvier 1940 [de Marina, ma belle-sœur, à son frère en Sicile]

> ... Maman a reçu aujourd'hui la visite de Sebastiani [le plus grand cardiologue d'Italie]. Il dit qu'à son avis ce n'est pas une question d'années, mais de mois. Il m'a recommandé de rester près d'elle et de ne pas retourner à l'école à Udine [capitale de la province du Frioul]. Maman ne sait pas encore que je ne bougerai pas d'ici. Elle est persuadée que bientôt elle ira mieux, et reste calme et sereine. Je suis bien triste de mon côté.
>
> J'espère que vous profitez de la Sicile...

Nous rentrâmes juste à temps. Le 31 janvier 1940, la mère de Detalmo mourut d'une crise cardiaque à l'âge de cinquante ans, laissant derrière elle une famille à peine sortie de l'adolescence. Detalmo n'avait que vingt-quatre ans, moi vingt et un, Giacomo dix-neuf et Marina dix-sept. Ma belle-mère étant séparée de son mari, le colonel Giuseppe Pirzio-Biroli, depuis des années, la charge de l'entretien de Brazzà, la somptueuse propriété familiale au pied des Alpes Juliennes, retomba sur les enfants. Le domaine, qui renfermait encore un château du Xe siècle situé derrière la villa, appartenait à la famille de ma belle-mère depuis plus d'un millénaire.

Nous passâmes ensuite quelques mois tranquilles dans l'appartement des Pirzio-Biroli à Rome, sur la via Panama. Detalmo préparait son concours d'entrée aux Affaires étrangères, et je m'habituais à mon existence de femme mariée. Je me sentais parfois très seule, car j'avais du mal à communiquer avec ma famille en Allemagne, à cause de la censure.

En février 1940, Detalmo arrangea la rencontre de mon père avec Lonsdale Bryans, un ami anglais qui connaissait le secrétaire du Foreign Office, lord Halifax. Mon père nourrissait l'espoir qu'il était encore possible de faire la paix avant que la guerre ne prît un tour irréversible. Il voulait obtenir du gouvernement de Sa Majesté une promesse écrite que les Britanniques étaient prêts à négocier au cas où Hitler serait renversé. Il savait très bien qu'en l'absence d'une telle assurance il serait impossible de décider les généraux à tenter quelque chose contre le dictateur.

L'entrevue devait être tenue secrète, de sorte que pour se rendre à Arosa, en Suisse, Lonsdale Bryans dut se faire passer pour un médecin spécialiste appelé en consultation auprès de Wolf Ulli qui souffrait (réellement d'ailleurs) d'une bronchite chronique. Mon père rencontra deux fois Lonsdale Bryans entre février et juin 1940, mais il ne devait rien sortir de leurs entretiens. Les vagues encouragements transmis par lord Halifax montraient clairement que les Britanniques n'avaient aucune confiance dans la capacité de la résistance allemande à éliminer Hitler afin d'établir un véritable gouvernement démocratique.

Sur le terrain la situation évoluait lentement. En Italie nous n'entendions pas parler des atrocités commises en Pologne. Plus tard, cependant, mon père m'apprit que c'était précisément pendant cette période que les S.S. avaient entassé mille cinq cents hommes, femmes et enfants juifs dans un train de wagons à claire-voie qu'ils avaient fait circuler en plein hiver jusqu'à ce qu'ils fussent tous morts. Ensuite deux cents paysans avaient dû creuser de gigantesques fosses communes et y précipiter les cadavres. Tous les acteurs de ce drame horrible avaient été fusillés par les bourreaux et leurs corps jetés dans le charnier par-dessus ceux des Juifs.

Par une résistance héroïque, les Finlandais parvinrent quelque temps à contenir l'invasion des Russes, mais ils durent finalement se résigner à demander la paix. Le 9 avril 1940 marqua le début du deuxième round de la guerre. Ce jour-là l'Allemagne attaqua le Danemark et la Norvège. Le premier fut conquis pratiquement sans un coup de fusil, mais l'envahisseur rencontra chez la deuxième une résistance inattendue. Mon père écrivit à ce propos dans son journal : « Je ne comprends pas comment les Anglais se sont laissé surprendre une nouvelle fois. » (Les Anglais et les Français se portèrent sans résultat notable au secours de la Norvège par l'envoi d'un corps expéditionnaire à Narvik.)

Au printemps de cette année-là, je m'aperçus que j'étais enceinte. Bien que nous eussions en principe décidé d'attendre la fin de la guerre pour avoir des enfants, l'annonce d'une maternité prochaine me combla d'une joie tranquille. Au mois de mai, Detalmo et moi décidâmes d'aller retrouver Marina à Brazzà, que je ne connaissais pas encore.

17 mai 1940 [écrit à ma mère à Ebenhausen le jour de mon arrivée à Brazzà]

> ... J'avais tellement entendu parler de Brazzà que je brûlais d'impatience de le découvrir. Quel bonheur, la beauté de l'endroit dépasse les descriptions les plus enthousiastes ! La maison se trouve au sommet d'une colline éloignée du bruit et de la fureur du monde. D'un côté la vue s'étend au-delà d'une grande plaine jusqu'à Venise. De l'autre on peut apercevoir les cimes encore neigeuses des montagnes. La villa proprement dite est immense et entourée de maisons plus petites où loge le personnel attaché au domaine. Tout ici est du meilleur goût. Detalmo et moi disposons au deuxième étage d'une chambre et d'un salon clairs et bien aérés, avec une vue à vous couper le souffle.
>
> Ce matin le jardinier m'a conduite au jardin potager, qui est vaste et planté de figuiers, de pommiers et de poiriers. Nous ne mourrons certainement pas de faim si par malheur la situation devait s'aggraver. Le délicieux salon du premier étage donne directement sur la pelouse. Nonino nous y apporte le thé bien souvent...

Nonino, qui était entré au service de la famille de Detalmo à l'âge de seize ans, fut toujours pour moi d'une aide précieuse en même temps qu'un conseiller avisé. Il fut employé à Brazzà comme cocher, maître d'hôtel et chauffeur durant cinquante-quatre ans. Tout fonctionnait si parfaitement sous sa direction que mes tâches domestiques se limitèrent finalement à garnir de fleurs une trentaine de vases, à faire les menus, et à superviser les achats domestiques en compagnie de la cuisinière et du jardinier.

Tandis que je m'installais peu à peu dans ma splendide demeure et que je me préparais à mettre au monde un enfant, les Allemands poursuivaient leur avance impitoyable à travers l'Europe du Nord. Le 14 mai 1940, après un bombardement massif qui paralysa le port de Rotterdam, la reine des Pays-Bas et son gouvernement s'exilèrent en Angleterre, et l'armée hollandaise capitula sans condition. Les divisions motorisées de la Wehrmacht envahirent la France par le nord, balayant tout sur leur passage, et réussirent à couper les armées anglaises et belges de leurs alliés français. Les forces britanniques se réembarquèrent sur les plages de Dunkerque dans les premiers jours du mois de juin.

Tandis que se déroulaient ces événements mémorables, Brazzà demeurait un havre de paix. Je profitais pleinement de la beauté du Frioul, faisais connaissance avec les amis du voisinage, et découvrais peu à peu les gens qui travaillaient sur le domaine tout en parcourant les champs, les vignes et les vergers. Notre mariage, qui avait débuté sous de fâcheux auspices entre ma solitude et le chagrin de Detalmo, devenait la source de joies innombrables. Et puis, lorsqu'en juin 1940 il parut certain que la défaite française était consommée, Mussolini déclara la guerre à la France et à la Grande-Bretagne. Notre période de bonheur conjugal s'en trouva brutalement écourtée. Detalmo reprit du service et fut envoyé à Civitavecchia, le grand port maritime au sud de Rome, tandis que je restais à Brazzà en compagnie de la seule Marina.

Au mois d'août je tombai gravement malade, d'une maladie que les médecins prirent pour une appendicite. Ils me firent hospitaliser d'urgence et décidèrent de m'opérer malgré ma grossesse de cinq mois. Je faillis perdre mon bébé. Après l'opération, mon état resta stationnaire et je languis misérablement pendant trois semaines dans ma chambre d'hôpital. Par chance, ma mère arriva d'Allemagne avec un médicament suisse qui me remit sur pied. J'étais encore faible lorsque je revins à Brazzà, où je passai encore plusieurs semaines au lit. Detalmo vint me voir pendant ma maladie, et mon père fit un détour en rentrant de Vienne pour passer quelques heures à mon chevet. Après de longs entretiens avec son gendre, il dut admettre que ses contacts avec les Britanniques se faisaient de plus en plus rares. Il ne lui restait plus qu'à trouver le moyen d'éliminer Hitler, mais mon père ne voulut rien révéler de ce qui se tramait à Berlin.

Corrado, mon fils aîné, vint au monde en novembre. Detalmo obtint une permission de quarante-huit heures pour assister au baptême à l'hôpital d'Udine. Il revint passer quatre jours à la maison au moment de Noël.

29 décembre 1940 [de Detalmo, rentré à Civitavecchia après sa courte permission de Noël, à ma mère à Ebenhausen]...

... Je viens de passer les fêtes de Noël à Brazzà. Fey avait magnifiquement organisé les choses, conformément à la tradition. Nous avons regardé les bougies se consumer jusqu'au bout sur le sapin, et elle nous a joué de l'accordéon. Mon frère et ma sœur étaient très touchés. Brazzà n'avait sans doute pas connu pareille ambiance depuis l'époque de ma grand-mère américaine. Je veux parler de ces fêtes de Noël célébrées dans la plus pure tradition d'autrefois...

Cela fait du bien de temps à autre de se replonger dans le passé, qui demeure notre seul rempart contre un matérialisme de plus en plus envahissant. C'est à notre petite Fey que revient entièrement le mérite d'avoir su créer cette atmosphère nouvelle et si agréable ! Je vois que mon frère et ma sœur y sont sensibles également. Giacomo est resté avec nous plus longtemps que prévu ! Inutile de vous en dire davantage...

Il n'y aura pas de concours des Affaires étrangères avant la fin de la guerre. Selon la loi italienne, les concours administratifs doivent être annoncés trois mois à l'avance, ce qui signifie que l'examen aura lieu trois mois après la fin des hostilités. La seule incertitude demeure précisément cette date-là !

12 janvier 1941 [adressé par moi depuis Civitavecchia, où j'avais rejoint Detalmo avec Corrado, à ma sœur Almuth à Ebenhausen]

... Le wagon-lit était confortable, et tout alla bien jusqu'au moment où Corrado s'éveilla, vers sept heures du matin, et se mit à crier de toute la force de ses poumons. Les gens dans le couloir se regardèrent, consternés, en murmurant : *« Dio mio, questo bambino ! »* [Mon Dieu, ce bébé !] Un monsieur me dit alors : « J'espère que vous n'étiez pas dans le même compartiment que cet affreux moutard. Il est déjà bien difficile de trouver le sommeil dans un wagon-lit, mais s'il faut supporter des enfants par-dessus le marché, ça devient l'enfer ! » Je lui expliquai que j'étais la mère du braillard, et il se détourna précipitamment, rouge de confusion. (J'avais sûrement l'air beaucoup trop jeune pour être déjà mère de famille.) Je suis pratiquement la seule femme dans l'hôtel. Les officiers se retrouvent pour déjeuner autour d'une longue table présidée par le commandant. On nous a donné une petite table séparée, comme à des amoureux. Nous avons l'impression, Detalmo et moi, d'être regardés par tous ces hommes comme des bêtes curieuses...

Je passai plusieurs mois dans cet hôtel. Detalmo travaillait tout le jour, tandis que je promenais Corradino dans les rues de

Civitavecchia. À partir du mois de mars il se mit à faire plus chaud, et nous allions souvent nous baigner dans la mer encore froide, laissant Corradino gazouiller sur la plage aux rayons du soleil printanier. Je recevais peu de nouvelles d'Allemagne, mais il était facile de deviner que mes parents étaient soucieux, un peu à cause de Hans Dieter, en France depuis l'armistice avec l'armée d'occupation, mais surtout en raison des développements de la situation en Allemagne même.

En mars 1941, à la suite d'une révolution de palais à la cour de Yougoslavie, le nouveau gouvernement proclama la neutralité du pays sous l'autorité du roi Pierre II. Dans les semaines qui suivirent, les troupes allemandes massées aux frontières de la Roumanie, de la Hongrie et de la Bulgarie, pénétrèrent profondément en territoire yougoslave. De leur côté, les troupes italiennes envahirent massivement la Yougoslavie. Le roi d'Italie Victor-Emmanuel III, techniquement commandant en chef des armées, choisit d'établir son quartier général à Brazzà, qui se trouvait à moins de cinquante kilomètres de la frontière yougoslave.

14 avril 1941 [adressé par moi depuis Civitavecchia à ma mère à Ebenhausen]

Il nous a fallu soudain quitter Civitavecchia pour Brazzà et savez-vous pourquoi ? Parce que votre ami le roi désire s'y installer pour la durée de la campagne en Yougoslavie. On nous avait donné deux jours pour déménager toutes nos affaires. Nous avons réuni une trentaine de paysans avec leurs filles, et pendant quarante-huit heures Brazzà s'est éveillée de son long sommeil d'hiver. Des gerbes de fleurs sont venues de la ville, tandis que nous déplacions le mobilier. Quand votre ami est arrivé, j'ai fait la révérence devant un roi pour la première fois de mon existence. Il a dit quelques mots aimables, après quoi il nous a pratiquement congédiés !

[La Yougoslavie capitula le 20 avril 1941. Après avoir tenu l'Italie en échec pendant six mois, la Grèce ne put contenir la puissance allemande, et rendit les armes trois jours plus tard. Vers la fin mai, les Britanniques avaient été boutés hors de Crète, et tout le secteur nord du bassin méditerranéen était aux mains d'Hitler.]

26 avril 1941 [de Detalmo à Civitavecchia à ma mère à Ebenhausen]

... Tout le monde dit que Fey devient de plus en plus belle, et c'est bien vrai. Elle s'épanouit comme une fleur au printemps. Le roi a quitté Brazzà avec sa cour il y a quelques jours. Il semble qu'il ait apprécié l'endroit...

26 juin 1941 [de ma mère à Ebenhausen à moi, toujours à Civitavecchia]

... Je suis préoccupée par l'annonce du blocage de l'envoi de fonds américains en Europe. J'espère que tu continueras à recevoir l'argent de Cora. De toute façon tu ne peux pas compter sur un revenu régulier à partir du prochain trimestre. Tu ferais donc bien d'économiser sur la nourriture quand tu es à Brazzà. Par exemple, pourquoi ne pas élever des poulets ? À Berlin, ta tante Élisabeth garde une poule sur son balcon et, crois-moi ou non, elle pond deux ou trois œufs par jour. Tu pourrais également élever une chèvre pour Corradino. Pigeons et lapins sont aussi d'un bon rapport. Ils ne coûtent pas cher et se multiplient rapidement...

Cora Slocomb, la grand-mère maternelle de Detalmo, avait placé une certaine somme sur la tête de ses trois petits-enfants, Detalmo, Giacomo et Marina. Ainsi que ma mère le craignait, l'argent resta bloqué aux États-Unis jusqu'à la fin de la guerre.

20 juillet 1941 [adressé par moi, de retour à Brazzà, à ma mère à Ebenhausen]

... Le roi a laissé quelques traces de son passage qui se révèlent bien utiles – de superbes rideaux, et une moquette pratique et résistante... Nous avons commencé à cuire notre pain, qui est cent fois meilleur que celui du boulanger. Pas besoin d'une chèvre, Corradino déteste le lait, et de toute façon il y a des vaches à l'étable. Par contre nous avons un cochon, et dès qu'il sera gros et gras nous en ferons des saucisses et de ces délicieux salamis italiens...

6 août 1941 [adressé à ma mère à Ebenhausen par Almuth en visite à Brazzà]

... J'ai l'impression de vivre un rêve. Le voyage s'est bien passé. Detalmo était venu m'accueillir à la gare d'Udine avec Nonino et la charrette. Je l'ai trouvé maigre mais charmant dans son uniforme. Nous avons traversé au petit trot la campagne italienne éclatante dans la lumière de l'été. Fey, Marina et Cilla [la bonne] nous attendaient sur le perron. Fey est devenue vraiment très belle ; j'ai découvert une nouvelle femme dans tout l'éclat d'une santé en apparence parfaite. Nous sommes aussitôt allés voir Corrado, qui est bien le plus beau bébé que j'aie jamais vu. Son père est littéralement en adoration devant lui... Sur toutes les portes on voit encore de petits écriteaux sur lesquels on peut lire *Camera del primo aiutante di S.M. il Re* (chambre du premier officier d'ordonnance de Sa Majesté le Roi), etc.

15 août 1941 [de Detalmo à Civitavecchia, adressé à moi qui étais restée à Brazzà]

... Les parachutistes sont une espèce curieuse, certes un peu fous, mais dans l'ensemble très raffinés. Il faut à mon avis noter un point bien particulier à propos de cette arme. On compte parmi leurs officiers ou leurs chefs un Bechi-Luserna, un prince Ruspoli, un autre prince Ruspoli, un duc Visconti, des marquis et des comtes X, Y ou Z, etc. Cela montre qu'après tout il y a encore du bon dans l'aristocratie. Ce métier ne demande guère de capacités intellectuelles, mais il exige des qualités d'un autre ordre qui ne se rencontrent pas sous le pas d'un cheval...

En août 1941 j'eus la surprise de me trouver de nouveau enceinte. Nous étions pourtant convenus d'essayer d'éviter cela jusqu'au retour à une vie normale.

25 août 1941 [de Detalmo à Civitavecchia, adressé à ma mère à Ebenhausen]

... Almuth a déjà dû vous apprendre que notre mère la Nature fait preuve à notre égard d'une générosité que je trouve excessive. Fey voulait d'abord vous faire part elle-même de l'événement, mais lorsqu'elle a reçu votre lettre la pressant d'avoir un deuxième bébé, elle s'est mise en colère et a dit textuellement : « Pour qui me prennent-ils, je te le demande? Pour une machine à faire les enfants! »

C'est une grande tragédie, et nous ne savons même pas comment c'est arrivé. Nous ne souhaitions pas avoir un bébé la première fois, nous en avions encore moins envie cette fois-ci, et cependant la maison se peuple aussi vite qu'une lapinière. C'est effrayant! et tout cela en pleine guerre, avec l'incertitude de l'avenir, etc. Il doit s'agir d'une revanche de la Nature désireuse de combattre la mort par la vie. Je pense toutefois que nous lui avons apporté une contribution plus que suffisante et nous espérons fermement qu'elle aura le bon goût de frapper à d'autres portes...

1er septembre 1941 [de Detalmo à Civitavecchia, adressé à moi à Brazzà]

... Je t'avertis encore une fois, ma petite Fey : tu n'as aucune raison de te plaindre. En gémissant ainsi, non seulement tu fais preuve d'ingratitude envers la Providence, mais encore tu cours le risque d'attirer sur nous le mauvais sort. Nous avons appris aujourd'hui qu'ils avaient besoin de plusieurs officiers pour servir sur les navires à destination de l'Afrique du Nord.

Si je devais être choisi, et faire la traversée deux fois par semaine durant des mois et des mois, tu dirais sans doute : « Comme nous étions heureux à l'époque de Civitavecchia. Pourquoi donc a-t-il fallu que cela change ? » Je vais essayer de me faire affecter à Udine. Mais si j'échoue dans cette tentative, surtout ne te plains pas ! Je suis absolument persuadé que dans la conjoncture présente cela nous porterait malheur ! Tu dois seulement te réjouir de ton bonheur, et remercier Dieu tous les jours, car jusqu'ici nous avons eu beaucoup de chance...

[Civitavecchia assurait la plus grande partie du trafic maritime avec l'Afrique du Nord, où de violents combats opposaient les troupes italiennes et britanniques depuis l'entrée en guerre de l'Italie un an plus tôt. Au début de 1941, alors que les Italiens connaissaient de grandes difficultés, Rommel était entré en scène avec son Afrika Korps. Les Britanniques se retrouvèrent sur la défensive, et Rommel progressa rapidement jusqu'à moins de cent kilomètres d'Alexandrie, avant d'être vaincu à El-Alamein en 1942.]

Les nouvelles reçues d'Allemagne étaient toujours plus mauvaises. Ma mère m'écrivit dans une de ses lettres que mon père était constamment surveillé par la Gestapo, et qu'il avait du mal à obtenir des visas pour ses déplacements à l'étranger. Mon frère Hans Dieter avait été muté sur le front russe, où la liste des pertes s'allongeait de jour en jour.

5 septembre 1941 [de mon frère Hans Dieter, quelque part en Russie, à moi à Brazzà]

... Tu pourras mieux juger des conditions de vie en Russie quand je t'aurai dit qu'un village italien de montagne a l'air d'une station touristique de grand luxe à côté d'un village soviétique. Après huit semaines d'avance en territoire russe, nous sommes arrivés en un lieu où les constructions ne sont pas de bois, mais de pierres mal équarries. Dieu nous abandonne, disent les gens par ici, car Il n'a même plus de maison. Les églises sont devenues garages, greniers à grain, ou encore salles de réunion du Soviet local. Fais ce que tu peux pour garder Brazzà. Le bonheur de posséder quelque chose à soi ne saurait s'apprécier tant qu'on n'a pas vu la misère de cet endroit...

[Le 22 juin 1941, l'Allemagne avait lancé trois millions d'hommes à l'assaut de la Russie sur un vaste front qui s'étendait de la Baltique à la mer Noire. Surpris par la soudaineté de l'attaque, les Russes n'offrirent d'abord que peu de résistance, et les armées allemandes s'avancèrent en quelques mois jusqu'à moins de trois cents kilomètres de Moscou. En dépit de ce succès initial, les Allemands s'aperçurent bientôt qu'ils avaient gravement sous-estimé la capacité de résistance des Russes. Pour la première fois les pertes allemandes atteignaient des chiffres impressionnants, et les ressources militaires de l'Allemagne, déjà largement entamées par une guerre menée sur deux fronts, s'épuisaient à une cadence qu'elles ne pourraient soutenir bien longtemps.]

Quand je revis mon frère Hans Dieter plus tard, il me raconta que le cauchemar de la campagne de Russie était la capacité incroyable des Russes à renouveler leurs effectifs. Il arrivait aux Allemands de faire en une journée jusqu'à vingt mille prisonniers, pour s'apercevoir presque aussitôt qu'ils avaient été remplacés, sans que l'intensité des combats diminuât pour autant. De même, les Britanniques et les Américains construisaient et livraient aux Russes les tanks et les avions aussi vite, sinon plus, que les Allemands n'arrivaient à les détruire.

13 septembre 1941 [adressé par moi de Brazzà à ma mère à Ebenhausen]

... Nous avons constamment des visites à la maison. La plupart du temps ce sont des officiers qui viennent voir Marina et les deux amies qu'elle a invitées à passer quelques jours ici. Elles me demandent toujours d'être là pour leur servir de chaperon, ce qui est parfaitement ridicule, vu que je suis leur aînée de quatre ans à peine. Quelle sorte de chaperon pourrais-je bien être à cet âge ? C'est mon statut de femme mariée qui fait toute la différence, j'imagine ! Nous avons coupé nos cheveux très court, avec une espèce de frange bouclée sur le front. C'est, paraît-il, le *dernier cri* en France...

18 septembre 1941 [adressé par ma mère à Ebenhausen à moi à Brazzà]

Ton père et moi venons de subir à Berlin plusieurs bombardements terrifiants. Des bombes sont tombées sur le jardin zoologique et sur l'hôtel Eden, tout près de l'endroit où nous vivons. Dans certaines rues, les maisons se sont écroulées par rangées entières. Un diplomate italien qui logeait à l'hôtel Eden a dû courir aux abris en pyjama...

[À partir du mois de mai 1941, la Luftwaffe cessa de bombarder les villes anglaises pour concentrer son action sur le front de l'Est. C'est alors que, timidement d'abord, puis avec une violence de plus en plus grande, les Britanniques, suivis plus tard par les Américains, se mirent à détruire systématiquement les cités allemandes par des bombardements massifs. À la fin de la guerre la plupart des grandes villes étaient entièrement rasées.]

[D'Almuth, de retour à Ebenhausen, adressé à moi par le même courrier]

... Je ne me rappelle plus si je t'ai parlé de la récente visite de Schmoller. Il est actuellement stationné sur le front russe près de Smolensk. Il nous raconte des choses horribles. Presque tous les soldats ont la dysenterie à cause de la nourriture, qui est épouvantable, et aussi parce que l'intendance se trouve loin derrière, souvent à des kilomètres, tellement l'avance est rapide. Ils s'enterrent dans des tranchées protégées par du fil de fer barbelé. Tous les jours les Russes attaquent...

La 11 octobre 1941, mon père arrivait à Brazzà pour une courte visite après un voyage à Budapest. Il était complètement découragé devant la situation en Allemagne. Il nous fit part de son étonnement devant l'extraordinaire prestige d'Hitler, surtout chez les militaires. Il cita en particulier le général d'aviation [Hoffmann] Waldau, qui ne tarissait pas d'éloges sur la manière dont l'offensive en Russie avait été préparée : « Une fois de plus le Führer avait raison contre tous les autres. » Mon père avait également entendu dire qu'en Pologne les S.S. utilisaient des Juifs pour expérimenter des armes nouvelles.

18 octobre 1941 [adressé par moi à Detalmo, qui était rentré à Civitavecchia après être venu à Brazzà embrasser son beau-père entre deux trains]

Tu n'es parti qu'hier, et déjà tu me manques. Les premiers jours ne sont pas les plus terribles, car la douceur des moments passés ensemble est encore présente à la mémoire. Et puis l'absence de l'être aimé devient douloureuse, voire insupportable. Espérons que ce sera moins pénible cette fois-ci, et que tu pourras venir bientôt t'installer à Udine. Ce serait merveilleux...

5 novembre 1941 [de moi, à Brazzà, adressé à Detalmo à Civitavecchia]

... Tu sais, si je devais mourir maintenant ou après la naissance du second bébé, ce serait pour moi un immense chagrin de te quitter, parce que nous ne nous reverrions pas de longtemps. Mais au reste je ne serais pas tellement triste, car tu m'as donné tant de bonheur pendant ces courtes années... J'ai eu une merveilleuse enfance avec des parents exemplaires, une adolescence amusante, et deux années de bonheur divin, de ces années qui comptent dans la vie d'une femme. Je sais maintenant ce qu'est l'amour entre deux êtres, et ce qui signifie l'amour maternel...

8 novembre 1941 [de Detalmo à Civitavecchia, adressé à moi à Brazzà]

... Je pourrais manger le double de la quantité de pain qu'on nous sert à l'hôtel. Il y a assez de viande, mais il manque des tas d'autres choses. En deux semaines, au restaurant nous n'avons pas vu la couleur d'un œuf ni d'une pomme de terre ! Les macaronis sont rares, quant aux fruits, ils sont petits et n'ont aucun goût. Notre pays se laisse vraiment aller. Si je devais passer l'hiver ici, je cesserais de prendre mes repas dans cet hôtel et je demanderais des rations de soldat ! Ce serait le seul moyen de rester en forme pour supporter les fatigues de la vie militaire. C'est aussi à cause de la nourriture que je cherche désespérément à revenir dans le Nord. Espérons que ma requête sera entendue...

Detalmo avait demandé son transfert à Udine, et à notre grande joie il fut affecté dans une petite ville relativement proche de la capitale du Frioul, mais trop éloignée pour lui permettre de vivre avec nous à Brazzà.

6 décembre 1941 [de mon père à Berlin à moi à Brazzà]

J'ai de bonnes raisons de dire merci à la vie. Bien sûr je ne suis pas à l'abri des soucis, mais c'est une grande consolation de te savoir heureuse avec Detalmo et ton petit Corradino. Je vous adresse à tous les trois mes meilleurs vœux de Noël. Porte-toi bien et sois prudente en prévision de cette nouvelle naissance.

Le 7 décembre 1941, les Japonais attaquaient Pearl Harbor. Quand les États-Unis déclarèrent la guerre au Japon, Hitler à son tour, suivi de Mussolini, déclara la guerre aux États-Unis. Cette loyauté surprit tout le monde, les Alliés comme les adversaires. Je compris brusquement que nous étions désormais engagés dans un conflit mondial.

15 décembre 1941 [adressé par moi de Brazzà à ma sœur Almuth à Ebenhausen]

... Comme tu as dû l'apprendre par mes lettres à Mutti [ma mère], me voilà de nouveau seule à Brazzà. Detalmo est cantonné assez loin, de l'autre côté d'Udine, et ne peut donc pas venir nous voir souvent. Mais j'espère qu'il pourra passer Noël avec nous et rester deux ou trois jours. Il sera bientôt affecté à Udine même, semble-t-il. Je vais te décrire brièvement ma vie quotidienne : dès que j'ai nourri et habillé le bébé, je sors pour aller voir ce qui se passe à la cuisine, et pour m'occuper des provisions de bouche, du blanchissage et du ménage afin de m'assurer que tout est bien fait selon mes désirs. Je vais ensuite au jardin pour m'entretenir avec Bovolenta du cochon, des poules, des lapins et des pigeons. [Bovolenta était le régisseur de la ferme.] Il n'est jamais très content de me voir arriver, du moins c'est mon impression, car comme par hasard je tombe tout le temps sur de petits problèmes qui auraient tendance à se résoudre à notre détriment...

L'après-midi Corradino joue dans son parc. Il est très athlétique et parle beaucoup pour son âge. Je reste assise à côté de lui, avec mon tricot, que j'adore, ou avec des raccommodages, que je déteste ! Après dîner je me couche et je lis. Je viens de terminer l'*Érasme* de Huizinga. C'est un bon livre, intéressant et pour moi très instructif, car je ne savais pas grand-chose d'Érasme. Je viens de finir aussi le livre sur Richelieu. Quel personnage fascinant...

16 décembre 1941 [postée de Brazzà à l'adresse de mes parents à Ebenhausen]

... Nos poules sont à l'ouvrage ; elles pondent chacune deux ou trois œufs par jour. La vache a eu son veau, de sorte que nous avons assez de lait pour faire du beurre.

Les dix lapins engraissent à vue d'œil. Que vais-je vous souhaiter pour la nouvelle année ? Je suppose qu'il faut d'abord penser à Hans Dieter. Puisse-t-il échapper aux dangers qui le menacent, et je vais prier pour que cette horrible guerre se termine rapidement...

16 décembre 1941 [de ma mère à Ebenhausen adressé à moi à Brazzà]

... Laisse-moi te dire en premier lieu que Hans Dieter, pour qui nous étions si inquiets, est sain et sauf. Il était au front mais il semble qu'il ait été séparé de son unité, et qu'il ait dû revenir à pied jusqu'à ses cantonnements d'hiver avec ce qui restait d'une compagnie d'infanterie. Ce devait être terrible, car ils étaient attaqués toutes les nuits par des patrouilles russes. Le régiment de Dieter va être envoyé à l'arrière, car cela fait six mois qu'ils sont en première ligne sous le feu de l'ennemi.

[Bien que l'armée allemande fût insuffisamment équipée pour affronter les rigueurs de l'hiver en Russie, Hitler interdit formellement tout mouvement de retraite autre que tactique. Au mois de décembre de l'année 1941, quatre des généraux qui avaient conduit leurs armées jusqu'en Russie démissionnèrent de leur commandement pour protester contre cette interdiction absolue d'ordonner la retraite, quelles que fussent les circonstances. Les hommes étaient épuisés. Ils souffraient cruellement aussi de la faim et du froid, car l'approvisionnement par avion des soldats se trouvant aux postes avancés devenait très difficile pendant les mois d'hiver.]

31 décembre 1941 [de ma mère à Ebenhausen, adressé à moi à Brazzà]

Hier nous avons reçu un câble : « Préparez le champagne serai à Ebenhausen le 31 avec général mal en point, signé Hans Dieter... » Ils étaient en route depuis le 24 ! À présent qu'il s'est rasé et qu'il a pris un bain, tu remarquerais à peine l'état d'épuisement dans lequel il se trouve...

5

Des temps incertains

1942-1943

Selon des rumeurs confirmées, Hitler nourrit une aversion particulière à mon égard, et à celui d'Ilse. Connaissant le caractère du personnage, je prends cela pour un compliment.

ULRICH VON HASSELL,
Journal, 1er août 1942, Ebenhausen.

Alors que les combats s'intensifiaient un peu partout dans les premiers mois de l'année 1942, je me sentais bien loin des malheurs du monde et du tonnerre des canons. À ma grande joie Detalmo fut affecté à la surveillance des ouvrages militaires situés entre Udine et San Daniele. Cela voulait dire qu'il pouvait venir vivre avec nous à Brazzà.

Mon second fils naquit le 25 janvier, et fut baptisé Roberto dans la petite chapelle du domaine. Ma mère, venue de Munich pour m'aider au moment de la naissance, assistait à la cérémonie. Le parrain et la marraine étaient respectivement Giacomo, qui avait obtenu de son régiment un congé spécial, et Santa Hercolani. Les amis des environs vinrent fêter l'événement avec nous, et pendant quelques jours ce fut un peu comme si la guerre n'existait pas. Nous allumâmes le chauffage central, luxe inouï pour des gens qui se tenaient d'ordinaire autour de deux poêles à bois dans quatre pièces de la villa qui en comptait quarante-huit.

Depuis le début de l'année, mon père et ma mère passaient le plus clair de leur temps dans un Berlin ravagé par les raids aériens. Mon père avait perdu son emploi à l'Organisation économique de l'Europe centrale. On l'avait apparemment jugé politiquement suspect. Il avait heureusement trouvé un autre poste à l'Institut allemand de recherches économiques, ce qui lui permettait de rester sur place et de maintenir le contact avec les résistants antinazis.

31 août 1942 [de Detalmo à Brazzà, adressé à ma mère à Ebenhausen]

Les deux garçons grandissent et sont en bonne santé, mais avec des natures bien différentes. Corrado, vif et nerveux, a déjà l'esprit très éveillé, tandis que Roberto est plutôt lent et paraît toujours à moitié endormi. En dehors de cela, la grande nouvelle, c'est que Fey n'attend *pas* d'enfant. Si on me demande : « Comment va ta femme ? » je réponds : « Elle n'est *pas* enceinte. »

Fey devient toujours plus belle, avec ses « dents éblouissantes et son regard étincelant », comme dit la vieille tante Margherita. Elle est plus drôle que jamais, mais elle ne fait aucun progrès en matière de tact. Ses sorties continuent à faire ma joie et celle de notre entourage. Un trait de son caractère jusqu'alors insoupçonné vient de faire surface à propos d'une jolie blonde à qui j'avais témoigné quelque admiration, en tout bien tout honneur : je veux parler d'une *jalousie* effrénée, furieuse, incontrôlable et sans limites. Je n'ai jamais rien vu de semblable, même dans les films ou dans les romans...

Il faut encore que je vous dise quelque chose à propos de Fey, c'est qu'elle désapprend progressivement à communiquer par le langage. Elle oublie son vocabulaire aussi vite que Corrado enrichit le sien. Et cela dans toutes les langues, qu'il s'agisse de l'allemand, de l'italien ou de l'anglais. Elle est souvent obligée de chercher des mots allemands dans le dictionnaire...

13 octobre 1942 [de moi à Brazzà, adressé à ma mère à Ebenhausen]

... Le navire de Giacomo a été coulé par une torpille ! Par chance le pauvre garçon est sain et sauf en Grèce, et il espère rentrer bientôt à la maison. Il nous a écrit une lettre tellement drôle. Pas un mot de gratitude pour ceux qui l'ont sauvé, pas un regret pour la somme importante engloutie dans le naufrage avec ses affaires. Il est tout simplement désespéré d'avoir perdu le petit sac en caoutchouc qui contenait son appareil Leica. Il tenait celui-ci précieusement serré sur son cœur tout le temps qu'il barbotait dans la mer en attendant du secours. Et puis, pour une raison incompréhensible, à l'arrivée du bateau sauveteur, il a lâché le sac, qui a coulé à pic avec l'appareil photo. Il termine sa lettre en demandant s'il existe encore des Leica en Allemagne...

13 janvier 1943 [de Detalmo à Brazzà, adressé à mon père à Berlin]

... Il est dix heures du soir, et nous sommes seuls. Fey est assise à sa table, et je perçois dans sa voix l'effet du vin chaud qu'elle a pris pour combattre le rhume... Elle regrette particulièrement cette année de n'avoir pas reçu la visite tonifiante de sa mère, cette éternelle créatrice d'énergie, d'enthousiasme et d'espoir !

Sans aucun doute, Corradino et Robertino sont les plus heureux. Ils ont le bonheur d'avoir un et deux ans. Ils se désespèrent vingt fois par jour pour une raison ou pour une autre, mais cela ne dure jamais plus de trente secondes. Ils ont de la chance d'être ici à Brazzà, autant pour l'air pur que pour la nourriture. Brazzà est un peu comme une mère poule étendant sur eux ses ailes protectrices.

Fey veut un autre verre, comme si tout le vin chaud qu'elle a déjà bu ne lui suffisait pas. Elle est réellement pompette ! Elle me dit des choses que je n'oserais jamais écrire...

27 janvier 1943 [de Detalmo à Brazzà, adressé à ma mère à Ebenhausen]

Je suis tout seul à Brazzà, car j'ai envoyé Fey se reposer dans les Dolomites à Cortina d'Ampezzo. La petite Fey ne se portait pas très bien ces temps-ci. Je la trouvais amaigrie et tendue. Les raisons de cet état sont probablement d'ordre à la fois physique et moral. Elle était encore très faible après la naissance de son second bébé, et restait longtemps étendue dans son lit sans trouver le sommeil. Elle se fait du souci à propos de Hans Dieter, et vous lui manquez beaucoup, ainsi que Père. Nous sommes donc allés consulter Varisco [le médecin de famille] qui a prescrit une cure en montagne.

Il se trouve qu'Andreina Caporiacco [une amie qui vivait non loin de Brazzà] partait avec deux amies s'installer dans un chalet à treize cents mètres d'altitude. Fey a pris les skis de Marina, et la voilà dans l'ensemble assez bien équipée pour s'amuser un peu dans la neige... J'espère que le bon air lui fera du bien. Cela fait tout de même un an et demi qu'elle n'avait pas quitté Brazzà.

Corradino et Robertino commencent à jouer ensemble, ce qui est fort utile dans la mesure où ils peuvent mener exactement la même vie. Ils sont en parfaite santé. Le numéro deux a finalement percé deux dents...

[À la fin du mois de janvier 1943, les armées allemandes encerclées dans Stalingrad se rendirent. La retraite était commencée. Mais les Russes découvrirent très vite que la reconquête du terrain perdu était elle aussi ralentie par l'état du sol, les conditions climatiques et les problèmes d'intendance. Les combats acharnés devaient se poursuivre encore pendant deux ans.]

20 mars 1943 [adressé d'Ebenhausen par ma mère à moi, qui avais regagné Brazzà]

... Dieter a eu le poumon perforé par un éclat le 2 mars. Cela nous a donné un choc terrible. Heureusement nous avons appris au bout de quelques jours que sa vie n'était plus en danger... De toute manière, une blessure au poumon reste toujours grave, au moins pendant deux mois. Il est soigné dans un hôpital militaire proche du front. J'espère qu'ils ne vont pas tarder à l'évacuer vers l'arrière, car l'hôpital n'est pas loin des champs de bataille du Donetz...

26 mars 1943 [adressé à moi par Detalmo, qui après une année passée avec nous à Brazzà avait été envoyé à Naples en vue d'une autre affectation]

Tu me manques, ainsi que les enfants. Ce long séjour à Brazzà s'est terminé si brusquement que je n'ai pas encore eu le temps de m'habituer à notre séparation. Dans un sens, c'est peut-être préférable. Vingt-quatre heures de préavis sont plus faciles à supporter que dix jours. Après Civitavecchia et Brazzà, voilà que commence pour moi la troisième et dernière période de la guerre... J'espère bien ne pas être affecté dans le Sud, ce qui me serait très désagréable. Malgré les descriptions alléchantes de Girasole [Andrea Girasole, un ami napolitain de Detalmo], je dois avouer que je déteste le Sud, qui est à mon avis le problème *central*, pour ne pas dire *crucial* de la politique italienne de demain. Ma petite Fey chérie, haut les cœurs ! Ne te fais surtout aucun souci. Embrasse les petits de ma part, et garde-moi un long, très long baiser. La vision que j'emporte de vous trois est si grande et si belle qu'elle en devient un peu comme un rêve.

2 avril 1943 [de moi à Brazzà, adressé à Detalmo à Naples]

... J'ai reçu de Marina un télégramme m'annonçant ses fiançailles avec le marquis Puccio Pucci, de Florence. Elle voudrait que j'aille à Rome pour la remise de la bague traditionnelle en présence de sa mère et de sa sœur. Elle dit que si je n'y vais pas personne ne représentera la famille, et qu'elle se sentira comme une enfant abandonnée. Dans ces conditions je pense que je dois y aller. Le voyage sera certainement très fatigant. D'un autre côté...

26 avril 1943 [de moi à Brazzà, adressé à Detalmo à Mortara, près de Milan, où il venait d'être affecté comme interprète dans un camp de prisonniers de guerre]

Tu es parti ce matin à cinq heures. Je t'écris néanmoins tout de suite, pour que tu saches combien cette courte permission m'a fait plaisir, et comme je suis heureuse de constater que nous nous aimons autant qu'au premier jour...

3 mai 1943 [de moi à Brazzà, adressé à Detalmo à Mortara]

J'ai eu tant à faire aujourd'hui pour les préparatifs du mariage de Marina que je n'ai pas trouvé un moment pour aller voir les enfants. Je suis simplement montée dans leur chambre alors qu'ils dormaient déjà du sommeil de l'innocence. Ils ne savent pas encore ce que la vie leur réserve, toutes ces choses ce que l'on *doit* faire ou qu'il *ne faut pas* faire ; que l'existence est surtout faite de soucis, et qu'il reste finalement bien peu de temps pour rire. Que c'est beau d'être un enfant par ces jours de printemps, de sortir de son lit encore à moitié endormi, et de n'avoir en tête que le soleil, les promesses de la nature, et trente-six manières différentes de s'amuser...

7 mai 1943 [de Detalmo à Mortara, adressé à moi à Brazzà]

... Je veux que tu saches que je suis tout le temps près de toi par la pensée ! Tu ne dois pas avoir peur, encore moins te sentir faible et abandonnée... ! Je suis bien content de savoir que Dieter va enfin quitter le front russe pour rentrer chez lui. Nous le verrons peut-être à Munich lors de notre visite à tes parents. Souhaitons qu'il guérisse rapidement... Je viens d'envoyer par lettre à Giacomo toutes nos bénédictions. Je crains qu'il ne reste pas longtemps au repos en Tunisie. Je lui ai recommandé de se battre avant tout pour sauver sa peau. Pauvre Giacomo ! j'aimerais tant qu'on lui décerne la croix de fer et la médaille militaire, qu'il mérite amplement ! J'espère de tout cœur qu'il s'en sortira. S'il en était autrement, ce serait injuste...

8 mai 1943 [adressé par moi de Rome, où je me trouvais à l'occasion des fiançailles de Marina, à Detalmo à Mortara]

J'ai fait la connaissance de Puccio. Je suis pleine d'enthousiasme à propos de ton futur beau-frère. Je ne crois pas du tout que Marina portera la culotte dans le ménage, comme elle a l'air de le penser. Elle devra au contraire agir en toutes circonstances comme son mari le jugera bon...

13 mai 1943 [de Detalmo à Mortara, adressé à moi à Brazzà]

Je suis au trente-sixième dessous. As-tu entendu les nouvelles à la radio ? On y parlait des chevau-légers de Lodi [le régiment de Giacomo]. Je suppose que tu sais ce que cela signifie ! Cela veut dire qu'ils se sont battus comme des chiens enragés, et qu'ils ont eu de lourdes pertes. À mon avis, les chances pour que Giacomo soit encore en vie ne dépassent pas vingt pour cent... Je suis incapable de penser à autre chose. À supposer d'ailleurs que j'y parvienne, le tableau ne serait guère plus brillant. Au diable ce sacré mariage de Marina ! tout va vraiment de travers en ce moment !

[Le 13 mai 1943, incapables de se mesurer plus longtemps aux énormes contingents d'hommes et de matériel venus d'Amérique, les dernières forces de l'Axe en Afrique capitulèrent. Des dizaines de milliers d'Allemands et d'Italiens furent faits prisonniers, ce qui facilita considérablement aux Alliés l'étape suivante, à savoir l'invasion de la Sicile.]

18 mai 1943 [de moi à Brazzà, adressé à Detalmo à Mortara]

... J'adore le calme et la solitude retrouvés ici après le tumulte et l'agitation de Rome. J'aime Brazzà, cette oasis de repos et de silence au milieu de la nature... Par les temps qui courent, quand les plus optimistes n'osent même pas prédire la venue de jours meilleurs, seul un endroit comme celui-ci peut vous apporter la paix du cœur...

J'en ai assez de la guerre ; j'aspire à une vie normale avec toi et les enfants. Fini les soucis, et toi bien installé avec une situation stable, un travail qui te passionne, et en prime ta jeunesse et ton sourire. Cette guerre est en train de nous la voler, notre jeunesse, elle fait de nous des gens trop sérieux ; si elle ne se termine pas bientôt, nous ne pourrons plus jamais retrouver les plaisirs de notre âge... Detalmo, mon doux seigneur, pense à ta femme qui t'aime, et ne sois pas tenté d'abandonner tout espoir dans le genre humain. Ce qu'il y a de meilleur en nous finira bien par triompher du mal. Il devrait sortir de cette guerre un monde plus juste, mais cela pourrait prendre plus de temps que nous ne l'avions cru...

26 mai 1943 [de Detalmo à Mortara, adressé à moi à Brazzà]

... Tout le monde ici rapporte que le médecin des chevau-légers de Lodi a câblé à sa femme quelques heures avant la reddition pour l'informer que tous les officiers du régiment étaient en bonne santé. Je suis follement heureux, car cela veut dire que Giacomo est prisonnier des Anglais. C'est trop beau pour être vrai ! Nous le reverrons donc après la guerre, plein de souvenirs, d'anecdotes et sans doute assez fier de lui...

Le mariage de Marina et de Puccio fut célébré dans la chapelle de Brazzà au mois de juin 1943. Phénomène incroyable en temps de guerre, des tas d'amis et de parents n'hésitèrent pas à venir de Florence et de Rome pour assister à la cérémonie. Après le mariage, Detalmo, moi et les deux enfants partîmes pour Ebenhausen. Ce voyage était prévu de longue date. Mon père et Detalmo discutèrent longuement de la situation en Italie, où les déçus du fascisme étaient chaque jour plus nombreux. Quand Detalmo en vint à prédire un changement de régime sous cinq semaines, mon père lui dit : « Ne pourriez-vous attendre un peu, jusqu'à ce que l'Allemagne soit en mesure d'en faire autant ? »

Cette remarque nous fit beaucoup rire. Je ne devais plus jamais revoir mon père.

[Le 10 juillet 1943, près de deux mois après la victoire des Alliés en Afrique du Nord, l'invasion longtemps attendue de la Sicile commença. Devant la perspective de voir l'Italie devenir sous peu le théâtre de combats sanglants, les leaders politiques et militaires italiens perdirent courage, ce qui était, somme toute, assez compréhensible. Le 24 juillet les principaux leaders fascistes, y compris Ciano, le propre gendre de Mussolini, convoquèrent une réunion du Grand Conseil, en droit la plus haute autorité de l'Italie fasciste. Ils reprochèrent au dictateur d'avoir entraîné le pays dans une guerre inutile, et le contraignirent à démissionner dès les premières heures de la journée du 25 juillet. Après avoir fait arrêter Mussolini, le roi Victor-Emmanuel III chargea le général Badoglio de diriger le gouvernement provisoire. Quatre jours plus tard, Badoglio prononçait la dissolution du parti fasciste. Ainsi prenaient fin vingt et un ans de dictature. Bien qu'en théorie l'Italie fît toujours partie des puissances de l'Axe, des négociations commencèrent avec les Alliés en vue de la signature d'un traité d'armistice séparé.]

2 août 1943 [de Detalmo à Mortara, adressé à moi à Brazzà]

Cela semble bon de pouvoir écrire enfin librement sans se soucier de la censure ou de la police politique... Mon problème n'était pas tant mon amour de l'Amérique, à quoi s'ajoutait peut-être un certain dégoût de l'Italie, comme beaucoup de gens le croyaient à tort. C'est plutôt que je suis un libéral et que j'ai toujours été convaincu que la liberté demeure la préoccupation majeure de tout homme digne de ce nom.

Maintenant que c'en est fini du fascisme, l'Italie m'apparaît sous un jour tout à fait différent. La situation est peut-être grave, voire tragique, je n'en suis pas moins plein d'espoir... Je sais que nos nouvelles lois sont humaines, justes et raisonnables. Fini l'oppression et l'humiliation des lois fascistes. Je n'ai plus désormais le sentiment qu'on puisse encore attenter à mon honneur et à ma dignité d'homme.

Je vois aujourd'hui l'Italie dans une situation des plus difficile... Mais j'ai confiance dans la capacité du gouvernement à déboucher sur une solution. Je crois avoir compris leur politique, et je pense qu'ils ont raison. Je ne sais s'ils réussiront complètement, à cause des facteurs externes qu'ils ne maîtrisent pas. De toute manière, la politique est saine, et j'en comprends les objectifs aussi bien que si Badoglio lui-même me les avait expliqués !

Ma petite Fey, je suis désolé du tour pris par les événements, qui ne nous ont pas laissé le loisir de nous consacrer à nous-mêmes. La vie nous entraîne au gré du vent dans un tourbillon insensé. Oui, les temps sont révolus...

4 août 1943 [de moi à Brazzà, adressé à Detalmo à Mortara]

Les bombardements de Hambourg doivent être effrayants, trois fois ce qui est tombé sur Londres. Mais c'est toujours comme cela. C'était déjà la même chose pendant la Grande Guerre : les Allemands inventent une méthode, s'en servent, et tout le monde est scandalisé. Puis les Anglais ou les Américains contre-attaquent avec des moyens analogues, mais plus terribles et plus meurtriers.

Cuxhafen, qui vient d'être littéralement écrasé sous les bombes, n'est pas très loin de l'endroit où habitent les sœurs Fette [Lotti et Anni]. Je suis horrifiée ! Les populations fuient Hambourg et ses environs. Il est plus que probable que la maison de Lotti a été détruite. Qui sait si elle vit encore ? Berlin est le prochain objectif mais je suis sûre que mon père et ma mère ne voudront jamais s'en aller. Quelle terrible guerre ! Que de destructions ! Si seulement ces ravages pouvaient contribuer plus tard à l'instauration d'un système d'alliances fraternelles entre les pays d'Europe, le jeu en vaudrait presque la chandelle...

Le raid aérien sur Hambourg dans la dernière semaine de juillet 1943 représentait la première entreprise de destruction systématique d'une ville allemande. Des dizaines de milliers de tonnes de bombes furent larguées sur la cité, dont plus de trente mille habitants périrent. Heureusement Lotti et sa sœur Anni survécurent, leur petite chaumière de la banlieue épargnée par miracle.

5 août 1943 [de moi à Brazzà, adressé à Detalmo à Mortara]

Rassure-toi, toutes nos dispositions sont prises pour un départ précipité au cas où la situation s'aggraverait. Je veux quand même te dire que je ne quitterai Brazzà qu'au dernier moment, à cause des enfants. Ils mangent très bien ici, et il ne fait pas trop chaud. On étouffe à Rome, et la nourriture y est épouvantable...

7 août 1943 [de Detalmo à Mortara, adressé à moi à Brazzà]

Je suis ennuyé parce que mes chances de partir d'ici sont assez minces. Il faut que j'essaie par tous les moyens de me faire affecter définitivement à Rome ! Mes amis ne me donnent aucun signe de vie. Mon isolement n'en est que plus difficile à supporter. Il est douloureux de penser qu'on vous laisse complètement en dehors du coup... Je m'attends à recevoir des nouvelles de ton père, pas sur le plan personnel, mais en général, si tu vois ce que je veux dire. Il doit se passer des tas de choses là-haut. Espérons que ce soit pour le mieux, et non pour le pire.

J'imagine que ma pauvre petite Fey se sent bien seule en ce moment. Je veux que tu saches que j'éprouve le même sentiment. Mais il faut tenir le coup. Nous sommes plus proches que jamais de la fin de ce cauchemar...

À cette époque, mon père était devenu l'un des leaders de la résistance antinazie à Berlin, qui se divisait en plusieurs petits groupes de civils et de militaires, dont la coordination laissait malheureusement à désirer. Il avait de nombreux contacts avec les Alliés par l'intermédiaire des pays neutres et du Vatican. Detalmo faisait partie de ce réseau du côté italien. Les revers militaires des Allemands ne permettaient plus d'écarter la perspective d'une défaite, et de plus en plus d'officiers de la Wehrmacht et de hauts fonctionnaires se rendaient compte de la nécessité d'éliminer Hitler avant qu'il ne fût trop tard. Il y avait eu déjà deux attentats contre la vie du Führer en 1943. Toutefois l'espoir entretenu par l'opposition que la chute du fascisme en Italie amènerait sans doute un coup d'État similaire en Allemagne se révéla sans fondement.

8 août 1943 [de Detalmo à Mortara, adressé à moi à Brazzà]

Quelque chose me dit que ton père est très occupé en ce moment. Des événements pourraient bien survenir aussi là-bas. L'horizon n'en reste pas moins menaçant, et il est trop tôt pour se réjouir. Nous sommes au cœur de la mêlée, mais il faut tenir le coup jusqu'au bout. Je préfère la situation actuelle à celle que nous venons de vivre, dans l'attente douloureuse d'événements tragiques impossibles à prévoir. Mieux vaut le combat que les instants qui le précèdent. Tous ceux qui ont connu les tranchées te le diront...

8 août 1943 [de moi à Brazzà, adressé à Detalmo à Mortara]

... Le docteur dit que Corradino est un petit garçon très grand pour son âge, et plein de santé, malgré quelques troubles digestifs sans gravité. J'aime si fort ces petits. Dans ces jours incertains, ils sont toute ma joie. Je nourris quelque espoir pour l'Allemagne. Quelque chose se trame en ce moment. Il serait grand temps, car en Russie l'armée allemande est implacablement rejetée à l'ouest, et risque fort de se retrouver à son point de départ. Je crains aussi que les Russes ne s'en tiennent pas là...

10 août 1943 [de Detalmo à Mortara, adressé à moi à Brazzà]

... J'ai reçu ta lettre du 5. J'ai reçu également des nouvelles par un ami qui est bien au courant de ce qui se passe. Je déduis de ce qu'il m'écrit que ton départ pour Rome avec les enfants n'a rien d'urgent. Bien sûr, il faut que tu sois prête à cette éventualité, mais ce n'est pas la peine de partir tout de suite... Je vais essayer de m'arranger pour aller à Rome cette semaine. Il faut à tout prix que j'obtienne cette mutation. C'est l'avenir de l'Italie qui se joue en ce moment. Si je ne réussis pas à participer à tout cela, je vais devenir fou...

Pendant cette période, les milieux politiques de Rome, à peu près anesthésiés sous Mussolini, entrèrent littéralement en ébullition. Antifascistes, communistes, monarchistes, tous tentaient d'élaborer les structures politiques de l'Italie nouvelle. Cloîtré dans son camp de prisonniers, Detalmo était terriblement frustré de ne pouvoir partager la fièvre ambiante.

12 août 1943 [de moi à Brazzà, adressé à Detalmo à Mortara]

... J'ai eu la même impression que toi. Mon père doit être en effet très occupé, mais je reste pessimiste, comme toujours ; c'est tellement plus difficile pour lui que pour les Italiens...

En Allemagne, les résistants antinazis se voyaient de plus en plus étroitement surveillés. Il était devenu très dangereux de se réunir. Leurs lignes téléphoniques, y compris celle de mon père à Berlin, avaient été mises sur écoute, et des hommes en civil les suivaient dans tous leurs déplacements. Bien que sachant parfaitement que des civils et des militaires complotaient contre le régime, Himmler et les gens de la Gestapo n'intervenaient pas, préférant attendre que les « traîtres » se fussent découverts.

12 août 1943 [de Detalmo à Mortara, adressé à moi à Brazzà]

... Il est minuit passé, et le ciel s'emplit du bruit des moteurs de centaines d'avions ennemis qui vont larguer leurs bombes sur Milan, puis repassent après avoir accompli leur sinistre mission. On imagine trop bien le spectacle terrifiant de la ville en flammes. Je sens parfois le souffle des explosions se propager dans l'air. L'horizon est en feu. Souhaitons que les dégâts ne soient pas trop importants, mais cette fois-ci j'ai l'impression qu'ils n'y sont pas allés de main morte...

14 août 1943 [de moi à Brazzà, adressé à Detalmo à Mortara]

... Comme tu peux l'imaginer, mes pensées se tournent sans cesse vers mon père, et cela me rend nerveuse, voire impatiente. J'ai de nouveau l'impression qu'il n'arrive à rien. Je suis certaine qu'il fait de son mieux, qu'il tente même l'impossible, mais je serais désespérée que ses efforts demeurent infructueux. J'éprouverais pour lui une pitié *sans bornes*...

18 août 1943 [de moi à Brazzà, adressé à Detalmo à Mortara]

... J'ai donné un grand goûter, et il est venu un tas d'enfants. Je dois dire que ton petit garçon s'est fait particulièrement remarquer dans son rôle de jeune maître de maison. Il a baisé la main de toutes les dames. Sa mère, par contre, s'est d'abord tenue convenablement, jusqu'au moment où est apparu un poney charmant déjà tout harnaché et sellé. J'avais une robe habillée, bien entendu, mais je n'ai pu résister à la tentation de monter sur son dos pour faire au galop le tour du parc. Tout le monde s'est exclamé : « *Ma Fey che brava!* » [Bravo, Fey, formidable!] mais je suis sûre qu'au fond les vieilles dames étaient absolument scandalisées...

24 août 1943 [de Detalmo à Mortara, adressé à moi à Brazzà]

... De vastes opérations seront lancées en Europe avant Noël. Il pourrait même y avoir trois fronts, sans compter le front russe. Si ces opérations intéressent les Balkans, le nord de la France et la Hollande, l'Italie sera peut-être épargnée. Souhaitons un minimum d'épreuves à notre pauvre pays, qui est dépourvu de tout. Nous devrons faire bien des sacrifices pour rebâtir tout ce qui est déjà détruit. Il y a tant à faire en Italie avec si peu de moyens...

[Après l'effondrement de la résistance italo-allemande en Sicile, les forces anglo-américaines débarquèrent dans la péninsule, mais elles restèrent bloquées devant Monte Cassino, au sud de Rome, pendant près d'un an. Le débarquement en Normandie n'intervint qu'au mois de juin de l'année suivante.]

3 septembre 1943 [de Detalmo à Mortara, adressé à moi à Brazzà]

... Les événements se précipitent ! La huitième armée américaine a bien débarqué en Calabre, mais c'est une manœuvre de diversion. On s'attend à d'autres opérations de débarquement dans le sud de la France, et peut-être dans le secteur de Gênes. Les Alliés établiraient simultanément une large tête de pont dans le nord de la France à proximité des côtes néerlandaises. Avec la pression de la Russie sur le front de l'Est, la situation risque de se dégrader rapidement. L'Allemagne devra se replier à l'intérieur de ses frontières, et il n'est pas impossible que la guerre en Europe se termine d'ici deux mois. Le maréchal Badoglio, dont la tâche est pourtant difficile, se débrouille très bien.

Les fascistes les plus durs se sont rassemblés près de Tarvisio [une petite ville des Alpes, au nord de Brazzà] pour faire leur jonction avec les divisions allemandes dans l'espoir de rétablir l'autorité de Mussolini. À Rome trois mille fascistes ont voulu restaurer le régime du dictateur. Ils avaient à leur tête le général Cavallero, ce traître... Il semble qu'ils aient tenté d'organiser une nouvelle marche sur Rome, mais ils ont été écrasés par les troupes chargées de défendre la ville. Comme j'aurais aimé être là !

Badoglio a donné l'ordre aux autorités locales de faire disparaître à jamais les derniers vestiges du fascisme. Des milliers de gens sont en prison. Tu as déjà dû t'apercevoir du changement de ton dans la presse. C'est bon de pouvoir écrire tout cela librement...

[En dépit de la relative facilité avec laquelle la résistance fasciste fut vaincue, Mussolini, incarcéré en pleine montagne dans la forteresse de Campo Imperatore, fut délivré par un commando de S.S. largués par des planeurs, et mis à la tête d'un État fantoche, la République fasciste italienne du Nord, parfois dénommée par les historiens République de Salo.]

Ainsi se déroula le bref interlude qui sépare la fin du fascisme de l'occupation allemande de l'Italie. La guerre ne me paraîtrait plus lointaine très longtemps. Je n'allais pas tarder à me trouver prise au piège de la terrible machine de mort nazie.

6

L'armistice et l'Occupation

J'avais toujours pris le fascisme pour une coquille vide, mais j'étais loin d'imaginer l'effondrement subit et la fin sans gloire du régime de Mussolini.

ULRICH VON HASSELL,
Journal, 15 août 1943.

Les chapitres qui suivent furent écrits « à chaud », c'est-à-dire de mémoire, tout de suite après la guerre. J'en ai rédigé la plus grande partie au cours de l'année 1945, en me basant sur ma correspondance, mes notes, les souvenirs de ma famille, et ceux de mes amis et connaissances de l'époque.

Quand je reçus de Detalmo cette dernière lettre optimiste, je menais à Brazzà une vie calme et retirée, en compagnie de mes deux petits garçons et de ma belle-sœur Marina qui était mariée depuis peu. J'avais vingt-quatre ans, elle tout juste vingt-deux. Tout allait comme sur des roulettes, à la maison comme à la ferme, et la guerre était bien loin de nos préoccupations quotidiennes. C'est alors qu'un soir la voix du maréchal Badoglio se fit entendre à la radio pour nous annoncer la signature d'un armistice entre l'Italie et les Alliés. Pour les Italiens, ajouta-t-il, la guerre était finie.

Je me rappelle encore parfaitement cette soirée. Nous dînions, Marina et moi, en compagnie de « l'oncle » Augusto

Rosmini, un vieil ami de la mère de Detalmo. C'était un vieux monsieur distingué aux cheveux gris et à la barbe taillée en pointe. Rosmini, qui était veuf, avait pris l'habitude de venir chaque été passer quelques jours à Brazzà. Il ne se séparait jamais des bijoux de sa femme disparue, de sorte que ses doigts étaient surchargés de bagues, et de lourds bracelets d'or dépassaient de ses manchettes. Il était un peu bizarre, mais, comme disait Detalmo, c'était « un brave homme » qui n'aurait pas fait de mal à une mouche.

Après l'intervention de Badoglio, Rosmini me lança un regard surpris et inquiet. Par contre Marina ne cachait pas sa satisfaction. Ses yeux brillaient de la certitude que les choses reprendraient bientôt leur cours normal en Italie, et qu'elle allait pouvoir mener enfin l'existence d'une femme au foyer. Je pressentais cependant que la nouvelle ne signifiait pas nécessairement la fin de nos ennuis. Des troupes allemandes étaient stationnées dans tout le pays, et les nazis ne laisseraient certainement pas l'Italie tomber comme un fruit mûr aux mains des Alliés. Une période de troubles s'annonçait, et la péninsule pouvait parfaitement devenir plus que jamais le théâtre de combats sanglants. J'eus tout à coup le cœur serré à la pensée de ma famille en Allemagne : les communications allaient sûrement devenir plus difficiles. Et Detalmo, toujours à Mortara, qu'allait-il advenir de lui ?

Nous vîmes les premiers effets de l'armistice dès le lendemain. Des milliers de soldats sans chefs se hâtaient de regagner leurs foyers, on voyait errer la bride sur le cou des chevaux du train qui avaient perdu leur cavalier, et chaque nuit les coups de fusil des partisans yougoslaves se répercutaient dans les collines. Les soldats parlaient de la confusion et du désordre qui régnaient dans l'armée italienne, surtout du côté des officiers supérieurs, qui paraissaient n'avoir qu'une idée en tête : troquer leurs uniformes contre des vêtements civils, et s'évanouir dans la nature.

Furieux de ce qu'ils appelaient la « trahison » de l'Italie, les nazis contemplaient ce chaos d'un œil méprisant. L'ordre fut bientôt donné aux troupes allemandes de prendre le pays en main et d'expédier les soldats italiens en Allemagne, dans les camps de travail forcé. Udine était en effervescence. Les routes et les abords de la gare étaient animés d'un mouvement incessant, alors que l'on entassait des milliers de prisonniers dans des wagons à bestiaux pour un long voyage vers le nord sans eau ni nourriture. Des trains entiers chargés de troupes allemandes et de matériel de guerre destinés au front de Calabre roulaient sans arrêt dans l'autre sens, en direction du sud.

Rosmini nous quitta dès le lendemain. Il avait raison de se presser car les problèmes de transport devenaient d'heure en heure plus aigus. Marina fut à son tour gagnée par la panique générale, et fit tout pour nous persuader d'abandonner Brazzà et de fuir vers le sud afin de nous mettre sous la protection de la famille de Detalmo. J'étais convaincue de mon côté qu'un voyage avec deux jeunes enfants dans la confusion qui régnait partout serait une folie. J'espérais en outre que la pratique de l'allemand, ma langue maternelle, me permettrait d'éviter à Brazzà d'être totalement ravagée par les troupes d'occupation. Marina vint finalement à bout de ma résistance avec la complicité de notre régisseur Marchetti, qui me rappelait sans arrêt l'ordre de Detalmo de ne pas hésiter à partir dès que le danger se préciserait. Devant l'impossibilité d'entrer en contact avec mon mari, je finis par céder.

Le 12 septembre, exactement quatre jours après le discours fatal de Badoglio, Marina et moi réunîmes quelques affaires indispensables et quittâmes Brazzà. C'était une fuite dans le vrai sens du terme, car nous demandâmes simplement à Cilla et à Nonino de cacher les vêtements et le linge chez les paysans voisins, et laissâmes pour le reste la maison dans l'état où elle était. En dépit de la loyauté et du bon sens de ceux qui restaient sur place, je me doutais bien qu'en pareil cas il eût mieux valu donner des instructions plus détaillées, mais je n'en eus pas le temps. J'étais assiégée de sombres pressentiments à l'idée de quitter Brazzà dans ces conditions, surtout quand je pensais à tous ceux qui avaient quitté leurs demeures pendant la Grande Guerre, et n'avaient pratiquement rien retrouvé à leur retour.

À Udine nous prîmes le premier train en partance vers le sud. Mila, la cuisinière, nous accompagnait pour s'occuper des enfants. Il faisait chaud dans les wagons bondés de voyageurs saisis des mêmes craintes que nous. Marina descendit du train à Venise pour chercher refuge chez son amie et parente Pia Valmarana. Je décidai de pousser jusqu'à Padoue pour aller demander l'hospitalité à Novello Papafava, un cousin de Detalmo qui possédait une grande maison dans la campagne avoisinante. Novello nous avait souvent invités à venir nous installer chez lui en cas de danger et, comme il était déjà père de huit enfants, j'espérais que deux de plus ne feraient pas grande différence.

Je suivis anxieusement les événements durant ces quelques jours agréables passés sous le toit des Papafava. La facilité avec laquelle les Allemands prenaient le contrôle de l'Italie ne laissait pas de m'étonner. Moins d'une semaine après l'armistice, ils avaient déjà libéré Mussolini et occupé pratiquement la totalité de la Botte. Nous avions bien sûr entendu parler des autres pays envahis par les armées du Reich, mais je n'avais jamais eu l'occasion de constater moi-même la promptitude et l'efficacité de leurs déplacements.

À peine dix jours après notre arrivée chez les Papafava, c'est un Marchetti désespéré qui me téléphona de Brazzà. Il était affolé parce qu'un régiment de S.S. venait de réquisitionner la villa. Il me dit que les soldats le traitaient plutôt mal et se conduisaient comme en pays conquis. Mais il avait aussi de bonnes nouvelles : Detalmo lui avait fait parvenir un message disant qu'il était sain et sauf et se cachait quelque part dans la banlieue de Milan.

Je décidai de revenir toute seule à Brazzà pour tenter de sauver la situation. À mon arrivée je trouvai le régiment de S.S. sur le départ. Il s'agissait, comme je l'avais redouté, de soldats des troupes combattantes, et par conséquent de ces hôtes qui sont parfaitement indésirables dans une maison. La notion de propriété leur était depuis longtemps étrangère.

Je me fis aussitôt connaître du major responsable du cantonnement. À ma grande surprise, il proposa de faire avec moi le tour de la maison pour voir si rien ne manquait. Je remarquai qu'une photographie dédicacée du roi Victor-Emmanuel III avait disparu. La photo importait peu, mais le cadre d'argent massif valait fort cher. Le poste de radio de Marina s'était également volatilisé. Le major se déclara très embarrassé par ces disparitions, qui étaient sûrement la conséquence d'une « erreur » regrettable. Il allait immédiatement conduire une enquête, et les objets manquants seraient restitués à leur propriétaire dès qu'on les aurait retrouvés. Voilà qui m'étonnerait bien ! pensai-je.

Je mis mes moments de loisir à profit pour bavarder avec certains officiers. Je fus très étonnée de les entendre déclarer ouvertement qu'il serait inutile de poursuivre les combats au-delà de la fin de l'année 1944. Pour eux la guerre serait irrémédiablement perdue si l'Allemagne n'avait pas gagné d'ici là. De telles vues exprimées par des S.S. me surprenaient. J'écoutais sans donner mon opinion, de peur d'être entraînée dans un débat politique.

Au cours des deux années suivantes, je devais avoir l'occasion de rencontrer d'autres militaires ou fonctionnaires nazis, et je finis par comprendre pourquoi les combattants et les hommes de l'arrière avaient des points de vue différents. Les uns, qui risquaient leur vie tous les jours, voyaient les choses avec réalisme, tandis que les autres, par couardise, par stupidité ou par obéissance, continuaient à soutenir que l'Allemagne pouvait encore gagner la guerre.

Après le départ du régiment S.S., je fus certaine que l'instinct qui m'avait d'abord commandé de rester à Brazzà était le bon, et je décidai de retourner à Padoue chercher les enfants. Une fois réinstallés dans la villa, nous nous efforcerions d'y rassembler le plus d'amis possible, afin de nous mettre à l'abri de toute nouvelle réquisition.

J'allais monter dans le train lorsque Nonino apparut sur le quai, hors d'haleine et tremblant d'émotion. Il avait sauté sur sa bicyclette et parcouru à toute allure les douze kilomètres séparant Brazzà de la gare pour me dire que, quelques minutes après mon départ, des militaires avaient de nouveau occupé la maison. Cette fois c'étaient des troupes du génie, des gens d'une autre classe que les S.S., supposai-je.

Nonino avait appris, Dieu sait comment, que les officiers de ce régiment déjeunaient à l'Al Monte, un restaurant bien connu d'Udine. J'y courus aussitôt pour les apitoyer par une histoire qui au fond n'était pas tellement loin de la vérité : mes enfants se trouvaient à Padoue pour quelques jours seulement, Brazzà était le seul endroit où la famille pût passer l'hiver, et je leur serais infiniment reconnaissante de laisser à notre disposition deux ou trois pièces de la maison.

D'abord irrités et peu disposés à coopérer, les officiers acceptèrent finalement d'examiner le problème sur place le lendemain. Je poussai un peu plus mon avantage en leur demandant de me faire reconduire en voiture (je voulais prendre un peu d'avance pour avoir le temps de mettre le plus de choses possible en lieu sûr). À ma grande surprise ils acceptèrent aussi cette requête, et l'on me ramena dans une adorable petite Fiat, sans aucun doute volée au lendemain de l'armistice à son infortuné propriétaire italien.

Le matin suivant, un homme petit et grassouillet, qui se disait sergent-fourrier du génie, se présentait à Brazzà. Je me sentis soulagée parce que cette fois-ci j'avais affaire à des troupes stationnées derrière les lignes, et qui n'avaient peut-être pas eu l'occasion de s'endurcir au point de perdre tout respect pour le bien d'autrui. En dépit de l'aversion que j'éprouvai d'emblée pour le sergent-fourrier, un homme insignifiant dont le plus grand plaisir était de montrer sa puissance dérisoire, je réussis à me faire attribuer trois pièces au premier étage. Satisfaite, je partis pour Padoue chercher les enfants toujours confiés aux bons soins des Papafava.

Quand nous regagnâmes Brazzà quelques jours plus tard, je fus frappée dès notre arrivée par l'attitude étrange de Bovolenta, le régisseur de la ferme. Il m'attira d'abord à l'intérieur de la maison par des signes mystérieux accompagnés de clins d'œil répétés, puis me prit à l'écart et regarda longuement autour de lui avant de me tendre deux lettres de Detalmo. J'avais à peine eu le temps de les fourrer dans ma poche qu'apparut brusquement l'un des officiers S.S. qui avaient logé à Brazzà précédemment. À ma grande surprise il me remit solennellement le poste de radio manquant. Nous nous abstînmes l'un et l'autre de parler du cadre en argent massif. Je le remerciai, et je me disposais à m'occuper des enfants restés dehors lorsqu'il m'arrêta pour solliciter la faveur d'un entretien particulier. Il me posa toutes sortes de questions, courtoisement d'abord, puis comme mes réponses ne le satisfaisaient guère, sur un ton de plus en plus agressif.

Il s'intéressait surtout à la famille de Detalmo, dont par bonheur je ne savais pas grand-chose. Il me parla d'un certain chef de partisans albanais du nom de Pirzio-Biroli, qui avait été abattu par les Allemands au cours d'une attaque de l'aéroport de Tirana. Je répondis honnêtement que je ne voyais pas de qui il était question. C'est seulement plus tard que je pensai au cousin Carlo, officier de l'armée italienne affecté en Albanie, et qui avait en effet péri au cours de l'attaque.

L'interrogatoire se poursuivit par des questions à propos d'un autre Pirzio-Biroli soupçonné d'activités antiallemandes.

Cette fois je pensai immédiatement à Detalmo, dont les lettres commençaient à brûler le fond de ma poche. Une fois encore je déclarai ne pas savoir de qui il s'agissait. Finalement l'officier partit, très mécontent.

Dès la fin de cette conversation désagréable, je montai jusqu'aux pièces d'habitation qu'on nous avait laissées pour ouvrir les lettres de Detalmo. Selon notre code, elles étaient adressées à Mme Fey Bovolenta, et signées Giuseppe. La première disait :

12 septembre 1943

Ma chère Fey,

Ne m'écris pas tant que je ne t'aurai pas donné ma nouvelle adresse. Pour l'instant je me déplace continuellement. Il est difficile de correspondre, et je ne suis même pas sûr que la poste marche. De toute manière, ne te fais pas de souci pour moi. Je suis en bonne santé et bien nourri. Je mène une existence plutôt aventureuse, qui a son charme. Quand je t'aurai tout raconté, tu ne pourras plus jamais me reprocher de ne pas être sportif.

Affectueux baisers, Giuseppe

(écrit en italien)

Voici la seconde :

15 septembre 1943

Ma chère Fey,

Je ne sais pas si tu recevras ma lettre. Je t'ai déjà écrit il y a deux jours environ. Celle-ci est pour te dire que je pars pour le Sud. Je te donnerai de mes nouvelles dès que possible, mais je ne sais pas quand. De là où je me trouve, il m'est difficile de te conseiller la meilleure solution pour toi et les petits. Demande conseil aux amis, et décide toi-même ensuite. J'espère que nous serons bientôt réunis. Je t'envoie mille baisers. Embrasse pour moi Corradino et Robertino. Je suis continuellement avec vous par la pensée. Je t'aime de tout mon cœur.

Affections, Giuseppe
(écrit en italien)

Nous ne mîmes guère de temps à nous installer dans les pièces que l'on nous avait assignées, et qui par chance donnaient directement sur le jardin. Au bout de quelques jours, je reçus un message qui me transporta de bonheur : Detalmo était à Udine depuis le 2 octobre ! Il se cachait dans l'appartement de nos amis Giacomuzzi, et voulait me voir.

Je passai aussitôt le mot à Nonino. Sans s'émouvoir, le brave homme attela notre petit cheval blanc Mirko à la carriole, et nous voilà bientôt partis en grand secret vers le lieu du rendez-vous. J'étais au comble de la joie de revoir Detalmo après une longue séparation ! Je le trouvai maigre et dépenaillé, mais dans l'ensemble en bon état.

Il était entré dans la clandestinité dès les premiers jours de l'armistice. Exaspéré par l'indécision de ses supérieurs, il avait fait ouvrir les portes du camp où il travaillait. Environ trois mille prisonniers de guerre alliés, officiers pour la plupart, avaient pu s'échapper. Grâce à ses relations avec les partisans, Detalmo s'était arrangé pour en faire passer une bonne partie en Suisse. Toujours grâce à lui, d'autres avaient pris la direction du sud pour rejoindre les troupes combattantes. C'était donc bien à mon mari que l'officier S.S. faisait allusion !

Detalmo ne pouvait évidemment pas résider à Brazzà. Nous décidâmes qu'il essaierait de gagner Rome, où il pourrait militer dans les mouvements de résistance à l'occupant. De mon côté je resterais avec les enfants à la maison, car le domaine nous assurait une nourriture abondante, et je pouvais compter sur les amis et les voisins.

Le lendemain matin, Nonino arriva de bonne heure dans la carriole chez les Giacomuzzi, qui nous avaient hébergés pour la nuit. Detalmo avait décidé de braver le danger d'être arrêté en faisant un détour par Brazzà pour embrasser les enfants. Nous nous glissâmes dans la maison par-derrière en espérant passer inaperçus. Une fois à l'intérieur j'appelai les deux servantes Ernesta et Mila, à qui je tins le discours suivant : « Souvenez-vous bien, vous n'avez pas vu le Dr Detalmo. Si un Allemand vous pose des questions, répondez qu'une personne que vous ne connaissez pas est venue dans l'intention d'acheter des produits de la ferme. »

Cette visite en valait la peine malgré les risques de l'aventure. Les enfants furent ravis de tout ce mystère, et nous passâmes ensemble une journée délicieuse derrière les portes et les volets hermétiquement clos de nos trois pièces d'habitation.

À la tombée du jour, Detalmo se faufila par le jardin jusqu'à la route où Nonino l'attendait dans la carriole, le fidèle Mirko toujours dans les brancards. Muni de faux papiers il prit le train pour Rome, un voyage de trois jours au cours duquel il faillit être tué dans le bombardement de la gare de Mestre, près de Venise.

Après son départ commença pour moi une période d'activité intense qui devait durer près d'un an, du mois d'octobre 1943 jusqu'au mois de septembre 1944. Les résultats étaient parfois heureux, le plus souvent décevants. Des gens venaient de partout, parfois même d'assez loin, me demander d'intervenir auprès des autorités allemandes, soit pour eux-mêmes, soit le plus souvent pour un fils ou un frère sur le point d'être déporté en Allemagne. Ils venaient me voir parce que j'étais allemande, persuadés qu'à ce titre j'aurais plus de poids qu'un ressortissant italien. Ils se trompaient, car les Allemands se méfiaient de moi beaucoup plus que des Italiens. Mon nom à particule m'identifiait à l'aristocratie, et les nazis n'avaient jamais aimé les aristocrates. Depuis l'arrivée d'Hitler au pouvoir, on réservait les privilèges à ceux qui avaient la faveur du régime, ce qui n'était certes pas mon cas. Seuls ceux qui ont tenté comme moi des démarches de ce genre savent le peu de succès rencontré à l'époque auprès des autorités allemandes.

J'avais beau passer des heures à faire ici et là le siège des fonctionnaires et des militaires de tous grades, je ne réussis qu'une fois à sauver quelqu'un de la déportation. J'avais découvert que l'officier responsable des S.D. (le service de sécurité des S.S.) à Udine s'appelait von Alvensleben, et que mes parents connaissaient sa famille. Je l'invitais parfois à prendre le thé. En une occasion, je lui fis valoir que Feliciano Nimis, un homme sur le point d'être déporté, n'avait aucun lien avec les partisans, et que l'envoyer en Allemagne serait un désastre pour sa famille. Il acquiesça aussitôt, et l'ordre fut rapporté. Je n'en revenais pas, mais ce fut finalement la seule de mes tentatives couronnée de succès.

Je passais également une partie de mon temps à m'occuper des affaires de Brazzà. J'étais constamment en rapport avec Bovolenta sur les questions de la ferme, et nos disputes étaient fréquentes. Bovolenta accédait trop facilement aux requêtes des Allemands, de sorte que je dus établir une règle : ils ne lui parleraient qu'en ma présence, ou alors ils s'adresseraient directement à moi. En considérant cette période avec le recul du temps, j'arrive à la conclusion que nous nous donnions beaucoup de mal pour pas grand-chose, et que nous nous échauffions la bile pour des questions sans importance. Au milieu des destructions sauvages qui s'étendaient à toute l'Europe, qu'est-ce que cela pouvait bien faire que les Allemands décident ou non de construire un magasin, de couper des arbres, ou de creuser une tranchée au beau milieu du jardin ? Je défendais pourtant pied à pied jusqu'au plus petit arpent de terre, et souvent avec un certain succès.

Un ami qui partait pour l'Allemagne m'offrit une chance de faire parvenir à ma mère une lettre rédigée « en clair » :

29 octobre 1943

Mutti chérie,

... Les Croates [les partisans yougoslaves] se rapprochent tous les jours un peu plus d'Udine, où semble régner l'anarchie. Je pense que Brazzà doit rester sous mon œil vigilant. La situation est plutôt difficile par ici ; les Italiens haïssent tout ce qui est allemand...

Je suis sans nouvelles de vous, d'où mon inquiétude à cause de ces raids aériens terrifiants. Et puis me voilà séparée de mon cher mari, Dieu sait pour combien de temps encore. Enfin, des troupes allemandes occupent la maison, ce qui fait que je suis en quelque sorte invitée sous mon propre toit. C'est un sentiment fort déplaisant !...

(écrit en allemand)

Pendant toute cette période, Corradino et Robertino m'escortaient dans tous mes déplacements. Leurs petites mains confiantes ne quittaient pas les miennes. Un jour que nous rendions visite au cousin de Detalmo, Alvise, qui vivait à moins de dix minutes à pied de la maison, celui-ci s'écria en nous voyant arriver : « Voici venir Cornélie, mère des Gracques ! » [Au temps de la Rome antique, une mère de famille célèbre pour avoir consacré son existence à l'éducation de ses deux fils.]

Quand j'allais m'entretenir avec l'aide de camp, le lieutenant Hans Kretschmann, Corradino commençait aussitôt à démonter le téléphone. Il était absolument fasciné par la mécanique. Kretschmann me confia un jour que, dès que j'avais tourné le dos, Corradino frappait à sa porte pour demander la permission de jouer avec les appareils électriques qui se trouvaient dans la pièce. Si Kretschmann disait : « Je suis occupé pour le moment, veux-tu revenir plus tard ? », Corradino répondait d'une voix solennelle : « Bien sûr, je vais revenir », ce qu'il ne manquait jamais de faire. C'étaient ses excursions privées.

Par contre Robertino ne s'éloignait pour ainsi dire jamais des jupes de sa mère. Il n'avait après tout que dix-huit mois. Mais s'il lui arrivait de disparaître, je savais où le trouver. Il était à l'écurie avec Mirko. Il parlait au petit cheval blanc pendant des heures, et son plus grand plaisir était d'aller se promener dans la carriole en compagnie de Nonino.

Cette année-là mon existence fut rendue plus facile par le fait que le commandant des troupes du génie comme son aide de camp étaient l'un et l'autre des gens raisonnables. Chaque fois que le sergent-fourrier menaçait de faire de terribles dégâts, je m'adressais directement à ces deux-là, qui me donnaient presque toujours satisfaction.

Le commandant, le major Ottokar Eisermann, était un homme d'âge moyen, plutôt corpulent, qui se déplaçait toujours avec une sage lenteur. Il était intraitable sur le chapitre de son devoir, mais il avait un faible pour le beau sexe, et se croyait tenu de me fournir aide et protection, allant même souvent jusqu'à me faire de petits compliments tout à fait démodés. Il considérait ses obligations sociales, y compris les réunions de l'après-midi et du soir avec ses collègues officiers, comme nécessaires, mais surtout ennuyeuses. Il préférait de beaucoup sa promenade matinale dans le parc. On le voyait alors flâner les mains derrière le dos, s'enthousiasmant de temps à autre comme un collégien devant un arbre exotique ou une fleur rare.

Beaucoup plus jeune, le lieutenant Kretschmann, aide de camp d'Eisermann et officier « politique » du régiment, était d'une autre école. En fait ces deux hommes symbolisaient la différence essentielle entre les officiers de la Grande Guerre et ceux de la Seconde Guerre mondiale. Élevé par les nazis et imbu de leur propagande, Kretschmann manquait de souplesse et d'imagination. Je ne pense pas qu'il eût été capable de concevoir une seule idée originale. Ses opinions lui avaient été inculquées à l'école, aux Jeunesses hitlériennes et au prytanée militaire.

J'étais tout de même étonnée par la subtilité du comportement de Kretschmann en société. Il ne manquait pas de délicatesse pour un Allemand, et il était assez sûr de lui. Au contraire d'Eisermann, il n'y avait en lui pas la moindre courtoisie chevaleresque, innée ou héritée de l'exemple familial. Il semblait avoir appris ses bonnes manières comme on acquiert la pratique d'un outil. Le danger avec cet homme était qu'en cas de crise il risquait de les oublier aussi vite qu'elles lui étaient venues.

Kretschmann, qui était originaire de Prusse-Orientale, avait un type balte accusé, des pommettes saillantes, des yeux bleus enfoncés dans leurs orbites, une grande bouche et une silhouette élancée. Il était en excellents termes avec la troupe, et traitait amicalement les soldats sans jamais s'abaisser à leur niveau. Il avait encore une qualité rare : bien qu'il eût vingt-trois ans à peine, c'était le seul officier présent à Brazzà qui fût capable de trouver le ton avec les Italiens. De ce seul point de vue, il exerçait une bonne influence sur Eisermann.

Kretschmann était d'un naturel maussade, et noyait sa mélancolie dans des flots d'alcool. D'autres officiers me racontèrent qu'il lui arrivait après le dîner de sauter sur la table et de se mettre à danser comme un possédé sous les applaudissements frénétiques des soldats.

Avec l'aide du major Eisermann, j'obtins l'autorisation d'acheminer mon courrier vers l'Allemagne en utilisant le service postal des armées. (Le courrier normal ne fonctionnait pratiquement plus.) On me donna un numéro militaire, et je dus me faire passer pour le soldat August von Hassell. Le système fonctionnait à la perfection, ce qui me permit de rester en contact avec ma famille, malgré l'inconvénient de la censure.

Voici une lettre d'Almuth acheminée par ce moyen :

4 novembre 1943

Mon cher petit soldat,

Officiellement la poste fonctionne de nouveau, mais ce n'est qu'une information officielle. Dis à ma sœur [c'est-à-dire moi] qu'il est inutile d'écrire directement. Nos parents sont revenus de Berlin hier. Leur description des bombardements est terrifiante. Ils ont eu bien de la chance de loger à Potsdam. Ils devaient dîner chez des gens dans le centre, mais l'invitation est arrivée trop tard. Des amis leur ont raconté ensuite qu'au beau milieu du dîner les hommes en smoking, les femmes en robes du soir et talons hauts ont dû se précipiter aux abris, tandis que quelques instants plus tard la maison s'écroulait. Leurs hôtes ont été forcés de passer la nuit chez des amis !...

(écrit en allemand)

Malgré l'avantage du courrier, ma position à Brazzà n'était pas des plus confortables. D'un côté, des gens de ma propre nationalité logeaient sous mon toit. En dépit de leurs erreurs, je ne pouvais m'empêcher de les comprendre, voire de sympathiser avec eux. De l'autre, il me fallait garder l'attitude convenant à une Italienne en face de l'envahisseur. Je traitai donc les soldats aimablement, mais avec une grande réserve. Je ne me servais d'eux que dans l'intérêt de Brazzà et des voisins qui venaient solliciter mon aide.

J'étais par exemple souvent tentée d'accepter lorsqu'on m'offrait de me conduire en voiture à Udine. Mais je refusais toujours, même si j'avais un urgent besoin d'aller en ville. Je savais que ces détails anodins pouvaient être mal interprétés. Je prenais également grand soin de ne jamais accorder aux Allemands plus qu'ils ne demandaient. Beaucoup d'Italiens leur donnaient volontiers le triple dans l'espoir de rester dans leurs bonnes grâces. Quant à moi, je pris l'habitude de donner cinq quand on me demandait dix. Bien sûr je ne pouvais empêcher les Allemands d'établir de petites fortifications le long de l'allée principale, ou de tendre des fils de fer barbelés tout autour du parc pour se garantir des partisans, ce qui sur le coup me mettait littéralement hors de moi. Mais il serait facile de démolir tout cela la paix revenue.

Mon isolement fut brusquement rompu un matin de novembre par l'apparition d'un petit homme mal vêtu qui s'avança hardiment jusqu'à la porte d'entrée et demanda à me voir. Dès que nous fûmes seuls, il me dit qu'il arrivait de Rome et qu'il était porteur d'une lettre de Detalmo. C'était à l'évidence un clandestin qui me laissa entendre qu'il était venu dans le Frioul pour établir le contact avec les partisans de la région. Je n'eus pas de mal à le convaincre de rester pour déjeuner. Nous parlâmes de la guerre, de Detalmo, et de mon éventuel départ pour Rome. Nous n'avions pas grand-chose en commun, mais je fus néanmoins ravie de converser avec quelqu'un de « l'extérieur ».

La lettre de Detalmo m'apprit qu'il jouait à Rome un rôle actif dans la résistance :

9 novembre 1943

Chère Fey,

Je suis bien heureux d'avoir cette occasion de t'écrire. Je n'ai cessé de penser à toi ces temps-ci, et j'ai le cœur lourd d'être séparé de toi.

Je n'ai vu aucun de nos amis habituels, et personne ne sait ce que je fais ici. Ma mission sera essentiellement d'ordre *diplomatique*, et j'aurai sans doute besoin de me déplacer fréquemment. Ce travail pourrait constituer une passerelle menant à une carrière diplomatique ordinaire. Il est naturellement trop tôt pour avoir des certitudes. Nous avons été, et nous sommes toujours très actifs dans de nombreux secteurs. Pour autant que je puisse prévoir, le métier des armes, c'est fini pour moi. Il faut dire aussi que je n'ai pas envie de tirer sur des soldats allemands. Impossible d'oublier qu'ils portent le même uniforme que Hans Dieter.

Nous nous demandons toujours si le vaisseau politique de l'Italie peut se maintenir à flot. Quoi qu'il en soit, nous unissons nos efforts dans une lutte acharnée pour remettre la machine en route. Mon meilleur ami va se charger de la presse, tandis que je m'occuperai des contacts à l'étranger. Je consacre mon temps libre à l'économie politique, à écrire quelques articles pour les États-Unis (propagande), et à d'autres choses encore.

L'avance est ralentie dans le sud de l'Italie, mais nous attendons pour bientôt le déclenchement d'opérations de grand style qui devraient accélérer le processus. Il y a une crise extrêmement aiguë en Allemagne, où tout peut arriver d'un moment à l'autre. En un mot comme en cent, je suppose qu'avant le printemps nous serons réunis *pour toujours.* Si tu devais te sentir plus en sécurité ici à Rome, tu peux prendre le risque de descendre en voiture avec les enfants. Mais je m'en remets à ton jugement. Avant de prendre une décision, considère *en premier* ta sécurité personnelle et celle des enfants. La sécurité de Brazzà et de nos biens passe *en second seulement.* N'hésite surtout pas à prendre la route, le voyage en voiture est *facile.* La nourriture est abondante à Rome...

Réponds-moi par écrit, mais ne mentionne ni ton nom ni le mien, ni d'ailleurs aucun nom de personne ou de lieu. Pas d'adresse non plus. Le porteur de la présente te donnera mon pseudonyme.

Ma chérie, je t'aime, tu occupes une grande place dans mes pensées, tu comptes énormément dans ma vie. Je voudrais être près de toi pour t'apporter un peu de réconfort. Ceci est une grande révolution, comme tous les grands événements historiques. Nous devons édifier un monde nouveau. Consacrons-nous tout entiers à cette tâche difficile, et plus spécialement à l'avenir de nos enfants, que nous bâtirons *ensemble* avec la bénédiction de notre grand amour. Écarte toute autre pensée affligeante, je t'en prie...

(écrit en anglais)

En cette fin d'année 1943, tous les habitants des environs de Brazzà avaient une peur panique des raids aériens, qui croissaient en fréquence et en intensité plus loin dans le Sud. Alvise di Brazzà creusa un immense abri dans son jardin. Nonino et Bovolenta voulaient en faire autant chez nous. Je trouvais pour ma part que cette hystérie collective n'avait pas de sens, mais je les laissai faire. J'ai toujours été convaincue que nous mourons quand notre heure a sonné, et que tous les abris et autres précautions de ce genre n'y peuvent rien changer. Je ne croyais pas non plus que les bombes pussent un jour tomber sur la villa. En supposant que le front dût atteindre Udine, Brazzà, qui était à l'écart de la grand-route, avait peu de risques d'être touché. J'étais sûre que les Allemands ne se battraient pas dans la plaine d'Udine, mais choisiraient de se retirer dans les Alpes sur des positions plus faciles à défendre.

À la fin du mois de novembre, les Alliés lancèrent une grande offensive dans la région de Naples. Je compris que s'ils enfonçaient les lignes allemandes, je n'aurais plus aucun contact avec Detalmo. Je me demandais avec angoisse ce qu'il fallait faire. C'est alors que Pia Tacoli, une amie vivant dans le voisinage, me dit que son père, général en retraite, avait déjà fait le voyage de Rome. C'était difficile mais pas impossible. Il projetait d'ailleurs de recommencer dans les prochains jours. Il me parut stupide de ne pas profiter de l'occasion, et je décidai de l'accompagner. J'avais entre-temps reçu de Detalmo une autre lettre encourageante qui paraissait montrer qu'il partageait mon point de vue.

Soucieuse de ne pas perdre de temps, je persuadai le major Eisermann de me remettre un document d'apparence officielle par lequel il priait les autorités allemandes de faciliter mon voyage. Non sans répugnance il finit par me donner ce papier, après avoir tenté jusqu'au dernier moment de me faire renoncer à cette « équipée aussi folle que dangereuse ». Ernesta et Mila promirent de s'occuper des enfants pendant mon absence, et c'est d'un cœur léger que le matin suivant je partis à la rencontre du général Tacoli.

7

Un dangereux voyage à Rome

Hitler a réussi à faire du Teuton une bête sauvage exécrée dans le monde entier.

ULRICH VON HASSELL,
Journal, 15 mai 1943.

J'avais projeté d'aller jusqu'à Rome en compagnie du général Tacoli, mais il voulut s'arrêter quelques jours à Venise pour affaires. Trop impatiente pour l'attendre, je décidai de continuer toute seule, et je n'eus aucune peine à monter dans un train qui partait pour le Sud. Les wagons étaient sales et bondés de voyageurs, mais tout alla bien jusqu'à notre arrivée à Florence tard dans l'après-midi. Je me félicitais déjà de n'avoir pas écouté les conseils de prudence lorsqu'on nous annonça qu'il fallait descendre de voiture, car les voies étaient coupées plus loin par suite d'un bombardement. Les réparations étaient en cours, mais en attendant tous les trains pour Rome étaient supprimés.

Le désordre le plus complet régnait dans la gare. Tout le monde échangeait des informations contradictoires; les plus optimistes soutenaient qu'il y aurait un train le matin suivant. J'avais sur moi le document du major Eisermann, mais apparemment tous les voyageurs avaient aussi des raisons officielles d'aller à Rome. À quoi pouvait servir un bout de papier signé d'un simple major quand il y en avait des milliers dans toute l'Italie!

J'étais néanmoins décidée à poursuivre mon voyage à tout prix. Il eût été stupide d'abandonner après avoir accompli les deux tiers du trajet. Brandissant mon papier, je me dirigeai d'un air décidé vers le bureau des chemins de fer installé par les Allemands dans la gare. Un fonctionnaire au visage revêche prit le document, l'examina, et colla un timbre dessus !

Le lendemain matin, après une nuit inconfortable et sans sommeil, je piaffais d'impatience sur le quai en compagnie d'une foule disparate qui attendait comme moi le fameux train. Celui-ci devait arriver d'un moment à l'autre. Passé midi, je refusai de céder au découragement qui gagnait les voyageurs. Encore une heure, me disais-je. Quand le soir tomba, nous attendions toujours. Il était déjà trop tard pour retourner à Udine. Finalement, une heure avant minuit, le train entra en gare, bondé de soldats allemands. Je jouai des coudes, mais ce fut pour m'entendre dire qu'il s'agissait d'un convoi militaire, dont l'accès était rigoureusement interdit aux civils.

Nullement découragée, je fourrai mon papier sous le nez de chaque officiel qui passait à ma portée, mais ils m'écartaient tous d'un geste excédé. Je commençais à me désespérer quand une dame élégante d'un certain âge vint à moi pour me demander de surveiller ses bagages, le temps de mettre la main sur le commandant du convoi qu'elle prétendait connaître. Cette femme avait la chance de posséder une autorisation spéciale de monter dans ce train, mais elle n'avait pu trouver de place assise.

Elle revint au bout d'un moment, accompagnée d'un officier qui me dévisagea d'un air hostile avant de demander si nous étions ensemble. J'intervins aussitôt, comme si la question m'était adressée : « Oui, bien sûr, nous sommes de vieilles amies », et j'offris de lui montrer mon laissez-passer. Il dit alors, visiblement très irrité : « Non, il fait trop sombre ici pour déchiffrer quoi que ce soit. Venez avec moi. »

L'air de plus en plus excédé, le commandant nous fit monter dans le compartiment où était entreposée la nourriture. Là du moins nous trouvâmes une chaise pour la vieille dame, et je dus m'asseoir à même le plancher, entre des centaines de rations de pain noir et des milliers de paquets de beurre rance. L'odeur était épouvantable, mais nous étions enfin partis !

Nous roulâmes normalement jusqu'à Chiusi, une petite ville au nord de Rome. Le train ralentit alors pour se traîner à l'allure d'un escargot, à cause des attaques aériennes en rase-mottes. Le vrombissement des avions qui piquaient sur leurs objectifs et le crépitement des mitrailleuses couvraient le bruit assourdissant des roues. À tout instant je m'attendais à voir les parois du wagon perforées par des balles traçantes ou des éclats d'obus, mais nous fûmes épargnés par miracle.

Nous traversâmes bientôt un champ de ruines. Des villes de Toscane jadis opulentes, comme Arezzo et Orte, avaient subi de graves dommages. Partout des équipes d'ouvriers s'affairaient à réparer les voies. Il nous fallut douze heures interminables pour atteindre une petite gare de la banlieue romaine, où des autocars attendaient les soldats. Ne voulant à aucun prix rester en arrière, ma compagne et moi réussîmes en jouant des coudes à grimper dans l'un d'eux. Et c'est ainsi qu'après deux journées épuisantes j'atteignis enfin la gare centrale de Rome dans un autocar bondé de militaires. Je mourais d'envie de montrer mon laissez-passer sans valeur au commandant du convoi, juste pour le mettre en colère d'avoir été berné. Il avait par-dessus le marché failli nous interdire de monter dans l'autocar, mais au dernier moment je ne pus l'apercevoir.

Triomphalement, je pris à pied le chemin de l'appartement des Pirzio-Biroli sur la via Panama, qui était à une demi-heure de marche de la gare. Detalmo faillit tomber à la renverse en m'ouvrant la porte. Il fut plutôt secoué d'entendre le récit de mes aventures, mais rien ne pouvait troubler notre bonheur d'être réunis après avoir vécu tant d'événements chacun de notre côté. Nous avions l'impression que des années s'étaient écoulées depuis ce jour où nous nous étions séparés en grand mystère au fond du parc de Brazzà.

Detalmo habitait l'appartement des Pirzio-Biroli avec sa sœur Marina. Il avait peu de risques d'être découvert, car c'est elle qui l'occupait officiellement. Personne ne savait qu'il était à Rome. La Gestapo continuait à le rechercher dans le Nord. Il lui fallait néanmoins être prudent, de sorte qu'il ne se montrait jamais lorsque Marina recevait des visites. Il ne voyait que des amis sûrs, ou des gens qui comme lui se cachaient des Allemands.

L'appartement grouillait littéralement de conspirateurs. On voyait à chaque instant apparaître des « invités » au regard méfiant, dont quelques-uns offraient un aspect si comique que j'avais de la peine à garder mon sérieux. Deux résistants dormaient dans la cave derrière le tas de charbon, qui servait aussi à dissimuler des armes. L'un de ces hommes, Gianandrea Gropplero, était un vieil ami de Detalmo originaire des environs de Brazzà, et devenu célèbre sous le nom de *La Freccia* (la flèche) après son parachutage derrière les lignes allemandes. Il avait été pris, torturé, condamné à mort, et avait tout de même réussi à s'évader.

Au deuxième étage on avait muré les portes d'un cabinet aveugle pour cacher les gens en cas de perquisition par la police. C'est là que dormaient les « visiteurs » les plus compromettants. Les murs du garage étaient tendus de cartes méticuleusement tenues à jour du front méridional. Imprimées en grand secret, elles servaient à guider les prisonniers évadés qui cherchaient à rejoindre les armées alliées. On discutait pendant des heures de l'opportunité de donner abri à tel ou tel clandestin en quête d'un refuge, ou du plan détaillé d'une évasion périlleuse. La plupart des « visiteurs » s'étaient laissé pousser la barbe ou les moustaches pour éviter d'être reconnus.

L'activité était intense. Au pessimisme le plus noir succédait un enthousiasme naïf. En écoutant les conversations de Detalmo avec ses amis, je devinais que quelque chose d'important se passait en Italie. Le mouvement antifasciste renaissait de ses cendres après vingt ans d'interdiction sous la dictature de Mussolini.

À mon arrivée début décembre 1943, la résistance à Rome était devenue très active. Une vingtaine de journaux et de bulletins sortaient régulièrement d'imprimeries clandestines, et les actes de sabotage contre les nazis se multipliaient. Cette nouvelle existence comportait aussi ses tragédies. Ginzburg, Siglienti, Muscetta, Orlando et bien d'autres furent pris et exécutés par les Allemands. Ce n'étaient que des noms pour moi, mais je voyais bien l'influence qu'ils exerçaient sur les hommes qui forgeaient au même moment l'avenir de l'Italie.

Detalmo et moi passions des heures à discuter sur le point de savoir si je devais venir à Rome avec les enfants ou continuer d'habiter le Frioul. Il était bien difficile de choisir en ces jours d'incertitude ; d'un instant à l'autre la situation pouvait évoluer de façon dramatique ; la question du ravitaillement à Rome demeurait incertaine ; personne ne savait combien de temps les campagnes éprouvées par les combats pourraient assurer l'approvisionnement de la cité. Rome elle-même pouvait devenir le théâtre d'une bataille rangée. Mais ce qui finit par emporter la décision fut en fait l'activité clandestine de Detalmo, qui constituait un danger pour les habitants de la via Panama. L'idée de nous établir à Rome en famille fut donc abandonnée.

Je découvris cependant qu'il n'était pas si facile de retourner dans le Frioul. Le plan original était de rester à Rome encore deux jours, et de remonter vers Brazzà dans un train militaire. Detalmo considéra qu'il s'agissait là d'une option dangereuse, et il avait raison. Le convoi que je voulais prendre sauta en gare de Padoue au cours d'un raid aérien massif, et la plupart des gens qui s'y trouvaient furent tués.

Je commençais à être terriblement préoccupée d'avoir laissé les enfants seuls à Brazzà si longtemps. À ce train-là, je ne serais pas de retour pour Noël. Il y avait aussi Bovolenta, toujours incapable de se débrouiller avec les Allemands. Pour finir, après deux mois passés en vaines démarches, j'appris par un fonctionnaire de l'ambassade d'Allemagne – que j'avais connu du temps de mon père – qu'un camion militaire pouvait m'emmener jusqu'à Vérone. De là, je prendrais le train pour Udine.

Je quittai Rome le 17 décembre, et j'arrivai à la maison fatiguée et couverte de poussière après un voyage assez pénible. Un joyeux accueil me fit vite oublier ces désagréments. Nonino et les soldats allemands se montrèrent extrêmement soulagés, car ils me croyaient dans le train de Padoue. Les enfants avaient été d'une sagesse admirable, et je fus immensément heureuse de pouvoir les serrer de nouveau dans mes bras.

Nous retombâmes très vite dans la routine de Brazzà sous l'Occupation. C'était comme si je n'étais jamais allée à Rome. Noël arrivait, le premier Noël dont Corradino et Robertino seraient en âge d'apprécier l'importance. Dès le lendemain de mon retour, au milieu d'une folle excitation, nous installâmes les décorations traditionnelles.

La veille du grand jour, je dressai un grand sapin dans la pièce principale. Une fois que Nonino eut allumé les bougies, j'ouvris les portes toutes grandes, et les deux petits garçons entrèrent, les yeux brillants de joie, suivis de Mila et d'Ernesta. Les officiers allemands fermaient la marche. Je les avais invités car je connaissais la nostalgie qui envahit le cœur des gens du Nord au moment de Noël. J'espérais leur apporter un peu de bonheur en les associant aux réjouissances familiales. L'un d'eux apparut même déguisé en Père Noël, avec sa hotte pleine sur le dos.

Après les fêtes, dans les premiers jours de janvier, mon frère Hans Dieter vint comme il l'avait promis passer quelques jours de permission à Brazzà. Complètement guéri de ses blessures sur le front russe, il avait été affecté en France. Bien qu'il eût à peine vingt-sept ans, il était à Paris l'adjoint d'un grand général.

Nous n'avions guère eu l'occasion de nous voir depuis mon mariage, et Hans Dieter fut conquis d'emblée par ses jeunes neveux. Toujours obligée de faire attention à ce que je disais quand je m'adressais aux officiers allemands qui habitaient la maison, ce fut un soulagement de pouvoir parler sans crainte au soldat intelligent et sincèrement antinazi qu'était mon frère. J'avais envie de connaître l'opinion de Hans Dieter sur la guerre et sur la situation en Allemagne, car d'une part il avait beaucoup voyagé, et de l'autre c'était un garçon à la fois impartial et bien informé. Il me dit que l'Allemagne pouvait au mieux tenir un an. Il évoqua aussi à mots couverts l'éventualité d'une révolte contre Hitler, mais refusa de me communiquer le moindre détail.

Hans Dieter m'apportait une aide précieuse dans mes négociations sans fin avec les chefs militaires allemands. Au cours de son séjour, l'État-major général de l'armée du Nord basé à Udine décida de construire un dépôt de munitions dans le parc. J'étais absolument horrifiée : on imagine aisément la magnifique cible que Brazzà serait devenue ! Je suppliai le major Eisermann d'intervenir, et il me suggéra de demander à Hans Dieter de l'accompagner à Udine pour rencontrer les chefs militaires. Ils ne furent pas trop de deux pour bloquer le projet.

Hans Dieter partit pour la France au bout d'une semaine de bonheur partagé par toute la famille. Les enfants et moi étions cloués au lit par la grippe depuis la veille, et son départ m'attrista profondément. J'avais certes réussi depuis le début de l'Occupation à me passer d'un véritable protecteur, mais sa présence rassurante m'avait fait beaucoup de bien.

Quelques jours plus tard je reçus de Detalmo une lettre signée Isabella, comme d'habitude :

15 janvier 1944

Chère Fey,

Je ne sais pas ce qui se passe. Pas un mot de toi depuis des semaines. J'en suis bouleversé, car il me tarde de savoir comment vous allez, toi et les garçons. Je me sens bien seul sans nouvelles...

J'ai fait tirer des épreuves des négatifs que tu m'avais donnés, et je me console en les regardant dix fois par jour. Les manteaux taillés pour les enfants dans l'uniforme du grand-père von Tirpitz sont toujours un peu grands ! Corradino affiche une certaine sérénité sur la photo, il a même l'air sûr de lui, tandis que Roberto paraît malheureux et fâché d'être face à l'objectif. C'est très drôle... ! Je t'embrasse de tout cœur,

Isabella.

L'hiver passa lentement sans apporter de grands changements. La guerre continuait, et si tout le monde disait que les Allemands se retrouvaient sur la défensive, aucun signe d'une telle évolution n'était perceptible dans la région d'Udine. Je correspondais toujours avec ma famille sous le pseudonyme du soldat August von Hassell. Mais comme la censure était stricte, personne n'osait me livrer le fond de sa pensée.

Pour illustrer mon existence au cours de cette période, je cite en partie la lettre que j'écrivis à ma mère en mars 1944.

... Ici la situation se complique de jour en jour. Les partisans m'ont mise sur la liste noire sous prétexte que je suis trop amie avec les Allemands. D'un autre côté les gens du voisinage m'apprécient parce qu'ils savent que je les aide chaque fois que c'est possible. Cela ne pourrait toutefois me servir qu'auprès des résistants italiens. Si les partisans yougoslaves devaient venir jusqu'ici, ils se moqueraient bien de mon attitude à l'égard des uns et des autres. Franchement je ne sais plus quoi faire. J'incline à rester sur place, tout en sachant que les partisans ont incendié la demeure d'Andreina au cours d'une attaque... Les maisons isolées sont souvent attaquées ces temps-ci par de vulgaires malfaiteurs qui se prétendent communistes. C'est arrivé récemment à des paysans des environs. Les bandits ont volé du linge et des livres en disant que la lecture n'était pas indispensable. Ils voulaient aussi mettre le feu à la maison, mais les paysans les ont suppliés de ne pas le faire, car ils n'avaient pas d'autre endroit où aller. Les bandits répondirent alors : « D'accord, vous n'êtes que les métayers,

Le grand amiral Alfred von Tirpitz en compagnie de ses petits-enfants von Hassell devant sa résidence de la Forêt-Noire, en 1926. Fey est la deuxième à gauche, elle a 8 ans.

Fey von Hassell à 13 ans, l'âge auquel elle commença à rassembler des notes.

Ilse von Hassell (née von Tirpitz), la mère de l'auteur, Rome, 1936.

L'ambassadeur Ulrich von Hassell, père de l'auteur, Berlin, 1943.

La famille von Hassell en vacances dans les Apennins (de gauche à droite) : Wolf Ulli, Hans Dieter, Ulrich, Almuth, Fey et Ilse.

Fey déguisée en Sophie et Almuth en Chevalier à la rose au bal costumé de l'ambassade d'Allemagne, Rome, 1937.

L'ambassadeur von Hassell, le comte Ciano, ministre des Affaires étrangères, le Reichsmarshall Göring et Mussolini pendant la visite de Göring à Rome en janvier 1937.

Venise, juin 1934 : première rencontre d'Hitler et de Mussolini, en présence de l'ambassadeur von Hassell (au centre de la photo).

Le professeur Döhner, directeur de l'École allemande de Rome, avec Fey von Hassell (première à droite) et ses camarades de classe. Parmi eux, Annelise Petchek Caro (première à gauche) et Gerda Bruhns (à côté de Fey). Rome, 1934.

Würzburg, septembre 1939 : Fey (assise à droite) aux Arbeitsdienst (camps de travail).

Detalmo Pirzio-Biroli, l'année de ses fiançailles avec Fey, Rome, 1939.

Fey von Hassell, Rome, 1939.

La villa des Pirzio-Biroli à Brazzà dans le nord-est de l'Italie.

Le cheval blanc Mirko attelé à la carriole devant le perron de la villa. Nonino tient les rênes, et Ilse von Hassell, en visite à l'occasion de la naissance de Roberto, est assise à côté de lui, Brazzà, janvier 1942.

Fey, avec Corrado et Roberto, Brazzà, 1943.

Le major Ottokar Eisermann, le « protecteur » de Fey, tenant Corrado sur ses genoux, avec un autre officier allemand. Brazzà, 1943.

Le lieutenant Hans Kretschmann, l'aide de camp « politique » à Brazzà, qui annonça froidement à Fey l'exécution de son père.

Fey et les enfants avec des officiers allemands dans la cour de Brazzà, été 1944.

Le colonel Claus von Stauffenberg, qui transporta dans sa serviette la bombe à retardement qui devait tuer Hitler le 20 juillet 1944.

Ulrich von Hassell se défendant à son procès devant le « Tribunal du peuple » nazi, à Berlin, le 8 septembre 1944. Il fut pendu juste après.

Maria von Hammerstein, qui rejoignit les prisonniers à Buchenwald et donna à Fey des nouvelles de sa famille, lui racontant notamment le procès et l'exécution de son père, Ulrich von Hassell.

Markwart von Stauffenberg Senior (Onkel Moppel), qui avait prédit l'avancée des Russes grâce au bruit des obus.

Markwart von Stauffenberg Jr (à gauche) et Otto Philipp von Stauffenberg, les fils de Clemens et Élisabeth.

Alex von Stauffenberg (frère aîné de Claus), qui devint très proche de Fey après l'accident d'avion tragique en Bavière qui coûta la vie à sa femme, alors qu'elle tentait de rejoindre les prisonniers à Schönberg.

La petite chapelle en pierre à Lago di Braies, dans le Tyrol italien, que Fey et Alex von Stauffenberg visitèrent après qu'ils furent libérés des S.S. au début du mois de mai 1945.

Wir suchen diese Kinder!

Personalien der Kinder

1. Corrado Pirzio-Biroli
4½ Jahre alt
geb. 25. November 1940
in Udine, Italien
Haare: blond
Augen: blau
Gesichtsfarbe: blaß
Sprache: Deutsch, einige italienische Worte
Rufnamen: Corradino, Corradinchen
Kleidungsstücke: Marineblauer Mantel mit Kapuze, gemacht aus einem alten Militärmantel

2. Roberto Pirzio-Biroli
3½ Jahre alt
geb. 25. Januar 1942
in Udine, Italien
Haare: blond
Augen: blau
Gesichtsfarbe: lebhafte Farben
Sprache: Deutsch
Rufnamen: Robertino, Robertinchen
Kleidungsstücke: Marineblauer Mantel mit Kapuze, gemacht aus einem alten Militärmantel

Die betreffenden Kinder wurden ihrer Mutter, Frau Fey Pirzio-Biroli, geb. v. Hassell, am 29. oder 30. September 1944 von zwei Frauen der N. S. V.-Organisation, aus einem Hotel in Innsbruck heraus, weggenommen.

Es ist anzunehmen, daß die Kinder in ein N. S. V.-Kinderheim gebracht wurden. Einzelnachrichten haben ergeben, daß dafür auch solche Kinderheime im hiesigen Gebiet in Frage kommen könnten. Es ist jedoch wahrscheinlich, daß besagte Kinder einen anderen Namen (deutschen) erhielten.

Personal solcher Kinderheime oder Personen, welche die oben abgebildeten Kinder in solchen Heimen gesehen haben oder irgendwelche näheren Angaben machen können, werden gebeten, Auskunft zu erteilen an das

Italienische Rote Kreuz
Sede di Bad Harzburg
Bad Harzburg, Rudolf-Huch-Straße 17

« Nous recherchons ces enfants! » : partie d'une des nombreuses affiches de la Croix-Rouge utilisées par Fey et Detalmo pour tenter de retrouver la trace de leurs fils.

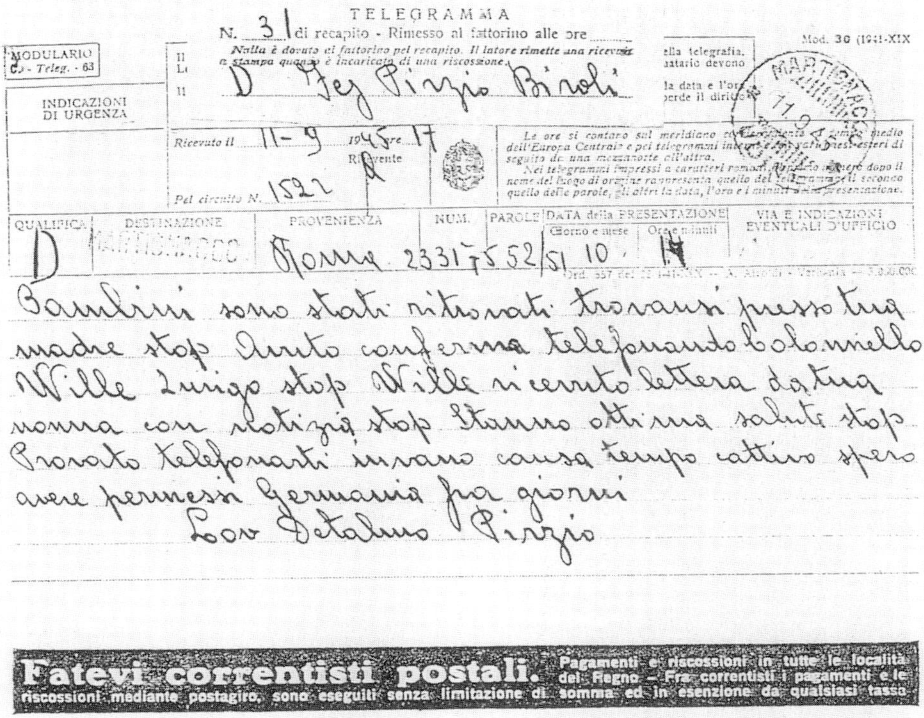

TELEGRAMMA

N. 31 di recapito - Rimesso al fattorino alle ore

MODULARIO C. - Teleg. - 63

Mod. 30 (1941-XIX)

Nulla è dovuto al fattorino pel recapito. Il latore rimette una ricevuta a stampa quando è incaricato di una riscossione.

INDICAZIONI DI URGENZA

D Fey Pirzio Biroli

Ricevuto il 11-9 1945 ore 17

Pel circuito N. 1522

Le ore si contano sul meridiano corrispondente al tempo medio dell'Europa Centrale e pei telegrammi interni e per quelli esteri di seguito da una mezzanotte all'altra.

QUALIFICA	DESTINAZIONE	PROVENIENZA	NUM.	PAROLE	DATA della PRESENTAZIONE Giorno e mese	Ore e minuti	VIA E INDICAZIONI EVENTUALI D'UFFICIO
D		Roma	23317	52	51 10	14	

Bambini sono stati ritrovati trovansi presso tua madre stop Avuto conferma telefonando colonnello Wille Zurigo stop Wille ricevuto lettera da tua nonna con notizia stop Stanno ottima salute stop Provato telefonarti invano causa tempo cattivo spero avere permesso Germania fra giorni

Love Detalmo Pirzio

Fatevi correntisti postali. Pagamenti e riscossioni in tutte le località del Regno – Fra correntisti i pagamenti e le riscossioni mediante postagiro, sono eseguiti senza limitazione di somma ed in esenzione da qualsiasi tassa

Télégramme adressé à Fey par Detalmo, le 11 septembre 1945 :

ENFANTS RETROUVÉS ILS SONT AVEC TA MÈRE STOP CONFIRMATION PAR COLONEL WILLE À ZURICH STOP WILLE L'A APPRIS PAR LETTRE DE TA MÈRE STOP ILS SONT EN EXCELLENTE SANTÉ STOP ESSAYÉ DE T'APPELER EN VAIN À CAUSE MAUVAIS TEMPS ESPÈRE AVOIR PERMIS POUR L'ALLEMAGNE D'ICI QUELQUES JOURS AFFECTUEUSEMENT DETALMO PIRZIO

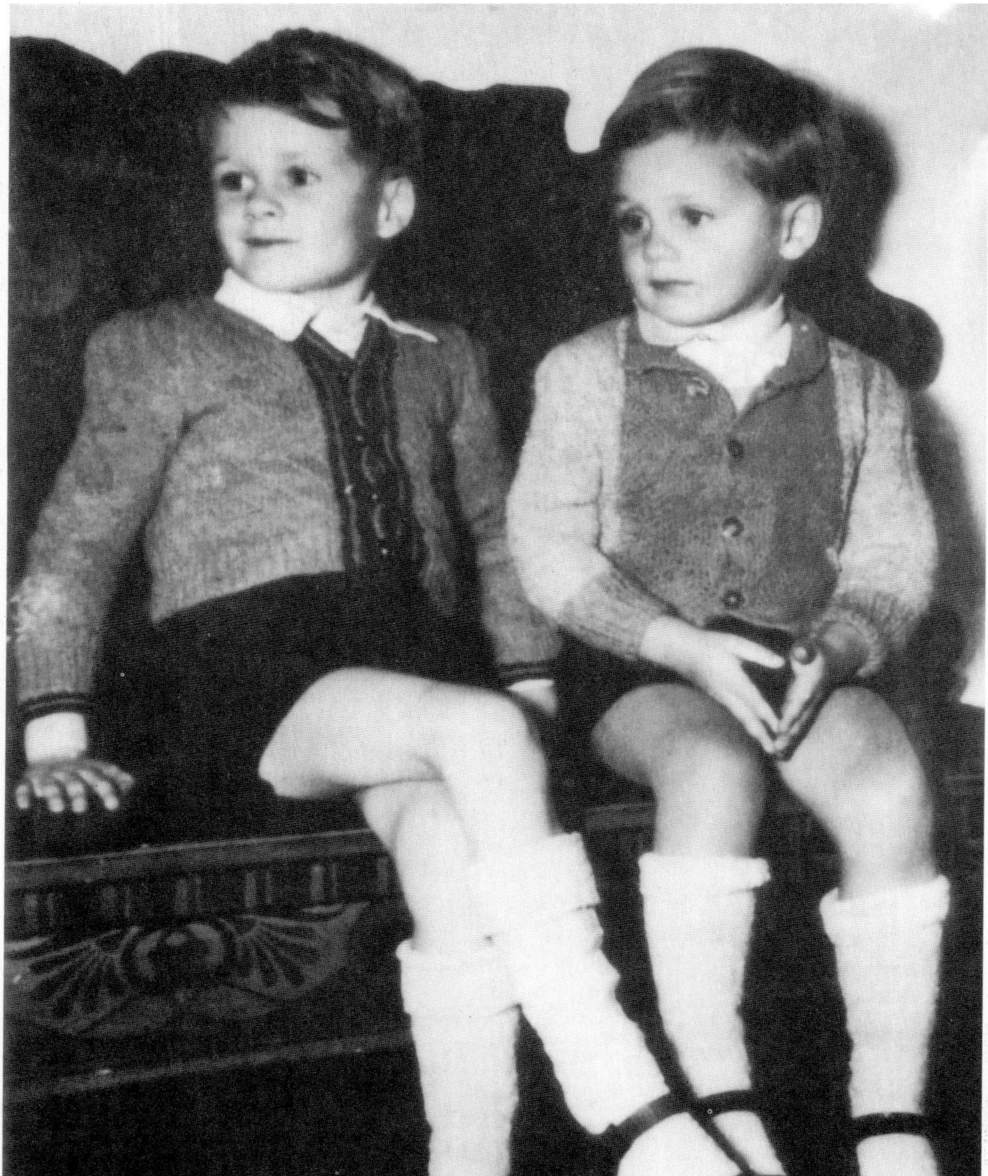

Corrado et Roberto, peu de temps après avoir été ramenés à Brazzà
par leur père, en novembre 1945.

vous n'êtes pas les propriétaires, donc nous ne brûlerons pas la maison... »

N'oubliez pas de me féliciter pour mon avancement ! [Les officiers allemands m'avaient par plaisanterie promue au grade de caporal-chef August von Hassell.]

Votre fils, August.

Des amis me firent savoir plus tard que je ne figurais plus sur la liste noire de la Résistance, parce qu'on s'était rendu compte que je faisais tout mon possible pour aider les gens qui faisaient appel à moi. C'était peut-être aussi parce que je veillais à ce que Bovolenta continue à vendre les produits de la ferme à des prix normaux au lieu de céder à la tentation de faire du marché noir.

Les activités de la Résistance se développèrent à mesure que les mois passaient. Je ne participai jamais directement au mouvement, mais de nombreux amis de Detalmo, y compris son cousin Alvise, rejoignirent le groupe Osoppo, qui opérait dans le Frioul. (Il y avait un autre groupe de partisans dans la région, mais d'obédience exclusivement communiste.) La demeure d'Alvise devint plus tard le lieu de rendez-vous de tout le groupe Osoppo. L'imprudent fut arrêté avec beaucoup d'autres, et emprisonné à Udine par les Allemands qui avaient remarqué leur incessant va-et-vient. Par chance des partisans venus de « l'extérieur » fabriquèrent de faux documents autorisant leur élargissement, de sorte qu'Alvise et ses camarades furent libérés et prirent aussitôt le maquis.

Je trouvais pour ma part que les partisans se conduisaient parfois stupidement, surtout au début. Ils avaient tendance à tirer des coups de feu sur les soldats allemands isolés, en évitant soigneusement de faire sauter les ponts ou les voies ferrées, travail plus dangereux mais aussi plus efficace. De cette manière ils attiraient sur d'innocents villageois la vengeance des Allemands, comme ce fut le cas pour la ville voisine de Nimis, qui fut brûlée et dont de nombreux habitants furent passés par les armes à titre de représailles après un coup de main des partisans. Tant que la puissance militaire allemande demeurait aussi grande, la mort d'un ou deux soldats ne changeait pas grand-chose.

Au mois de juin, j'eus confirmation d'un événement redouté depuis longtemps : le major Eisermann était muté ailleurs. Pendant près d'un an, il m'avait soutenue, avait pris mon parti devant d'autres officiers moins bien disposés à mon égard, et rendu mon existence supportable dans une maison occupée par la troupe. J'ignorais alors combien j'aurais besoin de la présence d'un homme comme Eisermann dans les mois à venir.

Quelques jours plus tard il me présenta son successeur, un certain colonel Dannenberg. Grand et avec des manières plutôt raides, Dannenberg avait l'air d'un brave homme, mais il ne me fallut pas longtemps pour deviner qu'il était faible, et qu'il ne s'opposerait jamais à une décision de ses supérieurs ou de son « officier politique », le lieutenant Kretschmann. Celui-ci ne m'était pas hostile, mais on ne pouvait se fier à un nazi aussi fanatique. Avec le départ du major Eisermann, je perdis un peu de ma confiance dans ma bonne étoile, et me demandai si après tout il ne valait pas mieux rejoindre Detalmo à Rome.

Malgré mes inquiétudes, je m'habituai vite au colonel Dannenberg, qui était parfaitement correct en toutes circonstances. Je restai de même en termes assez cordiaux avec la plupart des officiers cantonnés à Brazzà. Je réussissais souvent à provoquer leurs confidences et à connaître leurs opinions personnelles. Je me souviens d'une conversation intéressante à propos de l'armée italienne. L'un des officiers précisa qu'il avait été témoin de la conduite admirable et courageuse des soldats italiens en Russie comme en Afrique. Il aimerait mieux, disait-il, commander des troupes italiennes que des troupes allemandes. Toujours d'après lui, les Italiens avaient combattu les Russes corps à corps avant de succomber sous le nombre. Cette déclaration ne m'étonna pas, car je savais que le problème de l'armée italienne résidait dans le commandement. Les officiers ne partageaient pas la dure existence des soldats du front. Ils mangeaient bien, et prenaient soin de toujours dormir dans des lits confortables. On leur envoyait d'Italie des fruits frais. Par contre les officiers allemands restaient souvent aux côtés de leurs hommes en première ligne, et n'hésitaient pas à manger la même nourriture détestable.

La vie à Brazzà se déroula donc sans événements notables jusqu'au début de l'été 1944. Le bruit des coups de feu et le sifflement des bombes nous étaient inconnus, tandis qu'en Allemagne le reste de ma famille connaissait réellement les horreurs de la guerre. Almuth et ma tante Mani, par exemple, travaillaient dans un bureau à Munich. La terreur exercée sur la population par les nazis et les raids aériens alliés faisaient partie de leur vie quotidienne. Une lettre de ma mère décrivant la destruction de Munich montre à quel point nos existences étaient devenues différentes.

[sans date]

Ma chère Hasi,

Nous sommes tous en vie malgré un raid aérien terrifiant sur Munich. La ville n'existe plus, ce n'est qu'un tas de ruines. Nous devons remercier le ciel car c'est miracle qu'Almuth soit saine et sauve. Elle est sortie de l'abri avec sa bicyclette, qu'elle a dû porter la plupart du temps à cause des arbres tombés en travers des rues, et des vitres brisées qui jonchaient le sol. Bien entendu les trains ne marchaient plus, de sorte qu'elle a dû pédaler comme une forcenée tout le long du chemin de retour à Ebenhausen [25 kilomètres]. Elle est arrivée à demi morte. Le lendemain au petit déjeuner nous avons tenté de la persuader de ne pas retourner à son travail. Elle hésitait encore quand les sirènes se sont mises à hurler, et nous avons subi une troisième attaque plus terrible que les précédentes. Par chance, tante Mani était en congé, car leur bureau a été entièrement détruit...

(écrit en allemand)

8

Arrestation et emprisonnement

Si les « bons » ne sont pas à la fois purs comme la colombe et rusés comme le serpent, nous n'arriverons à rien.

Ulrich von Hassell,
Journal, le 15 mai 1943.

En juillet 1944, Brazzà était occupé par les Allemands depuis près de dix mois. Je m'étais cependant adaptée à la situation, et j'avais même réussi, dans les trois pièces mises à notre disposition, à vivre avec mes deux enfants d'une manière acceptable, et quelquefois plaisante. Je restais en contact avec Detalmo et ma famille en Allemagne. Mes rapports avec le colonel Dannenberg, notre nouveau commandant, étaient de plus assez satisfaisants. J'étais pourtant loin d'imaginer que le petit monde paisible et organisé dans lequel je vivais allait bientôt voler en éclats sous le choc d'un événement qui faillit détourner le cours de l'histoire.

Le jeudi 20 juillet 1944, à douze heures et quarante-deux minutes très exactement, une bombe à retardement d'une puissance extraordinaire explosa dans la salle où Hitler avait réuni son état-major. Cela se passait à Rastenburg, en Prusse-Orientale. Plusieurs officiers furent tués, d'autres grièvement blessés, mais Hitler ne fut atteint que superficiellement. Il annonça le soir même à la radio qu'il avait été sauvé par l'intervention de « sa divine providence ». Il dit à « son peuple » qu'une « poignée d'officiers félons » ayant à leur tête le colonel Claus von Stauffenberg avait placé une bombe à retardement à l'intérieur de son quartier général, quelque part sur le front de l'Est. Stauffenberg fut arrêté le soir même. À la nuit tombée, lui et ses complices avaient été fusillés ou contraints de se suicider.

À mesure que les détails de « l'attentat à la bombe » nous parvenaient par la radio, j'étais envahie par un sentiment de triomphe. Enfin la démonstration était faite que le cœur de la nation n'avait pas cessé de battre. Il se trouvait encore des Allemands assez courageux et déterminés pour sacrifier leur existence à l'intérêt supérieur du pays. Il devint vite clair aux yeux des observateurs attentifs que l'attentat n'était pas le fait d'un petit groupe d'officiers, mais faisait partie d'un plan beaucoup plus vaste impliquant la participation des plus grands chefs militaires allemands. Ils étaient désormais compromis, et Hitler profita de l'échec de la conspiration pour arrêter et liquider tous ceux qu'il considérait comme ses opposants.

Plus la propagande révélait de détails sur l'attentat, plus la liste des personnes mêlées au complot s'allongeait, et plus j'avais de raisons de m'inquiéter pour mon père. Les listes publiées par les journaux des gens exécutés pour avoir trempé dans l'affaire étaient pleines de noms que je ne connaissais que trop bien. La plupart des victimes étaient officiers dans l'armée, mais nombre d'entre elles étaient des amis personnels de mon père. Un mois passa. Je me pris à croire que les groupes de « l'opposition civile » n'avaient pas été découverts. Je recevais régulièrement des lettres de ma mère qui ne soufflaient mot de l'attentat. Comment eût-elle pu en parler, d'ailleurs, avec la censure ? mais elle se référait sans cesse à « de grands soucis », ce qui éveilla mes soupçons, mais je ne pris pas vraiment au sérieux ses allusions imprécises. L'absence de mauvaises nouvelles me rassurait peu à peu, et je finis par penser que la participation éventuelle de mon père n'avait pas été découverte.

La réaction des soldats allemands de Brazzà à la nouvelle de l'attentat manqué contre leur Führer ne manquait pas d'intérêt.

Ils parurent d'abord accablés et incertains de la conduite à tenir, mais ce sentiment fit bientôt place à une satisfaction qui s'exprimait à mots couverts (par crainte de l'officier politique Kretschmann). On eût dit que l'événement leur avait donné l'espoir que la guerre allait bientôt prendre fin. Ils changèrent pourtant d'avis après avoir entendu des semaines durant l'argument diabolique de la propagande nazie : tous les revers militaires de l'Allemagne étaient à mettre au compte des auteurs du complot et de leurs complices. Ce mensonge était généralement suivi du panégyrique des « armes nouvelles », qui seraient bientôt opérationnelles. L'espoir d'une victoire finale était ainsi relancé. J'avais peine à croire à de tels enfantillages, au point que je faillis plus d'une fois à mon principe de toujours garder mes opinions pour moi.

L'amie la plus proche et la plus fidèle de mes parents en Italie, la redoutable princesse Santa Hercolani (née Borghèse), avait tout comme moi pris peur en relevant les noms des conspirateurs dans les listes publiées par les journaux. Elle connaissait trop bien les opinions farouchement antinazies de mon père pour ne pas craindre pour sa vie. Elle m'envoya une longue lettre dans laquelle, entre autres, elle racontait son existence en temps de guerre, à la campagne près de Bologne.

6 août 1944

... Je me pose une foule de questions angoissantes. Il arrive de partout des histoires à vous dresser les cheveux sur la tête. Et tes parents ? Tu imagines mon angoisse de n'avoir aucune nouvelle. Je n'essaie même pas de leur écrire en ce moment, mais si tu sais quelque chose, je te serais *infiniment* reconnaissante d'apaiser mes craintes...

Trois bombardements successifs ont détruit sept métairies d'Astorre [son mari décédé] sur dix. Après chaque raid, que nous pouvions observer du haut de la tour, j'allais à bicyclette inspecter les dégâts. *Quod not fecerunt Barbari fecerunt Barberini,* comme dit le proverbe romain [1]. Par-dessus le marché, la foudre est tombée hier sur une autre ferme. C'est vraiment la dernière chose dont j'avais besoin. Je dois donc reprendre demain ma bicyclette!

Je ne sais plus à quelle heure il faut sortir pour éviter d'être canardé par les mitrailleuses et les chasseurs-bombardiers qui infestent les chemins de la région. Pendant ce temps-là, les autorités tentent de faire reconnaître à notre ville [Bologne] le statut d'hôpital, ou de « ville ouverte ». Bien que personne ne sache (et à mon avis on ne le saura jamais) si c'est faisable, des centaines de charrettes de toutes formes et de toutes tailles chargées de mobilier, de vaisselle, etc., retournent en ville. Les pauvres gens font exactement le même trajet que l'an dernier, mais en sens inverse...

Dans tout cela, ou plutôt en dépit de tout cela, nous ne sommes pas les plus à plaindre. Nous vivons encore sous notre propre toit, ce qui compte énormément! Si nous survivons à tous ces événements, une existence nouvelle nous attend, avec de nouveaux horizons, de nouveaux centres d'intérêt, de nouveaux devoirs. La vie ne s'arrête pas, il faut continuer, nous devons absolument nous renouveler. Comme je comprends ta situation tragique. N'avoir personne auprès de toi pour parler de tes problèmes, ou même tout simplement de la situation en général...

(écrit en italien)

Et de fait, dévorée d'inquiétude à propos de mes parents et de Detalmo, je souffris cruellement de la solitude et de mon isolement durant ce long mois d'août 1944.

1. Littéralement : « Ce que n'ont pas fait les Barbares, les Barberini l'ont fait », allusion à la riche famille romaine des Barberini, qui pillait sans scrupule les vestiges de la Rome antique pour édifier ses palais. Un Barberini fut élu pape en 1623 sous le nom d'Urbain VIII. *(N.d.T.)*

Le samedi 9 septembre à sept heures du matin, j'étais étendue dans mon lit lorsqu'on frappa un coup sec à la porte de ma chambre. C'était le lieutenant Kretschmann, le visage blême et le regard inquiet. Il resta silencieux quelques instants, craignant visiblement de parler. Je rompis bientôt le silence pour lui demander d'une voix impatiente : « Qu'y a-t-il, pour l'amour du ciel ?

– Heureusement vous êtes encore là, fut sa réponse.

– Mais pourquoi n'y serais-je pas ?

– Vous n'avez pas écouté la radio hier soir ou ce matin ?

– Comment le pourrais-je ? J'ai des invités qui dorment à côté. Que se passe-t-il ?

– Votre père vient d'être arrêté et exécuté. Il a été pendu ! »

Ces mots me furent lancés au visage sans prévenir. Comme il arrive souvent à l'annonce d'événements graves, je restai assise dans mon lit sans un battement de cils. Le seul signe indiquant que j'avais compris fut que tout mon corps fut saisi d'un tremblement incoercible. J'ai toujours cru à la nécessité de se contrôler, mais cette fois mon organisme refusa d'obéir. Kretschmann poursuivit d'un ton froid et impersonnel. Son supérieur hiérarchique, le colonel Dannenberg, avait donné l'ordre de ne pas me laisser seule une minute.

Mes pensées allèrent aussitôt vers les enfants. Le châtiment allait-il aussi s'abattre sur leur tête ? Mon père... Je ne voulais même pas y penser. Je réalisai alors qu'avec le départ du major Eisermann j'avais perdu ma protection. Eisermann aurait certainement réagi différemment ; il m'aurait peut-être même aidée à m'enfuir avec les enfants. Mais Dannenberg n'était pas de la même trempe, et ne voudrait jamais se compromettre.

En fait Dannenberg fit exactement ce que Kretschmann lui avait suggéré ; il courut à Udine informer la Gestapo que la plus jeune des filles d'Ulrich von Hassell vivait non loin de là. Étonnés et incertains de la conduite à tenir, les gens de la Gestapo ordonnèrent de me placer en garde à vue pendant vingt-quatre heures, le temps de demander des instructions à Berlin.

Kretschmann, pour sa part, était convaincu qu'il avait le devoir de me dénoncer. Le fait demeure que, sans son intervention, on m'aurait peut-être et même probablement laissée en paix. C'est donc à Kretschmann et à Dannenberg que je suis redevable de tous les malheurs qui devaient s'abattre sur moi et mes enfants dans les mois qui suivirent.

Je dominai mon angoisse en m'attachant à des sujets d'ordre pratique. Il me fallut immédiatement donner congé à mes invités. Je profitai de la circonstance pour glisser dans leurs poches au moment de partir quelques-uns des carnets qui me servaient à tenir mon journal. Je savais que, s'ils tombaient aux mains des S.S., ces documents fourniraient amplement la preuve de mes opinions antinazies.

La nouvelle de l'exécution de mon père se répandit très vite, et Nonino vint aussitôt me voir. Il m'embrassa et fit son possible pour me consoler. C'est dans ses bras que je m'effondrai complètement. À l'expression tragique sur le visage des officiers, je compris qu'ils craignaient pour ma vie.

À dix heures, un homme de la Gestapo et le colonel Dannenberg se présentèrent pour m'emmener à Udine. Je fus saisie d'horreur à l'idée de devoir laisser derrière moi les enfants, qui me regardaient en silence, l'air apeuré. Seule la présence d'Ernesta et de Mila, qui ne manqueraient pas de s'en occuper avec amour et compétence, m'apportait quelque réconfort. Je demandai à Ernesta de dormir dans mon lit pour être plus près de Corradino et de Robertino, à qui je promis d'être de retour dans quelques heures.

Il y eut un intermède comique, malgré les circonstances, lorsque dans son embarras et avec le sentiment de culpabilité qui caractérise les faibles, Dannenberg essaya de trouver des paroles de condoléances et de sympathie. Il ajouta qu'il tenait absolument à me faire conduire à Udine dans sa voiture personnelle ! Cette « courtoisie » me stupéfia. Mais je devais bientôt constater à quel point on est reconnaissant de la moindre parole aimable au milieu de l'arrogance et de la cruauté générales.

Tandis qu'on m'escortait jusqu'à la voiture de Dannenberg, je passai devant les visages terrorisés de la famille Bovolenta, qui me dévisageaient de leurs fenêtres. Nonino pleurait, ainsi que Mila. Des soldats attirés par le spectacle s'étaient assemblés sur mon passage. Ernesta n'était pas là, car je lui avais demandé de garder les enfants dans la maison pour leur éviter de me voir partir.

Nous restâmes silencieux pendant le trajet jusqu'à Udine. Tandis que je marchais sous bonne escorte vers le quartier général de la Gestapo, une femme s'approcha et me demanda de venir en aide à son mari, l'avocat Sartoretti, qu'on avait jeté en prison pour avoir accepté de prendre la défense d'un groupe de Juifs et de résistants d'Udine. Aucun autre avocat n'avait voulu se charger de l'affaire. Comme je n'avais pas le droit de parler, je ne pus que lui indiquer par signes que j'étais moi aussi prisonnière.

J'attendis pendant que la Gestapo statuait sur mon sort. Ils décidèrent finalement de m'écrouer à la prison d'Udine, où je serais confiée aux religieuses qui dirigeaient la section des femmes. La Gestapo donna l'ordre de me loger dans une cellule individuelle, ce qui se révéla impossible. Les Allemands avaient arrêté tant de gens depuis plusieurs mois que plus de cent cinquante malheureuses s'entassaient déjà dans un espace à peine suffisant pour une quarantaine de détenues.

Les nonnes chargées de nous surveiller appartenaient à l'ordre des Servantes de la Charité *(Ancelle della Carità)*, qui administraient depuis des années la section des femmes. Jusqu'aux débuts de l'occupation allemande quelques mois plus tôt, elles avaient toujours eu affaire à des criminelles, au mieux à des délinquantes, de sorte que leurs manières étaient rudes, voire brutales.

Les « politiques » s'indignaient d'être obligées de partager leurs cellules avec des prisonnières de droit commun. Dans certains cas, trente femmes s'entassaient dans une grande pièce et devaient dormir sur des bat-flanc dépourvus de literie. J'eus la chance de partager une petite cellule avec deux autres femmes. À nous trois nous disposions de deux lits métalliques pourvus de matelas et de couvertures. Je me laissai tomber sur un des lits, encore sous le choc et trop lasse pour m'enquérir de mes compagnes.

Bien que je fusse à peu près indifférente à tout ce qui m'entourait, au bout de quelques jours nos conditions de détention dans ces locaux sales et surpeuplés mirent sérieusement à l'épreuve mon aptitude à supporter les vicissitudes de la vie en prison. Une seule toilette était à la disposition des cent cinquante détenues. Deux fois par jour on ouvrait les portes des cellules, et nous faisions la queue debout, souvent pendant plus d'une heure, en attendant notre tour d'utiliser la cuvette sale et primitive. Ceux qui ont vécu en prison connaissent bien l'importance de cet endroit, qui se révèle presque toujours totalement inadéquat.

Les cellules étaient infestées de moustiques, de punaises et de cafards. En quelques jours j'eus le visage gonflé de piqûres, et les épaules entièrement rouges et couvertes de démangeaisons. Mais le pire était peut-être la nourriture. Nous recevions quotidiennement en tout et pour tout un bol de soupe à peu près immangeable. On pouvait cependant se faire apporter des plats du restaurant voisin. Typiquement italien ! Même dans les situations les plus difficiles, il y a toujours moyen de « s'arranger ».

Ce que les religieuses savaient le mieux faire, c'était la prière. Elles commençaient à prier dès le matin et continuaient tout le reste du jour, avant et après les repas, en allant aux toilettes, pendant la « récréation » quotidienne dans la cour, et durant tout l'après-midi. À huit heures du soir, les Servantes de la Charité passaient dans les couloirs, s'arrêtant à la porte de chaque cellule pour ouvrir le judas et psalmodier d'un ton monotone : *« Sia lodato Gesù Cristo »* (loué soit Notre Seigneur Jésus-Christ) à quoi nous répondions : *« Sempre sia lodato »* (qu'Il soit loué maintenant et toujours).

Chaque matin la messe était célébrée dans la chapelle de la prison. Nous y assistions toutes à peu près sans exception. C'était au moins une occasion de quitter les cellules où on nous tenait enfermées tout le jour. Les oraisons chantées en latin d'une voix mécanique nous portaient sur les nerfs, mais à part cela la messe était très belle.

Le rituel le plus effrayant était de loin celui de l'appel périodique, quand nos geôliers lisaient à haute voix les noms de celles qui allaient être déportées en Allemagne. Toutes les prisonnières étaient figées dans la terreur de s'entendre appeler au milieu d'un silence de mort. Prises de convulsions, les victimes du mauvais sort s'écroulaient sur le sol, et il fallait les emmener de force. La plupart de ces femmes n'avaient jamais été interrogées par la Gestapo et ne connaissaient même pas le motif de leur emprisonnement.

Le premier jour de ma détention, le lieutenant Kretschmann vint me voir, m'apportant un poulet rôti et un pain blanc de la part de Nonino. Il me dit que les soldats avaient été tellement attristés et choqués par mon arrestation qu'ils s'étaient saoulés de désespoir. Une façon touchante de montrer leurs sentiments, pensai-je. Kretschmann me dit aussi que Dannenberg et lui remuaient ciel et terre pour que la Gestapo m'assigne à résidence à Brazzà au lieu de me maintenir en prison.

Ils avaient également pris contact avec von Alvensleben, l'officier S.S. d'Udine qui était venu deux ou trois fois prendre le thé à la maison. Mais Alvensleben n'avait même pas voulu les recevoir, sans doute par peur de se compromettre. J'étais furieuse. Malgré leurs fautes, Kretschmann et Dannenberg essayaient au moins de me venir en aide.

Presque chaque jour, un officier allemand de Brazzà me rendait visite pour m'apporter des livres et de la nourriture de la part des amis ou des voisins. Ces visites étaient les seules permises, et ma conversation quotidienne de cinq minutes avec quelqu'un « du dehors » était une maigre consolation, mais une consolation tout de même.

Kretschmann et Dannenberg se donnèrent tant de mal pour moi qu'après dix jours passés en prison ils obtinrent finalement la permission de me ramener à la maison jusqu'à ce que Berlin eût envoyé de nouveaux ordres me concernant. Assise dans la voiture de Kretschmann qui roulait à grande vitesse sous un ciel splendide au milieu de la campagne éclatante, je me faisais l'effet d'une reine. L'air frais, le soleil, les champs paraissaient promettre une liberté bien plus grande que la réalité ne permettait de l'espérer.

L'émotion qui s'empara de moi en revoyant les enfants ne peut se décrire. Corradino restait calme, mais ne cessait de m'étreindre de toute la force de ses petits bras. Quand des larmes de joie se mirent à couler sur mes joues, il dit simplement : « Maman pleure, Corradino veut aider Maman. » Robertino, qui ne voulait pas être en reste, courait joyeusement à quatre pattes d'un bout à l'autre de la pièce. Anna di Brazzà, la femme d'Alvise, nous rejoignit peu après. Partagées entre le rire et les pleurs, nous oubliâmes nos soucis pour profiter de ce moment de bonheur retrouvé.

Ce soir-là, au moment où nous faisions nos prières avec les enfants, Corradino insista : « Maman ne doit jamais s'en aller sans dire à Corradino où elle va et quand elle reviendra ; c'est une chose terrible ! » Je promis de ne plus jamais les quitter d'une voix pleine de conviction, mon optimisme naturel ayant repris le dessus. Par malheur les événements devaient m'empêcher de tenir ma promesse.

En arrivant à Brazzà, je fus très déçue de ne pas trouver de lettre de ma mère. Il me tardait d'avoir de ses nouvelles, car je me demandais avec angoisse comment elle réagissait. Il y avait tout de même une lettre de Santa Hercolani.

16 septembre 1944

Ma très chère Fey,

Je veux seulement te dire que tu peux compter sur moi. Tu comprendras certainement dans quel état d'esprit je me trouve, et tu connais mes sentiments. Souviens-toi que tu peux toujours penser à moi comme à une vieille, très vieille sœur. À mes yeux tu es beaucoup plus qu'une amie. Écris-moi encore, si tu en as la possibilité, et si tu sais quelque chose, si peu que ce soit, dis-le-moi... Nous sommes vraiment au cœur de la tempête à l'heure où j'écris ces lignes. Je pense à ta mère, à Wolf Ulli, et à toutes ces valeurs qui nous sont chères et qui vont peut-être disparaître...

(écrit en italien)

J'étais strictement consignée dans nos trois pièces d'habitation, et l'on m'enfermait la nuit. Mais les amis pouvaient venir nous voir. Ils me dirent que les paysans m'avaient prise en pitié, et qu'ils priaient constamment pour moi à l'église. Ce témoignage de leur affection me réconforta. Je compris qu'ils me tenaient pour une des leurs, en dépit de mes origines allemandes.

Je finis par recevoir de ma mère une lettre pleine de fierté, de courage et d'abnégation. Elle parlait d'une faible lueur d'espoir. Est-ce que par hasard la radio se serait trompée ? J'avais clos pour ma part un chapitre de mon existence lorsque je gisais dans ma prison d'Udine, hantée par les images de la mort de mon père. Bien que la diffusion d'un tel mensonge par la radio fût improbable, je croyais les nazis capables de tout. Cette idée, l'hypothèse bien chancelante que mon père n'avait peut-être pas été exécuté avec les autres, me redonna du courage. J'appris plus tard que la « lueur d'espoir » provenait d'une intervention de Mussolini en faveur de mon père. À la dernière minute le Duce avait tenté de fléchir Hitler par le truchement de l'ambassadeur Filippo Anfuso, mais en vain.

Durant les premiers jours qui suivirent mon retour à Brazzà, je ne fus pas étroitement surveillée. Pia Tacoli, dont le frère, Ferdinand, combattait aux côtés des résistants, élabora dans les moindres détails le plan de mon évasion. Elle projetait de m'attendre avec une voiture à cheval près d'un portail inutilisé qui se trouvait au fond du parc. À la faveur de la nuit, je devais la rejoindre avec les enfants pour aller dans les montagnes nous mettre sous la protection des partisans. Pia connaissait bien ces derniers pour leur apporter quasi journellement, et au péril de sa vie, des vêtements, de la nourriture et les journaux. Le service de messageries de Pia exigeait à la fois de la ruse et du courage, car sa maison aussi était occupée par les Allemands !

Le plan n'était pas facile à exécuter. Il fallait éviter de tomber sur la garde allemande qui patrouillait nuit et jour autour de la propriété. Je craignais aussi pour Pia, car on ne manquerait pas de rapprocher son absence de la mienne. Mais la raison principale qui me fit décliner son offre courageuse fut ma crainte des terribles représailles que les S.S. exerceraient sur ma famille si je m'évadais. Je ne pouvais courir le risque que ma mère fût mise en prison, ou même envoyée dans un camp de concentration à cause de moi. Je savais par ses lettres qu'elle vivait librement avec ma sœur à Ebenhausen. Je caressais donc l'espoir que si les S.S. devaient un jour m'obliger à quitter Brazzà, ce serait pour m'envoyer vivre avec mes enfants chez ma mère en Allemagne.

Le 25 septembre, je fus invitée chez Dannenberg à boire un verre de vin à la santé du lieutenant Kretschmann, qui partait rejoindre sa nouvelle affectation le lendemain. La peur d'être à nouveau arrachée à mes enfants et remise en prison dormait toujours en moi. Je savais les S.S. précis, mais il me restait encore à découvrir jusqu'où pouvait aller leur sens du détail.

Très tôt le matin suivant, un officier frappa de nouveau à ma porte. Il était porteur d'une lettre de Dannenberg, qui venait de partir pour Vérone avec Kretschmann. Ni l'un ni l'autre n'avait eu le courage de venir me faire part des ordres reçus de Berlin.

26 septembre 1944

Chère Madame Pirzio-Biroli,

Je suis extrêmement gêné de vous expliquer cela par écrit, mais je n'avais que ce moyen abrupt et officiel, je veux dire cette lettre, car j'ai dû partir brusquement pour Vérone. Je vais néanmoins expédier mes affaires afin d'être de retour avant votre départ fixé à demain matin. En bref, je dois vous demander de vous tenir prête à partir pour un voyage qui vous conduira dans un premier temps à Innsbruck. Les enfants vous accompagneront. En fait de bagages, vous ne devez emporter que ce qui vous est strictement nécessaire.

Je vous conduirai personnellement en voiture à la gare d'Udine, où je vous confierai aux bons soins d'un fonctionnaire en civil chargé de vous escorter jusqu'à Innsbruck. J'ai tenté d'en savoir plus, malheureusement sans succès. Si cela peut vous consoler, j'ai l'impression que nous pourrions bien nous revoir d'ici peu, à supposer, naturellement, que le régiment ne soit pas affecté ailleurs. Donc, Madame Pirzio-Biroli, je vous adjure de relever la tête dans l'adversité. Il ne faut pas perdre courage. Après tout, vous n'avez rien à vous reprocher personnellement. Ayez la foi, et gardez-vous de montrer votre détresse. Je ne connais pas encore l'heure de départ du train. Tout ce que je sais, c'est que vous partez demain matin. L'heure exacte vous sera précisée en mon absence. Et maintenant, chère Madame, encore une fois, ayez du courage.

Avec mes hommages respectueux,

H. Dannenberg

(écrit en allemand)

La lecture de cette lettre me plongea dans un désespoir sans fond. J'avais toujours envisagé la possibilité d'être déportée en Allemagne, mais je gardais l'espoir qu'après tout la Gestapo et les S.S. à Berlin se désintéresseraient d'un cas marginal comme le mien, celui d'une femme seule avec deux enfants en bas âge, et de surcroît ne vivant même pas dans son pays d'origine. Et voilà qu'on me mettait froidement devant *le fait accompli* [1]. Je me voyais inexorablement entraînée dans la sinistre mécanique de la terreur nazie. J'avais inutilement sacrifié ma vie conjugale pour

1. En français dans le texte.

protéger Brazzà. Toute cette énergie dépensée en pure perte, quel gâchis !

J'étais furieuse contre moi-même d'avoir refusé de m'évader pour rejoindre la résistance. Mais il était trop tard. Je refusai tout net une offre de faire attaquer le train par les partisans qui me parut impraticable. Pourtant, si incroyable que cela puisse paraître, je continuais à espérer, contre toute logique, qu'après mon interrogatoire à Innsbruck on m'enverrait retrouver ma mère à Ebenhausen. En fait je ne perdis jamais mon sens inné de l'optimisme durant cette période. Cela explique peut-être pourquoi tout le monde s'extasia plus tard sur mon comportement admirable dans ces circonstances.

J'avais vingt-quatre heures pour faire mes préparatifs. J'organisai notre départ dans la fièvre. Les enfants n'avaient pas de vêtements ni de souliers assez chauds pour passer l'hiver dans le Nord. J'expédiai Nonino chez le bottier avec une commande urgente. Une femme qui travaillait pour nous termina deux jerseys de laine, et passa une partie de la nuit à tricoter deux autres pull-overs bien chauds. À quatre heures du matin Nonino passa prendre les chaussures chez le cordonnier qui avait lui aussi veillé toute la nuit pour finir son travail. Je chargeai Alvise di Brazzà de prendre soin du domaine et d'aider Bovolenta dans la mesure du possible.

L'aimable médecin militaire du régiment me donna trois cents marks, qu'il me conseilla de coudre dans la doublure de ma jaquette avec les trois mille lires déjà en ma possession. Mon bagage contenait essentiellement des choses à manger. Malgré ma réticence, Nonino emballa dans une valise un énorme jambon et plusieurs salamis. Anna, la femme d'Alvise, me donna six cents cigarettes, un cadeau qui devait se révéler extrêmement précieux. Nos grands amis les Stringher apportèrent des biscuits, de la viande de conserve, du thé et des boîtes de lait condensé. Je fus émue jusqu'aux larmes de tant de générosité dans ces moments douloureux.

Je devais être capable de porter seule mes bagages, c'est-à-dire deux valises au plus. Naturellement, une fois pleines, je ne pus soulever ni l'une ni l'autre ! Quand tout fut prêt, je m'assis à ma table pour griffonner un billet à l'intention de Lotti, qui était toujours à Hambourg avec sa sœur Anni.

[sans date]

Chère Lotti,

... Quelques mots à la hâte. J'ai appris aujourd'hui que l'on « m'accompagnait » demain matin en Allemagne avec les enfants. Tu imagines mes sentiments. Mais il ne faut pas perdre courage, même aux pires moments. Espérons que l'avenir sera meilleur.

Je crains de ne pouvoir t'écrire de quelque temps, et je t'envoie donc les plus récentes photos des garçons. J'ai beaucoup à faire avant mon départ, car je veux laisser le domaine en de bonnes mains. C'est pour cela que je préfère m'arrêter ici, car j'ai encore plein de choses en tête. Je vous aime tendrement, chères Lotti et Anni. Ne nous oubliez pas dans vos pensées.

Votre Fey, triste et désespérée.
(écrit en allemand)

De nombreux amis, dont bien entendu Nonino et Bovolenta, vinrent me voir dans la soirée. Nous bûmes du cognac en faisant le vœu de nous retrouver bientôt réunis en bonne santé. Je demandai à mon amie Nini Filiasi d'envoyer par la Croix-Rouge un message à Detalmo pour lui expliquer ce qui s'était passé. Elle s'acquitta de cette tâche avec le plus grand sérieux, et Anna di Brazzà en fit autant de son côté. Detalmo ne devait cependant apprendre mon arrestation que trois mois plus tard !

À quatre heures du matin je tirai les enfants de leur sommeil. Les pauvres petits étaient bien trop jeunes pour un pareil voyage. Deux heures plus tard le colonel Dannenberg apparut, prêt à me conduire à la gare. Tout le monde était debout pour me regarder partir, Nonino, Pina, Ernesta, Mila, et le brave Bovolenta flanqué de sa nombreuse descendance. Tous pleuraient sans retenue. Je fis ce que je pouvais pour retenir mes larmes afin de ne pas bouleverser davantage les garçons. À mon insu, Ernesta et Mila inscrivirent discrètement notre départ dans le livre d'or de Brazzà. Elles avaient le sentiment qu'il fallait faire quelque chose pour marquer cette date :

27 settembre 1944. La partanza per la
Germania della Signora e Bambini,
Ernesta. Mila[1].

Tenant les enfants serrés contre moi, j'embrassai d'un dernier regard la foule des amis et des voisins rassemblés, après quoi je montai dans la voiture de Dannenberg, incapable de réaliser qu'on m'emmenait réellement loin de tout ce que j'aimais.

1. 27 septembre 1944. Départ de Madame et des petits pour l'Allemagne. Ernesta, Mila.

9

Innsbruck

Si c'est un truc de voir toujours le bon côté des choses, ce truc nous enseigne bel et bien l'art de rester en vie.

VICTOR FRANKL,
psychologue dans les camps de concentration.

Une demi-heure après cette scène d'adieux, la voiture se garait devant la gare d'Udine. Dannenberg m'aida à porter mes valises jusque sur le quai. Il me dit brièvement au revoir d'un air très officiel, et me remit entre les mains d'un agent de la Gestapo en civil. Comme d'habitude, le train était en retard.

L'agent me laissa libre de bavarder avec Maria Nigris, une amie qui avait tenu à venir me dire adieu. Je lui fus reconnaissante de sa loyauté à l'heure où je croyais que Dieu m'avait abandonnée, d'autant plus qu'en se montrant avec moi elle prenait inévitablement le risque d'être elle-même arrêtée. Nous essayâmes d'ignorer les incertitudes du lendemain, préférant parler de Brazzà et de nos projets après la guerre. Tout le temps que dura notre conversation, les enfants sommeillaient paisiblement. Ce moment de répit succédant à la fièvre des préparatifs de la veille me détendit quelque peu.

Au bout d'une heure Maria dut me quitter, mais je n'allais pas rester longtemps livrée à mes seules pensées. Un autre de nos amis, Luciano Giacomuzzi (qui avait caché Detalmo chez lui lors de sa visite à Brazzà du mois d'octobre), fit irruption sur le quai, tout essoufflé. Dès qu'il m'aperçut, son charmant visage allongé s'illumina d'un sourire. À la vue de Luciano, la sensation que j'étais sur le point de tout perdre m'envahit tout entière, et les larmes se mirent à ruisseler sur mes joues. Il fit de son mieux pour me réconforter.

Le train arriva enfin vers midi. L'agent de la Gestapo nous fit monter dans un compartiment réservé. À peine installés, les enfants s'endormirent. Ils étaient d'ailleurs d'une sagesse exemplaire, comme s'ils avaient compris la nécessité de se tenir tranquilles au cours de ce voyage qui sortait de l'ordinaire. Le trajet me parut interminable, et nous n'atteignîmes Villach, sur la frontière autrichienne, qu'à une heure du matin. La correspondance pour Innsbruck était déjà partie depuis longtemps.

L'agent de la Gestapo nous permit de prendre un peu de repos dans une grande salle encombrée de femmes et d'enfants ensommeillés. Je m'allongeai sur le plancher, mais ne pus trouver le sommeil en raison du murmure continuel des conversations poursuivies à voix basse. Je ne pouvais échapper à l'angoisse du lendemain, et dans mon esprit repassaient sans arrêt les images de mon père, de Detalmo, de Brazzà, et de tous ceux que je chérissais. Par chance les enfants restaient pelotonnés contre moi sans se plaindre. Il me sembla que leurs visages confiants et remplis d'innocence étaient tout ce qui me restait sur cette terre.

Le matin suivant, nous poursuivîmes notre voyage. Le plus extraordinaire est que notre « hôte » m'aidait à trimbaler mes valises immensément lourdes. Il n'en tirait visiblement aucun plaisir, mais le fait est qu'il les portait. Comme on m'avait permis d'emporter des bagages, mais dans la limite de mes forces, j'étais plutôt satisfaite d'avoir largement abusé de la permission.

Nous atteignîmes Innsbruck le même jour dans l'après-midi. Jusque-là les informations de Dannenberg étaient exactes, et je me pris à croire que mon séjour en Autriche serait de courte durée. L'agent nous conduisit d'abord au commissariat de police, où nous attendîmes des heures sans résultat. On nous escorta enfin jusqu'à un grand bâtiment qui ressemblait à un baraquement militaire. Ce devait être le quartier général de la Gestapo où l'on interrogeait les nouveaux arrivants.

Deux prisonniers vêtus de pyjamas rayés, avec la tête rasée et des croix rouges sur les bras (le signe distinctif des prisonniers politiques), empoignèrent mes lourdes valises qu'ils montèrent à l'étage, pour les traîner ensuite le long d'un corridor interminable, au bout duquel j'aperçus une grille. De nombreux prisonniers étaient assis derrière les barreaux, attendant probablement d'être interrogés. On lisait la frayeur sur leurs visages et dans les coups d'œil craintifs qu'ils jetaient à travers la grille. Instinctivement j'étreignis plus fort les mains des garçons, qui ne disaient pas un mot, ne posaient pas de questions, et se contentaient de trotter à mon côté avec des visages solennels. Aujourd'hui encore cette docilité inhabituelle me laisse perplexe. J'en suis réduite à croire qu'ils saisissaient inconsciemment l'importance de ce qui se passait.

Au-delà de la grille, au bout d'un deuxième couloir sombre, nous fûmes accueillis par deux hommes de la Gestapo, un en civil et l'autre en uniforme. Après deux ou trois questions de pure forme, auxquelles je répondis de mauvaise grâce, l'homme en uniforme hurla brusquement : « Vous êtes la fille de ce criminel que nous avons pendu : de ce chien, de ce porc ! Croyez-vous par hasard que je vais me gêner ? » En disant ces mots il éclata d'un rire mauvais.

Sans me laisser le temps de me remettre, le premier agent de la Gestapo, celui qui m'avait amenée jusqu'à Innsbruck, et qui avait été relativement aimable durant tout le voyage (laissant même entendre que ma déportation était une absurdité), me dit au revoir. À mon insu les larmes se remirent à couler sur mes joues. Même si cet homme était de la Gestapo, il représentait le dernier maillon qui me reliait encore à l'Italie et à mon foyer. Et voilà qu'il prenait congé, me laissant seule affronter les pires dangers.

Par malheur, l'agent en uniforme me vit sécher furtivement mes larmes et hurla de nouveau : « Pourquoi pleurnichez-vous ainsi ? Ne soyez pas stupide ! » Je faisais pourtant de mon mieux pour dissimuler ma frayeur et mon angoisse, afin de ne pas m'effondrer devant les enfants. Bien que sans doute traumatisés par le spectacle de leur mère en train de pleurer tandis qu'on lui lançait des insultes au visage, ils ne réagirent pas.

L'homme en civil, qui avait assisté en silence à toute la scène, reçut à ce moment de l'autre brute l'ordre de nous conduire en voiture à l'hôtel. Je crus avoir mal entendu ! Je devais en effet me retrouver peu après devant un hôtel d'allure sympathique, où l'on me donna une vaste chambre confortable. J'avais même une femme de chambre à ma disposition. L'inspection des bagages fut superficielle ; les agents ne cillèrent même pas en apercevant les cigarettes. Après m'être attendue au pire, j'avais l'impression d'être au paradis. Je n'y comprenais plus rien.

Le lendemain, je descendis fièrement à la salle à manger, flanquée de mes deux petits princes. Ils étaient adorables et se tenaient parfaitement à table. Mais cet instant de bonheur ne dura pas longtemps. Je mettais les enfants au lit pour la sieste de l'après-midi lorsqu'un coup sec se fit entendre à la porte, et deux agents de la Gestapo qui n'étaient pas ceux de la veille pénétrèrent dans la chambre. L'un et l'autre faisaient montre de cette courtoisie excessive qui est si peu conforme au tempérament allemand.

Les nazis avaient curieusement réussi à créer une classe de fonctionnaires et de militants qui ne ressemblaient à aucun Allemand de ma connaissance. Ces gens étaient incontestablement capables, et leurs manières inspiraient confiance. Mais il suffisait de se familiariser un tant soit peu avec leurs méthodes pour s'apercevoir que ce n'était qu'une façade. Je dois humblement reconnaître que les bureaucrates nazis n'ont jamais cessé de me rouler dans la farine, alors que j'étais persuadée de les avoir percés à jour. J'étais peut-être trop naïve pour admettre qu'un être humain fût capable d'éliminer complètement ce qui restait en lui de sincérité et d'honnêteté. Pendant toute la durée de mon emprisonnement je ne cesserais pas de me demander : ces gens sont-ils réellement des Allemands ? Non, ce n'est pas possible, ils appartiennent à une autre espèce, ils sont la personnification d'Hitler. Serions-nous un jour capables d'extirper le mal aussi vite qu'il était apparu ?

Les deux fonctionnaires me dirent que j'allais devoir les suivre afin « d'éclaircir » deux ou trois points obscurs, ce qui prendrait probablement quelques jours. Naturellement les enfants ne pouvaient pas m'accompagner. On les confiait à un excellent foyer pour enfants, et des « infirmières » S.S. allaient venir les chercher dans quelques minutes.

Corradino devait avoir pressenti ce qui se passait, car il commençait à s'agiter et demandait tout le temps si j'allais partir. Je niai, bien entendu, et tentai encore une fois de connaître la vérité. « Ne me cachez rien, s'il vous plaît, suppliai-je. Est-ce vraiment pour quelques jours, ou plus longtemps ? La vérité ne m'effraie pas du moment que c'est la vérité ! De cette façon je puis mieux me préparer à toute éventualité. » Avec un sourire, l'un d'eux me répondit : « Je vous assure qu'il s'agit de quelques jours ; détendez-vous, madame. » Je fus certaine qu'il mentait. Rien que des mensonges, et toujours et encore des mensonges !

Les « infirmières » S.S. arrivèrent, deux grandes femmes blondes sans la moindre trace de gentillesse. Elles s'enquirent des habitudes des enfants, mais ne firent pas d'effort pour les apprivoiser. J'avais froid dans le dos, mais je leur mis leurs petits manteaux et m'adressai aussi calmement que possible à Corradino. « Maman vous rejoindra bientôt, mais d'abord vous allez faire une jolie promenade. » Robertino trouva l'idée merveilleuse, et mit d'un air confiant sa main dans celle de l'infirmière. Mais Corradino fut brusquement saisi d'une terreur panique, se rejetant en arrière et poussant des clameurs affolées. Il tenta désespérément d'échapper à l'étreinte de la femme qui le retenait solidement par le poignet. Non sans difficulté, elle parvint à l'éloigner de moi et sortit de la chambre. J'avais envie de hurler, mais à quoi bon ? Je restai là, plantée comme une statue, à écouter les gémissements de Corradino décroître dans l'escalier, tandis qu'on l'entraînait de force avec son petit frère.

L'agent de la Gestapo aux manières « courtoises » me pria d'emballer mes affaires pour les lui remettre. Elles seraient en sécurité sous bonne garde, m'assura-t-il. Il me conduisit ensuite dans sa voiture à la prison centrale d'Innsbruck, où l'on me confisqua tout ce que je possédais : valises, vêtements et bijoux. Je me rappelai tout à coup avec terreur que je m'étais changée à l'hôtel. La jaquette qui contenait l'argent cousu dans la doublure était restée dans une des valises. Il n'y avait plus qu'à espérer que les billets de banque ne seraient pas découverts par les S.S.

Je demandai en grâce à l'agent de la Gestapo de ne pas me laisser dans l'incertitude. Me voir arracher mes enfants aussi brutalement m'avait terriblement choquée, et j'étais pratiquement au bord de l'hystérie. Il m'assura solennellement qu'il ne s'écoulerait pas plus d'une ou deux semaines avant qu'on me libère et qu'on me rende mes garçons. On me remit ensuite à un gardien de prison, qui me fit parcourir un long couloir à grand renfort de vociférations inutiles, et me poussa sans ménagement dans une cellule toute petite. Par chance une autre femme se trouvait à l'intérieur, une jolie Autrichienne souriante, jeune et innocente, qui répondait au charmant prénom d'Emma. Devant mon désespoir, elle me raconta pourquoi elle se trouvait elle-même en prison.

Pour être banale, l'histoire d'Emma n'en était pas moins terrible. Elle avait participé à l'abattage illégal d'un porc, et refusé à deux reprises de reprendre son travail dans l'hôtel qui l'employait, pour protester contre les mauvais traitements dont elle était victime. La grève et le marché noir étaient punis sévèrement, et les gens qu'on accusait de ces délits se retrouvaient souvent dans les camps de concentration.

La prison d'Innsbruck n'était pour beaucoup qu'une étape sur le chemin des camps. Chaque fois que nous entendions arriver dans la cour les camions chargés d'emmener les prisonniers vers leur sinistre destination, Emma tremblait de tous ses membres. Sa terreur était contagieuse, et je me prenais à écouter anxieusement l'appel des noms figurant sur la liste du jour. Il n'y avait pas moyen de se tromper lorsque de tels transferts avaient lieu : les pas précipités dans le couloir, les portes qui claquaient, le bruit des moteurs dans la cour et les voix effrayées des prisonniers qui passaient devant notre cellule, entraînés par leurs gardiens.

En dépit des brutalités et des mauvais traitements, Emma était toujours de bonne humeur. Au cours de son premier interrogatoire, on l'avait tellement battue qu'elle avait perdu l'enfant qu'elle portait depuis sept mois. Un mois plus tard, lors de mon arrivée, elle souffrait encore des séquelles de sa fausse couche, et je la voyais souvent se tordre de douleur.

J'étais là depuis quelques jours quand Emma obtint la permission d'aller en ville consulter un gynécologue. Je prétextai moi-même un problème d'ordre féminin, et l'on m'autorisa à l'accompagner. Le cabinet du docteur était assez éloigné de la prison et, tandis qu'escortées par un seul gardien nous parcourions les rues ombragées dans l'air frais de l'automne, j'eus du mal à réaliser que nous étions en guerre. En dépit des bombardements, Innsbruck paraissait avoir subi peu de dégâts. J'étais surtout frappée de constater que les rues étaient absolument désertes. Nous marchâmes une demi-heure sans rencontrer âme qui vive.

À la clinique, on nous fit asseoir dans une salle d'attente avec tout le monde. Les gens nous regardaient avec une curiosité mêlée de compassion, à cause du gardien. Celui-ci ne tarda pas à s'endormir et se mit à ronfler. La femme assise près de moi me dit dans un souffle : « J'ai passé deux années en prison. Je sais ce que ça veut dire : on crève de faim ! Dites-moi de quoi vous avez besoin, et je verrai ce que je peux faire. Prenez toujours ça en attendant », et elle glissa prestement dans ma poche plusieurs petits pains blancs avec une plaque de beurre. Je la remerciai et lui demandai si par hasard elle avait des allumettes, pour les quelques cigarettes que j'avais réussi à introduire dans la prison. Elle n'en avait pas, mais se leva immédiatement et sortit.

Elle revint presque aussitôt avec une boîte d'allumettes. Les autres témoins de la scène se regardèrent en souriant ; le gardien, qui ronflait toujours, ne s'était aperçu de rien.

Nous retrouvâmes le train-train de la prison dans notre étroite cellule. Nous n'avions rien à fumer, car je n'avais pu soustraire à la fouille qu'une poignée de cigarettes (il était interdit de fumer de toute façon), rien à lire car j'avais sottement oublié d'emporter des livres, et pas grand-chose à manger en dehors d'une soupe aigre et malodorante accompagnée d'un morceau de pain noir. Toutes les nuits je rêvais à mon jambon et à mes salamis en train de pourrir dans la valise, ou déjà dévorés par les gens de la Gestapo, ce qui était plus probable.

En arrivant à la prison, j'avais tenté de persuader les gardiens de téléphoner au quartier général de la Gestapo pour qu'on me livre les provisions qui se trouvaient dans mes bagages. Au lieu de répondre par oui ou par non, les gardiens se mirent à vociférer des injures à mon adresse. Ils restaient de la même façon plantés silencieusement dans le couloir, en agitant bruyamment leurs clés tandis que nous martelions frénétiquement la porte pendant des heures dans l'espoir qu'on nous laisserait sortir. Cette attitude exaspérante finissait par donner aux prisonniers un sentiment de totale impuissance, qui venait à bout des plus résolus.

Je ne devais malheureusement pas continuer à partager ma captivité avec la seule Emma. Signe manifeste de la terreur qui régnait en Allemagne, les prisons regorgeaient de nationaux et d'étrangers, au point que les autorités faisaient à peine face à l'accroissement de la population pénitentiaire. Au bout de quelques jours, trois prisonnières yougoslaves, une Serbe et deux Croates, vinrent gonfler l'effectif de notre cellule. Elles étaient dans un état de saleté indescriptible, la peau couverte d'ampoules et de pustules, la chevelure grouillante de vermine. C'étaient des femmes vulgaires, à la conversation truffée d'obscénités. Tous les matins, l'une des deux Croates me priait d'étaler une lotion sur ses épaules marquées de petite vérole. Je m'acquittais de mon mieux de cette tâche ingrate.

Une de ces femmes avait des douleurs d'estomac paralysantes, que j'attribuais pour ma part à des crises d'appendicite. Je répétais sans cesse aux gardiens qu'il fallait l'opérer d'urgence, ou du moins appeler un médecin. Bien que la prison disposât officiellement d'un service de santé, personne ne se souciait des malades. Ma plaidoirie se terminait en général par une bruyante altercation avec le gardien. Furieux, celui-ci m'ordonnait en vociférant de m'occuper de mes affaires et de cesser mes impertinences. Là-dessus il sortait en claquant la porte, non sans avoir articulé d'un ton menaçant : « Faites attention, espèce de garce stupide, ou je vous fais envoyer à Ravensbruck ! » (Le seul nom de ce camp réservé en grande partie aux femmes et particulièrement redouté constituait une menace terrible dans la bouche des gardiens.)

L'équipement sanitaire était plus que primitif, bien que notre cellule fût dotée de toilettes séparées. Une fois par jour on nous emmenait faire nos ablutions dans une sorte d'abreuvoir à cochons équipé de cinq ou six robinets. Je me lavais soigneusement du haut en bas, car auprès de ces femmes atteintes de toutes sortes de maladies je me sentais sale et j'avais toujours envie de me gratter. Sitôt arrivée près de l'abreuvoir, je me dévêtais presque entièrement pour m'asperger d'eau froide, sans me soucier des gardiens qui ne se privaient pourtant pas de loucher sur mon corps à demi nu.

Au cours des mois qui suivirent, j'eus l'occasion d'écouter le récit de gens qui avaient connu la prison à Berlin, et qui pouvaient ainsi comparer les gardiens autrichiens et bavarois à leurs homologues berlinois. Tous se déclarèrent d'accord pour juger les gardiens du Sud plus brutaux et plus insolents que leurs collègues du Nord. Ils cherchaient sans doute à imiter la discipline et l'efficacité des Prussiens. Ils en faisaient plus que les autres pour être pris au sérieux, et se rendaient ainsi plus odieux encore.

La plus grande difficulté de la vie en prison consiste à trouver le moyen de passer les heures interminables de la journée. Je pensais parfois aux réponses astucieuses que je ne manquerais pas de faire à mes geôliers quand viendrait mon premier interrogatoire, mais les jours succédaient aux jours, et personne ne m'avait encore interrogée. Je passais le plus clair de mon temps à marcher de long en large dans ma cellule en me récitant toutes les poésies apprises autrefois par cœur : c'était le meilleur moyen de ne pas penser aux enfants. L'agent de la Gestapo avait dit une ou deux semaines, et il me tardait de les serrer dans mes bras !

Je me mis aussi à organiser le soir des séances de chiromancie. Je me servais d'un jeu de tarots pour prédire à chacune son avenir. Il m'arrivait souvent de « lire » dans les cartes qu'une de mes compagnes serait libérée dans les quarante-huit heures. Ce n'était jamais le cas, bien évidemment, mais tout le monde avait envie d'entendre de telles prophéties, auxquelles certaines croyaient d'ailleurs à moitié. J'essayai aussi d'apprendre le serbo-croate, mais c'était difficile, et mes professeurs n'étaient pas très douées. Cela nous occupait tout de même un moment.

De temps à autre, quelqu'un parvenait à introduire un paquet de journaux dans la prison. La lecture de ceux-ci faisait taire provisoirement le concert des voix qui s'élevaient à longueur de journée pour annoncer la fin imminente de la guerre. Dans la démence de l'univers carcéral, l'esprit tend à confondre le rêve et la réalité. Certains savaient de source sûre que les Russes étaient aux portes de Vienne. La paix serait sans doute signée pour Noël. Nous n'étions pourtant qu'en octobre 1944, et nous ne savions pas que de longs mois nous séparaient encore de la fin de ce cauchemar.

Comme la prison était proche de la gare, c'est-à-dire de l'objectif principal des raids anglo-américains, nous étions fréquemment obligées de courir à l'autre bout de l'immeuble pour nous réfugier dans les abris. Le trajet avait de quoi faire frémir les plus braves, à l'aller comme au retour. C'était la première fois que je me trouvais directement exposée aux bombardements. Cette expérience se révéla plus désagréable que je ne l'aurais cru : d'abord un sifflement, puis une fraction de seconde de suspense, et enfin le bruit assourdissant de l'impact. L'une des Croates venait d'une ville qui avait subi de violentes attaques aériennes. Au lieu de diminuer avec l'habitude, sa peur augmentait à chaque raid, et nous la voyions pâlir et se mettre à trembler comme une feuille dès les premières explosions.

La nuit, nos gardiens entraient dans les cellules à l'improviste, et allumaient les lumières pour vérifier que nos mains étaient bien visibles, car de nombreux prisonniers avaient tenté de mettre fin à leurs jours. Un soir, une des Croates brandit un couteau avec un sourire triomphant. Nous apprîmes plus tard qu'elle avait déjà fait quatorze fois de la prison pour des peccadilles, et qu'à deux reprises elle avait voulu se suicider. Nous pûmes heureusement la convaincre de renoncer à son projet, et de restituer le couteau.

Au bout de quelques jours, le fonctionnaire de la Gestapo qui m'avait amenée à la prison réapparut brusquement. Il commença par me demander de payer ma note d'hôtel. Je pensai qu'il y allait un peu fort ! Il me dit ensuite avoir pris le jambon et les salamis dans ma valise, pour les empêcher de se gâter. Ils étaient « malheureusement » devenus immangeables, de sorte qu'il avait dû les jeter. Il les avait probablement dévorés lui-même !

Quand je suppliai l'homme de me donner des nouvelles de mes enfants, il m'assura qu'ils se portaient bien et qu'on les avait placés dans une « institution » du voisinage. L'ordre de me libérer, qui devait venir de Berlin, était attendu d'un moment à l'autre, auquel cas nous pourrions tous bientôt rentrer à la maison. Je ne savais que penser. Mentait-il effrontément ou disait-il la vérité ? Seul élément positif de sa visite, il me remit une lettre de mon frère Wolf Ulli postée à Berlin.

9 octobre 1944

Ma chère Fey,

Hier on m'a dit que tu étais arrêtée. Tu imagines mon horreur en apprenant cette nouvelle. J'ai aussitôt couru jusqu'au quartier général de la Gestapo pour essayer de savoir où tu étais. Ils m'ont dit : « Staatspolizeistelle, Innsbruck. » J'ai donné l'adresse à Mutti et à Almuth, qui vont sûrement t'écrire sans perdre de temps. Si tu peux donner de tes nouvelles, fais parvenir tes lettres à mon adresse de Berlin...

Ils m'ont assuré que les garçons sont dans une bonne institution pour enfants de leur âge, et qu'ils te seront rendus le jour même de ta libération. Je sens que tu seras bientôt de retour à Brazzà. Mutti était déjà au courant de ton arrestation, car elle venait de recevoir une note du consul d'Italie accompagnant une lettre de Dannenberg, le commandant allemand des troupes stationnées à Brazzà. Je t'envoie cette lettre, parce qu'elle en dit long sur notre époque. Je pense à toi.

Affectueusement, Wolf Ulli.
(écrit en allemand)

Dévorée de curiosité, je pris connaissance du contenu de la lettre que Dannenberg avait écrite à ma mère, exactement deux jours après ma déportation.

29 septembre 1944

Chère Madame von Hassell,

Je suis désolé de vous renvoyer votre lettre, ainsi qu'une autre venant de Hambourg qui est arrivée ici ! Je vous prie de faire parvenir cette dernière à l'expéditeur, dont j'ignore l'adresse. Je m'excuse d'avoir ouvert ces deux missives, mais j'avais reçu l'embarrassante mission de lire le courrier de votre fille.

Je crois que mon devoir est de vous informer de ce qui s'est passé ici à Brazzà. Votre fille a été conduite à la prison d'Udine dès le prononcé de la sentence relative à la malheureuse affaire que vous savez. J'ai fait ce que j'ai pu pour adoucir autant que possible les rigueurs de son séjour là-bas.

Il faut que vous sachiez que je suis le successeur du major Eisermann. J'ai reçu l'autorisation de rendre visite à votre fille, et tous les jours quelqu'un allait la voir, moi-même, mon aide de camp ou un autre officier. J'ai réussi à la faire ramener au château sous ma caution personnelle. Elle était gardée nuit et jour mais elle avait au moins la possibilité de voir ses enfants et de s'occuper des affaires du domaine. C'est alors qu'un ordre est venu de Berlin. Elle a dû prendre le train pour Innsbruck avec les deux garçons sous la garde d'un fonctionnaire de la Gestapo. Je l'ai moi-même conduite à la gare. Je ne connais pas son adresse, et j'ignore ce qu'il adviendra d'elle. Pour autant que je sache, ils ont l'intention de l'interroger pour découvrir ce qu'elle sait à propos des événements que vous savez. Il est certainement très fâcheux qu'elle soit mariée à un officier italien qui semble travailler contre nous. Je vous tiendrai au courant dès que j'en aurai appris davantage. Je crains fort qu'elle ne soit pas autorisée à écrire, mais au cas où elle pourrait le faire, je lui ai conseillé de me faire parvenir ses lettres, dont je vous communiquerais immédiatement le contenu. Je vous épargnerai la description des adieux à Brazzà. Je me borne à remarquer que les domestiques et les gens qui vivent sur le domaine ont eu à son égard une attitude tout à fait exceptionnelle. Conformément au vœu de votre fille, c'est le cousin de son mari, Alvise di Brazzà, qui supervise l'administration de la propriété.

Avec mes hommages respectueux,

Dannenberg, colonel commandant la place.

(écrit en allemand)

La lettre de Dannenberg me déconcerta. Cet homme était apparemment pétri de bons sentiments, mais il était facile de voir qu'il se sentait coupable de ce qui était arrivé. Tout de même, indépendamment des raisons qui l'avaient poussé à l'écrire, au moins ma mère savait maintenant où on m'avait emmenée. Je décidai que Dannenberg avait des circonstances atténuantes, car il m'avait dénoncée sous la pression de l'officier politique Kretschmann. Il lui était peut-être difficile d'agir autrement. Nous vivions sous une dictature, et les héros n'étaient pas légion.

La vie continua ainsi durant deux ou trois mortelles semaines, à faire les cent pas dans ma cellule, à lire tout ce qui me tombait sous la main, à dire la bonne aventure, à contempler un coin de ciel à travers les barreaux de la fenêtre, à subir la conversation vulgaire des geôliers et l'éternel bruit de ferraille de leur trousseau de clés, à tenter deux fois par jour de remplir nos estomacs vides avec de la soupe claire et du pain moisi. Je me liai d'amitié avec certains occupants des autres cellules. J'avais eu l'occasion de les connaître aux abris, et nous trouvions ensuite le moyen d'échanger quelques mots à travers le judas de la porte de leur cellule au moment où je sortais pour aller me laver.

Je fis ainsi d'étranges rencontres. Il y avait en particulier un homme qui, par Dieu sait quel prodige, avait mis la main sur des gousses d'ail. Il m'invitait à venir chaque soir dans sa cellule pour une dégustation. J'acceptais d'enthousiasme, et me confondais en remerciements. Ce n'était qu'un rêve, bien entendu. Je n'avais pas plus de chances d'aller dans sa cellule que de rentrer à Brazzà. Mais il réussit à me faire passer des romans policiers que je dévorais en quelques heures.

Le « captif aux gousses d'ail » était un cheminot qui avait un jour tenu des propos joyeusement irrévérencieux sur Hitler. À part cela le malheureux n'avait rien à se reprocher. Incarcéré depuis plusieurs mois, il n'avait pas tardé à connaître tous les trucs de la vie en prison. Ses manières sympathiques lui valaient la faveur des gardiens, qu'il appelait presque tous par leur nom.

J'avais parfois l'impression qu'il se croyait en vacances. Tout lui était prétexte à rire, et il ne se passait guère de jour qu'il ne s'amusât aux dépens de quelque chose ou de quelqu'un.

Pour calmer nos angoisses et rompre la monotonie des jours, il n'y avait rien de tel qu'une bonne plaisanterie. Par exemple, il m'arrivait d'écrire sur les murs des slogans, des bouts rimés ou autres proverbes, toujours sur des sujets politiques, contre les nazis, bien sûr, ou même contre nos geôliers. Un poème de Goethe résumait mon opposition, du moins j'aimais à le penser :

Redoutable inconstance de la pensée des lâches
Prudence de faible femme
Et doléances timides
Ne changeront rien à ta misère
Ne te donneront pas la liberté

Relève la tête en face de la violence
Ne courbe jamais l'échine
Sois fort, et Dieu te soutiendra.

En dépit de nos accès de gaieté occasionnelle, le fardeau de la souffrance et de la misère qui régnaient dans la prison pesait inévitablement sur mon moral, et je me sentais de plus en plus anxieuse et déprimée à mesure que les jours passaient sans m'apporter de nouvelles des enfants. Ces petits faisaient tellement partie de moi-même que sans eux je pensais n'exister qu'à moitié. Mais j'étais certaine de les récupérer à bref délai.

Le 21 octobre, trois semaines après mon incarcération, la Gestapo fit livrer mes valises à la prison. Un gardien m'escorta jusqu'à une espèce de grenier, où il m'autorisa à les ouvrir en sa présence. Je commençai par mettre des dessous propres, car avec le temps les miens étaient devenus absolument dégoûtants. J'étais furieuse de constater qu'il manquait la moitié des six cents cigarettes, ainsi que le thé. Par bonheur l'argent n'avait pas été découvert. Moyennant un paquet de cigarettes, le gardien me permit d'en emporter deux dans ma cellule.

Le lendemain 22 octobre était le jour de mes vingt-six ans. La porte de la cellule s'ouvrit une nouvelle fois, et j'entendis appeler mon nom. Un gardien m'annonça : « Vous êtes libre. » Ces paroles étaient le plus beau de tous les cadeaux d'anniversaire ! En réalité ce jour devait être le plus triste de ma vie.

Je rassemblai mes affaires et pris congé de mes compagnes, qui pâlissaient d'envie. J'étais particulièrement triste de quitter la pauvre Emma. Je suivis le gardien jusqu'à la porte de la prison, où mes valises m'attendaient déjà. C'est alors qu'un fonctionnaire S.S. en uniforme s'approcha de moi pour me dire : « Nous partons faire un petit voyage. »

Aussitôt sur le qui-vive, je demandai nerveusement : « Où cela ? » à quoi il répondit sans sourciller : « Je sais seulement que je dois vous conduire en Silésie » (aujourd'hui devenue province polonaise, mais qui faisait alors partie de l'Allemagne).

Le cœur battant, je posai une autre question : « Et mes enfants ?

– Vous avez des enfants ?

– Bien sûr ! J'ai deux petits garçons qui m'ont été enlevés lors de mon arrivée dans cette prison.

– J'ignorais complètement que vous aviez des enfants, et je ne sais pas où ils se trouvent. Tout ce que je vous demande, c'est de bien vous tenir pendant le voyage. Ne faites pas de scènes, évitez d'attirer l'attention. Faites comme si nous étions de vieux amis. »

Mon seul désir à ce moment-là fut de voler au-devant de l'homme en criant : « Où sont mes enfants ? Rendez-moi mes enfants ! » Faire comme si nous étions de vieux amis, mon Dieu ! Où étaient mes petits garçons, où pouvaient-ils bien se trouver ? Le fonctionnaire se contenta de hausser les épaules d'un air indifférent. Je n'insistai pas, refusant toujours de croire à la réalité des mots que je venais d'entendre.

Comme s'il s'agissait de la chose la plus naturelle du monde, il me rendit mes bijoux, ma montre et l'argent que j'avais déposé au greffe de la prison en entrant. Puis il me fit attendre dans le corridor. Restée seule et en état de choc, j'éclatai en sanglots. Je croyais devenir folle. C'était par trop cruel de m'arracher mes petits pour ensuite nier jusqu'à leur existence !

Pour la première fois depuis mon arrestation, j'avais perdu tout espoir. Je n'avais pas plus tôt séché mes larmes qu'elles recommençaient à couler. Je me sentais la tête vide, sur le point de défaillir. C'est alors qu'une main me toucha doucement l'épaule, la main d'une femme qui nettoyait le corridor. Voyant l'état dans lequel je me trouvais, elle venait me demander ce qui n'allait pas. Quand j'eus réussi à lui expliquer mes malheurs en phrases entrecoupées de sanglots, mélangeant la prison d'Udine, Brazzà occupé, les garçons, la Gestapo, les mensonges, les fausses promesses, elle me raconta son histoire.

Elle était polonaise, et incarcérée à Innsbruck depuis si longtemps qu'on avait fini par lui donner un emploi de femme de ménage. Au moment de son arrestation en Pologne par les S.S., son fils encore en bas âge n'était pas à la maison. Elle avait supplié les S.S. de lui permettre d'aller le chercher pour l'emmener avec elle. Mais ils avaient refusé, en disant : « Nous n'avons que faire de votre fils ! Imaginez ce qui se passerait si toutes les mères voulaient emmener leur enfant avec elles en prison. Allons, en route ! » et là-dessus ils l'avaient embarquée. Cela faisait trois ans qu'elle n'avait aucune nouvelle de l'enfant. En écoutant son histoire, ma propre tragédie me parut un peu moins douloureuse. Je compris que je n'étais qu'une parmi des milliers d'autres à subir le même terrible destin. Mais cette malheureuse avait trouvé, je ne sais comment, le courage d'y faire face. Serais-je capable d'en faire autant ?

Je repris un peu d'empire sur moi-même, juste à temps, car le fonctionnaire S.S. revenait, accompagné d'une femme appartenant aussi aux S.S. Tous deux étaient en civil. Ils m'encadrèrent, craignant sans doute une tentative de fuite. Quelle idée ridicule, où aurais-je bien pu aller ? Quelques minutes plus tard, une voiture arriva, qui nous conduisit tous les trois à la gare d'Innsbruck, toujours intacte malgré les bombardements.

Nous attendîmes de longues heures. Par bonheur mes deux anges gardiens étaient absorbés dans leur conversation, et je pus pleurer à mon aise. Mes larmes étaient intarissables. Le corps secoué de sanglots, j'avais tout juste la force de ne pas m'écrouler sur le sol comme un tas de chiffons. Je n'avais jamais connu pareil désespoir. J'étais là sans force, aux mains de ces criminels, sans contact avec ma famille, retranchée du monde extérieur et séparée par la contrainte de mes enfants, désormais seuls en terre étrangère sans parents ni amis.

Notre train était enfin prêt à partir, bondé de voyageurs, pour la plupart des réfugiés qui avaient tout perdu, et dont l'avenir était pour le moins incertain. Affamés, démunis de tout, le cœur plein d'une rage impuissante devant les ravages de cette guerre insensée, ils s'entassaient comme du bétail dans les wagons de bois. Toujours en état de choc, je pris place dans le compartiment sans pouvoir m'éveiller de ce cauchemar.

Nous changeâmes de train plusieurs fois, obligés souvent d'attendre la correspondance pendant des heures. Ma crise de larmes m'avait épuisée, et je me sentais accablée de fatigue, sans doute à cause de la sous-alimentation du mois précédent. Quand je ne dormais pas, on m'autorisait de temps en temps à prendre l'air et à regarder le paysage, debout sur le marchepied du wagon. J'étais engourdie, hébétée, incapable de recouvrer mes esprits pour décider de la conduite à tenir.

Dans la confusion qui régnait à bord du train, je priai une femme très aimable, debout au milieu d'un tas de balluchons qui contenaient apparemment toute sa fortune, de me donner une plume et un morceau de papier. Après avoir farfouillé dans ses bagages, elle me tendit ce que je lui demandais, et je griffonnai l'adresse de ma mère. J'ajoutai qu'on m'emmenait vers l'est et que j'avais été séparée des enfants à Innsbruck. Je n'avais pas la moindre idée de l'endroit où ils se trouvaient, pas plus que de celui où l'on me conduisait. Je laissai tomber le papier sur le quai d'une petite station de campagne, avec l'espoir qu'une âme charitable le ramasserait et l'acheminerait par un moyen quelconque. (Cela peut paraître incroyable, mais c'est exactement ce qui se passa, et le message non timbré arriva chez ma mère un mois plus tard.)

Pendant les arrêts dans les gares, qui n'étaient le plus souvent qu'un amas de ruines et de cendres, j'essayais de détourner le cours de mes pensées en observant la vie de ces hommes et de ces femmes en guerre depuis plus de quatre ans. Au premier abord, tout paraissait sur le point de s'écrouler. Les gens étaient mal vêtus, avec des visages nerveux et tourmentés. Les hommes étaient peu nombreux ; c'étaient des femmes qui se chargeaient de tous les travaux. Des foules immenses faisaient mouvement dans un sens ou dans un autre, des villes entières étaient désertées par leurs habitants. De tels phénomènes ne s'étaient pas vus depuis des siècles. Les réfugiés affluaient à l'ouest, tandis que d'innombrables soldats se dirigeaient vers l'est pour rallier leurs régiments.

Un examen plus attentif démentait la première impression qui était celle de la désorganisation et du chaos. Le système fonctionnait, malgré des délais incroyables (les trains avaient en moyenne vingt heures de retard sur l'horaire). J'étais ahurie de rencontrer des soldats ou des officiers qui partaient en permission à la date prévue, comme si tout allait le mieux du monde sur les deux fronts. On pouvait encore partir en voyage, même s'il fallait pour cela entrer ou sortir par les fenêtres des wagons surchargés. Cette extraordinaire efficacité au milieu de la mort et de la destruction n'allait pas cesser de m'étonner jusqu'à la fin.

Je fus saisie d'horreur à la vue d'une troupe de très jeunes garçons en uniforme, qui partaient pour le front russe. Ils avaient l'air abruti et au bord de l'épuisement. Impossible de déceler la moindre lueur d'espoir dans leurs regards éteints. Voilà des garçons qu'on obligeait dans leur prime jeunesse à se battre et à mourir pour une idéologie moribonde. Il me semblait voir s'inscrire en lettres de feu sur leurs fronts enfantins le slogan affiché partout, le long de la voie ferrée, dans les gares, sur les places et dans les magasins : *Alle Räder müssen rollen für den Sieg* (toutes les roues doivent tourner pour la victoire).

Les crimes commis par Hitler contre l'humanité, sa façon égoïste d'entraîner son peuple avec lui dans l'abîme, m'apparurent plus évidents que jamais dans leurs conséquences tragiques. Personne ne riait, peu de gens avaient le courage de plaisanter, et les conversations manquaient d'enthousiasme. Tout le monde semblait avoir depuis longtemps abandonné l'espoir de jours meilleurs, comme si l'on n'attendait plus que le crépuscule des dieux.

Le train roulait lentement sous le feu des attaques aériennes. Après trois jours et trois nuits de voyage, nous descendîmes enfin du train à Reinerz (aujourd'hui Rynàrec en Tchécoslovaquie), au cœur de la Bohême. C'était une coquette petite ville propre et calme, bordée d'immenses forêts de résineux. J'étais donc parvenue à cette mystérieuse destination que les S.S. devaient avoir de bonnes raisons de tenir secrète.

10

Les liens du sang

Puisse ma mort et celle de mes amis servir à racheter aux yeux du monde les fautes commises sous l'emblème de la croix gammée.

CARL FRIEDRICH GOERDELER,
chef de l'opposition civile à Hitler, la veille de son exécution.

À notre descente du train en gare de Reinerz, mes « hôtes » me remirent aux mains d'un officier S.S. attendant sur le quai. Vêtu d'un uniforme noir impeccable, et déployant cette courtoisie artificielle à laquelle j'étais désormais accoutumée, il se prenait visiblement pour un gentleman accompli. Il alla même jusqu'à s'incliner très bas sur ma main qu'il baisa cérémonieusement. C'était vraiment un comble !

Nous prîmes place dans une petite voiture qui traversa d'abord un magnifique paysage accidenté couvert d'épaisses forêts, avant de s'engager dans les montagnes. Nous n'échangeâmes pas un mot durant le trajet. Toujours bouleversée d'avoir perdu mes enfants, j'étais aussi pleine d'appréhension. Me transférait-on dans une nouvelle prison ? Sûrement pas ; si c'était le cas, pourquoi cet homme m'eût-il témoigné tant de respect, du moins en apparence ? Après avoir suivi pendant une demi-heure à peu près la route qui serpentait entre les montagnes, nous prîmes un chemin de traverse pour nous arrêter bientôt devant un charmant hôtel isolé qui ressemblait à un grand chalet, et qui s'appelait le Hindenburg Baude. Ce brusque retour à la vie civilisée me laissa sans voix. Le ravissant spectacle qui s'offrait à mes yeux me fit l'effet d'un rêve.

L'élégant officier S.S. me fit entrer dans le hall et me présenta deux membres de la famille Stauffenberg, le frère et la sœur, comme s'il s'agissait d'un déjeuner entre amis. Dès que j'entendis le nom de Stauffenberg, la lumière se fit en moi. Nous avions en commun d'être apparentés à ceux qui avaient projeté d'assassiner Hitler. S'il n'était pas question de nous liquider comme les auteurs de l'attentat, nous étions certainement condamnés à passer le restant de la guerre en captivité.

Le Hindenburg Baude n'avait pourtant rien d'une prison. Un employé de l'hôtel porta mes bagages dans ma chambre, qui était agréable et ensoleillée, avec une vue magnifique sur la forêt voisine. J'aurais volontiers séjourné dans cet endroit de mon propre gré !

Après avoir défait rapidement mes valises, j'examinai les deux lettres qui m'attendaient à la réception. L'une était de ma grand-mère von Tirpitz, et l'autre de Lotti. Elles venaient d'Innsbruck, qui les avait fait suivre à l'hôtel, par une sorte de miracle. La précision et la cohérence de la machine nazie avaient de quoi étonner dans de telles circonstances !

Ma grand-mère m'écrivait que Hans Dieter et Almuth avaient essayé de me rendre visite à la prison, pour s'entendre dire que je n'étais pas là. Quel mensonge éhonté ! La lettre de Lotti était touchante et bien dans son caractère.

> Seule et abandonnée, vous n'êtes pourtant pas seule. Tous ceux qui vous aiment sont chaque jour avec vous par la pensée... N'oubliez jamais que nous sommes dans la main de Dieu qui nous protège, même si c'est difficile à croire en cette époque tragique... Ma petite guerrière courageuse...

Aucune des deux lettres ne faisait allusion à mon père. En fait, personne de ma famille n'avait confirmé la nouvelle de son exécution, annoncée si froidement par Krestschmann à Brazzà deux mois plus tôt. Ne voulant ni ne pouvant me réconcilier avec les apparences, j'espérais toujours qu'il avait survécu à la fureur d'Hitler.

Curieuse de connaître les autres « invités », je gagnai le grand salon meublé de chaises à haut dossier, et dont les murs lambrissés respiraient le XIXe siècle. J'y retrouvai les deux Stauffenberg qui m'avaient déjà été présentés. Ils étaient jeunes tous les deux. Maria Gabriele, la sœur, qu'on appelait aussi Gaggi, avait des manières douces et tranquilles. Je lui donnai trente ans. Son frère, Otto Philipp, était un garçon de dix-huit ans beau comme un dieu.

Nous n'avions pas plus tôt commencé à bavarder que les S.S. introduisirent d'autres personnes dans le salon. Au cours des jours suivants, nous vîmes encore apparaître six Stauffenberg, six Goerdeler, trois Hofacker un couple âgé, Arthur et Hildegard Marie Kuhn, enfin une certaine Annelise Gisevius. À entendre leurs noms, la cause de notre arrestation devenait plus évidente que jamais : c'était notre parenté avec les hommes qui avaient conspiré pour éliminer Hitler. Je m'attendais à voir des membres de ma propre famille débarquer du fourgon suivant, mais le fait ne devait jamais se produire. J'étais inquiète : étaient-ils toujours libres ? Peut-être étaient-ils retenus ailleurs ? À me rappeler la manière dont on m'avait traitée à la prison d'Innsbruck, je redoutais le pire.

Jusqu'à l'arrivée de tous ces gens, je n'avais eu connaissance d'aucun détail du complot. Mais en les écoutant revenir sur le fond de l'affaire et les motifs de leur emprisonnement, les conséquences tragiques de l'attentat manqué m'apparurent en pleine lumière. Encore que les récits des uns et des autres fussent souvent différents, parfois même contradictoires, le schéma d'ensemble restait assez clair.

Après plusieurs tentatives avortées au dernier moment pour des causes diverses, le colonel Claus von Stauffenberg avait finalement réussi à introduire une bombe à retardement placée à l'intérieur de son porte-documents dans la salle qui devait réunir Hitler et ses principaux chefs militaires au quartier général de Rastenburg, en Prusse-Orientale. Stauffenberg avait prétexté la nécessité de passer un coup de téléphone urgent pour quitter les lieux, et ne se trouvait pas dans la salle de conférences au moment de l'explosion.

Persuadé qu'Hitler était mort, Stauffenberg repartit en avion pour Berlin et mit en marche le plan Walküre (Walkyrie). Ce mot était le signal destiné aux commandants des unités stationnées en Allemagne et ailleurs, pour leur annoncer la mort du Führer et leur confirmer qu'ils pouvaient prendre les dispositions nécessaires pour arrêter les amis et les fidèles d'Hitler, afin de mettre en place un nouveau régime qui rechercherait une solution pacifique avec les Alliés.

Même alors qu'Hitler avait survécu à l'attentat, le plan aurait encore pu réussir si les conjurés n'avaient pas échoué dans leur tentative de couper toutes les communications téléphoniques avec Rastenburg. L'instant crucial se place le soir même alors que, conformément aux dispositions du plan Walküre, des troupes commandées par un major de la Wehrmacht, Otto Ernst Remer, avaient investi le ministère de la Propagande. Mais Remer n'arrêta pas Goebbels, seul chef nazi se trouvant à Berlin ce soir-là. Il semble qu'à l'entrée de Remer dans son bureau Goebbels ait assuré le major que le Führer était bien vivant, et qu'il ait même réussi à le joindre au téléphone. Sous le coup de la surprise, Remer jura de soutenir le régime.

À partir de ce moment, l'élan indispensable au succès de l'entreprise se trouva brisé. Stauffenberg et trois de ses camarades officiers furent abattus dans la soirée. Le général Ludwig Beck, ancien chef d'état-major et leader de la résistance militaire, se tira une balle dans la tête. Dans les quarante-huit heures, à mesure que les détails de l'affaire apparaissaient au grand jour, les S.S. et la Gestapo raflaient tous les officiers impliqués dans le complot à Berlin, à Paris, à Vienne, et sur les deux fronts.

Hitler intima l'ordre à Himmler et aux autres chefs de la Gestapo de poursuivre tous ceux qui avaient, de près ou de loin trempé dans le complot, non seulement les militaires, mais aussi des civils comme Carl Friedrich Goerdeler, le plus en vue des hommes politiques à s'opposer ouvertement aux nazis. En fait, Hitler était tellement obsédé par l'idée qu'on en voulait à sa vie qu'il donna l'ordre d'éliminer les conspirateurs et ceux qui leur étaient unis par les liens du sang, y compris les « ascendants ou descendants directs et les collatéraux », en vertu d'une ancienne loi barbare qui faisait retomber le châtiment sur la famille des criminels. Je savais par mes parents qu'on avait souvent tenté d'abattre la dictature des nazis, mais toujours en vain, de sorte que la chance d'Hitler paraissait désormais invincible.

Dans tous ces récits de l'attentat et du sort réservé aux participants, personne ne mentionnait le nom de mon père. J'avais trop peur pour poser des questions, mais comme on dit, « pas de nouvelles, bonnes nouvelles », je vivais toujours d'espoir.

Un des nouveaux arrivants me donna des informations qui soulagèrent mon anxiété au sujet de ma mère et de ma sœur Almuth. Elles avaient été arrêtées et mises en prison à Munich vers la fin du mois de juillet. Mais mon frère Wolf Ulli s'était précipité au quartier général de la Gestapo à Berlin, pour offrir de prendre leur place. Il avait déclaré que lui seul était avec mon père dans les derniers jours. Étonnés devant le courage et l'insistance de Wolf Ulli, les gens de la Gestapo l'envoyèrent à Munich porteur d'une lettre transformant leur emprisonnement en assignation à résidence dans la maison d'Ebenhausen. Le cas était en apparence unique. Plus extraordinaire encore, Wolf Ulli fut lui-même laissé en liberté. Cela paraissait totalement dépourvu de logique à côté de ce qui m'était arrivé.

Cette histoire me fut contée par Ilse-Lotte von Hofacker, dont le mari, le colonel Caesar von Hofacker, était l'un des pivots du plan Walküre et travaillait à Paris pour le haut commandement. À Paris comme à Vienne, tout avait marché comme sur des roulettes. La Wehrmacht avait arrêté plus de mille soldats S.S. sans tirer un coup de feu. Hofacker fut néanmoins arrêté et jeté en prison après la découverte du pot aux roses à Berlin. Des amis avaient offert de le cacher, mais il avait refusé, disant qu'il valait mieux que le monde apprenne ce qui s'était passé.

Ilse-Lotte était une belle femme énergique aux abords de la quarantaine, qui allait devenir ma compagne la plus proche au cours de la période qui suivit. À son inquiétude sur le sort de son mari s'ajoutait l'angoisse d'être sans nouvelles de ses trois plus jeunes enfants qui, comme les miens, avaient été brutalement séparés d'elle par les S.S. Elle était à peu près sûre qu'on les retenait dans un foyer de Bad Sachsa, dans le Harz du Sud, avec d'autres enfants dont les parents avaient aussi été arrêtés. Il me paraissait douteux que mes fils pussent se trouver là. Notre arrestation était bien plus tardive, et dans une tout autre région.

C'est une angoisse commune à propos du sort de nos enfants perdus qui nous rapprocha, Ilse-Lotte et moi. La compagnie d'une personne capable de comprendre et de partager le tourment perpétuel causé par la séparation m'apportait un grand réconfort. La frustration née de mon impuissance totale devant cette situation me donnait parfois le sentiment que je devenais folle. Mais Ilse-Lotte ne montrait jamais qu'elle souffrait sans doute autant que moi. Elle restait toujours gaie en apparence, afin de ne pas troubler ses deux aînés demeurés près de leur mère. Pour ma part, je subissais les événements sans réagir, et je ne parvenais pas à dissimuler mon angoisse.

De toutes les personnes rassemblées à l'hôtel, c'était sans conteste des Stauffenberg que je me sentais le plus proche. Ils m'admirent progressivement dans leur cercle familial, je les appelai bientôt par leurs surnoms, et finis par passer le plus clair de mes journées en compagnie de l'un ou de l'autre. Je retrouvais auprès d'eux le sentiment de confort et de sécurité que j'avais perdu à Innsbruck en ce jour terrible. Il y avait en fait deux branches, celle des cousins de Claus von Stauffenberg, celui qui avait posé la bombe, et l'autre formée des parents directs de celui-ci.

Le premier groupe des six cousins n'avait absolument rien à voir avec le complot, dont ils ignoraient tout. Ils avaient été arrêtés uniquement parce qu'ils portaient le même nom. Le chef de cette branche-là, qui s'appelait Clemens von Stauffenberg, avait environ soixante-cinq ans. On l'avait arrêté dans une clinique bavaroise, où il était en traitement pour une sérieuse maladie cardiaque. Les S.S. l'avaient tiré de son lit sans ménagement pour l'amener directement au Hindenburg Baude. Sa femme Élisabeth, arrêtée avant lui et détenue à la prison Stadelheim de Munich, l'avait bientôt rejoint. Le couple était heureux d'être enfin réuni après une séparation de trois mois. Élisabeth eût pourtant préféré savoir son mari dans la relative sécurité de la clinique d'Obersdorf, car c'était visiblement un homme très malade.

Clemens et Élisabeth étaient également réunis avec leurs trois enfants survivants. (L'aîné des fils avait été tué sur le front russe.) L'affection qui unissait les enfants à leurs parents me rappelait ma propre famille. Gaggi, leur fille, travaillait comme une esclave pour satisfaire les besoins quotidiens des auteurs de ses jours. Elle préparait du thé, des médicaments, ou cuisinait des plats de régime pour son père, et faisait le plus gros de la lessive et du raccommodage pour soulager sa mère. Elle ne s'occupait pour ainsi dire pas d'elle-même et ne se plaignait jamais. Elle s'empressait aussi auprès de ses futurs beaux-parents, les Kuhn, un couple un peu effacé que les Stauffenberg intimidaient visiblement. Gaggi était fiancée à leur fils, qui avait gagné la Russie après l'échec de l'attentat. Le plus jeune frère de Gaggi, Markwart junior, un garçon de vingt-quatre ans, arrivait directement de Dachau. C'était le seul d'entre nous, en dehors d'Anni von Lerchenfeld, qui eût fait l'expérience des camps de concentration. Ne bénéficiant d'aucun traitement de faveur, il avait dû comme tout le monde porter l'uniforme rayé, et on lui avait rasé la tête. Le pauvre garçon avait une mine à faire peur, mais il était intelligent, avec un humour décapant qui me déridait parfois.

Otto Philipp, le cadet, dont j'avais fait la connaissance le jour de mon arrivée, devint vite mon Stauffenberg préféré. Il était très différent de Markwart junior, toujours un peu bougon. C'était au contraire un idéaliste tendre et rêveur, si beau et bien fait que je l'avais immédiatement classé dans la catégorie des « hommes chéris des dieux ».

Faisait également partie de cette branche de la famille le frère de Clemens, Markwart senior, que l'on appelait Onkel (oncle) Moppel. Cet officier de cavalerie, toujours impeccablement sanglé dans son uniforme immaculé, incarnait parfaitement l'élégance de l'arme à laquelle il appartenait. Onkel Moppel était tellement serviable et courtois qu'on ne pouvait s'empêcher de l'aimer.

La plupart de ces gens devinrent mes amis, mais celui pour qui je devais concevoir la plus grande admiration s'appelait Alex von Stauffenberg. Il faisait partie de l'autre branche de la famille, et il était le frère aîné de Claus, celui qui avait posé la bombe. Alex était très grand, âgé d'environ trente-huit ans, avec une épaisse chevelure rebelle, le profil finement ciselé d'une médaille, et un perpétuel éclair malicieux dans le regard. Je le remarquai dès qu'il fit sa première entrée dans le Hindenburg Baude. Comme Onkel Moppel, il portait encore l'uniforme d'officier du régiment dans lequel il servait lorsqu'on l'avait arrêté en Grèce. Alex était si grand qu'il se courbait toujours légèrement avant de franchir une porte. Il donnait l'impression d'être robuste, ce qui, je m'en aperçus plus tard, était loin de la réalité. Il était chaleureux et plein de charme, quoique pas particulièrement beau dans le sens classique du terme. S'il eût été femme, on l'eût volontiers qualifié de *jolie laide* [1]. Si je trouvai Alex très attirant dès le début, je me sentis d'abord comme une petite écolière insignifiante, en face de cet homme du monde qui me parut avoir le double de mon âge.

1. En français dans le texte.

Alex avait été professeur d'histoire ancienne à l'université de Munich. Sa mise négligée comme l'imprécision de ses propos faisaient irrésistiblement penser à ces savants distraits qu'on voit dans les livres. Et pourtant ses réactions étaient celles d'un jeune homme, parfois d'un lycéen. Il voyait toujours le côté amusant des choses. Il avait l'habitude au cours des repas de reculer sa chaise en me poussant du coude avec un clin d'œil malicieux, et de se moquer des gens qui étaient dans la salle, en particulier de nos « hôtes » (les S.S.). Les Kuhn, qui partageaient ma table sans jamais se départir de leurs airs guindés, n'avaient aucune idée de ce qui nous faisait rire, et paraissaient parfois déconcertés.

Il y avait sept tables dans la salle à manger, et sans savoir très bien pourquoi, après le premier repas en commun nous reprîmes toujours les mêmes places. Je retrouvais donc M. et Mme Kuhn tous les jours pour le petit déjeuner, le déjeuner et le dîner, et ce pendant un mois entier. Ils mangeaient silencieusement avec des mines solennelles, et elle arborait toujours une expression de grande tristesse. Quelqu'un l'avait un jour baptisée Mater Dolorosa, un surnom qui lui allait si bien que tout le monde l'adopta.

La famille d'Alex comptait deux autres Stauffenberg. Il y avait d'abord Mika, veuve de son frère jumeau Berthold, qui avait été fusillé à Berlin peu de temps après la mort de Claus. Mika était une Russe devenue allemande toute jeune après l'exil de ses parents, qui avaient fui la Russie bolchevique pour s'établir en Allemagne. C'était une belle femme nonchalante, qui parlait peu. J'appris qu'elle était aussi sans nouvelles de ses deux jeunes enfants kidnappés par les S.S.

Le dernier membre de la famille Stauffenberg à partager notre captivité était la baronne Anni von Lerchenfeld, que l'on appelait Tante Anni. Elle venait d'un État balte, avait dépassé la soixantaine, et racontait d'interminables histoires à propos de sa vie en Russie. Les nazis lui vouaient une haine toute particulière. Elle était non seulement la belle-mère de Claus von Stauffenberg, mais aussi la femme de Hugo von Lerchenfeld, l'un des responsables de la mise à l'ombre d'Hitler après le « putsch » de Munich en 1923. Après l'échec de l'attentat du 20 juillet, Tante Anni avait été internée à Ravensbrück, ce camp de concentration dont les gardiens de la prison d'Innsbruck m'avaient parfois menacée. Alex me dit qu'elle avait été d'une grande beauté dans sa jeunesse, mais cela ne se voyait plus guère. Sa chevelure peu soignée, ses vêtements râpés pendaient tristement sur son corps décharné, elle se promenait toujours chaussée de pantoufles gigantesques. Tout le monde cherchait à l'éviter, car elle était incorrigiblement bavarde.

La famille Goerdeler formait un autre groupe assez nombreux. Il s'agissait des parents de Carl Friedrich Goerdeler, ancien maire de Leipzig et leader incontesté de l'opposition civile à Hitler. Démocrate conservateur, Goerdeler était un homme courageux et enthousiaste qui s'était battu sans relâche pour forcer ses amis à s'engager dans l'action, en particulier ceux qui appartenaient à l'État-major général de l'armée de terre. Au moment de l'attentat, Goerdeler, qui était recherché par la police, était déjà passé dans la clandestinité. Mais il fut arrêté peu de temps après à la suite d'une dénonciation. La famille croyait savoir qu'il était toujours en vie, mais sans aucune certitude.

L'épouse de Carl Goerdeler, Annelise, était une petite femme usée par le chagrin, et folle d'inquiétude au sujet de son mari. Les Stauffenberg l'avaient surnommée *die Hohe Frau* (la dame sur un piédestal), ce qui était cruel. J'avais pourtant du mal à m'empêcher de rire, car ce sobriquet lui allait bien. Annelise avait deux filles, Marianne, une femme grave et intelligente de vingt-sept ans qui était avocate, et Benigna, une fillette d'une quinzaine d'années vive et pleine d'entrain. Il y avait aussi une jeune nièce, Jutta, et la femme du fils aîné d'Annelise, qui répondait au nom d'Irma. (Ce fils avait disparu sans laisser de traces dans le sillage de l'attentat.)

Chacun d'entre nous avait de bonnes raisons d'être accablé par la douleur, mais le même terrible tourment nous rapprochait toutes les quatre, Ilse-Lotte, Mika, Irma et moi : où se trouvaient nos enfants disparus ? Nous savions bien que nous aurions beau dire et beau faire, la pensée de nos enfants ne nous quitterait pas une seconde. Peut-être parce que j'étais la plus jeune, j'avais le sentiment d'être moins que les autres à même de surmonter cette tension nerveuse permanente.

Le dernier représentant de la famille était le Dr Bogislav Goerdeler, le frère aîné du chef de l'opposition, qui avait soixante ans. Au premier abord, c'était un vieux ronchon irritable et irritant, qui ne cessait de se plaindre à tout propos que pour retomber dans un silence morose. Mais je découvris avec le temps les trésors d'intelligence et de sensibilité qui se cachaient sous son écorce rugueuse. Dans les jours sinistres qui ne tardèrent pas à venir, nous fûmes très heureux d'avoir un médecin parmi nous.

Un inépuisable sujet d'amusement nous était fourni par Annelise Gisevius, le dernier membre de notre groupe au Hindenburg Baude. Mlle Gisevius, qui n'était plus très jeune, avait été prise en otage de son frère Hans Bernd Gisevius, un ancien officier de police devenu le représentant en Suisse de l'Abwehr (le contre-espionnage militaire allemand), qui maintenait secrètement des contacts entre les services secrets anglais, américains et allemands. À ce titre il avait participé aux efforts tentés par mon père pour négocier avec les Alliés. Cependant, au contraire de celui-ci, il n'avait pas hésité à se servir de ses contacts pour passer en Suisse après l'échec du complot.

Lors de son arrestation Mlle Gisevius portait une légère robe d'été, et naturellement la malheureuse mourait de froid en ce début d'automne. Chacun lui donna des vêtements, qui n'étaient généralement pas à sa taille et lui donnaient une singulière apparence. Par-dessus le marché la pauvre femme était affligée d'un nez en trompette qui pointait vers le ciel sous un angle impossible, et qui était chaussé d'énormes lunettes. Un éternel sourire se dessinait sur ses lèvres. Elle souffrait de sa solitude, qu'elle essayait de compenser par une amabilité excessive qui avait quelque chose de gênant. Les gens s'efforçaient de ne pas rester trop longtemps avec elle, car elle était aussi bavarde que Tante Anni. Elle se mit quelque temps sous ma protection et celle d'Alex, ce qui nous fut assez pénible.

À l'exception de Markwart junior, de Tante Anni Lerchenfeld et de moi-même, les autres membres du groupe avaient reçu plus ou moins le même traitement « spécial » en prison. Ils avaient bénéficié de privilèges appréciables – cellules individuelles, nourriture convenable, et le titre officieux de *Ehrenhäftlinge* (prisonniers d'honneur), qui fut changé plus tard en celui de *Sippenhäftlinge* (prisonniers de sang).

L'intimité imposée par les circonstances allait unir ce groupe formé de gens de caractères si différents par une extraordinaire camaraderie en face de l'adversité. Au cours des longs et douloureux mois à venir, nous allions faire preuve d'un dévouement et d'une fidélité réciproques au-dessus de tout éloge. Et c'est dans cet esprit que commencèrent quatre semaines de loin les plus agréables de notre captivité. La nourriture était bonne, l'hôtel confortable, et les environs spectaculaires. L'affaiblissement de la vie spirituelle dû à la faim, au froid et à la maladie n'était encore perceptible chez aucun d'entre nous.

Quelques jours après son arrivée au Hindenburg Baude, je découvris qu'Alex lisait *L'Enfer* de Dante en italien dans le texte, alors qu'il ignorait cette langue. Il m'expliqua que sa connaissance du latin lui permettait de comprendre l'italien de Dante, et qu'au surplus la traduction anglaise en vis-à-vis venait à bout de toutes les difficultés. Honteuse, je dus avouer n'avoir jamais lu Dante. Dès qu'il eut terminé sa lecture de *L'Enfer,* Alex me prêta donc l'ouvrage, que je lus d'un bout à l'autre avec le plus vif intérêt.

Pour détourner le cours de mes pensées, je commençai à donner des leçons d'italien à certains de mes compagnons. Grâce à sa connaissance du grec et du latin, Alex comprenait la structure de la langue mieux que les autres, et souvent mieux que moi-même.

Sa présence aux cours m'intimidait terriblement, d'abord parce qu'il avait l'air tellement plus âgé et cultivé que moi, et aussi à cause de l'expression amusée qui se peignait sur son visage lorsqu'il m'écoutait parler.

Bien entendu, Alex apprenait l'italien plus vite que ses camarades de classe. Comme on nous permettait une promenade quotidienne dans les bois, Alex et moi prîmes l'habitude d'échanger des propos en italien tandis que nous marchions ensemble. Au début il butait sur les mots, mais à mesure que le temps passait, non seulement il fit des progrès dans cette langue, mais j'en appris moi-même davantage sur lui et sa famille.

Alex parlait souvent de son jeune frère Claus, dont les qualités d'officier, jointes à un réel talent de psychologue et à un charme exceptionnel, lui avaient valu dans la Wehrmacht un avancement rapide. Au début de l'année 1943, on l'avait envoyé en Afrique avec le grade de major. C'est là qu'il avait perdu un œil, la main droite, et deux doigts de la main gauche. Guéri de ses blessures, il avait été nommé chef d'état-major auprès du commandant des armées de renfort. À ce titre il rencontrait fréquemment Hitler, qui l'appréciait beaucoup. Claus fut donc tout naturellement désigné par l'opposition pour organiser le nouvel attentat contre la vie du Führer. Il était aussi l'un des rares officiers supérieurs possédant le courage et l'esprit de décision nécessaires.

L'échec de la tentative et l'exécution de ses deux frères Claus et Berthold avaient profondément affecté Alex, qui me parlait souvent de leurs exploits de jeunesse. Les trois frères étaient musiciens ; l'un jouait de l'alto, l'autre du violon, et Alex les accompagnait au piano. D'après Alex, le trio était fort apprécié. Au temps de leur adolescence, ils avaient aussi fait partie des disciples du poète lyrique allemand Stefan George.

Alex parlait en termes affectueux de sa femme, Lita, un personnage apparemment fascinant, qui possédait un talent peu répandu. Elle était pilote d'avion, chose plutôt rare chez une femme à l'époque. Elle avait réussi à garder sa liberté en promettant de faire des vols d'essai, ainsi que des atterrissages de nuit, pour le compte de la Luftwaffe. Elle n'avait voulu travailler pour les bourreaux de sa famille que parce qu'elle croyait lui être plus utile au-dehors qu'en prison. De fait, à bord de son aéroplane, Lita deviendrait un jour notre seul lien avec le monde extérieur.

Alex se passionnait pour le récit de notre vie à Rome, et en particulier pour tout ce qui avait trait à mon père. Il me questionnait si doucement et si patiemment que je finis par lui conter à bâtons rompus toute l'histoire de ma vie, lui décrivant tour à tour l'ambassade de Rome, le Frioul, mon père et ses nobles idéaux, Detalmo, et mon ignorance angoissée du sort de mes enfants. La sympathie et les encouragements d'Alex firent du bien à mon âme meurtrie.

Au cours de ces longues promenades, je compris peu à peu les raisons de l'irrésistible attrait que la personnalité d'Alex exerçait sur moi. Sous notre amitié grandissante se cachait quelque part une rivalité de longue date entre mon amour pour le pays qui m'avait adoptée, et la nostalgie de la terre natale.

J'avais vécu mon enfance ailleurs qu'en Allemagne, et j'avais grandi en Italie, où je m'étais mariée. Ma famille mise à part, je n'avais connu mon pays d'origine et mes compatriotes que dans ce qu'ils avaient de pire, en cette période tragique de son histoire liée à la montée du nazisme, aux Jeunesses hitlériennes, aux S.S., à la prison, à la séparation brutale d'avec mes enfants et ma famille.

Même au milieu de cette situation pénible et irréelle qui était la nôtre, Alex fut la première personne à me restituer tous les aspects positifs, tous les bons côtés de la nation allemande : sa culture humaniste, sa sérénité intellectuelle, son intégrité morale. Il symbolisait à mes yeux cette Allemagne dont j'avais inconsciemment déploré l'absence en Italie. Mon nouveau pays m'avait apporté le bonheur, et pourtant, sans me l'avouer, je regrettais de n'avoir sous la main personne à qui parler de la culture germanique.

Un homme était là maintenant, qui personnifiait l'Allemand tel que je l'avais imaginé : grand, viril, parfaitement bien élevé. Et son caractère était aussi typique : joyeux et plein d'humour d'un côté, mélancolique, presque triste de l'autre. Peut-être en raison même de ses épreuves et à cause de tous ceux qu'il avait perdus, Alex réagissait courageusement et regardait l'avenir avec optimisme. C'était un homme étonnamment instruit, et pas seulement en histoire ancienne. Il aimait la poésie au point d'écrire lui-même des vers. Il connaissait par cœur les poèmes de Goethe que j'aimais.

Au milieu de nos incertitudes et dans la monotonie des jours qui s'écoulaient lentement au Hindenburg Baude, ces promenades et ces conversations nous aidaient à oublier notre impuissance, la douleur d'avoir perdu tant d'êtres chers, mes craintes à propos des enfants. Cette amitié grandissante acquit bientôt une valeur inestimable, à mes yeux en tout cas. Mais je pense qu'elle lui apportait aussi réconfort et consolation.

Aucun d'entre nous n'avait le droit d'être en contact avec les habitants de Reinerz. L'hôtel avait été intelligemment choisi par les S.S. : perché sur une colline escarpée loin de la grand-route, et entouré d'une épaisse forêt de sapins qui n'attirait pas les promeneurs. Comme cet hôtel avait jadis été le but des excursions dominicales des gens de la ville, les S.S. avaient posé à l'entrée une pancarte portant ces mots L'HÔTEL EST FERMÉ. Il devait néanmoins courir des rumeurs sur les captifs bien particuliers que nous étions, car des curieux s'aventuraient parfois jusque sous nos fenêtres pour essayer de jeter un coup d'œil à l'intérieur. Un jour un homme leva les yeux au moment où je me penchais au-dehors par la croisée ouverte. Il agita son poing fermé en murmurant d'une voix rauque : « Il faut nous débarrasser de ces canailles. » Je crus qu'il parlait des nazis, car il parlait à mi-voix en regardant furtivement autour de lui.

La propriétaire de l'hôtel, une Polonaise, était assurément une fine mouche. Elle entretenait avec les nazis des rapports amicaux parce qu'ils étaient là, mais il en eût été de même avec d'autres dans une situation différente. Elle nous laissait clairement entendre qu'elle était une ennemie des nazis, mais nous n'osâmes jamais lui en parler ouvertement, de peur de découvrir trop tard qu'elle espionnait pour leur compte. Ceux qui étaient à son service, des Polonais et des Russes pour la plupart, portaient de hautes bottes et des vestes de fourrure. Nous nous demandions si ce n'étaient pas aussi des prisonniers, mais nous ne pûmes connaître leur statut. Mika et Tante Anni leur adressaient parfois la parole en russe, mais ils ne parlaient jamais d'eux-mêmes. Je remarquai seulement qu'ils étaient satisfaits de voir s'approcher la fin de la guerre, comme s'il leur tardait de retrouver bientôt leur pays.

Le mois de novembre 1944 s'écoula ainsi dans un climat de tranquillité incertaine. Au-dehors la guerre allait vers son dénouement dans le bruit et la fureur, mais ceux qui avaient ordonné notre arrestation ne nous avaient pas oubliés.

De bonne heure le matin du 30 novembre 1944, nous fûmes surpris par un coup inattendu frappé à la porte de nos chambres. Un gardien nous annonça : « Vous allez être transférés ailleurs ! faites immédiatement vos bagages ! »

Personne ne fut heureux d'entendre parler de *transfert*, car nous caressions l'espoir de prolonger indéfiniment notre séjour au Hindenburg Baude. On ne se donna naturellement pas la peine de nous préciser les motifs de ce départ soudain, ni quelle était notre destination. Plusieurs d'entre nous s'émurent de cette annonce brutale, au point même de fondre en larmes.

C'est le cœur lourd que j'entrepris d'entasser toutes mes affaires dans une seule valise, l'autre ayant depuis longtemps rendu l'âme. Je réussis à tout caser, non sans faire éclater quelques coutures. La femme de l'hôtel me fit cadeau d'une grosse ficelle, mais même avec cet accessoire, sans la force physique d'Otto Philipp, je n'aurais jamais pu la fermer. Le pauvre garçon dut sans doute refermer mon unique bagage une vingtaine de fois au cours de nos déplacements d'un camp à l'autre. Il était obligé de se colleter si longtemps avec la valise gonflée comme une outre que nous partions souvent les derniers.

Après nous avoir dit de nous dépêcher, nos geôliers nous firent attendre toute la matinée devant l'hôtel. Nous ne devions pas tarder à apprendre que ce comportement était caractéristique des S.S. Une fourgonnette arriva finalement vers midi, dans laquelle nous essayâmes de nous serrer, mais nous avions tellement de bagages qu'elle ne put nous contenir tous. Les gardiens se consultèrent un moment avant de se décider à faire venir de Reinerz un deuxième fourgon pour les bagages. Je me demandai plus tard pourquoi ils ne nous avaient pas tout simplement ordonné de les laisser derrière nous, mais sur le coup je ne fus pas surprise. Il faut dire que nous jouissions d'une situation tellement privilégiée au Hindenburg Baude que j'avais perdu de vue les méthodes habituelles des S.S. avec leurs prisonniers.

Quand nous sautâmes à terre devant la gare de Reinerz, une vingtaine de soldats nous attendait, pratiquement un gardien armé par personne! C'était ridicule, mais cela nous fit comprendre que nous étions redevenus de vrais prisonniers, une réalité qui s'était estompée pendant notre aimable séjour au milieu des montagnes.

L'espoir qu'on nous transférait peut-être dans un autre hôtel s'évanouit tandis que nous traversions la gare. Pour atteindre le wagon de troisième classe qui nous était destiné, il nous fallut traîner tant bien que mal nos bagages, et franchir plusieurs voies ferrées entre deux rangs de soldats en armes. Au lieu de m'effrayer, ce déploiement de forces me donnait envie de rire. Un tel luxe de précautions pour seulement vingt-deux personnes!

Le wagon se révéla beaucoup trop étroit. Une fois tous assis, nous étions pratiquement les uns sur les autres, et nous pouvions à peine remuer nos membres ankylosés. Les fenêtres étaient munies de barreaux et hermétiquement closes, de sorte que nous ne tardâmes pas à suffoquer. La plupart des soldats voyageaient avec les bagages dans le wagon suivant, mais deux d'entre eux venaient nous surveiller à tour de rôle.

Au moins ces gardiens-là se conduisaient humainement, sans doute parce que ce n'étaient pas des S.S., mais de simples hommes de la Wehrmacht. Nous réussîmes à engager la conversation avec eux et tentâmes de les persuader de nous dire où nous allions. Ils finirent par admettre que notre destination était Dantzig (aujourd'hui Gdansk en Pologne). C'était un vrai désastre, pensai-je, car alors nous mettions directement le cap sur le front de l'Est. Dans le cas d'une déroute allemande, qui paraissait de plus en plus probable, nous risquions de tomber aux mains des Russes. Mieux valait être abattus tout de suite par les nazis, que disparaître dans les forêts sibériennes, où nos familles ne retrouveraient jamais notre trace. Nazis ou pas, nous étions tous farouchement anticommunistes.

Continuellement retardés pour une raison ou pour une autre, nous atteignîmes enfin Breslau (aujourd'hui Wroclaw en Pologne). À cet endroit le train s'arrêta pour de bon ; les voies ferrées encore utilisables servaient uniquement au transport des troupes. Après un voyage épuisant comme celui-là, je m'attendais à ce qu'on nous conduisît quelque part où nous pourrions nous reposer, mais il n'en fut rien. On nous fit descendre pour nous parquer comme des moutons dans un énorme hangar d'aspect sinistre, qui se trouvait non loin de la gare.

L'endroit était glacial et semblait avoir été construit spécialement pour les prisonniers en transit. Il n'y avait pas de fenêtres, et la seule ouverture était une épaisse porte de fer. On nous lança quelques bûches pour alimenter un poêle minuscule, après quoi la porte se referma dans un grand bruit de clés. En un seul jour nous étions devenus des prisonniers ordinaires – perspective peu réjouissante ! Nous commençâmes par examiner la pièce aux murs nus avant de nous dévisager en silence. Puis des voix excitées s'élevèrent. Ilse-Lotte von Hofacker, qui n'était pas femme à rester longtemps sans réagir, se mit à cogner frénétiquement sur la porte de fer. Celle-ci se rouvrit au bout d'un long moment, et les gardiens demandèrent ce que nous voulions d'un ton rogue. Nous réclamâmes du pain et du café, qu'à ma grande surprise on nous apporta au bout d'une heure.

Comme il n'y avait ni lits ni couvertures, nous essayâmes de nous organiser pour passer la nuit sur le sol glacé et en utilisant les quelques bancs de bois qui se trouvaient le long des murs. Nous pûmes au moins nous étendre, mais quel changement ! La nuit précédente, nous avions dormi dans les chambres d'un hôtel pourvu de tout le confort !

Un unique cabinet ouvert à tous les vents avait été installé bien en vue le long d'un mur, sans même une cloison de séparation. Ilse-Lotte von Hofacker et moi drapâmes des couvertures par-devant pour essayer de sauvegarder notre dignité. Mais le « rideau » ne montait pas assez haut, de sorte qu'on pouvait identifier l'occupant dont la tête demeurait visible. Bien que très gênant pour ses usagers, ce système primitif provoqua notre hilarité.

Le Dr Goerdeler avait tout naturellement assumé la responsabilité de médecin du groupe. Il était particulièrement inquiet de l'état de Clemens von Stauffenberg, un homme déjà très malade avant d'être tiré brutalement de son lit d'hôpital. Mais nous n'avions guère de médicaments, de sorte qu'il était impossible de lui prodiguer les soins qu'exigeait sa maladie. Il aurait dû rester constamment sous surveillance dans une chambre bien chauffée. Par égards pour Clemens, le Dr Goerdeler nous avait interdit de fumer, ce que je trouvais ridicule, vu que notre misérable poêle dégageait une fumée intense, qui nous irritait les yeux au point de nous faire pleurer abondamment.

Tandis que les uns et les autres essayaient de dominer leur angoisse en racontant des histoires drôles, ou en faisant des plaisanteries stupides, Ilse-Lotte et moi nous glissâmes derrière le rideau des cabinets pour fumer une cigarette. J'étais pleine de remords et en même temps ravie de goûter au fruit défendu.

Avant de m'allonger pour dormir sur la pierre froide et rugueuse, je jetai un dernier coup d'œil à notre misérable campement de Breslau. Qui peut dire les scènes de souffrance et de misère dont il avait été témoin ! Cet horrible tableau me rappelait ce que j'avais lu sur la révolution russe. Au bout de vingt-quatre heures à peine, chacun de nous offrait un aspect lamentable. Les visages étaient pâles et tirés, les vêtements froissés et souillés, les cheveux en désordre. Une chose pourtant n'avait pas changé : ils avaient tous gardé cette dignité et ce maintien essentiels qui s'apprennent dès le plus jeune âge.

Élisabeth von Stauffenberg et Onkel Moppel illustraient cet exemple mieux que personne. Assis sur un banc de bois dans son uniforme de colonel, et la tête sur la poitrine, il dormait profondément. Même dans son sommeil, il avait une attitude pleine de noblesse. C'était également vrai pour Élisabeth, endormie la tête inclinée sur l'épaule de son mari, les mains sagement croisées sur ses genoux. La famille Stauffenberg sans exception était à ce point de vue remarquable. Ils prenaient les choses comme elles venaient, toujours de bonne humeur et sans aucune prétention. Les Goerdeler réagissaient différemment. Bien que leur garde-robe ne fût ni plus ni moins fournie, ils avaient l'air de sortir d'une poubelle et trouvaient habituellement quelque motif de se plaindre.

Il faisait nuit noire lorsque, à quatre heures du matin, on nous réveilla sans ménagement pour ramener à la gare notre troupeau encore tout ensommeillé. Nous passâmes un autre jour et une autre nuit dans ce wagon étroit dont le balancement nous projetait inconfortablement les uns contre les autres, tandis que le train se traînait d'un arrêt à l'autre. Les gardiens avaient été malheureusement remplacés par des S.S. aux visages rébarbatifs. Durant tout le voyage ils nous abreuvèrent de réflexions cyniques manifestement destinées à nous faire peur. Par exemple l'un d'eux nous dit à l'heure du petit déjeuner : « Vous feriez mieux de manger tout maintenant. On ne sait jamais... ! » Et le soir :

« Je vous demande seulement de garder votre calme [nous étions sages comme des images], de rester assis et d'essayer de dormir. Ce sera plus facile ainsi. » On les eût dits convaincus que nous serions bientôt liquidés.

La plupart des Goerdeler et des Stauffenberg se hâtèrent de dévorer le reste de leurs provisions. Mais après avoir échangé des regards interrogateurs, les Hofacker et moi décidâmes de tenir bon. Si les S.S. nous avaient gardés en vie jusque-là, c'est qu'ils n'avaient pas l'intention de nous tuer au prochain arrêt. Je ne pus cependant m'empêcher de frissonner à cette perspective.

Le matin suivant, tandis que le train continuait sa lente progression vers le nord, se déroula une scène inoubliable et sans doute incompréhensible à ceux qui ne connaissent pas la force des traditions militaires allemandes. Onkel Moppel et Alex étaient toujours vêtus de leurs uniformes d'officiers de la Wehrmacht. Hitler avait tellement maltraité cette dernière que nos deux soldats se considéraient comme déliés de leurs obligations vis-à-vis de l'armée, et *a fortiori* de leur serment de fidélité au Führer. Ils restaient pourtant attachés à tout ce qui avait autrefois suscité leur vocation militaire : l'honneur, la droiture, et une conduite chevaleresque dans la guerre comme dans la paix.

Comme il le faisait souvent, le train venait de s'arrêter dans une petite gare de campagne lorsque deux fonctionnaires S.S. à l'air mauvais montèrent à bord de notre wagon surchargé. D'une voix rude, ils enjoignirent à Alex et à Onkel Moppel d'arracher leurs épaulettes et tous les autres insignes de leur rang. Les intéressés refusèrent en disant que, si cela devait être fait, les S.S. n'avaient qu'à s'en charger eux-mêmes. Ces derniers hésitèrent, sans doute impressionnés, eux aussi, par la tradition militaire allemande. Une discussion s'ensuivit, qui dégénéra bientôt en dispute. Saisis d'une rage hystérique, les S.S. se mirent à hurler des insultes à l'adresse d'Alex et d'Onkel Moppel.

On finit par trouver un compromis. Les gardiens procurèrent aux deux officiers des vêtements civils, moyennant quoi Onkel

Moppel et Alex acceptèrent de se séparer de leurs uniformes intacts. Cet affrontement verbal me choqua profondément, ainsi que tous les autres témoins de la scène. Les S.S. avaient vociféré des injures et des menaces sans la moindre retenue. Nombre d'entre nous découvraient pour la première fois la brutalité qui se cachait sous les manières doucereuses dont ils étaient coutumiers. Je me dis alors que j'aimais cent fois mieux la vulgarité de mes geôliers d'Innsbruck.

De telles scènes allaient bientôt devenir si fréquentes qu'elles finiraient par nous laisser quasi indifférents. Mais comme c'était la première, elle nous inspira de la crainte et nous rendit nerveux. Je me souvenais de mes premières rencontres avec les S.S. à Brazzà. Ceux-là du moins paraissaient relativement sûrs d'eux, tandis que ceux-ci, visiblement mal à l'aise, semblaient à chaque instant prêts à sortir de leurs gonds. Cela venait peut-être du fait que l'Allemagne était en train de perdre la guerre, et que la prétendue « supériorité » tant vantée des S.S. ne trompait plus personne. Certes ils avaient tout pouvoir sur nous, mais on voyait bien que quelque part ils se sentaient déjà vaincus. C'est pourquoi ils tentaient de dissimuler leur inquiétude sous des dehors arrogants et brutaux.

L'incident des uniformes indiquait probablement qu'on nous emmenait dans un camp de concentration. Les S.S. n'avaient certainement aucune envie de signaler aux autres prisonniers qu'on y internait aussi des officiers de l'armée allemande. Nous redoutions par-dessus tout la séparation probable des hommes et des femmes, perspective intolérable pour toutes celles qui étaient accompagnées de leurs maris, de leurs frères ou de leurs fils. Les hommes étaient réduits à l'impuissance et aussi dépourvus de ressources que nous autres femmes, et pourtant leur présence nous apportait un sentiment de sécurité.

En arrivant à destination, nous étions épuisés par les nuits sans sommeil, la tension nerveuse et le manque de nourriture. Nous n'avions pas la moindre idée de l'endroit où nous nous trouvions, sauf qu'il semblait désolé, et surtout qu'il y faisait froid. Ignorants de ce qui allait suivre, nous attendîmes pendant des heures dans le train immobile. On nous fit descendre enfin dans la nuit glaciale pour nous pousser dans un fourgon de police. L'intérieur était plongé dans l'obscurité, mais au bout d'un moment je pus voir par une fente que nous franchissions un immense réseau de fils de fer barbelés illuminé par des projecteurs. Les prisonniers de sang étaient arrivés dans leur premier camp de concentration.

11

Le camp de concentration de Stutthof

La souffrance, d'où qu'elle vienne, fait partie de notre vie comme le destin et la mort. C'est seulement avec la misère et la mort que l'existence de l'homme s'accomplit.

VICTOR FRANKL,
psychologue des camps.

Nous descendîmes du fourgon de police pour atterrir dans la lumière des projecteurs sur une parcelle de terrain sablonneux qui s'étendait devant un long bâtiment aux murs peu élevés. Au-delà des barbelés qui entouraient celui-ci, je distinguai vaguement dans l'obscurité le reste du camp. Plus loin, le long de la clôture extérieure, les silhouettes menaçantes des miradors se détachaient dans le ciel nocturne.

Le commandant du camp, vêtu de l'uniforme noir traditionnel des S.S., était là pour nous accueillir. C'était un homme apparemment courtois et méthodique, qui leva d'abord la main pour nous imposer silence, et prit ensuite la parole d'une voix haut perchée.

« Vous êtes prisonniers par les liens du sang. C'est ainsi qu'on vous appelle parce que vous êtes tous apparentés aux complices de la tentative d'assassinat du Führer. En attendant que votre sort se décide, ce baraquement est à votre disposition. Vous êtes autorisés à circuler à l'extérieur du bâtiment jusqu'à neuf heures du soir. Les gardiens ont ordre de tirer sur tous ceux qui sortiraient après l'heure limite. Vous ne devez pas leur adresser la parole, pas plus que vous ne devez prononcer vos noms à voix haute.

« Il y aura inspection chaque matin à huit heures. Vous devrez laver votre linge et faire votre cuisine. Les femmes se chargeront de ravauder les vêtements des hommes, qui doivent en échange couper le bois et entretenir les poêles. Vous êtes dispensés du port de l'uniforme des prisonniers, et de toute autre marque d'identification. Vous pouvez occuper vos loisirs comme bon vous semble. Je veillerai personnellement à ce qu'on vous fournisse des livres provenant de la bibliothèque du camp. Si vous avez des requêtes particulières, adressez-vous au sergent d'ordinaire. Vous pouvez écrire à vos familles tous les quinze jours. Entre-temps, j'ai du courrier à vous remettre. »

Sur ces mots le commandant tendit un paquet de lettres à son subordonné, fit demi-tour et s'éloigna. Malgré son visage cruel, il me faisait l'effet d'un homme honnête. On ne retrouvait pas chez lui les manières doucereuses et faussement engageantes de tous les S.S. que j'avais rencontrés jusqu'alors. Je découvris plus tard qu'il appartenait à ces unités combattantes qui, bien que souvent responsables des pires atrocités, valaient mieux par certains côtés que les S.S. de l'arrière.

Nous avions déjà deviné qu'on nous réservait un traitement différent de celui des autres prisonniers, mais ce discours nous en apportait la première confirmation officielle. L'essentiel demeurait que les hommes et les femmes n'avaient pas été séparés. Nous fûmes si soulagés de cette constatation que, oubliant temporairement la fatigue du voyage, nous nous mîmes dans l'enthousiasme à rendre nos nouveaux quartiers aussi confortables que possible.

De vastes dimensions, le baraquement était divisé d'un bout à l'autre dans le sens de la longueur par un grand corridor coupé au milieu par une énorme pièce en occupant toute la largeur. De chaque côté le couloir donnait sur quatre grandes chambres pouvant chacune contenir jusqu'à quinze lits. Il desservait enfin deux pièces plus petites situées à chaque extrémité. Deux d'entre elles servaient à entreposer le bois. Les deux autres furent affectées à Tante Anni von Lerchenfeld et à Mlle Gisevius, car personne ne voulait s'exposer à leur bavardage incessant.

Le reste d'entre nous se répartit au mieux, par familles et par sexes. Je dormais dans une des grandes chambres avec Gaggi et Mika von Stauffenberg, ainsi qu'avec Lotte et Annele von Hofacker. Ce n'était pas l'espace qui manquait. En fait il y avait tellement de place que les S.S. devaient sûrement attendre de nouveaux arrivants. Nous étions déjà dans les premiers jours de décembre 1944, et nous allions passer deux mois à Stutthof.

La cour qui entourait notre baraquement était nue, grise et entièrement dépourvue de végétation. Les toits lugubres d'innombrables constructions semblables s'étendaient au loin. Par chance, la nôtre se trouvait à la périphérie de cette véritable ville, de sorte que nous avions au moins le loisir de contempler la forêt verdoyante qui bordait notre secteur du camp. J'appris plus tard qu'on nous avait hébergés au Hindenburg Baude parce que la construction du baraquement qui nous était destiné avait pris du retard. C'était donc la raison de ce luxe incompréhensible !

Comme nos compagnons d'un certain âge étaient trop faibles pour travailler, il ne restait plus que les jeunes, dont la forme physique laissait pourtant à désirer, pour s'occuper du ménage et de la corvée de bois. Dans l'état de faiblesse où nous nous trouvions par suite du manque de nourriture, nous étions bientôt épuisés de fatigue. Le commandant avait eu tort de dire que nous ferions notre propre cuisine, car on ne nous donna jamais rien à faire cuire. Au lieu de cela, on nous portait à midi un énorme chaudron rempli d'une soupe claire où flottaient des débris de légumes. Le dimanche, nous pouvions y pêcher aussi quelques petits morceaux de viande. Le repas du soir comprenait une ration de pain grisâtre ou noir, une boisson chaude qui n'avait de café que le nom, et parfois un peu de fromage.

En comparaison de notre séjour au Hindenburg Baude, les jours à Stutthof nous semblaient interminables. Afin de combattre l'ennui et d'éviter de trop penser aux enfants, je me mis à dévorer tous les livres qui me tombaient sous la main. La vie en société constituait un autre moyen de tuer le temps. Les groupes formés au temps du Hindenburg Baude restaient solidement unis. Les Goerdeler abordaient entre eux toutes sortes de sujets d'ordre intellectuel. Ils avaient une passion pour le poète allemand Rilke, dont ils se récitaient sans fin des pages entières. Les deux enfants Hofacker, presque toujours silencieux, faisaient partie d'un groupe mélangé qui s'asseyait autour du poêle où Onkel Moppel et Markwart junior tenaient leur cour. Ils passaient des heures à raconter des histoires, souvent grivoises, accompagnées de gros éclats de rire. Une fois sur deux, je ne comprenais pas un traître mot, ce qui ne m'empêchait pas de m'esclaffer avec les autres.

Après une semaine de ce régime, la faim et le froid grandissants nous avaient considérablement affaiblis. Pourtant, à l'exception de Clemens, qui survivait par miracle, nous tenions encore debout. C'est alors que survint le premier accident, plutôt bizarre étant donné les circonstances. Les intellectuels sont parfois dépourvus de sens pratique, et Alex faillit s'amputer d'un orteil en essayant de couper du bois. Markwart junior eut beau dire sur le ton de la plaisanterie que c'était inévitable, je compatis sincèrement aux malheurs du pauvre Alex, qu'il fallut mettre au lit avec un énorme pansement autour du pied.

Au cours de mes visites au chevet du convalescent, j'en vins à nourrir pour Alex une admiration plus forte que celle qu'il m'avait d'abord inspirée durant notre séjour au Hindenburg Baude. Il me montra quelques-uns de ses poèmes, qui me touchèrent et me firent grande impression. Ils étaient écrits simplement, dans une langue magnifique, et pleins de sentiment. Même affaibli comme il l'était, Alex exerçait une attraction de plus en plus irrésistible sur mon âme blessée.

Au début, Markwart junior et Otto Philipp nous rejoignaient tous les après-midi au pied de son lit pour jouer au bridge. Malheureusement ces moments passés à échanger des plaisanteries tout en trichant atrocement ne durèrent pas longtemps. Nous étions chaque jour un peu plus faibles, et vulnérables à la maladie. Deux semaines après notre arrivée, la dysenterie se déclara, et la plupart d'entre nous durent s'aliter. Je me sentis mieux au bout de quelques jours, mais j'étais à peine debout que Gaggi, qui dormait dans le lit voisin, s'écroulait à son tour, victime d'une violente inflammation de la gorge.

En apprenant que nous étions tous trop faibles et trop malades pour faire face à nos besoins, ou pour nous aider mutuellement, le commandant S.S. parut soudain très inquiet. Himmler avait apparemment donné des ordres pour qu'on ne laissât mourir aucun des prisonniers apparentés aux auteurs du complot contre Hitler, ou du moins pas encore. Le Dr Goerdeler fut prié de fournir la liste des médicaments nécessaires, et on nous fit des analyses de sang.

Le mal de gorge de Gaggi n'était autre que la scarlatine. On l'isola donc dans une des pièces vides situées à l'arrière du baraquement. Elle devint rapidement si faible qu'elle ne pouvait même pas s'asseoir dans son lit. Elle était constamment secouée par une toux opiniâtre, et ses cheveux blonds bouclés étaient trempés de sueur.

Comme j'étais l'une des rares encore debout, et que j'avais déjà eu la scarlatine, j'allai partager la quarantaine de la pauvre Gaggi, que je soignai de mon mieux selon les instructions du Dr Goerdeler. Tout contact avec les autres m'étant interdit, je décidai de tuer le temps en dessinant des figurines de papier pour décorer la crèche de Noël. Je les fixais ensuite sur du carton découpé pour les faire tenir debout.

Et là-dessus Noël arriva. J'eus un choc en réalisant que quatre mois s'étaient écoulés depuis mon premier séjour dans la prison primitive d'Udine, où les nonnes arpentaient mécaniquement le corridor en chantant leurs psaumes. Même le Hindenburg Baude, où nous avions réussi à maintenir quelques vestiges de la vie civilisée, semblait enfoui bien loin dans le passé.

Nous fûmes surpris lorsque les gardiens nous apportèrent un sapin de Noël, petit et légèrement déplumé. Un supplément de nourriture eût été mieux venu, mais nous en fîmes tout de même le meilleur usage. Nous découpâmes des étoiles dans le papier d'argent qui enveloppait le fromage, et Otto Philipp fabriqua une crèche tout à fait passable dans laquelle mes personnages de carton faisaient bonne figure. Comme je n'étais pas censée quitter ma quarantaine auprès de la pauvre Gaggi, je n'obtins l'autorisation de participer aux festivités qu'après avoir soigneusement désinfecté mes vêtements et mes mains.

Ceux d'entre nous qui étaient encore debout, une douzaine tout au plus, chantèrent les cantiques traditionnels de Noël. Nous dûmes faire un effort pour maîtriser nos voix défaillantes. La soirée fut triste, chacun pensant aux morts et aux familles brisées par la séparation. Je refoulais mes larmes en évoquant le Noël de l'année précédente à Brazzà, avec Corradino, Robertino et les soldats allemands venus apporter leurs cadeaux. Mais les liens que j'avais noués avec les autres, et Alex en particulier, me redonnèrent des forces et l'espérance de jours meilleurs.

Cette période de Noël 1944 passa comme en rêve, sous la menace toujours plus proche de la maladie et de la mort. La santé de Gaggi s'altérait de jour en jour. La fièvre ne baissait pas, et sa bouche était pleine de plaies. Je commençai à me sentir fiévreuse à mon tour. Les médicaments étaient épuisés, et, le premier moment d'inquiétude passé, le commandant n'avait pas daigné nous faire une nouvelle visite.

Je prenais en cachette les doses de quinine apportées d'Italie, dans l'espoir d'éloigner le mal que je sentais monter en moi. Ma crainte majeure était de devenir trop faible pour pouvoir continuer à soigner Gaggi. De violents maux de gorge et une fièvre de cheval finirent par avoir raison de moi, mais j'avais tenu le coup jusqu'au moment où la mère de Gaggi, Élisabeth, eut recouvré assez de forces pour me remplacer au chevet de sa fille. Le lendemain de Noël, j'avais quarante de fièvre, et j'étais incapable de me tenir debout.

Chose à peine croyable, le commandant du camp vint à notre secours, et ordonna de nouvelles analyses de sang. Il faut dire qu'une épidémie de typhus s'était déclarée, à laquelle les prisonniers, à demi morts de faim et accablés de travail, étaient incapables de résister. Ils mouraient chaque jour par centaines. Mika von Stauffenberg, Jutta Goerdeler et moi-même étions contaminées. Entre-temps, Lotte von Hofacker et se fille Annele avaient attrapé la scarlatine. De leur côté, Mme Goerdeler et sa fille Benigna souffraient cruellement de la dysenterie.

Pour avoir l'air d'être maître de la situation, le commandant du camp décida de regrouper dans une infirmerie les sept grands malades, trois qui avaient le typhus, deux qui avaient la scarlatine, et les deux dysentériques. C'est un véritable miracle que nous n'ayons pas toutes attrapé successivement des affections aussi contagieuses. Sur cette brillante décision, nos gardiens nous abandonnèrent à notre triste sort, et disparurent complètement pendant des semaines.

La responsabilité des éclopés retomba sur le malheureux Dr Goerdeler. Les trois victimes du typhus luttèrent contre la mort durant quatre douloureuses semaines, avec des températures qui oscillaient entre quarante et quarante et un degrés centigrades. Pour la première fois je crus que je ne m'en sortirais pas. La pensée que j'allais peut-être mourir loin de ma famille et de mes amis taraudait mon cerveau abruti par la fièvre. Je me demandais constamment ce que deviendraient mes enfants si je devais disparaître. Les ayant laissés aux mains des S.S., j'étais convaincue d'être seule à pouvoir les récupérer.

Tandis que la fièvre me battait les tempes, j'entendais quotidiennement le hurlement des sirènes annonçant les attaques aériennes. Nous nous terrions au fond de nos lits, impuissantes et plus mortes que vives, cependant que les bombes tombaient autour de nous. Chaque nuit, comme dans un horrible cauchemar, j'entendais les aboiements furieux des chiens policiers. Ils m'apprenaient qu'un malheureux prisonnier avait tenté de s'évader. Poursuivi par les molosses, le prisonnier était invariablement repris. Un cri d'angoisse et de désespoir déchirait parfois l'air au moment où les chiens se jetaient sur leur victime.

Je fis demander à Otto Philipp d'écrire à Lotti, qui possédait un vaste jardin potager. Je lui suggérai de faire état de mon extrême faiblesse pour la prier de nous envoyer un peu de nourriture qui nous permît de réparer nos forces. Deux semaines s'étaient à peine écoulées que, par une sorte de miracle, un colis providentiel arriva de Hambourg. Il était rempli de pommes rouges et juteuses dont la seule vue me redonna le moral. J'écrivis plus tard à Lotti :

> Je dois absolument profiter de l'autorisation qui nous est accordée de correspondre avec l'extérieur pour te remercier des pommes délicieuses que tu nous as fait parvenir. J'espère recevoir bientôt une lettre de toi, car tu imagines sans peine mon inquiétude à votre sujet. [Hambourg, où elle vivait avec sa sœur Anni, subissait quotidiennement des bombardements massifs.] Toujours pas de nouvelles des enfants. Nous sommes à présent dans un nouveau camp. Le commandant nous a logés à part, dans un baraquement spécialement réservé aux prisonniers dans notre genre. Le voyage était long et pénible, à la limite du supportable.

Comme il arrive aux malades atteints du typhus, Mika délirait souvent, parfois au point de perdre la notion de ce qui l'entourait. Une nuit vers deux heures du matin, elle alluma la lumière et se mit en devoir de peler d'un air solennel une des pommes de Lotti. Elle parvint à s'asseoir au prix d'un effort surhumain. Il gelait à pierre fendre, et son corps grelottait à faire pitié. Mais elle refusa de nous laisser jeter une couverture sur ses épaules décharnées.

Avec un soin et une patience infinis, Mika continuait à éplucher la pomme de ses mains tremblantes. Une heure interminable s'écoula. La pomme fut enfin prête à la dégustation. Quartier par quartier, le fruit disparut entre ses lèvres enflées. Quand elle eut fini, elle tourna lentement la tête dans notre direction. Ses yeux brûlants de fièvre dévoraient sa figure émaciée qui s'illumina brusquement d'un sourire de triomphe. Puis les paupières se refermèrent, et Mika retomba dans sa léthargie.

Le Dr Goerdeler faisait tout son possible pour nous maintenir en vie, mais il n'avait pratiquement pas de médicaments, et en fait d'instruments ne disposait que d'un vieux stéthoscope. Chaque jour il me faisait des piqûres pour me soutenir le cœur à cause des variations constantes de ma température. Il était perpétuellement enrhumé, de sorte qu'au moment où il se penchait sur moi, je pouvais voir une goutte briller au bout de son nez. C'est drôle de se rappeler si clairement de tels détails. Je craignais toujours de voir la goutte tomber, mais cela n'arriva jamais.

Au début, le Dr Goerdeler refusa de parler de notre maladie ; nous ne savions même pas que nous avions le typhus. Mais ses mines de circonstance, et le fait que les autres malades évitaient de nous approcher, éveillèrent bientôt mes soupçons. Nous dûmes beaucoup insister pour connaître enfin la vérité. Nous étions furieuses d'avoir été tenues dans l'ignorance, et notre indignation ne s'apaisa pas de sitôt. C'était bien évidemment injuste, mais tout le monde sait que les malades sont entêtés, et parfois désagréables avec les gens dévoués qui les soignent.

Lotte von Hofacker était la seule du groupe à ne pas nous traiter comme des lépreux. Sans se soucier du danger qu'elle courait, et en dépit du fait qu'elle était elle-même atteinte de la scarlatine, elle prenait soin de nous de façon touchante, passant sans cesse de l'une à l'autre pour changer nos draps ou essuyer nos fronts trempés de sueur. C'est durant cette période que Lotte apprit l'exécution de son mari à Berlin. Elle n'en fut pas moins assidue au chevet de ses malades. Le matin, elle avait souvent les yeux rougis par les larmes et l'insomnie, mais s'efforçait toujours de dissimuler sa douleur. Elle ne perdit jamais sa dignité.

Les deux seules personnes admises dans notre chambre de malades étaient le Dr Goerdeler, qui nous examinait ponctuellement tous les jours, et Alex qui venait matin et soir apporter du bois de chauffage. Je l'entendais aller et venir dans la pièce avec sa brassée de bûches, et tisonner le minuscule poêle de fonte qui se trouvait dans un coin. J'aurais aimé lui parler, mais c'eût été l'exposer à la contagion, et de toute façon je n'avais guère la force de soutenir une conversation.

C'est alors qu'au début du mois de janvier dans l'après-midi, Alex entra dans la chambre à l'improviste, et vint vers moi pour me glisser dans la main une feuille de papier sur laquelle il avait écrit un poème. C'était la première fois qu'il m'adressait des vers, qui étaient d'ailleurs fort émouvants, bien que je fusse trop malade pour en apprécier la beauté. Les deux derniers contiennent une allusion au fait qu'il dormait dans la pièce voisine, séparé seulement de moi par une mince cloison de planches. La tradition allemande veut aussi que tous les rêves des douze nuits suivant Noël se réalisent.

Voulez-vous faire quelques pas avec moi
Avec moi dans la tristesse et dans l'ombre
Oublieuse de ceux qui nous entourent
Mais telle que vous êtes
Joyeuse enchanteresse.

Votre sourire, je sais, se mouille de vos larmes
Sourire de joie, de vie, accordé par les dieux
Aux rares humains capables de braver la mémoire
Du foyer si lointain.

Comme ces fleurs dont le parfum sucré
S'attarde sous les arbres, je vous accueille.
Merveille de douceur qu'ardemment je salue
Mais en rêve seulement, laissez-moi donc rêver.

Consolez-moi maintenant, tandis que nous errons
Sur la terre sans chemins, sous les étoiles absentes.
Je ne puis vous atteindre, je ne puis vous toucher
Mais au-delà du mur, j'entends un souffle rauque
Tout proche, si proche au long des douze nuits
De ce triste Noël.

Au bout de quelques semaines, qui me parurent une éternité, le Dr Goerdeler déclara que nous étions suffisamment rétablies pour quitter de temps en temps nos quartiers d'isolement. J'étais pour ma part encore très faible et souffrais de vertiges. Tous se montraient serviables et compatissants, surtout Alex, qui me préparait du thé et veillait à ce que je fusse aussi bien nourrie que possible, compte tenu des circonstances.

Cet hiver 1944-45 était incroyablement rude. Le manque de nourriture faisait que même les plus robustes d'entre nous avaient de plus en plus de mal à trouver l'énergie nécessaire pour travailler ou se déplacer. Le poêle brûlait nuit et jour pour tenter de lutter contre le vent glacial qui hurlait autour du baraquement. Mais il était beaucoup trop petit pour chauffer la grande pièce. Le commandant du camp, toujours soucieux de nous garder en vie, fit venir deux prisonnières russes pour nous aider à couper le bois et à vider les cendres. Les hommes étaient trop affaiblis pour se charger de cette corvée.

Ces femmes apportaient à notre petit cercle les récits de ce qui se passait dans le reste du camp, y compris le fonctionnement des chambres à gaz. Mika von Stauffenberg et Tante Anni, qui parlaient couramment le russe, s'entretenaient longuement avec elles. Elles nous révélèrent peu à peu les détails de la sinistre existence vécue par les prisonniers au-delà des limites de notre baraquement, et en comparaison notre sort nous fit l'effet d'un paradis. Le nombre des décès causés par le froid et la maladie était affolant. Bien qu'il y eût évidemment des médecins parmi les détenus, l'absence totale de médicaments faisait que les malheureux travaillaient sous la contrainte jusqu'au moment où ils s'allongeaient simplement pour mourir.

La grande majorité des prisonniers était composée de Russes, de Polonais et d'Allemands, dans cet ordre. Nous n'avions aucune idée de la population totale de Stutthof, mais elle était certainement de plusieurs milliers. Les femmes se plaignaient amèrement de la manière dont les Russes étaient traités, c'est-à-dire bien plus mal que les autres. On les entassait par quarante ou cinquante dans des dortoirs faits pour quinze personnes. Ils dormaient à même le sol, car il n'y avait ni lits ni matelas. Les prisonnières nous racontèrent encore que beaucoup de leurs compagnes avaient péri dans les chambres à gaz après avoir été torturées, et que leurs corps avaient ensuite été jetés dans les fours crématoires. Nous avions entendu parler de telles choses, mais nous apprîmes avec horreur l'emploi systématique qui en était fait dans des camps comme celui de Stutthof.

Les femmes russes parlaient aussi d'autres baraquements remplis de prisonniers « spéciaux » baptisés scandinaves par les S.S. Elles citèrent également un bâtiment où il n'y avait que des Allemands, dont de nombreux enfants. Il s'agissait en fait d'un autre groupe de prisonniers de sang, connu sous le nom de groupe Seydlitz, et composé de membres de la famille du général Walter von Seydlitz. (Au cours de l'hiver 1942-43, ce dernier, encerclé dans Stalingrad par l'Armée rouge en compagnie du général Friedrich von Paulus, s'était rendu aux Russes avec ses quatre-vingt-dix mille hommes. Seydlitz avait ensuite appelé les Allemands à déposer les armes en utilisant les ondes de la radio soviétique.)

C'est dans ces conditions que les prisonniers de sang atteignirent les premiers jours de l'an 1945, mais les quatre terribles derniers mois de la guerre restaient à venir. Par miracle, aucun d'entre nous n'avait encore succombé à la maladie et aux privations. Je me sentais beaucoup mieux, et même Gaggi, dont l'existence n'avait pourtant tenu qu'à un fil, retrouvait peu à peu ses forces. Nous avions repoussé victorieusement le premier assaut de la mort.

Malgré l'absence de journaux et de radio, il devenait évident que les armées allemandes battaient en retraite. Nous entendions le grondement lointain de l'artillerie, et les avions russes passaient sans cesse au-dessus de nos têtes, piquant parfois pour survoler le camp à basse altitude. La grande offensive russe de l'hiver 1945 était commencée.

Onkel Moppel, qui avait également combattu pendant la Première Guerre mondiale, était capable de juger de la distance qui nous séparait du lieu des combats au seul bruit des explosions. Il nous avertit que le front était désormais tout proche. Mes pensées se tournèrent vers l'avenir. Quel sort nous attendait si nous tombions aux mains des Russes ? J'imaginai que nos gardiens S.S. songeraient d'abord à leur salut, et n'hésiteraient pas à nous abandonner au milieu du camp. Nous n'étions pas en mesure de supporter un autre long voyage par un froid pareil. Nous étions en réalité tellement faibles que nous ne quittions guère nos lits. Personne n'osait se dévêtir dans l'atmosphère glaciale de nos chambres. Même la nuit, je gardais sur moi tous les vêtements que je possédais.

Le 27 janvier, Onkel Moppel venait à peine d'annoncer que le front n'était plus qu'à sept kilomètres, lorsque le commandant du camp fit brusquement son apparition.

– Vous partez dans une heure ! Les retardataires seront laissés sur place !

Nous réunîmes nos affaires de nos mains tremblantes, les plus forts aidant les plus faibles à faire leurs bagages. Lotte von Hofacker me prêta un épais pantalon destiné à protéger du froid mes mollets squelettiques. On nous fit ensuite sortir au milieu d'un véritable blizzard pour nous entasser dans des camions. Je doute que nous eussions survécu sans nos couvertures de laine, que nous avions heureusement pris la précaution d'emporter. Tremblant de froid, je me retrouvai dans une sorte d'ambulance désaffectée, à côté des frêles silhouettes de Lotte von Hofacker et de Gaggi von Stauffenberg.

Peu de temps après, notre convoi s'arrêtait devant une petite gare isolée dans la campagne couverte de neige. Un train nous y attendait, formé de wagons de troisième classe dépourvus de chauffage et aux vitres cassées, pour la plupart. Le vent s'engouffrait à l'intérieur, transportant avec lui des flocons de neige qui s'entassaient sur les dures banquettes de bois. Il faisait un froid sibérien. Je jouai des coudes pour m'asseoir à côté de personnes en bonne santé, car je ne pouvais plus supporter la compagnie des malades. Nous étions serrés comme des sardines, mais cela nous permit de garder un peu de chaleur.

Ces terribles conditions me faisaient craindre pour les plus faibles d'entre nous. Onkel Moppel, qui avait une forte fièvre, tremblait de tous ses membres. Nous fûmes persuadés qu'il avait attrapé le typhus. Les extrémités de Clemens von Stauffenberg étaient enflées, et sa respiration devenait de plus en plus difficile. J'étais assise en face de Gaggi, qui paraissait sur le point de défaillir. Tout le monde disait que mes yeux « m'avaient mangé le visage », tant j'étais amaigrie. D'autres prisonniers montèrent dans notre wagon, mais il n'y avait pas assez de places assises pour tout le monde. J'avais trop froid et je me sentais trop misérable pour m'apitoyer sur leur sort.

Au bout d'un moment qui nous parut une éternité, le train s'ébranla en cahotant, pour s'arrêter au bout de dix minutes. Des montagnes de neige bloquaient les rails, et des « volontaires » de notre groupe durent sortir pour tenter de dégager les voies, tâche qui se révéla quasi impossible. Ils revinrent deux heures plus tard, frigorifiés et couverts d'une épaisse couche de glace. Le train restait toujours immobile.

Un autre wagon accroché au nôtre abritait, si je puis dire, les prisonniers dits « scandinaves ». Plus loin, des centaines de prisonniers s'entassaient dans des wagons à claire-voie jadis réservés au bétail. Beaucoup d'entre eux mouraient de froid, et l'on se contentait de jeter leurs corps en contrebas de la voie ferrée. Nous n'étions certes pas au paradis, mais notre sort était enviable, comparé à celui des gens qui se trouvaient dans les wagons à bestiaux.

Le long du grand train immobile et silencieux se traînaient d'interminables colonnes de réfugiés qui fuyaient l'offensive des armées russes en Prusse-Orientale. Muets et l'air lugubre, ils suivaient obstinément la voie du chemin de fer, se dirigeant vers l'ouest à l'aveuglette, cherchant à s'éloigner des plaines orientales de l'empire hitlérien. Certains étaient encore vêtus d'uniformes fatigués et de grands manteaux militaires, mais la plupart étaient simplement emmitouflés dans tout ce qui était en laine et qu'ils avaient pu sauver du désastre au dernier moment. Ceux qui n'avaient pas eu la force de continuer s'étaient écroulés sur place et gisaient morts ou mourants entre les carcasses des chevaux et des mulets. Je ne tardai pas à me convaincre que pour nous aussi c'était la fin.

Certains de ces réfugiés étaient des enfants qui avaient perdu leur famille, et qui suivaient machinalement le lamentable cortège. Une fois, l'un de nos gardes S.S. se baissa pour ramasser un petit garçon qui gisait inconscient sur le sol gelé. Je crus d'abord qu'il était mort, mais le garde se mit à le frictionner vigoureusement, et il revint à la vie. On lui donna quelque nourriture avant de le confier à un groupe de soldats en retraite. Cet incident eut pour effet de me rappeler que j'ignorais toujours ce qu'il était advenu de mes enfants, et je sombrai de nouveau dans un profond désespoir. J'avais la tête vide, et pendant des heures je fus hors d'état de communiquer avec mon entourage.

Le vent glacial pénétrait par toutes les fentes des cloisons du wagon. Pour satisfaire nos besoins naturels, nous n'avions d'autre moyen que de sortir dans le blizzard, et en moins d'une seconde les mains devenaient gourdes et raides au point de ne pas pouvoir se déboutonner. Silencieux et indifférents à tout ce qui n'était pas le peu de chaleur animale dont dépendait notre survie, nous nous serrions les uns contre les autres en grelottant. Après des heures interminables, les quelques hommes encore en état de se mouvoir reçurent à nouveau l'ordre d'essayer de déblayer la neige qui obstruait les voies. Pour finir, le train démarra brutalement.

Nous atteignîmes la Vistule, qui se jette dans la mer Baltique à la hauteur du port de Dantzig. Mais le ferry censé nous faire traverser la rivière n'arrivait jamais. Notre gardien, un homme bourru et mal élevé, prétendait que les ouvriers avaient saboté la machine. Nous pensions plutôt que celle-ci était en panne ou à court de carburant, ou encore que le navire avait été coulé par les Russes. Un coup d'œil à mes compagnons frigorifiés me convainquit que leur moral était au plus bas. C'est alors que par miracle un autre bac transbordeur arriva, et nous atteignîmes enfin Dantzig, à demi morts de faim et de froid après avoir couvert trente kilomètres en trente-sept heures ! Nous ne pouvions aller plus loin par le train, car il n'y avait ni wagons ni locomotive à notre disposition. Tout le matériel disponible était bondé de troupes et de réfugiés. Nous apprîmes plus tard qu'une seule voie ferrée restait utilisable en direction de l'ouest !

Nous fûmes horrifiés de voir qu'on nous faisait monter dans un camion déjà rempli des prisonniers « scandinaves » qui avaient voyagé depuis Stutthof dans le wagon accroché au nôtre. Après un trajet aussi long qu'inconfortable, le ramassis de malheureux que nous formions finit par échouer dans un lieu sinistre appelé Matzkau. C'était, semblait-il, un camp de « perfectionnement » pour les S.S., dont les pensionnaires avaient été recrutés non pas en Allemagne, mais dans les pays limitrophes. Jugés coupables de n'avoir pas suffisamment absorbé le véritable esprit nazi, ils avaient le plus grand besoin d'une « correction idéologique ».

Matzkau se trouvait au sommet d'une colline escarpée. La route d'accès était bloquée par la neige, de sorte qu'on nous fit descendre du camion. Dans notre état de faiblesse, il n'était pas question de gravir les pentes barrées par les congères qui menaient aux portes du camp, et nous tombâmes bientôt l'un après l'autre, épuisés de fatigue. Voyant qu'aucun de nous ne terminerait l'ascension, les responsables du camp firent descendre des pensionnaires pour nous aider. Comme des brutes, ceux-ci nous halèrent jusqu'en haut sans ménagement, comme s'il s'agissait de remonter des toboggans. Cette fois je crus bien que plusieurs d'entre nous n'en réchapperaient pas, Clemens et Onkel Moppel en particulier. Mais une fois encore, ma théorie selon laquelle personne ne doit mourir avant son heure se vérifia. Contre toute attente nous étions toujours en vie.

On nous dirigea vers un baraquement crasseux, encombré des détritus abandonnés par un escadron de soldats allemands qui avaient dormi là la nuit précédente. Notre misère était totale, et notre courage envolé. Notre épuisement était tel qu'il fallut faire venir d'autres prisonniers pour nettoyer les lieux. On affecta deux pièces immenses à notre groupe, l'une pour les hommes, l'autre pour les femmes. Les « Scandinaves » occupèrent la troisième. À l'extrémité du bâtiment se trouvait une petite salle servant de réfectoire, et une rangée de toilettes dégoûtantes. Des S.S. à l'air brutal montaient la garde jour et nuit dans le corridor.

Une gardienne S.S. arrogante et méchante, Fräulein Papke, fut chargée de s'occuper de nous. Nous allions bien vite nous habituer aux façons déplaisantes de cette femme invariablement vêtue d'un uniforme gris et chaussée de bottes de cuir noir. Avec sa face longue et pointue et ses petits yeux en boutons de bottine, elle ne laissait rien passer, appliquant à la lettre les moindres articles du règlement.

Le soir de notre arrivée, Papke nous annonça qu'un repas chaud nous serait servi immédiatement. Nous attendîmes en vain, l'eau à la bouche, et pleurant presque de faim et de fatigue.

Nous apprîmes plus tard que les pensionnaires chargés de nous apporter la nourriture l'avaient dévorée en route comme des bêtes affamées. À dix heures du soir, un deuxième repas nous fut cette fois effectivement servi. Le luxe de ce dîner nous surprit. Il était composé d'excellentes pommes de terre, de légumes verts, et même de petits morceaux de saucisse !

Nous fûmes constamment bien nourris durant les dix jours que nous devions passer au camp de rééducation de Matzkau. Mieux, je crois, que la plupart des gens à l'époque. Nos gardiens, visiblement alarmés de notre état de faiblesse, nous faisaient servir des rations habituellement réservées aux « officiers » S.S. Il ne m'était pas venu à l'idée que ces privilégiés pussent encore manger si bien au bout de cinq ans de guerre, alors que des milliers de gens mouraient de faim. Il ne fait aucun doute que ce régime spécial nous sauva la vie.

Les pensionnaires du camp chargés de nettoyer notre baraquement avaient l'air de criminels de la plus dangereuse espèce. On ne pouvait rien laisser traîner qui ne disparût aussitôt. Mais la brutalité des gardiens suffisait peut-être à expliquer ce comportement. Tous les matins entre cinq et sept, j'observais par la fenêtre leurs exercices de gymnastique obligatoire. Le sergent instructeur prenait un malin plaisir à les forcer à ramper sur les coudes à même le sol gelé. Je suppose que cela faisait partie de l'entraînement d'un bon S.S.

L'abondance de la nourriture et l'amélioration de nos conditions de détention arrivèrent trop tard pour sauver Tante Anni von Lerchenfeld, qui avait contracté une pneumonie durant le voyage dans la neige et le blizzard. Lorsque nous arrivâmes à Matzkau, elle ne reconnaissait déjà plus personne. Au bout de cinq jours, elle perdit totalement conscience et mourut. Ce premier décès parmi les prisonniers de sang eut un grand retentissement sur notre moral. Nous étions si proches les uns des autres que la mort de Tante Anni parut sonner le glas du groupe tout entier. Jusque-là nous avions tenu tête au mauvais sort, mais maintenant nous éprouvions le sentiment de la défaite.

Plusieurs d'entre nous exprimèrent leur amertume et leur colère en exigeant violemment que Tante Anni fût enterrée dans un terrain voisin qui appartenait à la famille de l'épouse d'Alex von Stauffenberg. Si incroyable que cela puisse paraître, les S.S. firent droit à cette exigence. Le commandant du camp fit même part de ses condoléances. Quel menteur et quel hypocrite, pensai-je. Beaucoup plus tard, nous apprîmes qu'en dépit de la rapide avance de l'armée russe, les S.S. avaient effectivement enterré Tante Anni dans le domaine familial. Quelle absence de logique dans leur comportement ! D'un côté les chambres à gaz, et de l'autre ce geste de respect à l'égard des défunts. Il eût été si facile pour eux, si bien dans leur caractère, de ne pas se soucier d'une dépouille anonyme.

À mesure que les jours passaient et que notre état de santé s'améliorait, nous en vînmes à nous interroger longuement sur les motifs de notre emprisonnement. L'opinion générale était que le chef des S.S., c'est-à-dire Himmler, nous gardait en vie pour ménager ses propres intérêts, peut-être pour nous utiliser comme monnaie d'échange dans les dernières heures du IIIe Reich. Nous étions persuadés qu'Hitler, qui avait juré d'éliminer physiquement les familles des auteurs du complot, ignorait que nous étions toujours vivants. C'était sans doute la raison pour laquelle nous n'étions pas autorisés à nous appeler par nos vrais noms. Quelques-uns croyaient même savoir que les jeunes enfants des prisonniers de sang avaient changé de patronyme. Je devins d'autant plus soucieuse du sort de Corradino et de Robertino. J'espérais seulement qu'ils étaient toujours en vie, et bien traités. Mieux valait n'y pas penser. N'y pense plus, me répétais-je sans cesse. J'étais incertaine de mon propre sort, mais la seule pensée de ce qui pouvait arriver aux enfants me plongeait dans le désespoir.

Sales et le visage noir de crasse, nous affrontâmes le visage sévère de Fräulein Papke, pour la supplier de nous fournir le moyen de nous laver. Le troisième jour, à la surprise générale, elle annonça que nous allions pouvoir prendre une douche chaude. On nous escorta, dans la lumière dure et froide qui révélait les contours vagues de bâtiments crasseux, jusqu'à un baraquement spécial situé à l'autre bout du camp. On nous fit alors entrer dans une grande pièce, où nous reçûmes l'ordre de nous déshabiller entièrement. Je m'aperçus soudain que l'endroit ressemblait étrangement aux chambres à gaz dont j'avais entendu parler à Stutthof, et toute envie de prendre une douche me quitta aussitôt. Un instant mon cœur cessa de battre, mais les S.S. laissèrent la porte ouverte, ce qui était bon signe, et quand le gardien tourna les robinets, c'est de l'eau chaude qui se mit à couler en abondance.

Il devait y avoir environ trente pommes de douche dans cette pièce. D'abord toutes les femmes, nues comme des vers, prirent leur tour, puis ce fut celui des hommes. C'était merveilleux de se sentir enfin propre, après des mois passés sans pouvoir se laver convenablement. Au cours de ces dix minutes de plaisir sans mélange, je compris que j'avais finalement remporté une victoire personnelle sur le typhus.

Nous nous liâmes secrètement d'amitié avec les « Scandinaves », qui se trouvèrent être des Hongrois. Presque tous avaient fait partie du gouvernement formé en hâte sous les ordres du général Geiss Lákatos, juste avant l'arrestation du régent Horthy. Ce gouvernement avait tenu à peine quarante-six jours ; les Allemands, alarmés par des rapports qui faisaient état de négociations entre l'amiral Horthy et les Russes, avaient arrêté et envoyé tout le monde à Stutthof, à l'exception d'Horthy lui-même.

Les Hongrois se révélèrent pour la plupart des hommes charmants, spirituels et dotés d'un sens de l'humour assez particulier. Comme nous n'avions absolument pas le droit de leur adresser la parole, nos rencontres se déroulaient à des heures inhabituelles, et dans des lieux inconfortables, par exemple au milieu de la nuit, ou dans le couloir sombre qui menait aux toilettes.

Leur naissance et leur éducation avaient appris à ces Hongrois à ne jamais faillir, même dans un camp de concentration, aux règles élémentaires de la courtoisie. Leurs manières impeccables portaient l'empreinte caractéristique de la noblesse austro-hongroise, ce qui entraînait parfois des scènes ridicules. Un jour qu'Élisabeth von Stauffenberg se rendait aux toilettes, elle ouvrit toute grande la porte (il n'y avait pas de verrou), et fut extrêmement gênée de découvrir un des Hongrois qui trônait là, son énorme manteau drapé sur les épaules. Sans laisser à Élisabeth le temps de réagir, il se mit instinctivement debout, souleva son chapeau et fit un grand salut. Élisabeth repoussa violemment la porte et revint en courant nous raconter l'histoire dans un éclat de rire général.

Certains des Hongrois parlaient un excellent allemand, et je finis par en connaître assez bien deux ou trois. Le colonel Otto Hatz, un petit homme assez beau, avec une fine moustache grise, avait été attaché militaire à Rome, où il avait rencontré mon père. Le baron Peter Schell, qui avait été brièvement ministre de l'Intérieur, se prit de sympathie pour moi. Tous les deux m'invitaient souvent à jouer aux cartes dans leur chambre et me racontaient les histoires les plus incroyables. Pour nous, ces gentilshommes élégants, pleins de confiance en eux et le cœur apparemment léger, faisaient passer un souffle d'air pur et frais dans la morosité ambiante.

L'interlude de Matzkau ne devait pas durer longtemps. À l'évidence, la pression des armées russes s'accentuait. Nous entendions de nouveau le grondement sourd de l'artillerie. Chaque jour, nous devions nous jeter sur le sol, assourdis par le bruit des combats aériens qui se déroulaient au-dessus de nous, craignant à tout moment de recevoir une bombe sur la tête. La certitude que les S.S. n'hésiteraient pas à nous abandonner à l'ennemi nous envahit de nouveau. La peur de tomber aux mains des Russes l'emportait sur toute autre considération.

12

Le camp de concentration de Buchenwald

Seule la nation allemande est capable de faire aller les choses comme elles vont encore. Nous en verrons bien d'autres avant d'arriver au chaos total!

ULRICH VON HASSELL,
Journal, 5 décembre 1943, Ebenhausen.

Le jeudi 8 février, il faisait un temps froid, sec et ensoleillé. En faisant le tour de notre baraquement de Matzkau, j'entendis à l'extérieur, de l'autre côté de la cloison, un murmure de voix excitées, dominé de temps à autre par un ordre braillé à tue-tête, et le bruit de pas précipités. Devinant que quelque chose se préparait, je me mis à marcher nerveusement de long en large dans l'attente de l'ordre désormais familier de faire nos bagages. Cet ordre à la fois désiré et redouté vint enfin : « Préparez vos affaires, vous partez aujourd'hui ! »

Chacun se mit aussitôt à entasser ses misérables possessions dans des valises en piteux état. Un officier S.S. arriva pour annoncer que Fräulein Papke était chargée d'organiser notre départ. Papke s'avança dans son uniforme gris impeccable et vociféra : « Emportez tout ce que vous pouvez. Sortez les pitons des placards, arrachez des murs les vis, les clous, tout ce qui peut servir. Ne laissez rien derrière vous ! » Elle fit une pause, et me regarda fixement avant d'ajouter : « Vous pourriez tout aussi bien vous habituer à l'idée de voler ! »

Venant de la part d'une femme d'ordinaire aussi à cheval sur le règlement et aussi soucieuse de sa dignité, cette phrase me fit comprendre que la chute du « Reich de mille ans » était imminente. Nous nous exécutâmes, arrachant à la baraque tout ce qui pouvait être de quelque utilité.

Ainsi que je l'avais craint, Onkel Moppel était atteint de méningite cérébro-spinale, une forme virulente de la fièvre typhoïde d'ordinaire fatale. On l'avait emmené je ne sais où pour l'isoler. Je lui fis mes adieux en silence, persuadée que nous ne le reverrions jamais. Ses proches ne disaient rien, mais je lisais sur leurs visages qu'ils s'attendaient au pire.

Chargés de notre butin de couvertures, d'oreillers, de clous rouillés et d'autres objets disparates, dont un précieux poêle à bois que les hommes avaient soigneusement dévissé du plancher, nous nous entassâmes dans un grand camion qui nous conduisit à la gare voisine, où nous attendait un wagon à bestiaux de petites dimensions et passablement délabré. Non sans difficulté, nous nous y installâmes tous, y compris les Hongrois. Après une brève attente, le train partit vers quatre heures de l'après-midi, pour n'arriver à Dantzig qu'à une heure du matin, un voyage qui n'aurait normalement pas dû prendre plus d'une heure. En pleine nuit glaciale, nous fûmes transférés dans un autre wagon un peu plus spacieux, qui devait être notre demeure pendant plusieurs semaines. Nous nous empressâmes d'y transporter le poêle volé et de jeter un peu de paille sur le plancher.

Les conditions de vie dans ce nouveau wagon étaient un peu meilleures. Nous avions la possibilité de nous allonger tous en même temps, ce qui n'était déjà pas si mal. Mais il était impossible de se retourner. On s'habitue à tout ! Même s'il fallait rester une nuit entière sans bouger, après avoir choisi chaque soir une posture immuable on arrivait tout de même à dormir. Seul le concert de ronflements des hommes nous posait un problème, mais il suffisait d'un sifflement aigu sur la note juste pour interrompre les solos intempestifs.

Nous dûmes attendre trois longs jours et trois nuits glaciales dans l'immense gare de triage de Dantzig. Nous passâmes là des moments fort désagréables, si l'on veut bien se souvenir que les Alliés détruisaient systématiquement les dépôts de chemin de fer. Le jour, c'étaient les bombardiers américains qui pilonnaient la zone, et la nuit les Britanniques prenaient le relais. Le sifflement des bombes et le vrombissement des moteurs des avions de combat nous devinrent aussi familiers que le bruit de notre propre respiration. Nous apprîmes plus tard que, peu de temps après notre départ de Dantzig, les voies ferrées avaient été entièrement détruites par les bombardements. Au moins dans ce domaine, notre chance ne nous abandonnait pas.

Tout le temps que nous restâmes bloqués à Dantzig, on nous autorisait à descendre pour nous dégourdir les jambes en marchant le long de notre wagon, mais pas au-delà, car le train était plein de prisonniers que nous ne pouvions approcher. Malgré cette interdiction, nous apprîmes bientôt l'histoire des hommes qui se trouvaient dans le wagon situé derrière le nôtre. C'étaient des parachutistes allemands qui avaient été capturés par les Russes. Dégoûtés de la guerre, ils avaient accepté d'être parachutés de nouveau derrière les lignes allemandes, et d'espionner pour le compte des Soviétiques. Ils avaient été repris, et j'imaginais sans peine le sort qui les attendait entre les mains des S.S.

Le spectacle de ce convoi interminable bondé de prisonniers avait quelque chose d'hallucinant. Ni Fräulein Papke ni son nouvel adjoint, un gardien du nom de Kupfer, atteint d'une calvitie précoce mais plutôt gentil, n'avaient la moindre idée de ce qui nous retardait ainsi. Les voies devaient avoir été endommagées au cours des raids aériens, ou encore les lignes étaient tout simplement encombrées par les convois militaires. Jour et nuit, des trains délabrés bondés de réfugiés épuisés fuyant vers l'ouest circulaient en direction de Berlin, tandis que des troupes fraîches passaient sans arrêt dans l'autre sens à destination du front russe.

Notre train se trouvait immobilisé sur une voie de garage, tout près du port de Dantzig. Un dimanche, par une matinée splendide, Kupfer et Papke nous autorisèrent, Alex, moi et quelques autres, à faire une promenade le long du terrain vague bordant le quai. Nous étions le 11 février, et c'était la première fois depuis le début de ma captivité que je pouvais observer le va-et-vient des gens ordinaires du « dehors », en train de vaquer à leurs occupations habituelles. Certes, ils souffraient aussi des contraintes de la guerre totale, mais eux au moins étaient libres !

Je me rappelle si bien cette promenade ! Dans la pâleur du ciel bleu matinal, les rayons du soleil perçaient la brume, étonnamment chauds pour la saison. J'étais comme enivrée par la beauté du spectacle et cette étrange sensation de liberté retrouvée, tandis que nous observions tout en marchant la vie animée du port. Nous étions toujours vivants, toujours à même d'admirer les beautés de la nature. Des larmes de gratitude m'emplirent les yeux. Jusque-là nous étions sains et saufs : la vie avait encore des tas de choses à offrir. Mon optimisme irréductible me soufflait qu'un avenir libre et plein de promesses s'ouvrait devant nous. Il était extraordinaire qu'aux jours les plus sombres un simple rayon de soleil fût capable de susciter tant d'espoir. D'un seul coup, je me sentis décidée à survivre, et à saisir la première occasion d'aller au secours de mes enfants. À nouveau je refusais d'imaginer le pire, de les croire déjà morts ou irrémédiablement perdus pour moi. Pour une fois j'étais en mesure d'envisager leur salut, au lieu de me réfugier dans le désespoir.

Au retour de cette excursion qui nous avait singulièrement remonté le moral, Fräulein Papke nous dit de reprendre nos places car le train ne tarderait pas à partir. L'intérieur de notre wagon avait alors pris plus ou moins l'aspect d'une tente de Bédouins. Les clous et les vis apportés de Matzkau s'étaient révélés fort utiles pour suspendre toutes sortes de choses aux planches des parois. La nourriture, les vêtements, les chaussures menaçaient à tout instant de nous tomber sur la tête. Chaque fente et chaque interstice était soigneusement obturé par nos haillons pathétiques.

Au début de l'après-midi, le train fit un bond en avant. Kupfer et Papke sautèrent à l'intérieur du wagon dont ils repoussèrent les portes, nous privant ainsi du soleil qui entrait à flots jusque-là. À mesure que le train gagnait de la vitesse, nous étions de plus en plus ballottés d'un bord sur l'autre. Nos affaires si soigneusement suspendues se mirent à pleuvoir un peu partout sur nos têtes. Ce désagrément, joint à l'impression de suffoquer et au vacarme des attaques aériennes incessantes, me rendit pratiquement inconsciente. J'étais convaincue qu'une bombe nous anéantirait tôt ou tard.

Tandis que le train serpentait à travers la campagne prussienne gelée, je risquai un coup d'œil au-dehors par une fente de la paroi. Nous longions un véritable fleuve de véhicules en feu, de wagons et de locomotives déraillés ou renversés, et de piles de gravats qui avaient été des immeubles. Tard dans la soirée, nous atteignîmes la ville de Lauenburg au passé glorieux. La gare, épargnée par miracle, servait d'abri provisoire à de misérables familles de réfugiés mal vêtus. Au lieu de brûler la station, comme Papke nous l'avait annoncé, nous reçûmes l'ordre de descendre et on nous conduisit dans un grand bâtiment scolaire au centre de la ville. Nous devions y passer les dix jours qui suivirent.

Le poêle dérobé à Matzkau fut installé dans une des salles de classe avec une sorte de tendresse. Les hommes dormaient dans cette pièce par égard pour Clemens qui restait étendu nuit et jour auprès de notre unique source de chaleur. Il paraissait au bout du rouleau. Il ne pouvait ni marcher, ni même se tenir debout, et sa respiration intermittente se faisait de plus en plus laborieuse. Il lui fallait par-dessus le marché subir l'incessant bavardage de vingt-deux personnes frileusement regroupées autour du poêle. C'est seulement à la nuit tombée que nous autres femmes quittions la pièce pour aller dormir dans les autres salles, bien entendu sans enlever une seule de nos frusques à cause du froid intense.

Durant la journée, nous menions une existence de Romanichels dans la seule pièce chauffée de toute l'école. Nous y lavions les vêtements, raccommodions tant bien que mal souliers, bas et chaussettes, et jouions aux cartes. Je me fis même un jour couper les cheveux ! Je lisais parfois Dante avec Alex, à moins qu'il ne récitât des vers à mon intention et à celle d'Otto Philipp. Je crois que nous pressentions tous alors que la fin était proche. Mon impatience de partir, de cesser de perdre ainsi mon temps, me mettait souvent hors de moi.

De temps à autre, j'allais en grand secret rendre visite aux Hongrois, qu'on avait parqués dans une grande salle de classe semblable à la nôtre. Un soir que j'étais avec eux, j'entendis des pas lourds s'approcher dans le couloir, et je me retrouvai aussitôt bouclée dans un placard, retenant mon souffle et glacée de terreur. Au bout de dix minutes d'agonie, les Hongrois m'ouvrirent la porte dans un grand éclat de rire. Les pas n'étaient finalement pas ceux de Fräulein Papke !

La guerre se rapprochait de plus en plus. Nous apprîmes que les Russes avaient traversé l'Oder, et qu'ils étaient aux portes de la capitale provinciale, Stettin (aujourd'hui Szczecin), à moins de cent quarante kilomètres de Berlin. Ils avaient déjà occupé Stutthof, après l'anéantissement du camp, y compris notre baraquement, sous les bombardements aériens. J'en eus des frissons rétrospectifs, mais nous avions une chance incroyable.

Nous apprîmes aussi qu'à Bromberg (aujourd'hui Bydgoszcz), tout juste cent cinquante kilomètres au sud, les Russes avaient fusillé tous les S.S. qui leur tombaient sous la main. Ce fut le tour de Fräulein Papke d'avoir la chair de poule. Pâle et les traits tirés, on la sentait gagnée peu à peu par la panique. On n'entendait plus sa voix sèche résonner dans les couloirs. Au contraire, elle devenait presque obséquieuse. Son sort serait le nôtre ; certainement pas meilleur, peut-être même pire.

Berlin était bombardé toutes les nuits, et il était évident que nous devrions faire mouvement très vite pour éviter d'être encerclés par les Russes. On voyait partout les signes de l'effondrement et de la démoralisation. Par exemple, les lits dont nous n'avions pas besoin restaient à pourrir dehors sous la pluie, chose absolument inconcevable en temps normal. Plus personne ne s'en souciait.

Le 19 février, le train qui était censé nous emmener à Berlin arriva. Et devinez qui était à bord, Onkel Moppel ! Il était faible et amaigri, mais miraculeusement vivant. Quelle robuste constitution que la sienne ! Des larmes jaillirent de ses yeux dès qu'il nous aperçut. Telle est la force des liens créés par la souffrance que nous étions aussi heureux qu'à l'annonce d'une prochaine libération.

Les jours suivants s'écoulèrent dans l'impatience. J'étais convaincue que notre captivité touchait à sa fin. Mais, le 21 février, les hommes reçurent ordre de remettre de la paille dans le wagon à bestiaux, qui était resté en gare de Lauenburg. Papke refusa de répondre à nos questions, mais elle nous permit d'emporter des vitres afin d'aménager des fenêtres dans les parois du wagon. Nous pûmes emporter aussi des quarts en fer étamé, de ceux qui font partie de l'équipement du soldat, à condition de les dissimuler à tous les regards.

Nous prîmes un lit pour Clemens et un matelas pour Mika, qui souffrait de violentes crises de foie. Élisabeth put même emporter avec elle un oreiller de contrebande. Cette fois la place nous était moins mesurée, car les Hongrois voyageaient dans un wagon séparé. Nous fîmes de notre mieux pour rendre l'existence supportable – de la paille en abondance sur le sol, et le poêle au milieu.

Le train resta cette nuit-là en gare de Lauenburg, mais se mit en marche de bonne heure le matin suivant. La journée était belle, et nous roulions portes ouvertes. Perchée sur le marchepied, je regardais distraitement la campagne, essayant vainement de chasser les pensées qui me ramenaient sans cesse à mes enfants. Je pouvais voir dans les courbes que le train était extraordinairement long, et transportait apparemment de tout : des prisonniers, des troupes, des réfugiés, et jusqu'à du bétail que j'entendais meugler dans les derniers wagons.

Nous utilisions les nombreux arrêts pour des raisons évidentes. Mais comme le convoi repartait toujours sans avertissement, j'étais obsédée par la crainte d'être laissée en arrière, ou d'être obligée de sauter dans une voiture pleine d'étrangers. L'idée de profiter de l'occasion pour m'évader ne me vint jamais, pas plus qu'à aucun de mes compagnons. La perspective de se retrouver seul dans la campagne gelée, sans papiers, sans argent et sans rien à manger suffisait à dissuader les plus aventureux.

Les portes du wagon se fermaient dès la tombée de la nuit. Nous ne tardions pas à trouver le sommeil, tant nous étions affaiblis par le manque de nourriture. Lorsque l'un de nous éprouvait le besoin de se soulager, il ou elle s'approchait discrètement d'un vieux fût de goudron dressé dans un coin pour la circonstance. Quand le fût était utilisé par quelqu'un, tous les autres se tournaient vers le mur, comme s'ils en avaient reçu l'ordre. C'étaient des moments embarrassants, mais plutôt drôles quelquefois!

Régulièrement tout au long de ce voyage, nous quittions une ville juste avant qu'elle ne fût occupée, ou une gare juste avant qu'elle ne saute. Mais le convoi poursuivait sa route, miraculeusement intact. Au cours d'un arrêt, plusieurs hommes sous la conduite du gardien Kupfer firent une visite aux wagons de queue, qui étaient effectivement occupés par du bétail. Ils revinrent avec vingt litres de lait frais qui nous parut un délice. D'un autre côté, les vaches étaient sûrement contentes d'être soulagées de leur fardeau.

Des trains entiers de réfugiés nous dépassaient, mais plus nombreux encore étaient ceux qui clopinaient le long de la voie ferrée, implorant désespérément une place dans les voitures. Les larmes des vieux, les gémissements des tout-petits et le sifflement des bombes étaient toujours présents à nos oreilles. Dans une petite gare au milieu de la campagne, un officier de la Wehrmacht frappa violemment à la porte et cria d'une voix impatiente :

– Ouvrez immédiatement! Il faut faire monter des gens dans ce wagon.

– Impossible ! répondit Papke. J'ai ordre de ne laisser monter personne.

– Mais c'est idiot, répliqua l'officier. Il y a ici des femmes et des enfants à demi morts de froid. Il faut absolument leur trouver un abri !

– Nous voyageons avec des prisonniers de sang placés sous la protection spéciale du Reichsführer S.S. Heinrich Himmler ! aboya Papke en guise de réponse.

– Ah ! mon Dieu, encore ce Heini ! s'exclama furieusement l'officier. J'en ai jusque-là de ce porc !

Visiblement au courant des habitudes des S.S., l'officier eut un rire amer et n'insista pas. Assise à l'intérieur du wagon, Papke ne disait mot. De notre côté, encouragés par le mépris du soldat pour Himmler, nous nous mîmes à rire et nous échangeâmes des plaisanteries sur le compte du terrible Reichsführer. Pour une fois, Papke n'osa pas réagir. Il faisait noir à l'intérieur et nous étions plus nombreux.

Il est étrange de constater qu'au milieu de ce chaos apparent, avec des réfugiés partout et sous les bombardements sans répit, des soldats continuaient à partir pour le front, d'autres à revenir à l'arrière en permission, et les voies détruites étaient remises en état. Nos gardiens S.S. suivaient toujours leurs instructions à la lettre. Nous ne nous en doutions guère, mais deux mois allaient encore passer avant l'écroulement de la machine de guerre nazie.

Les conditions de ce voyage en chemin de fer n'étaient pas les pires que nous eussions endurées, et pourtant Clemens von Stauffenberg s'affaiblissait d'heure en heure. Chaque soir, le Dr Goerdeler lui faisait des piqûres à la lueur d'une bougie. J'admirais la dextérité du vieux médecin, malgré ses mains tremblantes et le rude balancement du train.

Le 27 février, nous atteignîmes la petite ville d'Eberswalde, à moins de quarante kilomètres de Berlin. Une fois de plus, nous dûmes nous arrêter, car les voies ferrées avaient été détruites par un bombardement. Il devint évident que Clemens allait mourir s'il ne recevait pas immédiatement des soins appropriés à son état. Le Dr Goerdeler lui donnait un ou deux jours au plus. Même Kupfer, marmonnant qu'un décès était bien suffisant, éprouva le besoin de faire quelque chose. Il entra donc en contact avec le bureau principal de la Sécurité d'État S.S., qui se trouvait dans la banlieue de Berlin et s'occupait de toutes les questions touchant les prisonniers de sang. Ces fonctionnaires durent s'alarmer, car Kupfer put faire transporter Clemens et Élisabeth à l'hôpital du camp de concentration voisin d'Oranienburg-Sachsenhausen.

Personne ne doutait de la nécessité de ce transfert, mais la séparation n'en fut pas moins triste et douloureuse. Vers sept heures du soir, une escouade S.S. arriva pour prendre en charge les deux malades. La lueur tremblotante d'une bougie éclairait à peine notre misérable campement tandis qu'on emmenait Clemens à demi inconscient sur une civière. Élisabeth suivait avec son maintien digne de toujours. Elle était obligée d'abandonner ses trois enfants, et ne savait pas du tout quand, ni même si elle les reverrait un jour. Le silence qui régnait à l'intérieur du wagon était presque tangible. Personne n'osait élever la voix. Il n'y avait pas de mots pour exprimer ce que nous ressentions.

Après leur départ, je descendis du train pour respirer une ou deux bouffées d'air frais. Papke dormait, et Kupfer ne fit pas un geste pour me retenir. Il régnait au-dehors une atmosphère étrange et lugubre. La gare était éclairée d'une lumière indécise par quelques lampadaires et par la faible lueur passant par les portes ouvertes des wagons. Ici et là, le son mélancolique d'un accordéon ou d'une guitare perçait la nuit.

Que d'histoires navrantes sans doute derrière ces portes ! Des hommes condamnés à mort espérant un sursis ; des prisonniers toujours en vie, mais peut-être destinés à mourir dans le prochain camp ; des réfugiés qui avaient par bonheur échappé jusqu'alors à ces mêmes dangers qu'ils devraient affronter le lendemain ; des familles déchirées ; des gens de différents pays parlant des langues différentes, et pourtant réunis par quelque lien mystérieux. Je n'en connaissais aucun, mais j'avais le sentiment que cette nuit-là nous étions très proches les uns des autres.

Nous dûmes attendre plusieurs jours à Eberswalde, car des raids aériens massifs détruisaient les voies ferrées aussi vite qu'on les réparait. Quand nous repartîmes enfin le 2 mars, le convoi prit avec quelques détours la direction de Weimar, traversant de véritables champs de ruines noircies. Après des dizaines de kilomètres de ce spectacle désolant, Papke nous ordonna de rassembler nos affaires. Le train était à moins d'une heure du camp de concentration de Buchenwald !

Bien entendu, nous n'arrivâmes à destination que le lendemain matin. À ma descente du train à l'extérieur des grandes portes, je notai que Kupfer et Papke avaient disparu. De nouveaux gardiens S.S. nous conduisirent d'un pas rapide à travers l'immensité du camp, une véritable ville avec des rues goudronnées. En son milieu se dressaient quelque deux cents baraquements entourés de fil de fer barbelé. Au-delà, je pus apercevoir d'autres baraquements, où vivaient et travaillaient des milliers de prisonniers. Plus loin encore, on voyait d'autres bâtiments de toutes formes et de toutes dimensions, qui étaient les cuisines, les entrepôts et – je l'appris plus tard – les chambres à gaz et les fours crématoires.

Notre statut « spécial » de prisonniers de sang nous valut d'être logés dans un baraquement isolé du reste du camp par un mur de couleur rougeâtre couronné de barbelés. Il y avait à l'intérieur du mur assez d'espace pour circuler autour du bâtiment. Le sol était noirci et plein de trous, alors que le baraquement paraissait tout neuf. Je découvris plus tard qu'une bombe destinée à l'usine voisine était tombée dessus par erreur, et qu'on l'avait en grande partie reconstruit.

Les Anglais et les Américains ne bombardaient pas les camps de prisonniers, car c'était contraire aux lois de la guerre. Les nazis avaient donc intentionnellement construit des usines tout à côté.

Ce système offrait de plus l'avantage que les prisonniers se rendaient au travail sans sortir du camp, ce qui les empêchait de prendre contact avec les « gens du dehors ».

Des prisonniers russes nous apprirent que la princesse Mafalda, fille du roi d'Italie, avait été gravement blessée lors de l'attaque qui avait détruit le baraquement. Opérée trop tard, elle était morte après avoir perdu tout son sang. Après sa mort, des prisonniers italiens avaient réussi à sortir du camp le corps de la malheureuse, qu'ils avaient enterré à proximité. Nous apprîmes aussi que Rudolf Breitscheid, un social-démocrate qui avait fait partie du premier gouvernement de la République de Weimar, avait été tué au cours du même raid.

À notre entrée dans la baraque, nous fûmes entourés par un groupe de personnes qui m'étaient inconnues. Des cris de joie s'élevèrent aussitôt, tandis que les gens tombaient dans les bras les uns des autres. Il se trouva que ces étrangers étaient également des parents des auteurs de l'attentat contre Hitler. Les trois enfants d'Onkel Moppel étaient là. À le voir si heureux de ces retrouvailles, je frémis en pensant que nous avions failli le perdre. Annelise Goerdeler retrouva aussi deux de ses enfants.

Je me sentais seule et désespérée à propos des miens lorsque j'entendis prononcer le nom de Maria von Hammerstein. Je ne la connaissais pas personnellement, mais c'était une grande amie de ma mère. Elle était là, avec sa fille et l'un de ses fils.

Son mari, le lieutenant-général Kurt von Hammerstein, avait démissionné de son poste de chef d'état-major de la Wehrmacht quand Hitler avait pris le pouvoir. De nombreuses personnes se rencontraient régulièrement chez lui pour discuter des moyens d'abattre le régime nazi. Il était lui-même décédé avant l'attentat, mais un de ses fils avait participé au complot, d'où l'emprisonnement de la famille. Comme on ne les avait arrêtés qu'à la fin décembre (1944), ils avaient beaucoup vu mon frère Wolf Ulli, et purent ainsi me donner des nouvelles de mes parents.

Maria parlait de l'exécution de mon père comme d'un fait acquis, bien sûr, sans avoir conscience que je caressais toujours l'espoir du contraire. Je refoulai donc mes sanglots, comme si j'étais parfaitement au courant des faits, tandis qu'elle me décrivait les circonstances de sa mort.

Maria me dit qu'après son arrestation mon père avait d'abord passé plusieurs semaines au camp de Ravensbrück, où la noblesse de son attitude avait fait l'admiration de tous. Détaché des contingences et visiblement inaccessible à la peur, il essayait avec le plus cordial sourire de persuader ses gardiens de faire parvenir à ma mère la lettre qu'il lui avait écrite. Le refus de ces derniers restait incompréhensible à l'ami de Maria, qui avait été témoin de la scène dans la cour de la prison de Ravensbrück. Plus tard, mon père avait été transféré dans une prison de Berlin, mais Maria m'assura qu'il n'avait pas été torturé, comme tant d'autres. Wolf Ulli s'était arrangé pour lui faire parvenir des livres et de la nourriture, mais n'avait jamais pu le voir, ni même lui parler.

Maria me raconta comment son procès devant le Tribunal du peuple avait été instruit par le plus cruel et le plus fanatique des juges nazis, Roland Freisler. Durant son interrogatoire, il avait tellement impressionné l'assistance, composée de membres du parti nazi et de fonctionnaires du gouvernement, que des rumeurs à ce sujet avaient franchi les limites du tribunal. On disait que personne ne savait choisir entre l'accusateur et l'accusé.

À l'évocation de mon père en train de défendre brillamment son honneur, je fus incapable de maîtriser mon émotion. Marmonnant une vague excuse, je me ruai hors du baraquement pour m'isoler avec ma douleur. Je n'avais pas compris jusqu'à ce moment à quel point j'espérais secrètement qu'il aurait été finalement épargné. Les Hammerstein, voyant que quelque chose n'allait pas, se mirent à ma recherche. Lorsque je leur expliquai que j'ignorais complètement les circonstances de la mort de mon père, ils me témoignèrent une vive sympathie, qui me réconforta quelque peu.

Le frère du général Erich Hoepner, exécuté en août 1944 pour faits de résistance, faisait aussi partie de notre nouveau groupe à

Buchenwald. Il me raconta qu'on l'avait maintenu pendant des semaines dans un cachot souterrain dépourvu d'éclairage. De tels cachots existaient apparemment dans tous les camps. Les prisonniers s'y entassaient à plusieurs, et on leur jetait la nourriture par une trappe, comme à des animaux en cage. Le pauvre Hoepner n'avait plus toute sa tête.

Dans notre baraquement, je fis aussi la rencontre de Fritz Thyssen et de sa femme. Ils étaient à Buchenwald depuis plus de trois ans. Fritz était l'un des trois frères qui avaient fondé le groupe sidérurgique allemand bien connu. Sa seule faute était d'avoir dit brutalement à Hitler que l'Allemagne ne pouvait pas gagner la guerre, et que ses industries n'étaient pas en mesure de satisfaire ses énormes exigences en matériel. Furieux que quelqu'un osât lui tenir tête, Hitler avait fait arrêter Thyssen.

Fritz Thyssen était un charmant vieux monsieur, toujours de bonne humeur. Bien qu'interné dans un camp de concentration, il savait ce qui se passait dans le monde, et c'est le seul de mes compagnons de captivité qui m'ait fourni l'occasion de parler sérieusement politique. Sa femme, Amélie, était une créature délicate, mince et fragile. J'étais très étonnée de la voir survivre à de telles conditions de détention.

Avec ces nouvelles recrues plus quelques autres, le nombre des prisonniers de sang s'élevait en tout à trente-quatre. Mais, à part cela, Buchenwald ne changea pas grand-chose. Nous parlions peu ou pas du passé, nous n'avions en fait aucun sujet de conversation, excepté à propos de notre avenir le plus immédiat. De manière surprenante, les communications entre nous se limitaient au minimum. Nous restions courtois et, en dépit de la promiscuité, n'avions jamais la moindre querelle. Peut-être parce que je n'avais personne de ma famille auprès de moi, je fréquentais plus assidûment les autres groupes, et j'y gagnai quelques amis sûrs, Alex et Otto Philipp en particulier. Mais de façon inexplicable tout se passait comme si, au fond de nous-mêmes, la notion du temps avait disparu.

Je commençai à donner des leçons à l'un des nouveaux arrivés, un garçon de dix ans, autant dans mon propre intérêt que dans celui de l'enfant. Tout en lui enseignant les rudiments des mathématiques et des langues vivantes, je pensais souvent à mes propres enfants. Valait-il mieux pour eux être avec leur mère et assister tous les jours à l'horrible spectacle des camps, comme ce gamin, ou bien vivre dans le calme et le confort relatifs d'un home d'enfants ? Il s'agissait bien entendu de pure spéculation, mais cela m'évitait d'imaginer le sort bien pire qui avait peut-être été celui de Corradino et de Robertino.

La puanteur des fours crématoires parvenait souvent jusqu'au baraquement. Les prisonnières russes qui nous portaient les rations de charbon chaque semaine nous dirent qu'il existait aussi des chambres à gaz. En bavardant avec elles, nous apprîmes que les différents ressortissants communistes du camp se préparaient à l'effondrement de l'Allemagne. Ils stockaient de la nourriture et d'autres objets de première nécessité en prévision du dénouement, convaincus que l'arrivée du ravitaillement ne coïnciderait pas nécessairement avec leur libération. Ils pensaient au contraire qu'il s'écoulerait quelque temps avant qu'on vînt à leur secours. Mieux vaudrait donc rester calmement sur place en attendant les Alliés, au lieu de tenter de regagner leurs pays respectifs. L'occasion leur serait ainsi fournie de massacrer leurs bourreaux S.S., et aussi les Polonais, que les Russes semblaient haïr autant que les Allemands.

Vers le milieu du mois de mars, alors que nous étions à Buchenwald depuis environ dix jours, un fonctionnaire S.S. fit son apparition. C'était le type onctueux classique, tout en rondeurs et particulièrement affable. Avec un gracieux sourire, il déclara qu'il était à notre entière disposition, et demanda si nous avions des réclamations à faire ou des questions à poser. Naturellement, nous les femmes protestâmes vigoureusement que nous voulions savoir où étaient nos enfants. Il me dit que les miens n'étaient pas avec les autres à Bad Sachsa, mais dans un autre home d'enfants plus petit. Dans l'un et l'autre cas, tous les rejetons des familles impliquées dans le complot du 18 juillet allaient être transférés dans un troisième endroit.

Pouvait-on lui faire confiance ? Il promit tout ce qu'on voulut, même de nous envoyer le bulletin de santé des enfants et l'adresse de leur résidence. J'avais beau savoir au fond de mon cœur qu'il ne disait que des mensonges, je voulais désespérément le croire. Bien sûr, nous n'obtînmes aucun renseignement précis. J'étais au désespoir. Comment pourrais-je retrouver deux petits garçons au milieu de ce chaos ?

Une fois notre besoin d'information plus ou moins satisfait, le fonctionnaire nous tendit un paquet de lettres, dont nous nous saisîmes avidement. Il y en avait une pour moi, d'une amie qui me décrivait les terribles raids aériens des 13 et 14 février 1945 sur Dresde.

[non datée]

Pendant des mois nous avons pratiquement vécu dans la cave, allongés sur le carreau glacé, à écouter tomber les bombes. La nuit, nous nous couchions tout habillés afin d'être prêts à courir vers les abris au premier hurlement des sirènes. Puis il y eut cette attaque terrifiante du 13 février. Nous étions en train de souper quand le bruit des sirènes se fit entendre. J'ai encore ce mugissement dans les oreilles. Je vois encore cette scène d'Apocalypse, les ballons éclairants que nous appelons des arbres de Noël. Et tout a commencé, c'était le début de l'enfer, un enfer indescriptible, comme aucune ville n'en avait connu. Nous savions, nous sentions, nous étions persuadés que c'était la fin. Je tenais ma mère étroitement serrée contre moi. La plupart des gens s'étaient jetés à terre ; d'autres priaient, à genoux sur la pierre froide. Les bombes explosaient sans répit, les murs, les fenêtres s'écroulaient comme des châteaux de cartes. Les portes volaient comme du papier journal. L'air charriait de la fumée, des flammes et des cendres, nous asphyxiant à demi. Il y eut une courte pause, et une nouvelle vague d'explosions secoua la ville, ponctuant la chute de milliers de bombes. Dresde n'était plus qu'un vaste océan de feu et de flammes. Puis tout s'est arrêté net. Nous avions peine à croire que nous étions toujours en vie.

Nous sortîmes pour essayer d'éteindre les incendies. On y voyait comme en plein jour dans la nuit rougeoyante. C'est alors que, sans avertissement, survint une deuxième attaque plus terrifiante que la première. Des milliers et des milliers de bombes pleuvaient sur la cité, dont les maisons se désintégraient littéralement l'une après l'autre. Les arbres, les vieux arbres magnifiques du jardin public, se brisaient et s'enflammaient comme des allumettes. Nous apercevions des gens qui tentaient de fuir la ville, mais les malheureux faisaient pitié, le visage noirci, le corps et les vêtements couverts de brûlures. La plupart étaient si faibles qu'ils pouvaient à peine avancer. Ils espéraient se mettre en sûreté dans les bois, mais même les bois étaient en feu. Le vent attisé par les flammes les jetait à terre. Ils moururent presque tous.

Nous étions bien entendu privés d'eau, de lumière et de gaz. Une troisième attaque survint à midi. Cette fois les bombes détruisirent le peu qui, par miracle, était resté debout.

Pauvre Allemagne. Quelle folie, quel abîme, quel chaos !

(écrit en allemand)

Le matin du 16 mars, un Storch (avion biplace utilisé par la Luftwaffe pour la reconnaissance et l'entraînement) tourna plusieurs fois autour du camp. C'était Lita, la femme d'Alex, qui nous avait déjà rendu visite à Stutthof durant ma maladie, et qui était notre seul lien avec le monde extérieur. Tout le monde se rua au-dehors pour faire de grands gestes.

Au bout d'un moment, on fit appeler Alex, car Lita avait atterri dans un champ voisin. À son retour, nous l'entourâmes, avides de nouvelles. Lita avait apparemment perdu notre trace après notre départ de Stutthof. La Gestapo de Lauenburg lui avait confirmé que nous étions en cours de transfert à destination de Berlin. Ils estimaient cependant peu probable que nous eussions réussi à franchir les lignes russes. Refusant de croire que nous étions perdus à jamais, Lita avait à tout hasard essayé Buchenwald.

L'histoire de Lita me fit supposer que ma famille devait également me croire aux mains des Russes. Je me trompais car, à ma grande joie, il y avait une lettre de ma mère dans le paquet de courrier suivant.

15 janvier 1945

Je crains que ma dernière lettre ne te parvienne jamais, car je l'ai postée juste avant un terrible raid aérien sur Munich. Je t'écris de nouveau pour te dire que nous sommes tous vivants. Il ne reste pratiquement rien du Munich que nous avons connu...

Je ne puis te dire à quel point j'ai été heureuse de recevoir ta lettre. Je suis désolée d'apprendre que tu n'es pas encore rétablie. Tu ne sembles pas avoir reçu nos lettres, et pourtant je t'écris tous les quinze jours. Dieter est en bonne santé, en prison dans une forteresse à Küstrin...

(écrit en allemand)

Les temps semblaient proches. Les raids aériens se faisaient de plus en plus fréquents. Des camions entiers chargés d'hommes et de femmes, dont quelques-uns étaient morts de faim, arrivèrent au camp. Il me parut qu'à l'approche de la défaite les gardiens devenaient plus brutaux. Le bruit courut qu'il mourait chaque jour à Buchenwald entre deux et trois cents personnes.

L'impossibilité de voir au-delà du mur d'enceinte de notre baraquement et les rumeurs propagées par mes compagnons de captivité me donnèrent l'idée de me plaindre à nouveau du mal de dents dont j'avais effectivement souffert au Hindenburg

Baude. En traversant à pied le camp sous bonne escorte, j'observais cette immense ville de baraquements sordides avec un dégoût accru. Un camion me dépassa, chargé jusqu'en haut des ridelles de cadavres nus et squelettiques. Personne ne parut y prêter la moindre attention.

Après avoir vu le dentiste, je fus témoin sur le chemin du retour d'une autre scène barbare. Mon gardien et moi dûmes nous arrêter pour laisser passer une colonne de prisonniers revenant du travail à l'usine voisine. Ils étaient vêtus de l'uniforme rayé habituel, avec un chiffre inscrit sur la poitrine et dans le dos. Ils étaient d'une maigreur pitoyable et marchaient en rangs par quatre, les yeux mi-clos, visiblement épuisés. Quelques-uns étaient si faibles qu'ils tenaient à peine debout, incapables de soutenir le pas rapide imposé à la colonne. Quand l'un d'eux ralentissait, les gardes le faisaient avancer à grands coups de crosse de leurs fusils.

La fanfare de la prison précédait la colonne en jouant des airs militaires. En approchant des baraquements, les musiciens s'alignèrent sur le bord de la route, comme à la parade, et continuèrent de jouer marche après marche pendant que les pauvres diables défilaient devant eux. C'était le spectacle le plus sadique auquel il m'eût été donné d'assister.

Le bruit courut que le front de l'Ouest se rapprochait aussi. Würtzburg était tombée, et l'on disait que les premiers Américains venaient d'atteindre Bamberg. Cette fois nous nous prîmes à espérer que, dans la pagaille de la retraite, il serait impossible aux S.S. de nous kidnapper, car les Britanniques ou les Américains semblaient devoir atteindre Buchenwald avant les Russes.

Le 27 mars, Lita fit un nouvel atterrissage à proximité du camp. Elle transportait cette fois deux passagers, Élisabeth et Clemens von Stauffenberg. Elle avait miraculeusement réussi à les secourir alors que Clemens gisait sur son lit d'hôpital au camp de concentration de Sachsenhausen, au beau milieu de la trajectoire de l'avance des Russes. C'est là qu'on l'avait amené après l'avoir enlevé de notre wagon à bestiaux à Eberswalde. Les S.S., sachant Clemens trop faible pour être envoyé nous rejoindre à Buchenwald, avaient autorisé Lita à le ramener chez lui, à condition de déposer d'abord Élisabeth à Buchenwald !

Une fois de plus le grondement du canon se rapprochait. D'après Onkel Moppel, qui était plus que jamais notre « expert » en balistique, la bataille n'était pas éloignée de plus de vingt-cinq kilomètres. Nous fûmes saisis d'anxiété. Allions-nous être libérés par les Américains ? Ou allait-on une fois de plus nous escamoter dans la nature, hors de leur portée ? Malheureusement, notre odyssée n'était pas achevée. Le 3 avril, à trois heures de l'après-midi, l'ordre tant redouté nous parvint : « Faites vos paquets ! Tout ce que vous emportez devra tenir sur vos genoux ! »

13

Notre itinéraire passe par Dachau

Le spectre du désastre se profile chaque jour plus distinctement à l'horizon. Jusqu'ici, tous les signes indiquaient que la guerre serait longue, mais il y a maintenant de plus en plus de raisons de croire que la fin est proche.

ULRICH VON HASSELL,
Journal, 10 juillet 1944.

Rien de plus que ce qui pouvait tenir sur nos genoux! Je me rebellai contre cet ordre, qui me contrariait fortement. Tandis que les autres jetaient des affaires qu'ils avaient pourtant fait l'effort de trimballer sur plus de quinze cents kilomètres, j'entassai sans hésiter vêtements, nourritures et autres objets « précieux » dans ma valise marron. Je parvins encore une fois à la refermer, grâce à l'aide d'Otto Philipp, et nous la traînâmes tous les deux jusque dans la cour. Comme d'habitude, nous étions les derniers à quitter le baraquement.

Nous restâmes assis pendant des heures à attendre le signal du départ. Vers midi, nous partageâmes le pain rassis précieusement économisé pendant des jours en prévision d'un nouveau départ. Le tonnerre de l'artillerie s'amplifiait à l'ouest, et des chasseurs américains passaient au-dessus de nos têtes à basse altitude. Je repensai tout à coup qu'au lieu de s'occuper de nous les S.S. pourraient bien choisir de sauver leur peau. Au point où ils en étaient, les ordres d'Himmler ne devaient plus compter pour grand-chose.

L'après-midi passa sans apporter le moindre signe de notre départ « imminent ». C'est seulement à la nuit tombée que les troupes S.S. qui devaient nous servir d'escorte entrèrent dans la cour. Trois autobus gris de l'armée vinrent se ranger au-dehors. De l'un d'eux sortit un grand gaillard d'environ trente-cinq ans, vêtu de l'uniforme gris des troupes S.S. combattantes, avec des bottes et des gants de cuir noirs. Cet homme aux pommettes saillantes et au regard bleu glacé nous enjoignit d'une voix stridente de cesser de nous plaindre et de rassembler nos affaires en vue d'un départ immédiat. Toute personne ou tout bagage qui n'entrerait pas dans les autobus serait abandonné sur place. Je découvris plus tard que l'Obersturmführer (premier lieutenant) Ernst Bader appartenait à une unité combattante S.S. tristement célèbre pour être responsable de nombreuses exécutions. Il était assisté par un autre officier, l'Untersturmführer (second lieutenant) Edgar Stiller, un garçon plus petit et au teint mat qui avait l'air un peu plus humain.

Les femmes qui avaient assuré notre garde pendant toute la durée de notre séjour à Buchenwald demeuraient invisibles. Nous fûmes poussés violemment à l'intérieur des trois autobus par les brutes commandées par Bader. Il n'y avait en réalité pas de place pour la moitié d'entre nous, de sorte que nous dûmes nous tasser avec les bagages dans les postures les plus inconfortables.

Les autobus traversèrent le camp à vitesse réduite. À gauche comme à droite, j'aperçus des milliers de prisonniers, les uns alignés en rangs, les autres plantés là au hasard, les yeux creux et les traits émaciés. Leurs visages étaient tous empreints de cet air morne et dénué d'expression auquel j'étais depuis longtemps accoutumée. Nous étions certes en meilleure forme que ces malheureux, mais nos mines pitoyables et nos regards absents étaient les mêmes.

Nous roulâmes toute la nuit, pour ne nous arrêter qu'au petit matin lorsque, après avoir traversé la ville de Weiden, les autobus se rangèrent sur le bord de la route, à mi-chemin du bas d'une longue colline escarpée. Nous avions alors grand besoin de nous soulager, et nous demandâmes aux gardiens la permission de descendre pendant quelques minutes. Ils refusèrent d'une voix furieuse. « Pour qui vous prenez-vous ? » aboya le sergent qui commandait le véhicule de tête. « Prenez garde ; nous pourrions vous traiter différemment si l'envie nous en prenait ! »

Maria von Hammerstein, qui se trouvait à l'arrière, éleva brusquement la voix. « Si vous ne me laissez pas sortir à l'instant même de cet autobus, il y aura une mare exactement à l'endroit où je suis. Je crois que ce sera très désagréable pour tout le monde ! » Comme les gardiens faisaient mine de ne pas avoir entendu, Maria se fraya un chemin au milieu des bagages et se poussa contre le sergent qui barrait la porte. Il hésita, visiblement surpris par ce comportement inhabituel. Puis il finit par capituler et s'écarta de la porte avec un soupir. Grâce à l'insistance de Maria, nous pûmes descendre un par un, sous le regard solennel des gardiens en armes.

Cet épisode ranima notre courage et notre détermination de traiter de haut nos ravisseurs. Mais il fallait être prudents, car visiblement ces hommes n'attendaient qu'un prétexte pour se débarrasser de nous.

Au bout de peu de temps, deux autres véhicules apparurent au détour du virage derrière nos autobus en stationnement. Dans le premier, une voiture particulière, se trouvait un couple âgé en vêtements civils et à l'air distingué. C'étaient M. et Mme Léon Blum. Blum, qui était socialiste, avait été premier ministre du gouvernement français peu de temps avant la guerre. Je savais qu'on l'avait arrêté quelques semaines après l'armistice intervenu en juin 1940 entre la France et l'Allemagne. Mme Blum, qui paraissait plus jeune que son mari, nous fit de grands signes dans le dos des gardiens.

Le deuxième véhicule était ce que l'on appelait alors une « Grüne Minna », c'est-à-dire un grand fourgon de police de couleur vert olive, divisé à l'intérieur en compartiments grillagés pouvant contenir dix ou quinze prisonniers. Un troisième véhicule, une grande Mercedes noire de la Gestapo, vint enfin se ranger derrière la Grüne Minna. Les officiers de la Gestapo et les gardiens S. S. du fourgon se concertèrent brièvement, après quoi ces derniers retournèrent à la Grüne Minna, d'où ils firent sortir trois hommes. Deux de ces personnages me parurent être des généraux en uniforme, ce qui ne laissa pas de me surprendre, en dépit de tout ce que j'avais déjà vu. L'un d'eux avait un rond de tissu noir sur l'œil. Le troisième homme était grand, et portait des vêtements civils. Après une autre palabre, tous trois furent reconduits jusqu'à la voiture de la Gestapo, qui s'éloigna.

J'appris plus tard que l'homme en civil n'était autre que Josef Müller, un membre de la résistance allemande bien connu de mon père. Il avait servi d'intermédiaire avec le Vatican. Les deux militaires étaient aussi des résistants : le commandant Franz Liedig, de l'état-major de la Marine, et l'homme au bandeau noir, le capitaine Ludwig Gehre, un proche collaborateur de l'amiral Canaris au sein de l'Abwehr (contre-espionnage militaire allemand). La Gestapo les conduisit tout droit à l'abominable camp de concentration de Flossenbürg, où Gehre fut exécuté quelques jours plus tard en même temps que l'amiral Canaris, le général Hans Oster et plusieurs autres. Pour quelque obscur motif, Müller et Liedig furent épargnés. Ils devaient nous rejoindre un peu plus tard.

Le voyage en autobus se poursuivit après cette courte halte, sans que nous eussions la moindre idée de ce qui se passait. Il devenait de plus en plus clair que le lieutenant Bader n'avait pas reçu d'ordres précis nous concernant. Pis encore, pas plus lui que ses hommes n'avaient reçu d'argent pour subvenir à nos dépenses, ce qui les mettait d'une humeur massacrante. Vers midi, les autobus firent une nouvelle halte, cette fois près de la ville de Regensburg (Ratisbonne). Depuis le bureau local S.S., Bader et Stiller téléphonèrent au commandant d'un camp de concentration voisin, visiblement dans l'espoir de se débarrasser de nous, au moins provisoirement. Ce dernier leur répondit sans doute que le camp était plein à craquer, de sorte que nous dûmes renoncer à cette agréable perspective !

À partir de ce moment, Bader et Stiller ne surent plus quoi faire. Les gardiens devenaient nerveux, et s'irritaient même, comme nous le dit textuellement l'un d'eux, d'avoir « hérité » d'un tel fardeau en un moment pareil. Lorsqu'un des Stauffenberg suggéra, à moitié sérieusement, que plusieurs de ses amis du voisinage seraient ravis de nous offrir l'hospitalité, ils se fâchèrent tout de bon. De notre côté, nous partîmes d'un grand éclat de rire ! Finalement, faute d'un camp de concentration approprié, Bader décida de nous conduire à la prison d'État de Regensburg, qu'il informa en conséquence. C'est donc après avoir couvert trois cents kilomètres en dix-sept heures qu'au milieu de l'après-midi nous descendîmes de nos autobus sous une pluie battante, devant une construction massive et d'aspect particulièrement rébarbatif.

L'arme au poing, les gardiens nous poussèrent sans ménagement dans le dédale des escaliers et des couloirs, et se mirent en devoir de nous pousser à l'intérieur des cellules, qui étaient minuscules et sales. Comme ils commençaient à verrouiller les portes, le major Dietrich Schatz, un jeune officier qui nous avait rejoints à Buchenwald, perdit patience et hurla : « Vous n'avez pas le droit de nous enfermer comme des criminels ! Nous ne sommes pas des prisonniers ordinaires ! »

Curieusement, l'explosion de Schatz fit hésiter les gardiens. Il y eut une chaude discussion qui dura plus d'une heure, après quoi le lieutenant Stiller fit appeler le directeur de la prison, un homme à l'air autoritaire, nanti d'une grosse tête chauve et d'un long nez chaussé de lorgnons. Le directeur nous expliqua d'un ton grave : « Le règlement de la prison prévoit que les portes des cellules doivent être verrouillées en toutes circonstances, et ceci ne souffre aucune exception. Je regrette de vous dire que cette règle s'applique aussi à vous, quel que soit le statut auquel vous croyez avoir droit ! » Là-dessus, en dépit de leurs protestations, Schatz et les autres furent réintégrés dans leurs petites cellules crasseuses, dont on verrouilla soigneusement les portes de fer. Peu de temps après, les prisonniers « spéciaux », ainsi que les Blum et les Hongrois, arrivèrent dans la Grüne Minna. Ils subirent également le même sort.

À ma grande surprise, les récriminations du major Schatz ne furent pas tout à fait inutiles. Le matin suivant, le directeur de la prison s'adoucit, et des gardiens vinrent ouvrir les portes des cellules. Nous eûmes la permission d'arpenter les longs couloirs – un événement sans précédent dans l'histoire de la prison de Regensburg ! Cela peut paraître étrange, mais c'est une chose de vivre en groupe dans des baraquements, et c'en est une autre d'être bouclé dans des cellules minuscules.

Tout en allant et venant le long du couloir, j'eus une conversation intéressante avec le major Schatz, notre héros de la veille. Schatz était un homme de haute taille au physique agréable, avec des cheveux blonds coupés court et des traits bien dessinés. Ayant été témoin de son intervention du jour précédent, j'étais curieuse de le connaître car, à l'entendre, il se jugeait très supérieur aux « stupides » gardiens S.S. et à leurs chefs.

Cousin germain du fameux résistant Gisevius, donc de Mlle Gisevius, Schatz avait été arrêté pour les mêmes motifs que tous les autres prisonniers de sang. Mais au contraire de la plupart d'entre nous, il avait absorbé la doctrine nazie dans laquelle on l'avait élevé. C'était le type même de l'officier sorti du rang qu'on rencontre un peu partout dans le monde, c'est-à-dire assez limité sur le plan intellectuel. J'eus le sentiment qu'il obéirait à la lettre aux ordres les plus idiots. C'est peut-être pour cette raison qu'il était particulièrement indigné de son arrestation. Il devait trouver ridicule d'être mis en prison pour des idées qui ne lui avaient jamais traversé l'esprit.

Schatz me fit penser au lieutenant Kretschmann, qui avait révélé ma présence à la Gestapo huit mois plus tôt, pendant que je me trouvais à Brazzà. Toutefois, en dépit de réactions qui dénotaient le même esprit étroit, les yeux de Schatz se dessillaient peu à peu, à mesure que passaient les mois de captivité. Il semblait maintenant se révolter contre l'appareil nazi tout entier avec le même entêtement qui lui avait fait exécuter aveuglément ses ordres militaires.

Grâce aux étroits judas pratiqués dans les portes de nos cellules, je fis également la connaissance des passagers de la Grüne Minna. Ceux-là venaient aussi de Buchenwald, mais je ne les avais jamais rencontrés là-bas. Dans une des cellules, je découvris un vieil ami de mes parents, le colonel Horst von Petersdorff. Passionnément antinazi dès la première heure, on l'avait arrêté parce qu'il cachait des amis recherchés au lendemain de l'attentat manqué.

Dans une autre cellule se trouvaient trois officiers, deux Britanniques et un Russe. Je me pris aussitôt de sympathie pour le capitaine S. Payne Best, qui avait été kidnappé par les Allemands sur la frontière hollandaise au début de la guerre. Grand, hautain, portant monocle et pourvu de dents proéminentes, Best parlait parfaitement notre langue. En dépit de sa longue incarcération, il croyait toujours aux vertus allemandes et nous témoignait une grande amitié. Il y avait encore un jeune officier russe, Vassili Kokorin, neveu de Vyacheslav Molotov (le puissant ministre des Affaires étrangères d'U.R.S.S). Erich et Margot Heberlein occupaient une autre cellule. Eux aussi connaissaient bien mes parents, car Erich était diplomate de carrière.

Ce groupe avait fait un voyage éprouvant jusqu'à Regensburg dans la Grüne Minna. Le fourgon était divisé en un grand nombre de cages si petites qu'on ne pouvait s'y tenir assis que courbé en deux. Il n'y avait aucune ouverture, et la moindre embardée du véhicule projetait ses occupants contre les parois de la cage. Nos autobus devaient être un paradis en comparaison !

Le « raout » improvisé fut écourté par le hurlement des sirènes. Les gardiens se précipitèrent pour nous faire descendre dans les caves de la prison. Une fois là, les conversations se poursuivirent sous le regard réprobateur de Bader, que nos bavardages énervaient visiblement. Les avions alliés survolèrent Regensburg pendant plus de trois heures dans un rugissement d'enfer, mais l'objectif était ailleurs ce jour-là. Tard dans l'après-midi, Bader apparut dans le couloir accompagné de deux gardiens pour ordonner de sa voix sèche et arrogante à tous les prisonniers de se tenir prêts à partir immédiatement. En quelques minutes nous étions rassemblés, conduits au-dehors, et entassés de nouveau dans les autobus de la veille.

Le convoi prit encore une fois la direction du sud, se traînant à travers la campagne avec une lenteur désespérante. Apparemment, nous n'avions toujours pas de destination précise ; la plus grande confusion régnait parmi les gardiens. Une personne du groupe affirma tenir de l'un d'eux qu'en attendant d'autres instructions les ordres étaient de nous conduire au camp de concentration de Dachau. Il semblait toutefois que Bader eût réussi à joindre Dachau, mais seulement pour s'entendre dire que le camp était plein !

Nous voyageâmes toute la nuit, ne nous arrêtant que pour prendre de l'essence, et une fois ou deux pour satisfaire nos besoins naturels. L'air qui s'était rafraîchi nous envoyait des odeurs de résine. De bon matin le jour suivant, qui était le 6 avril, nous atteignîmes la charmante petite ville de Schönberg, située dans la forêt bavaroise à moins de trente kilomètres de la frontière tchèque. Là par miracle, une école et l'hôpital attenant avaient été préparés pour nous. La rumeur de notre arrivée devait s'être répandue rapidement, car les gens sortirent des maisons pour nous regarder, tandis qu'on nous escortait jusqu'à notre nouvelle demeure. Quelques-uns faisaient même des signes de la main. Quand les S.S. nous ordonnèrent ensuite de ramasser de la paille pour garnir les matelas, des villageois s'approchèrent pour nous offrir des fruits et des œufs.

Nous étions tous affamés, et cette nourriture tomba comme un cadeau du ciel. Comme ils avaient eux-mêmes fait ripaille depuis Buchenwald, et qu'ils se trouvaient à court d'argent, nos gardiens se disputaient sans cesse au sujet de ce qu'ils devaient acheter pour nous ravitailler. Pour finir, ils ne nous donnaient que du mauvais pain noir, et de temps à autre un peu de fromage en putréfaction.

Les prisonniers de sang et quelques-uns des prisonniers « spéciaux » se virent attribuer trois grandes salles de classe au premier étage du vieux bâtiment scolaire. J'essayai de m'installer à peu près confortablement pour dormir dans une salle que je partageais avec une quinzaine de personnes, dont tous les Stauffenberg, les Hofacker et les Thyssen.

Plusieurs scènes amusantes se déroulèrent dans ces chambres surpeuplées où hommes et femmes dormaient ensemble. Les gardiens, par exemple, avaient fait placer au milieu du dortoir une petite cuvette destinée à nos ablutions. D'un commun accord, nous décidâmes que les hommes resteraient dans le corridor pendant que les femmes se lavaient, et *vice versa*. Tout aurait dû se passer le mieux du monde, sauf que le vieux Fritz Thyssen (le « baron » de l'acier) demanda s'il pouvait rester dans la chambre, sous prétexte que sa toilette lui prenait du temps, et qu'il devait encore se raser. Il nous assura qu'il se tournerait de l'autre côté quand nous serions nues. Nous n'avions pas pris garde à l'angle du miroir qui lui servait à faire sa barbe. Thyssen nous tenait en effet tout le temps sous son regard. Quand nous l'accusâmes, à moitié fâchées, d'être un vieux cochon, il répondit qu'il avait déjà vu bien des femmes en « tenue d'Ève », et qu'on devrait tolérer ces « petits plaisirs » aux vieux messieurs. Comme si ce n'était pas suffisant, il se rendait le soir au chevet des dames et leur faisait toutes sortes de compliments à l'ancienne mode.

Par contraste avec la manière dont nous étions traités, les prisonniers dits « éminents » étaient au large dans les grandes pièces du dernier étage. M. et Mme Blum occupaient l'appartement somme toute assez confortable de l'ancien directeur de l'école. Dans les salles situées au-dessus des nôtres logeaient le capitaine Payne Best et d'autres prisonniers qui avaient voyagé à l'arrière de la Grüne Minna, arrivée après tout le monde. Les Hongrois semblaient avoir de nouveau disparu.

C'est durant ces premiers jours passés à Schönberg que se place un incident inoubliable, qui nous rappela que nous étions toujours dans les griffes d'un régime vicieux. Un matin nous entendîmes une voiture s'arrêter devant l'école. Des ordres brefs furent échangés, suivis du bruit lourd de bottes montant et descendant l'escalier, pour sortir par la porte de derrière. Nous nous précipitâmes à la fenêtre, à temps pour apercevoir le pasteur Dietrich Bonhoeffer, qui se trouvait aussi dans la Grüne Minna et que l'on faisait monter de force dans une voiture noire de la Gestapo.

Apparemment, lorsqu'on avait fait descendre Gehre, Liedig et Müller de la Grüne Minna à Weiden, juste avant notre arrivée à Regensburg, le nom de Bonhoeffer se trouvait aussi sur la liste de la Gestapo. Mais le brave pasteur antinazi avait réussi, je ne sais comment, à s'accroupir et à se tasser si bas sur le plancher de sa cage qu'il était passé inaperçu. Manifestement, la Gestapo avait découvert son erreur et retrouvé sa trace à Schönberg sans perdre de temps. J'appris plus tard qu'ils l'avaient emmené à Flossenbürg, où il fut pendu le 9 avril, en compagnie de l'amiral Canaris, du général Oster et de son compagnon de route dans la Grüne Minna, le capitaine Gehre (l'homme au rond de tissu noir sur l'œil).

La belle saison s'annonçait, et à force d'insister nous persuadâmes Stiller de nous laisser sortir pour une promenade quotidienne sous la conduite de deux gardiens. Il nous était évidemment interdit de parler aux gens du cru et de prononcer nos noms à haute voix (c'était parfaitement ridicule, car les habitants savaient très bien qui nous étions !).

Le plaisir de pouvoir enfin circuler librement après tant de longs mois passés sans pouvoir mettre le nez dehors est difficile à décrire. Nous en étions tout ragaillardis. Le printemps était là. Les prés étaient tapissés de fleurs, les bois remplis du chant des oiseaux. Pendant ce bref instant de répit, les horreurs de la guerre passaient au second plan. Mais je n'en profitais pas pleinement, car la pensée de mes enfants me tourmentait sans cesse ; ce terrible jour de la séparation à Innsbruck restait gravé dans ma mémoire. Je savais que mon anxiété ne servait à rien, sinon à me sentir encore plus malheureuse devant les autres, mais je ne pouvais m'empêcher de me faire du souci. Le sentiment de mon impuissance devant les événements me bouleversait chaque jour un peu plus. Il fallait de toute façon tenir le coup, me disais-je.

Au mépris des instructions du lieutenant Stiller, nous échangions des propos avec les gens du lieu, dont la plupart nous témoignaient de la sympathie, faisant même parfois preuve de générosité. Les fruits de ces rencontres secrètes se matérialisaient le soir. Un boulanger vivait juste en face de notre salle de classe, et des provisions qui nous étaient destinées lui arrivaient d'un peu partout. À la nuit tombée, profitant du sommeil de nos gardiens, nous descendions au bout d'une ficelle depuis la fenêtre du deuxième étage un panier que le boulanger garnissait de pain frais, de fromage, de saucisses et de fruits. Cette nourriture délicieuse circulait à la ronde tandis que les gardiens ronflaient dans leur bureau du rez-de-chaussée. Ce festin, qui n'était pas sans me rappeler les toiles du peintre allemand Karl Spitzweg, se répétait presque toutes les nuits, et compensait ainsi les maigres rations distribuées par les S.S.

Les villageois de Schönberg étaient les premiers civils libres qu'il nous eût été donné de rencontrer en huit mois. Ils nous racontèrent ce qui s'était passé depuis le début de la retraite allemande sur les deux fronts. Je m'étais demandé comment la population continuait à supporter les massacres et les horreurs de la guerre, alors que les signes manifestes d'un effondrement général se multipliaient. Ces gens nous expliquèrent que depuis un an la terreur régnait sur l'Allemagne. Dans chaque ville et dans chaque village, des tribunaux du peuple s'étaient constitués, qui n'étaient pas présidés par des magistrats de métier ; n'importe quel nazi se trouvant dans le voisinage avait le droit d'arrêter n'importe qui sur-le-champ. Une simple dénonciation, et on ne perdait pas de temps à chercher des preuves. Justice était promptement faite, le plus souvent sous les balles d'un peloton d'exécution. Il suffisait d'avoir tenu des propos pacifistes, ou d'être apparenté à des soldats qui avaient déserté ou qui s'étaient rendus. La plupart des gens vivaient dans la terreur des autorités, et se terraient pour ne pas les rencontrer.

Nous étions à Schönberg depuis six jours lorsque nous parvint une nouvelle désastreuse. L'avion de Lita von Stauffenberg, la femme d'Alex, s'était écrasé dans un champ voisin, et la malheureuse avait été tuée sur le coup. Elle s'était trouvée par erreur engagée dans une bataille aérienne, et son petit Storch avait été abattu par des chasseurs américains. Lita était sans aucun doute à la recherche de son mari, dont elle avait perdu la trace après sa visite à Buchenwald du mois précédent, lorsqu'elle nous avait ramené Élisabeth von Stauffenberg.

Alex fut informé du décès de sa femme par le lieutenant Stiller, qui le fit sortir dans le couloir pour lui dire deux mots en particulier. Quand il revint dans la grande pièce, Alex était pâle comme un mort et figé, comme en transe. Avec Lita disparaissait le dernier lien qui l'unissait encore à son existence passée. Je fus sincèrement désolée pour ce garçon si noble et si bon. D'abord ses deux frères tombés sous les balles du peloton d'exécution, puis sa maison et sa chère bibliothèque détruites par un bombardement, et enfin sa femme tuée aux commandes de son avion. Vu les circonstances, son empire sur lui-même était à peine croyable.

Nous étions tous profondément choqués. Ce dut être particulièrement douloureux pour Alex de se trouver en si nombreuse compagnie dans un moment aussi tragique. D'un autre côté, il disait craindre la solitude et détestait qu'on le laissât seul. Au bout d'un moment, il nous appela près de lui, Élisabeth et moi, disant qu'il voulait être entouré de personnes capables de le comprendre. J'essayai de mon mieux de le réconforter, mais il n'y avait pas grand-chose à faire. Je m'aperçus toutefois qu'il avait besoin de moi plus encore qu'auparavant.

Dans les jours qui suivirent, le bruit courut d'une reddition générale allemande sur tous les fronts. À l'est, Vienne et Karlsruhe étaient tombées aux mains des Russes. À l'ouest, les Américains avaient pris Cologne. Réfugiés et soldats aux uniformes en lambeaux envahissaient la ville dans une confusion totale. Et pourtant, c'était à peine croyable, quelqu'un du côté de Berlin avait décidé qu'il fallait continuer à veiller sur nous. Le 16 avril, Stiller apparut brusquement dans le hall et nous ordonna de nous préparer à partir immédiatement.

Aussi surpris qu'abattus, nous empaquetâmes encore une fois nos affaires pour nous rassembler devant le portail de l'école. À mon grand étonnement, la population tout entière de Schönberg semblait s'être rangée sur les trottoirs pour nous faire de grands signes et nous prodiguer des cris d'encouragement. Les gardiens étaient furieux, mais ne pouvaient rien faire. Ainsi c'était donc cela, « l'indignation du peuple » dont parlaient toujours les S.S. ! On nous gardait, d'après eux, dans des camps de concentration pour nous « protéger » de la « haine populaire ». Nous étions fiers comme des rois, surtout devant la rage impuissante de Bader et de Stiller !

Une fois de plus on nous poussa dans ces autobus crasseux où nous étions si à l'étroit. Les mêmes gardiens aux visages brutaux reprirent leurs postes, et le convoi s'enfonça bruyamment dans la forêt bavaroise. Le capitaine Payne Best et les prisonniers « spéciaux » étaient partis quelques jours plus tôt dans la Grüne Minna. Je pensais ne jamais les revoir.

Il était déjà tard lorsque nous quittâmes Schönberg. Nous roulâmes toute la nuit à la lueur des attaques aériennes, qui illuminaient en permanence le ciel comme autant de feux d'artifice.

Puis, dans la lumière pâle de l'aube, nous traversâmes la ville de Landshut, qui avait subi la veille un terrible bombardement de l'aviation américaine. L'endroit n'était plus qu'un tas de ruines fumantes. Des chevaux blessés et des voitures en feu bloquaient la route ; des gens qui n'avaient plus de maison erraient çà et là sans but. Nos véhicules passèrent lentement, comme un train fantôme.

Nous atteignîmes Munich au milieu de la matinée. Je n'en croyais pas mes yeux ; la cité avait été entièrement dévastée par les bombes. La description de ma mère dans ses lettres était bien en deçà de la réalité. En approchant de la ville, on avait l'impression que de nombreux immeubles étaient encore debout. Mais en gagnant le centre je vis qu'il n'y avait rien derrière les murs. Les maisons étaient en trompe l'œil, comme un décor de théâtre. Munich était une ville morte, et quel impressionnant silence ! Pas une automobile ; le seul véhicule visible était la carcasse tordue et noircie d'un tramway incendié.

Nos autobus dépassèrent le centre de la cité. J'eus la gorge serrée à la vue de ce terrible spectacle. Je pensais à ma mère et à ma sœur Almuth, dans leur maison d'Ebenhausen, à moins de vingt-cinq kilomètres de là ; Wolf Ulli et Hans Dieter étaient peut-être avec elles. L'idée me vint d'essayer de m'enfuir, de gagner la maison à pied. Mais j'étais en captivité depuis si longtemps, en compagnie de gens devenus mes amis, que je n'eus pas le courage de tenter l'aventure.

Le 17 avril, nous nous arrêtâmes enfin à Dachau, devant le grand portail de pierre du plus ancien et du plus célèbre camp de concentration d'Allemagne. Il était environ midi, et les massives portes de fer étaient hermétiquement closes ; apparemment personne n'était là pour accueillir les nouveaux arrivants ! Bader et quelques-uns des S.S. disparurent à l'intérieur, sans aucun doute pour s'assurer qu'on pouvait nous recevoir. Ils donnaient l'impression de ne jamais revenir. Entre-temps nous étions contraints de rester dans les autobus, où il faisait de plus en plus chaud. À mesure que les minutes et bientôt les heures passaient, les passagers donnaient des signes de nervosité puis d'irritation. Pis encore, faute de pouvoir descendre, certains d'entre nous furent purement et simplement obligés de se soulager sur place. Je me trouvais précisément assise à côté d'une de ces infortunées victimes !

Au bout de trois ou peut-être quatre heures, Bader réapparut, et nous reçûmes enfin l'ordre de descendre des autobus. On nous fit ensuite passer le portail pour nous escorter jusqu'à un bâtiment de briques devant lequel nous dûmes attendre debout sur le macadam brûlant. Je remarquai qu'au-delà du bâtiment de briques une cité de maisons et de baraquements s'étendait jusqu'à l'horizon. Nous n'étions encore qu'à la mi-avril, mais le soleil de trois heures de l'après-midi cognait impitoyablement sur nos têtes. Je jetai un coup d'œil autour de moi dans l'espoir de trouver un peu d'ombre, mais en vain. Me sentant misérable et à demi morte de soif, je m'assis lourdement sur ma valise.

Une autre heure interminable s'écoula jusqu'à l'arrivée d'un fonctionnaire S.S., qui ordonna brutalement aux hommes de s'aligner le long du bâtiment de briques ; ils devaient être séparés de nous et enrôlés dans la *Volkssturm* (une milice du peuple créée vers la fin de la guerre, à laquelle tous les hommes valides de seize à soixante ans étaient obligatoirement incorporés). Quel ne fut pas notre désespoir à cette annonce ! Impossible de croire ces hommes affaiblis et décharnés capables de combattre l'ennemi. Ils n'auraient pas arrêté une colonie de fourmis. Nous autres, les femmes, étions horrifiées, et quelques-unes éclatèrent en sanglots tandis qu'on emmenait nos malheureux compagnons. Cette histoire de *Volkssturm* pouvait aussi bien servir de prétexte aux S.S. pour entraîner les hommes quelque part afin de les assassiner. C'est dans cette atmosphère tendue que notre attente se prolongea sous les chauds rayons du soleil. Vaincue par la fatigue physique et morale, je finis par sombrer dans un demi-sommeil agité.

Le soir tombait lorsqu'un gros commandant S.S. à l'air important apparut pour nous dire qu'il n'était pas question de séparer les hommes des femmes. Toute cette affaire résultait d'un « malentendu regrettable », dit-il. Le commandant espérait bien que nous trouverions le camp confortable et « sûr » en attendant les ordres relatifs aux « nouvelles dispositions » nous concernant. Il ajouta que les S.S., ne sachant où nous mettre, avaient simplement décidé de prendre les hommes avec eux pour inspecter le camp à la recherche d'un logement convenable. Il « sympathisait pleinement » avec les pauvres femmes que nous étions, réalisant parfaitement l'état de « fatigue et d'épuisement » dans lequel nous devions nous trouver après ce long voyage.

J'avais bien envie de croire son histoire, mais j'avais trop longtemps fréquenté les S.S. pour être pleinement rassurée. Le lieutenant Bader avait probablement demandé des instructions à Berlin, et reçu l'ordre de nous garder en vie. Nous attendîmes donc notre tour encore plus d'une demi-heure avant de longer à pied la clôture du camp, flanquées d'une escorte de gardiens indifférents. Je pouvais encore distinguer plusieurs rangées de baraquements misérables, mais il faisait déjà trop sombre pour me permettre d'apprécier les dimensions de cet immense univers concentrationnaire.

Nous finîmes par retrouver les hommes. On nous avait déniché deux baraquements aux limites du camp, juste à l'extérieur du premier périmètre de barbelés, tout à côté de l'hôpital S.S. Un des baraquements fut affecté aux prisonniers de sang, l'autre étant déjà occupé par nos vieux camarades les Hongrois, réapparus par miracle ! Il y avait de l'eau chaude en abondance, et pour la première fois depuis des mois nous pûmes nous laver en entier et faire notre lessive, car nos vêtements étaient d'une saleté repoussante.

Un peu plus tard des prisonniers russes nous apportèrent un repas chaud. La nourriture était acceptable, et nous découvrîmes ultérieurement que c'était celle qu'on servait à l'hôpital. Une fois de plus, nous ne comprenions pas bien pourquoi nos geôliers nous traitaient subitement beaucoup mieux. Les uns prétendaient que les S.S. nous ménageaient à l'approche de la reddition devenue inévitable, les autres soutenaient que nous allions servir de monnaie d'échange avec d'importants prisonniers détenus par les Britanniques et les Américains.

Malgré de meilleures conditions de détention, nous courions toujours le risque d'être tués par une bombe alliée. Presque toutes les nuits, avec la régularité d'une horloge, le hurlement des sirènes nous tirait du sommeil, et les bombes se mettaient à pleuvoir aux abords du camp. C'était une sensation horrible de se trouver au milieu de cet enfer, d'autant plus que notre baraquement se trouvait à côté du seul grand édifice de la zone, qui abritait le centre de formation S.S.

Chaque fois que les sirènes retentissaient, les gardiens tentaient de nous contraindre à chercher refuge dans le sous-sol du grand bâtiment de pierre. Au début, nombre d'entre nous étaient trop paresseux pour se lever et courir là-bas en pleine nuit. Nous pensions aussi que c'était plus dangereux, dans la mesure où le centre de formation constituait sans doute une meilleure cible que notre pauvre baraque. Dès que les gardiens venaient nous chercher, nous nous cachions sous les lits ou dans tout autre endroit propice. Seuls quelques froussards, comme les Kuhn et Mlle Gisevius, se rendaient chaque soir aux abris.

Nous continuâmes ce petit jeu de cache-cache, sautant par la fenêtre à l'arrivée des gardiens pour réintégrer nos lits dès leur départ, jusqu'au jour où nous fûmes découverts. Maria von Hammerstein, cherchant vainement une cachette, fut surprise par le gardien au moment où elle essayait de se glisser sous une table. Tous les « réfractaires », moi comprise, furent rassemblés et conduits *manu militari* jusqu'à l'abri.

Refusant de capituler, je m'obstinai à déjouer la surveillance des gardiens lorsqu'ils venaient nous chercher au début des alertes. Je crois qu'ils finirent par se décourager, se contentant d'accompagner les volontaires. Je ne voulais plus avoir à me lever et à m'habiller pour gagner un lieu où les risques de se faire tuer étaient les mêmes. Après l'attaque, ceux qui n'avaient pas quitté la baraque étaient déjà tapis bien au chaud sous les couvertures quand les autres revenaient de l'abri glacial en traînant les pieds.

Une nuit nous subîmes un raid aérien particulièrement féroce. Tout le monde gagna précipitamment l'abri, même la vaillante Maria von Hammerstein, qui restait d'habitude avec moi. Je me trouvai tout à coup seule au milieu de ce baraquement secoué par les explosions, et qui paraissait prêt à voler en éclats. Était-ce la solitude, ou encore le bruit et les éclairs terrifiants des impacts, toujours est-il que je n'en pus supporter davantage, et je cédai brusquement à la panique, convaincue que ma dernière heure avait sonné.

Je bondis de mon lit et ramassai mes vêtements que j'enfilai en moins de dix secondes. Tout en remontant mon pantalon, et sans prendre le temps de lacer mes souliers, je me ruai au-dehors aussi vite que mes jambes pouvaient me porter. La cour était baignée d'une étrange lumière orangée provenant des « arbres de Noël » (ballons phosphorescents largués par les avions pour éclairer leurs cibles). Il faisait aussi clair qu'en plein jour !

Plus morte que vive, je fonçai vers le centre de formation pour m'y engouffrer finalement par les portes restées ouvertes, à mon grand soulagement. Je m'arrêtai un instant dans le vestibule pour reprendre mes esprits, avant de descendre m'asseoir humblement avec les autres. Un des gardiens m'adressa un sourire cynique. Je me contentai de fixer le plancher, essayant vainement de maîtriser le tremblement qui s'était emparé de moi. Finalement le baraquement fut épargné, de même que tout ce qui l'entourait.

Pendant cette période, mes craintes à propos du sort des enfants se remirent à me tenailler. L'Allemagne n'était plus qu'une cible gigantesque pour les bombardiers alliés. Les villes étaient en flammes, et même les campagnes étaient éventrées par le passage des chars russes, américains et britanniques. Tous les jours des milliers, peut-être des millions de personnes, mouraient ou étaient horriblement mutilées. Au milieu de tout cela, qu'allait-il advenir de mes petits Corradino et Robertino ? Je voulais m'évader, partir à leur recherche et les sauver ! Je me sentais prise au piège et tellement impuissante que c'en était devenu presque insupportable. Une rage irrésistible se déchaînait en moi contre Hitler quand je songeais au mal qu'il avait fait à l'Allemagne, à toutes ces malheureuses victimes de la guerre, à ma propre famille. Et ce n'était pas fini !

Un beau matin je fus très étonnée de voir passer dans la cour une de nos ex-gardiennes de Buchenwald, Fräulein Rafforth. Elle se dirigeait visiblement vers l'hôpital S.S. Nous attirâmes son attention par de grands gestes, et elle vint à nous. Elle faisait peine à voir avec son uniforme fripé et déchiré par endroits, et son visage, autrefois plein de morgue, avait une expression hagarde. Rafforth n'avait pas été tendre avec nous à Buchenwald, et je n'éprouvais aucune pitié pour elle, mais je fus contente d'apprendre de sa bouche que l'autre gardienne, Fräulein Knocke, avait déserté. Knocke était presque devenue l'une des nôtres, et cherchait désespérément à s'échapper.

Rafforth nous apprit que Buchenwald avait été pris par les Américains après de durs combats. En voyant approcher les chars, la plupart des gardiens S.S. avaient enfilé des vêtements civils et disparu dans la nature. D'autres, comme elle, avaient pris à pied le chemin de Dachau. Juste avant la fin, les S.S. avaient entassé un millier de prisonniers dans une vingtaine de wagons à bestiaux, avec des provisions pour trois ou quatre jours. Mais le voyage avait duré deux semaines, de sorte qu'à leur arrivée à Dachau les wagons ne renfermaient plus que des morts et des mourants !

J'étais horrifiée d'apprendre que, dans les dernières convulsions du Reich, tant d'innocents comme ces pauvres prisonniers étaient destinés à mourir en pure perte. À quoi pouvait bien servir ce monstrueux sadisme ? Tout était sur le point de s'effondrer ! Quelques jours plus tard, nous apprîmes que l'armée américaine était à moins de cinquante kilomètres des portes du camp. La fréquence des raids aériens s'intensifiait, le bruit des combats d'artillerie et de chars emplissait l'air jour et nuit.

C'est alors que, le 25 avril, moins de dix jours après notre arrivée à Dachau, nous entendîmes à nouveau l'ordre fatidique : « Préparez-vous à partir ! N'emportez que des bagages à main ! » Nous nous dévisageâmes d'un air incrédule. Le camp était sûrement encerclé. Nous étions tous persuadés que Dachau serait le terminus de notre odyssée.

Beaucoup d'entre nous avaient tout de même confectionné des sacs à dos dans des morceaux de couverture en prévision d'un tel événement. Nous nous attendions malgré tout à recevoir cet ordre. Nous n'avions rien connu d'autre en six mois ! Je me sentais pour ma part au bout du rouleau. Aussi décidai-je d'abandonner la plus grande partie de mes affaires dans ma fidèle valise, et de n'emporter que le strict nécessaire.

Nous marchâmes péniblement dans l'immense camp pendant près d'une demi-heure. D'un baraquement à l'autre, les prisonniers squelettiques, alignés de chaque côté, nous regardaient passer d'un air hébété. Nous devions leur faire l'effet d'une troupe de bohémiens en haillons. Chacun portait sur l'épaule une manière de sac agrémenté de pots, de poêles, de quarts d'aluminium et de toute une ferraille brinquebalante, tandis que les gardiens nous houspillaient pour nous faire avancer plus vite.

Passé les portes du camp, une nouvelle collection d'autobus et de camions nous attendait. Quelques-uns étaient déjà pleins de gens, et nous dûmes nous entasser comme des sardines un peu partout dans les espaces restés libres. Mais il n'y avait manifestement pas de place pour tout le monde, de sorte que les hommes les plus jeunes, dont Markwart von Stauffenberg Jr, Franz von Hammerstein, le major Schatz et Reinhard Goerdeler, partirent à pied. C'est le cœur lourd que nous vîmes ces malheureux s'éloigner en direction des montagnes, escortés de leurs gardiens. Je me demandais si nous les reverrions un jour.

On me hissa dans un des camions surchargés. Personne ne pouvait s'asseoir normalement, et beaucoup durent s'accroupir dans des postures très pénibles. Quelques-uns se tenaient debout la tête penchée pour ne pas heurter les arceaux de métal soutenant la bâche de couverture.

Notre convoi « spécial » ne pouvait pas partir immédiatement. Il resta au contraire en stationnement tandis que des colonnes entières de prisonniers sortaient du camp par le grand portail de Dachau. Hâves et visiblement épuisés, ils traînaient lamentablement les pieds dans leurs sabots de bois. Plusieurs d'entre eux étaient trop faibles pour marcher, et certains rampaient sur les genoux et sur les mains. Les gardiens venaient vers eux en hurlant des injures et les frappaient de la crosse de leurs fusils. Ils achevaient d'une balle dans la nuque ceux qui étaient incapables de se relever.

J'observais de mon camion cette scène dont l'horreur était décuplée par mon impuissance, et j'avais toutes les peines du monde à ne pas vomir. Que voulaient donc faire ces assassins S.S. de ces milliers de gens épuisés ou agonisants ? C'est alors qu'après une attente qui me parut avoir duré des heures, les derniers prisonniers de l'interminable colonne franchirent le portail, et notre procession d'autobus et de camions se mit lentement en mouvement.

Le camion dans lequel on m'avait fait monter contenait déjà quelques-uns des personnages les plus importants retenus à Dachau. J'avais tout de suite remarqué l'austère figure de Kurt von Schuschnigg, l'ancien chancelier d'Autriche. Son épouse était sûrement la femme assise près de lui, tenant leur petite fille sur ses genoux. Je reconnus également le pasteur Martin Niemöller, qui avait été arrêté par les nazis en 1937, accoté contre la paroi, sa pipe vide entre les dents. J'eus l'impression que d'autres gens importants se trouvaient dans le camion, mais il faisait trop sombre pour les reconnaître.

Dans l'après-midi finissant, les lourds véhicules firent route vers le sud en direction des montagnes. Le voyage était particulièrement inconfortable, et notre camion s'arrêtait constamment. La route se fit bientôt plus étroite et plus pentue. Parfois quand le camion s'immobilisait dans une côte plus raide, tout le monde était obligé de descendre et de marcher sur le talus le long des ridelles. Une fois nous reçûmes l'ordre de pousser le camion pour l'aider à franchir le sommet d'une butte escarpée. Nous crûmes ne jamais réussir cet exploit, mais finîmes tout de même par y parvenir, à bout de forces.

Je profitai des retards et des arrêts sans nombre pour échanger quelques mots avec certains des « prisonniers éminents » qui voyageaient en notre compagnie. Je bavardai même longuement avec Schuschnigg, qui était un homme taciturne et très réservé. Il me sembla qu'il faisait un gros effort pour dissimuler ses souffrances. Au fur et à mesure de notre entretien, je fus surprise de voir qu'il était resté plein d'entrain et de curiosité. Au bout de sept années de captivité, Schuschnigg avait toujours une grande connaissance et un sens aigu de la politique mondiale. Je m'attendais à le trouver ignorant des derniers développements après avoir passé tout ce temps derrière les barbelés, mais pas du tout. Il avait des opinions modernes, et une idée très claire des problèmes que l'écroulement du régime nazi allait poser à l'Europe. Les Russes étaient son plus grand souci. À son avis, ils ne se retireraient jamais des régions qu'ils avaient conquises.

Dans l'état dépressif où il m'avoua se trouver souvent, Schuschnigg devait puiser un grand réconfort auprès de sa jeune épouse. Vera était une femme extrêmement belle, dont le calme, l'optimisme et la gentillesse étaient appréciés de tout le monde. Elle me raconta une partie de sa vie.

Schuschnigg avait été arrêté en 1938, juste après leurs fiançailles. Ils avaient pu cependant se marier par procuration. Elle avait obtenu des S.S. la permission d'aller voir son mari en prison une fois par semaine. Leur fille Sissi était née en décembre 1941. On l'avait ensuite transféré à Sachsenhausen, où les S.S. avaient autorisé Vera et Sissi à venir vivre avec lui dans un baraquement particulier. Ils avaient quitté Sachsenhausen pour Flossenbürg à la fin de l'année 1944 avant d'être amenés à Dachau.

Vera me dit que ses nerfs n'avaient commencé à craquer qu'en arrivant à Flossenbürg. C'était le pire de tous les camps de la mort. Elle entendait fréquemment dans la cour l'ordre trop connu « Enlevez vos vêtements », suivi du crépitement des mitrailleuses. C'était pour elle un cauchemar de suivre ces exécutions depuis sa cellule, d'écouter les détonations et les appels au secours.

Pendant un autre arrêt de longue durée, j'allai me présenter à M. et Mme Léon Blum. Il reconnut aussitôt le nom de mon père, et tous deux me traitèrent très amicalement. M. Blum, qui devait avoir plus de soixante-dix ans, s'appuyait sur une canne pour marcher en boitillant. Il paraissait encore très vigoureux avec sa crinière de cheveux blancs, encore que l'on m'ait appris plus tard qu'il souffrait d'une sciatique. Mme Blum, qui était beaucoup plus jeune, avait choisi de partager la vie de son mari dans les camps de concentration. Blum avait été deux fois président du Conseil à la tête de gouvernements de Front populaire en 1935-36 et en 1938.

M. et Mme Blum m'impressionnèrent tous deux par leur modestie et leur absence de prétention. Ils s'intéressaient vivement à tous ceux qui étaient embarqués avec eux dans cette fatale expédition. Quoique juif, Blum ne semblait nourrir aucune animosité à l'égard du peuple allemand. À ses yeux le nazisme était une aberration tragique qui avait séduit bien d'autres nations européennes en dehors de l'Allemagne. L'avenir de l'Europe était dans la coopération entre les différents peuples. Les grands desseins ne pouvaient que la desservir.

Le voyage se poursuivait. Tandis que nos véhicules cheminaient lentement à travers les montagnes, personne ne semblait avoir idée de l'endroit où l'on nous conduisait. Je ne suis pas certaine que les S.S. eux-mêmes l'aient su. Les bombardiers passaient au-dessus de nos têtes sans interruption, et la plupart des villes que nous traversions étaient complètement détruites. Pourtant notre convoi restait miraculeusement indemne, tandis que nous dépassions des groupes de réfugiés pitoyables et d'interminables colonnes de prisonniers.

Nous abordâmes enfin la descente, et les camions prirent de la vitesse. Quelqu'un fit remarquer que nous étions sur la grand-route qui menait à Innsbruck. Nous avions alors déjà roulé pendant près de vingt heures, j'étais recrue de fatigue, et j'avais les membres tellement raides que je pouvais à peine me redresser sur mon siège. Pourtant le voyage tirait à sa fin. Le 26 avril, par une matinée fraîche et ensoleillée, la file d'autobus et de camions s'engagea dans une petite route de traverse non loin d'Innsbruck pour s'arrêter devant les portes d'un autre camp du nom de Reichenau. Pour moi du moins, après sept longs mois, la boucle était bouclée, d'Innsbruck à Innsbruck. Mais Reichenau ne signifiait pas encore la fin du cauchemar.

14

Vers la liberté

La tristesse n'est pas toujours compagne de la souffrance
La fortune n'apporte pas toujours la joie.

GOETHE

Le trajet depuis Dachau m'avait tellement éprouvée que j'avais hâte de sortir de ce camion où nous étions si à l'étroit. En descendant de la plate-forme dans le chaud soleil, je vis beaucoup d'autres gens debout sur le gravier de la cour où les véhicules s'étaient arrêtés. Soudain je reconnus les Hongrois, ainsi que plusieurs prisonniers « spéciaux » rencontrés à l'école de Schönberg.

On eût dit une surprise-partie d'anniversaire pleine d'amis perdus de vue depuis longtemps ! Nous nous mîmes à bavarder comme des pies, à nous raconter nos aventures et à nous plaindre d'être toujours captifs alors que la guerre était pratiquement finie. Cette scène se prolongea tout l'après-midi sous l'œil indifférent des gardiens. Les gens passaient librement d'un groupe à l'autre, n'hésitant pas à s'appeler par leurs noms (ce qui était jusque-là strictement défendu). Les S.S. ne savaient visiblement pas quoi faire. Bader et Stiller demeuraient invisibles.

Les individualités réunies à Reichenau par ce chaud après-midi printanier formaient un assortiment tout à fait remarquable. Le nombre des prisonniers « spéciaux » atteignait maintenant quelque cent vingt personnes appartenant à quinze ou seize nationalités différentes. En y ajoutant les prisonniers de sang, le groupe des Allemands représentait à peu près le tiers, le reste étant composé de Britanniques, de Français, de Hongrois, d'Italiens, de Grecs et de ressortissants d'autres pays. On entendait en même temps toutes les langues parlées en Europe, et l'endroit ressemblait à une véritable tour de Babel !

À côté de Martin Niemöller, le fameux pasteur que j'avais bien identifié dans le camion, se trouvaient plusieurs ecclésiastiques, dont l'un arborait encore sa splendide soutane violette (un peu défraîchie à ce moment-là). Je découvris plus tard que c'était l'évêque de Clermont-Ferrand. D'autres par contre portaient les costumes rayés et sales des camps, à l'instar du prince Xavier de Bourbon-Parme. Ce dernier avait tellement maigri qu'il tenait à peine sur ses jambes.

J'eus la surprise de croiser le prince Philip de Hesse au milieu de cette foule. Lorsqu'il me demanda si je savais quelque chose à propos de sa femme (la princesse Mafalda d'Italie, qui avait péri à Buchenwald au cours d'un raid aérien juste avant notre arrivée là-bas), je n'eus pas le courage de lui dire la triste vérité. Je me contentai de secouer la tête, laissant cette tâche déplaisante à quelqu'un d'autre.

Parmi les Hongrois, qui m'accueillirent avec des hurlements de joie, je remarquai la présence d'un homme âgé que je n'avais encore jamais vu. Il s'agissait de l'ancien premier ministre Miklòs von Kallay, que les S.S. avaient capturé en mars 1944 alors qu'il était dans la clandestinité. Ballotté d'un camp à l'autre en qualité de prisonnier « spécial », il avait échoué à Dachau, mais dans une autre section que la nôtre.

Il y avait encore le fils du maréchal Badoglio (le chef suprême des forces armées italiennes qui avait négocié l'armistice avec les Alliés), et le fils de l'amiral Horthy (l'ex-régent de Hongrie, qui avait entamé des pourparlers de paix avec les Russes, et qui était interné en Allemagne). Hitler, persuadé que ces deux hommes l'avaient trahi, avait fait arrêter leurs fils.

Le jeune Horthy avait l'air d'un garçon très bien, mais au cours de matches de polo il avait subi plusieurs commotions cérébrales qui avaient détraqué son organisme, de sorte qu'il était un peu difficile de soutenir une conversation avec lui. Je fus par contre immédiatement attirée vers Mario Badoglio, car nous partagions la même gêne en face du comportement de nos compatriotes italiens, tous des partisans capturés par les Allemands.

Ceux-là se pavanaient à la ronde, comme s'ils étaient seuls capables de sauver l'Italie. Ils proclamaient, contre toute logique, leur intention de s'évader pour passer en France, et de là, reconquérir leur pays. Je ne devrais pourtant pas me montrer trop sévère avec eux, car ils me traitaient avec une grande amabilité. Dès qu'ils surent que j'étais italienne, ils m'invitèrent à boire un précieux verre de soda, qu'ils avaient raflé Dieu sait où.

Je reconnus aussi sans doute possible le Dr Hjalmar Schacht, le « financier génial », debout à l'écart dans un coin de la cour. Beaucoup trop intelligent pour se laisser endoctriner par les nazis, il n'en avait pas moins travaillé pour eux, en poussant les milieux d'affaires à soutenir Hitler. Mais pour avoir osé critiquer la politique de réarmement de ce dernier, il avait dû quitter son poste de président de la Reichsbank (la banque centrale d'Allemagne). Au début de la guerre, Schacht s'était rapproché de l'opposition, et avait même pris contact avec mon père. Mais dès que la situation était devenue « brûlante », il s'était opportunément retiré à la campagne.

J'allai dire à Schacht qui j'étais, et il murmura quelques mots de sympathie à propos de mon père. Il ajouta qu'il aurait dû rejoindre la clandestinité, ou passer en Suisse, comme Gisevius. Sachant que mon père n'eût jamais fait une chose pareille, je trouvai la remarque outrecuidante, et le lui fis sentir.

J'allai saluer aussi le général Alexander von Falkenhausen, encore vêtu de son uniforme d'officier supérieur de la Wehrmacht. Il me parla en termes affectueux de mon père et de ma mère qu'il connaissait bien. Falkenhausen avait commandé les troupes allemandes d'occupation en Belgique avant son arrestation survenue en août 1944. C'était un parfait gentleman résolument anti-hitlérien, qui avait fait de son mieux pour aider les Belges victimes de l'oppression nazie.

Il y avait là un autre officier en uniforme, le colonel Bogislav von Bonin. Après la scène hideuse qui s'était déroulée au début de notre captivité entre Alex, Onkel Moppel et les S.S. du train qui nous emmenait à Stutthof, je pensais que tous les officiers étaient automatiquement dépouillés de leurs uniformes dès leur emprisonnement. Bonin m'expliqua que le nombre des officiers internés dans les camps était tel que les S.S. ne prenaient même plus la peine de les obliger à endosser des vêtements civils. Il me dit encore qu'il avait été « placé en détention provisoire » et renvoyé de l'État-major général pour avoir enfreint l'ordre exprès d'Hitler de ne pas céder aux Russes des positions devenues intenables. Après des jours de farouches combats, Bonin avait jugé que c'était folie de sacrifier ainsi de précieuses vies humaines pour une cause perdue, et l'avait dit ouvertement.

Au cours de cet après-midi-là, je fis fiévreusement le tour de ceux que je croyais susceptibles de me donner des renseignements sur les enfants encore détenus par les S.S. Mais je ne pus rien obtenir de précis, si ce n'est que certains enfants étaient retenus dans des « institutions » S.S., ou avaient pu être confiés à des parents adoptifs sous un autre nom. Désespérée, mais soucieuse avant tout de garder mon empire sur moi-même, je finis par abandonner le sujet quand je vis que je n'aboutissais nulle part. En fait, personne ne se souciait de problèmes qui n'appartenaient pas à l'avenir immédiat, et auxquels on ne pouvait apporter de solution. Là où sévissaient la mort et la destruction, il s'agissait d'abord de rester en vie et de retrouver la liberté. J'avoue qu'à ce moment-là je me sentais moi-même capable de mettre au moins temporairement de côté mes inquiétudes à propos des garçons.

La plupart de mes interlocuteurs croyaient que tout était fini, qu'on nous garderait tout au plus encore un jour ou deux à Reichenau avant de nous libérer. J'étais plus sceptique. Pourquoi les S.S. nous relâcheraient-ils subitement après nous avoir trimbalés d'un camp de concentration à l'autre, et s'être donné tout ce mal pour nous garder en vie ? Il était assez clair que nous étions devenus des otages plus que des prisonniers. Mais comment les chefs nazis comptaient-ils se servir de nous ?

Nous apprîmes bientôt que ces derniers ne nous avaient toujours pas oubliés. Le soir même de notre arrivée à Reichenau, Bader réapparut soudain avec son peloton d'une vingtaine de S.S., et nous reçûmes l'ordre de nous préparer pour un autre voyage. La plupart d'entre nous n'en croyaient pas leurs oreilles. Les armées allemandes allaient sûrement capituler d'un jour à l'autre. À quoi bon nous emmener au loin une nouvelle fois ? Ce n'était donc pas encore fini ?

Juste avant le coucher du soleil, notre groupe de quelque cent vingt personnes s'entassa dans quatre gigantesques autocars amenés d'Innsbruck pour la circonstance. Je restai avec ceux qui m'avaient tenu compagnie depuis Dachau, c'est-à-dire les Blum, les Schuschnigg, Niemöller, Bonin, sans oublier, bien sûr, mes camarades prisonniers de sang. Nos gardiens ne semblaient pas connaître notre destination. Tout ce que nous pûmes en tirer, c'est que nous allions traverser les Alpes en direction de l'Italie.

Gravissant à grand-peine les pentes abruptes, et fatigué par son chargement excessif, notre autocar rendit l'âme près du sommet du col du Brenner. La lune était pleine, et lorsque nous descendîmes, nous pûmes apercevoir les ruines d'un village de montagne. Éclairées par une lumière quasi surnaturelle et cheminant à pied péniblement, des centaines de silhouettes sombres nous dépassèrent. Les uns étaient des ouvriers italiens récemment libérés de leurs camps de travail forcé. D'autres s'étaient sans doute évadés des camps de concentration. Tous cheminaient lentement vers la liberté en traînant les pieds au milieu du paysage désolé.

La réparation de l'autocar prit de longues heures. Finalement nous reprîmes la traversée du Brenner à l'allure d'un escargot.

Puis nous gagnâmes peu à peu de la vitesse dans la descente vers le Tyrol italien. Mais où allions-nous donc ? Onkel Moppel était convaincu que les S.S. nous conduisaient à Bolzano (en allemand Bozen), chef-lieu du Tyrol méridional où les nazis voulaient tirer leurs dernières cartouches, la fameuse Redoute alpine, comme on l'appelait. Certains avaient dit à Reichenau que le Gauleiter nazi et chef de la Gestapo d'Innsbruck, Franz Josef Huber, était déjà parti pour Bolzano. Quelle cruelle ironie si nous devions mourir au cours de la dernière bataille de la guerre, après avoir si longtemps bravé le destin !

Le jour se levait lorsque, le 27 avril, nous atteignîmes la petite ville de Villabassa (Niederndorf), non loin de Dobbiaco (Doblach). Nous nous arrêtions de temps à autre devant quelque maison particulière de belle apparence, l'un des gardiens bondissait hors du véhicule et allait demander l'hospitalité pour quelques-uns d'entre nous. Les gardiens prétendaient que nous appartenions à des familles d'officiers S.S. Ils essuyaient partout un refus, ce qui indiquait combien l'attitude de la population à l'égard des S.S. avait changé avec l'écroulement du Reich. Après avoir si longtemps inspiré une terreur respectueuse, ils étaient maintenant totalement discrédités.

Après plusieurs tentatives infructueuses, les S.S. ordonnèrent aux chauffeurs de quitter la route pour se garer dans un pré bordé par une voie de chemin de fer, à deux kilomètres à peine de Villabassa. Bader, Stiller et quelques autres descendirent de voiture pour décider de ce qu'il convenait de faire. Je ne pouvais pas entendre leur discussion, qui paraissait néanmoins animée. Ils durent finir par se mettre d'accord, car sans dire un mot de plus ils prirent à pied la direction de Villabassa, nous confiant aux plus jeunes des gardiens.

Bader et les autres n'avaient pas plus tôt tourné les talons que le colonel von Bonin et le Dr Wilhelm von Flügge (un homme qui voyageait avec nous depuis le départ de Dachau) se ruèrent à l'avant de l'autocar pour exiger qu'on les laissât descendre. Sur le moment je ne compris pas les raisons de leur insistance. Troublés par l'absence d'instructions précises de leurs chefs, et dans l'ignorance du statut de Bonin, toujours en grand uniforme de colonel de la Wehrmacht, les gardiens les laissèrent passer. Après leur départ, nous restâmes dans l'expectative pendant des heures qui nous parurent interminables. Nous avions dépassé le milieu du jour et l'après-midi s'avançait. Au-dehors il pleuvait à torrents. Nous n'avions ni bu ni mangé depuis la veille à Reichenau, pas plus d'ailleurs que nos gardiens qui faisaient grise mine.

Je ne sais pourquoi, durant ce long après-midi, je sentis que l'attitude des gardiens à notre égard était en train de changer. Ils constataient que le rapport des forces évoluait en notre faveur, et devenaient de ce fait plus amicaux. Ils parlaient ouvertement de leur désir de rentrer enfin chez eux, loin de la hargne de leurs supérieurs. Ils se livraient avec nous à toutes sortes de spéculations sur le sort qui nous attendait. Ils savaient qu'on ne pourrait plus les obliger à prendre part aux atrocités qui les avaient vieillis avant l'âge. Leurs yeux retrouvaient une vivacité nouvelle ; ils commencèrent même à rire et à échanger des plaisanteries avec nous. Si étrange que cela puisse paraître, j'eus l'impression que ces hommes étaient heureux pour la première fois depuis longtemps.

Je n'appris que plus tard ce qui se passait tandis que nous étions claquemurés dans cet autocar. Au cours de la longue randonnée dans la montagne, Bonin et Flügge avaient surpris une conversation des sergents S.S. assis à l'avant du véhicule. Un rapide coup d'œil derrière eux les avait convaincus que leurs prisonniers épuisés s'étaient endormis. Mais Bonin et Flügge feignaient seulement le sommeil, de sorte qu'ils entendirent ceci : « Qu'allons-nous faire de ceux qu'il faut liquider ? Eh bien, nous avons ordre de placer la bombe sous l'autobus juste avant ou juste après le... »

Ni l'un ni l'autre n'avait entendu la suite, mais ces mots suffirent à les convaincre qu'il fallait tenter sans délai quelque chose.

Bonin savait que le quartier général de l'armée allemande du Sud se trouvait quelque part dans les environs. Son chef, le général Heinrich von Vietinghof, était devenu son ami du temps de l'État-major général. S'ils parvenaient à entrer en contact avec le général, celui-ci pourrait peut-être intervenir. Ils n'avaient rien dit au reste du groupe afin de ne pas nous affoler.

Lorsque Bonin et Flügge atteignirent le centre de Villabassa, ils aperçurent un groupe d'officiers allemands en train de bavarder sur le bord de la route. L'un d'eux était un général. Bonin le regarda attentivement une première fois, puis une deuxième. Ses yeux ne l'avaient pas trompé ! Là, de l'autre côté de la rue, se tenait le général von Vietinghof en personne ! Abasourdi, mais au comble de l'excitation, il se précipita vers l'officier supérieur qu'il étreignit chaleureusement, lui murmurant à l'oreille qu'il avait besoin de son aide de toute urgence.

Vietinghof saisit aussitôt les éléments essentiels de l'étrange histoire du colonel – qu'une collection disparate d'otages importants se trouvait enfermée dans des autobus garés aux abords de la ville, et que les S.S. se disposaient à faire sauter. Le général promit de prendre « des mesures appropriées ». Il venait juste de négocier avec les Alliés un cessez-le-feu fragile, et il ne tolérerait en aucun cas le massacre de civils innocents sur le terrain placé sous sa juridiction. Sans ajouter un mot, Vietinghof monta dans son automobile et s'éloigna.

Bonin et Flügge ne tardèrent pas à découvrir que les chefs S.S. se trouvaient à l'hôtel Bachmann, en fait une petite auberge de campagne située sur la place du village. Ils se rendirent aussitôt sur place, pour y trouver Bader, Stiller et plusieurs autres gardiens attablés devant des saucisses et de la bière. Bader parut d'abord irrité de voir apparaître ses deux prisonniers, mais après un instant de silence contraint il se remit à manger. Bonin et Flügge s'assirent à une autre table et commandèrent du café.

Une heure s'écoula, pendant laquelle nos deux compagnons se demandèrent anxieusement si le général Vietinghof allait effectivement leur venir en aide, et comment. C'est alors que la porte s'ouvrit brutalement pour livrer passage à un major de la Wehrmacht, revolver au poing et suivi d'un peloton de soldats en armes. Il hurla un ordre aux S.S. qui n'eurent pas le temps de réagir. Bader se mit en fureur, mais le major lui dit de se taire et de lui faire remettre toutes les armes. L'un des S.S., qui avait sorti son pistolet, fut rapidement maîtrisé et emmené dehors. Après avoir été sérieusement admonestés par le major, les autres furent laissés libres de leurs mouvements, sauf Stiller, qui choisit par sécurité de rester à l'auberge en compagnie de Bonin. Celui-ci accepta, sans doute parce que Stiller, au contraire de Bader, avait toujours manifesté une sorte de sympathie bourrue à l'égard des prisonniers, et de surcroît était en excellents termes avec le capitaine Payne Best. Tout cela se passa en l'espace de cinq minutes. Quand l'atmosphère se fut détendue, Bonin, Flügge et le major de la Wehrmacht, satisfaits de la tournure prise par les événements, s'assirent et commandèrent à boire.

Pendant ce temps-là, le reste de notre groupe était toujours bloqué dans l'autobus, tenaillé par la faim, la soif, et dévoré d'impatience. L'après-midi était déjà bien avancé. Bien que nous n'eussions pas la moindre idée du danger qui nous avait menacés, nous étions inquiets du sort de nos deux compagnons, en même temps que nous nous demandions où étaient passés les chefs S.S. Les jeunes gardiens devenaient nerveux à leur tour et ne tenaient plus en place. Chose incroyable, nous finîmes par les persuader de laisser quelques-uns d'entre nous descendre à pied jusqu'à Villabassa, pendant qu'ils gardaient l'autobus !

Tandis que nous nous dirigions vers le village sous une pluie battante, un convoi de camions de l'armée allemande nous dépassa à toute allure. Penchés au-dehors, des soldats criaient à tous ceux qu'ils voyaient : « C'est la paix, c'est la paix ! Nous rentrons chez nous ! » Cette nouvelle, portant attendue depuis si longtemps, ne nous en donna pas moins un choc. C'était peut-être pour cela que Bader n'était pas revenu.

Nous atteignîmes bientôt le village et n'eûmes pas de peine à trouver le Bachmann, où les autres festoyaient pour célébrer l'événement. Le capitaine Payne Best était déjà sur place en compagnie d'un officier de la Wehrmacht qui avait partagé notre captivité, le général Georg Thomas. Tous deux avaient évidemment eu la même idée que nous et avaient convaincu leurs gardiens de les laisser partir. Best était en grande conversation avec le major Werner von Alvensleben, celui qui avait désarmé les S.S. Pour la première fois nous pûmes commander à boire comme des gens ordinaires.

J'eus un long entretien avec Alvensleben, qui se trouvait connaître très bien ma famille. J'avais même autrefois séjourné chez eux à la campagne avec mes parents ! De plus, cet Alvensleben-là se trouvait être le propre frère de l'homme des S.D. d'Udine qui avait refusé de me venir en aide au moment de mon arrestation à Brazzà. Lorsque je lui demandai des nouvelles de ce frère, le major dit sèchement : « Il vaut mieux n'en point parler. Comme vous pouvez l'imaginer, c'est la brebis galeuse de la famille ! Il a toujours été nazi, et je souhaite par égard pour sa mémoire qu'il ne voie pas la fin de la guerre. »

Alvensleben me dit encore qu'il nous prenait désormais en charge avec une dizaine de ses hommes, mais qu'ils seraient nos protecteurs plus que nos gardiens. Tels étaient les ordres du général von Vietinghof. La Wehrmacht craignait que Bader et sa bande de S.S., qui traînaient encore dans les parages, ne fissent une dernière tentative pour exécuter leurs ordres qui étaient de nous liquider.

Le problème le plus urgent était de loger un groupe aussi nombreux que le nôtre. Le village était déjà plein de soldats allemands et de réfugiés, et l'auberge n'avait pas une chambre libre. Après négociation avec plusieurs membres du conseil municipal, les gens plus âgés, comme les Blum et les Thyssen, s'installèrent au presbytère ; les autres prirent leurs quartiers chez l'habitant. Maintenant que nous étions reconnus comme prisonniers des

S.S., il devenait plus facile de convaincre les villageois de nous offrir l'hospitalité. Faute de chambres en nombre suffisant, les autres jeunes femmes et moi fûmes obligées de dormir sur des matelas disposés dans la grande salle de l'hôtel. C'était de toute façon bien mieux que de passer une nuit supplémentaire dans l'autocar ! Vers sept heures du soir, le personnel de l'auberge nous servit un excellent repas chaud accompagné du potage traditionnel du Tyrol, le Knödel. C'était la première nourriture convenable qu'on nous eût servie depuis Schönberg !

Au cours de la soirée, l'hôtel reçut continuellement la visite de groupes de soldats excités. Les uns prétendaient que la guerre n'était pas finie, criant à qui voulait les entendre : « Churchill et les Américains vont se joindre à nous pour attaquer les Russes. Nous devons chasser ces salauds du pays. Vous verrez que nous allons attaquer les Russes ! » Je crois qu'ils savaient déjà que cela n'arriverait pas. Mais la pensée de ce que les Russes étaient en train de faire à leurs femmes, à leurs mères ou à leurs filles les désespérait. À côté de tout le reste, ces pathétiques extravagances me ramenèrent aux crimes commis par Hitler et les nazis contre les Allemands, leurs compatriotes.

Pendant le dîner, Stiller, maintenant soumis et à la merci de Bonin et de Payne Best, confirma qu'il avait reçu du quartier général d'Himmler l'ordre de ne nous laisser en aucun cas tomber aux mains de l'ennemi. Dans l'hypothèse inverse, notre élimination devait intervenir au plus tard le 29 avril ! Stiller n'avait aucune idée de la logique qui avait présidé à cet ordre. Mais qui s'en souciait désormais ? Le fait est que nous avions été sauvés de la mort à la dernière minute !

Le lendemain matin, nous étions quelque cent vingt convoqués dans la salle à manger de l'hôtel. Le major von Alvensleben, le capitaine Payne Best, un général de la résistance et d'autres avaient formé un « comité international » afin de décider de la conduite à tenir. Best, qui était devenu le porte-parole du groupe, présidait les débats.

Il y eut de nombreux discours, dont certains dans les langues les plus bizarres. Demeurer à Villabassa était hors de question : il y avait encore des S.S. en armes dans les environs, et la guerre n'était pas officiellement terminée. On décida finalement, avec l'aide d'un « agent local », le Dr Antonio Ducia (le chef des partisans tyroliens, comme je l'appris plus tard), de nous transporter par camions jusqu'à un grand hôtel situé à Lago di Braies, dans les montagnes au-dessus de Villabassa. Cet hôtel offrait en outre une position défensive avantageuse pour les soldats d'Alvensleben en cas d'attaque par les S.S. (ou par les partisans communistes).

Tout fut donc préparé pour notre départ, et après une ascension assez courte au milieu d'immenses forêts de résineux, nous arrivâmes vers midi à Lago di Braies. Le vieil hôtel était gigantesque, avec des centaines de chambres. Il avait même sa plage privée au bord d'un petit lac d'une grande beauté alimenté par les glaciers des montagnes environnantes. Il y avait tout de même un problème : l'hôtel avait été fermé tout l'hiver, et il faisait encore relativement froid à cette altitude. Il n'y avait bien entendu pas de chauffage, et on gelait littéralement dans les longs corridors comme dans les grandes chambres. Avec l'aide de quelques femmes du village, Payne Best se mit aussitôt à donner des ordres à droite et à gauche, tant pour l'attribution des chambres que pour assurer l'approvisionnement des cuisines en nourriture (et en boissons !).

J'eus une adorable chambre à moi toute seule, pour la première fois depuis ce qui me parut être une éternité. La vue du lac et des montagnes enneigées était si belle que j'avais peine à m'éloigner de la fenêtre. Brazzà n'était pas à plus de cent kilomètres de là. Je fus tentée d'abandonner les autres et de partir seule retrouver ma maison. Mais j'en fus incapable. Je me sentais trop faible et trop peu sûre de moi. Celui qui a fait partie d'un groupe où les décisions sont prises par d'autres perd bientôt le courage d'agir seul.

Ces premiers jours de liberté à l'hôtel me parurent le paradis sur terre. De tous côtés s'étendait un paysage d'une beauté que nous ne nous lassions pas de découvrir au cours de longues promenades ; forêts d'un vert intense, torrents de montagne aux eaux claires comme du cristal de roche. La nourriture était excellente, ainsi que le vin. Que demander de plus après ces longs mois épuisants pour les nerfs ? Mais c'est un fait que la pensée de mes enfants perdus ne cessait de me tourmenter. Mon angoisse à leur sujet ne faisait même que croître. J'avais désormais plus de temps pour évoquer notre terrible séparation d'Innsbruck. Même après sept mois, les cris désespérés de Corradino résonnaient encore à mes oreilles tandis que je cherchais en vain le sommeil.

Au bout de quelques jours les gens des environs découvrirent que Schuschnigg et sa famille résidaient à l'hôtel. On l'avait aimé lorsqu'il était premier ministre d'Autriche. Aux yeux du peuple, il symbolisait toujours le dernier gouvernement autrichien libre avant l'annexion du pays par les nazis lors de l'Anschluss. Ces gens avaient beau être de nationalité italienne, par la langue, la culture et l'histoire ils appartenaient toujours à l'Autriche. (La région tout entière avait été cédée à l'Italie après la Première Guerre mondiale.) Nombreux étaient ceux qui venaient voir Schuschnigg pour lui offrir du vin, du fromage, des saucisses et autres friandises.

Au début de notre séjour, on nous recommanda de ne pas nous éloigner de l'hôtel. Alvensleben, qui craignait encore le retour de l'Obersturmführer Bader et des S.S., avait posté des mitrailleuses de part et d'autre de la petite route d'accès. Mais au bout de quelques jours, un habitant de Villabassa nous apprit que les hommes de Bader avaient fui le village à pied dans l'espoir de rejoindre Bolzano, mais qu'ils avaient été interceptés par les partisans et mis à mort.

La menace des S.S. envolée, Alex et moi décidâmes de faire une longue marche en empruntant les sentiers de montagne qui descendaient jusqu'à Villabassa. De temps en temps nous faisions halte dans une petite maison paysanne, dont les habitants nous faisaient volontiers la conversation et nous offraient généreusement du vin, du salami, du fromage, et même du vrai café. C'était si bon, et notre appétit était tel que je me demandai si nous serions capables de remonter jusqu'à l'hôtel.

J'étais curieuse d'en savoir davantage sur ces gens, qui avaient toujours été favorables à l'Autriche, bien que rattachés à l'Italie depuis la Première Guerre mondiale. Ils me dirent que si le vieil empereur François-Joseph était encore de ce monde, ils choisiraient définitivement l'Autriche. Mais vu la tournure des événements, ils préféraient l'Italie, même si ce choix était contraire à leurs sentiments.

Recrus de fatigue, nous revînmes à Lago di Braies tard dans l'après-midi pour trouver l'endroit en ébullition. La nouvelle tant attendue par le monde entier venait juste de parvenir à l'hôtel. Hitler était mort, et Goebbels s'était suicidé à Berlin ! Göring et Himmler avaient disparu, mais le plus important était que l'armée allemande d'Italie s'était rendue aux Britanniques et aux Américains. Donc la guerre avait pris fin ! Ce soir-là le vin et le cognac coulèrent à flots dans la salle à manger, chacun manifestant enfin sa joie et sa reconnaissance après avoir si longtemps contenu ses émotions.

Le lendemain, le « comité international » décida que plusieurs officiers britanniques faisant partie du groupe quitteraient Villabassa en voiture pour tenter de joindre le haut commandement allié plus au sud, à Florence ou à Vérone, afin d'expliquer qui nous étions et où nous nous trouvions. La reddition n'était pas encore effective, et l'entreprise était risquée. Entre-temps, nous resterions sous la protection d'Alvensleben et de ses hommes jusqu'à l'arrivée des Américains ou des Britanniques, surtout dans la crainte d'une confusion possible de la part des partisans locaux. C'était ainsi que par un temps chaque jour plus beau, nous poursuivîmes nos longues promenades dans la montagne.

Malgré le poids de l'absence des enfants qui m'obsédait sans cesse, je trouvais une sorte de repos de l'âme dans la compagnie d'Alex, lequel en définitive avait pratiquement tout perdu.

Le 4 mai, c'est au retour d'une de ces excursions qu'Alex et moi découvrîmes les jeeps et les camions kaki d'un corps d'armée américain garés tout autour de l'hôtel. On voyait partout des soldats américains, qui avaient déjà désarmé et mis sous bonne garde Alvensleben et ses hommes. Ils essayaient en même temps de s'entendre avec les quelques partisans italiens qui se trouvaient à l'hôtel avec nous. Ceux-ci paraissaient fermement convaincus d'avoir désormais toute autorité sur la zone, et de ce fait sur nous. Comme il était difficile de les prendre au sérieux, les officiers américains avaient de la peine à garder leur sang-froid (et ne pas rire).

Une fois la querelle apaisée, et après le départ des partisans déconfits, Payne Best pria l'officier commandant en chef le détachement américain, un colonel, d'adresser en allemand quelques mots aux soldats de la Wehrmacht, avant d'ordonner leur départ en captivité. Le colonel accepta, sur quoi Payne Best prit à son tour la parole pour exprimer son respect à l'égard de l'armée allemande, soulignant sa bravoure et sa valeur en face de l'adversité. Il conclut en disant à ces hommes que si des temps difficiles s'annonçaient pour eux, l'avenir recelait sans doute aussi bien des promesses. Je trouvai ce geste touchant à l'égard de ces pauvres soldats, et bien digne d'un conquérant généreux.

Les officiers et les soldats américains ne savaient pas du tout qui nous étions. La plupart d'entre eux n'avaient jamais entendu les noms de Blum, de Schuschnigg, de Kallay et des autres, encore qu'ils eussent visiblement été informés de la présence dans le groupe de personnalités éminentes : généraux, membres du haut clergé, et même d'anciens premiers ministres. Ils nous inondèrent littéralement de cigarettes et de chocolat, sans oublier de remplir le garde-manger vide de l'hôtel avec des centaines de boîtes d'excellentes conserves américaines.

Le chanoine Johann Neuhäusler, de Munich, qui avait rejoint notre groupe à Reichenau, nous annonça le lendemain qu'il dirait la messe dans la petite chapelle de pierre qui se trouvait près de l'hôtel. Catholiques ou pas, nous y allâmes tous. Neuhäusler remercia Dieu de nous avoir accordé sa protection et sauvés d'une mort quasi certaine. Son sermon fut si simple et si touchant qu'il émut profondément tous ceux qui étaient assemblés en ce lieu solitaire, perdu dans la montagne bien loin du monde et du bruit. L'endroit convenait parfaitement à la célébration d'un tel office.

Le jour suivant, le pasteur Niemöller, qui ne voulait pas être en reste, convia tout le groupe à assister à un service protestant dans le grand hall de l'hôtel. La messe catholique du chanoine Neuhäusler était si belle que personne n'avait pensé une seconde aux différences religieuses. Des chrétiens s'étaient simplement réunis pour louer Dieu et Lui rendre grâce.

Niemöller s'en tira plutôt mal. Son sermon me parut superficiel, comme s'il ne pensait pas vraiment ce qu'il disait. Alors que Neuhäusler avait parlé avec ferveur et conviction, Niemöller semblait plus soucieux de mettre en avant ses souffrances personnelles que de chanter les louanges de Dieu. Il marchait devant nous de long en large, comme s'il était encore sur le pont de son navire. (Il avait été officier de marine avant d'être pasteur.)

Pendant notre séjour à Lago di Braies, j'appris à mieux connaître le pasteur Niemöller. Parce qu'il avait été le premier à dénoncer ouvertement « l'Antéchrist nazi » depuis sa chaire de Berlin, il avait profondément impressionné le monde anglosaxon qui en avait fait le symbole de la résistance chrétienne à Hitler. Après plusieurs années passées dans les camps de concentration, un mythe s'était développé autour de sa personne, dont il était le premier surpris. Quelques-uns le prenaient même pour un saint ! En réalité, Niemöller était un homme simple et courageux, mais certainement pas le grand penseur ou philosophe que l'on croyait. Il avait trouvé tout naturel de tenir tête au démon.

Le 7 mai, les journalistes et les correspondants de guerre débarquèrent en foule à Lago di Braies. Ils voulaient tout savoir sur cet étrange groupe de personnes dont on était resté sans nouvelles derrière le mur du silence élevé par les nazis, et qui réapparaissaient brusquement en bonne santé dans les hauteurs alpines de cet hôtel isolé. Ils voulurent s'entretenir avec les noms les plus connus : Blum, Schuschnigg, Kallay, et bien sûr Payne Best. Après tout celui-ci était alors notre grand organisateur ! Mais l'homme le plus sollicité fut de loin le pauvre pasteur Niemöller, considéré par tous comme un esprit supérieur d'une grande clairvoyance politique. Conscient de leur attente, Niemöller fit de son mieux pour ne pas les décevoir, mais c'était au-dessus de ses moyens.

Cette dernière période à Lago di Braies nous servit de bien des manières à cicatriser nos plaies, à tenter de nous réadapter à une vie normale, loin des exigences du monde impatient et sans merci que nous allions bientôt retrouver. C'est là, pendant une quinzaine de jours, que les liens d'amitié et de compréhension mutuelle forgés par les épreuves nous aidèrent à faire timidement nos premiers pas vers la liberté. J'avais beau savoir que tout était fini, j'avais toujours peine à croire que je n'entendrais plus jamais les coups violents frappés à la porte, plus jamais l'ordre de rassembler mes affaires et de me tenir prête à partir immédiatement.

Vers la fin de notre séjour, Alex me proposa d'aller avec lui revoir la chapelle. Tandis qu'il était assis devant le petit harmonium, mes yeux se remplirent de larmes. J'étais profondément touchée par la beauté de la musique sacrée, le silence des montagnes et l'atmosphère mystique du lieu. Je prenais peu à peu conscience que notre séparation était proche, comme les retrouvailles avec nos familles, nos amis, et tous ces liens d'autrefois qu'il allait falloir renouer. La pensée de quitter Alex, sans doute bien désemparé après avoir tant perdu, me remplissait d'une immense tristesse.

L'après-midi de ce jour-là, le général Leonard T. Gerow, qui venait d'arriver pour nous prendre en charge, nous réunit dans le hall de l'hôtel. Il avait reçu du haut commandement allié de Naples l'ordre de nous conduire dans cette ville avant de nous renvoyer chez nous. Les Alliés voulaient savoir exactement quels étaient ceux qu'ils allaient libérer, et ceux qu'ils pourraient éventuellement retenir. Mais Gerow insista sur le fait que nous étions libres de demeurer à Lago di Braies, si tel était notre désir. (Il ne voulait manifestement pas donner l'impression que nous étions toujours prisonniers.) Naturellement, nous décidâmes tous de partir. Qui eût voulu rester seul, isolé dans les montagnes, sans argent et sans papiers ? D'un autre côté, c'est bien à contrecœur que j'allais partir si loin dans le Sud, loin de Brazzà et de ma mère restée en Allemagne, d'autant que je brûlais de me mettre à la recherche des enfants. Mais il n'y avait apparemment pas d'alternative.

Le matin suivant, qui était celui du 10 mai, tout était prêt pour notre départ. Les Américains s'étaient procuré huit autobus confortables pour les plus âgés, et une grande quantité de jeeps découvertes pour le reste du groupe. Je partis par le dernier convoi en compagnie de Best, des Stauffenberg et des Schuschnigg. Il faisait chaud, et un avion nous survolait dans le ciel bleu, pour notre protection, d'après les officiers américains. Je trouvais franchement comique qu'on pût se donner tant de mal pour nous « protéger ». Après tout la guerre était finie !

Nous fûmes assez secoués pendant les quatre heures que dura le trajet jusqu'à Vérone. Le long convoi s'arrêta devant l'élégant Colomba d'Oro, un des grands hôtels de la ville. À mon entrée, un jeune homme en uniforme, plutôt bien de sa personne, vint à moi et se présenta. Il s'agissait de l'officier italien chargé de la liaison avec les Américains, un certain Mario Grilli. Grand ami de ma belle-sœur Marina, il avait aperçu le nom de Fey Pirzio-Biroli sur la liste des arrivées du soir. Grilli ne ménagea pas sa peine pour s'assurer que je ne manquerais de rien. Il fit même monter des cigarettes et du chocolat dans ma chambre. C'était touchant, et c'était aussi ma première rencontre en sept mois avec une personne associée de près ou de loin à ma vie en Italie.

L'hôtel fit servir un dîner somptueux à ses nouveaux pensionnaires : poulet rôti, asperges et crème glacée, que nous dévorâmes dans l'enthousiasme et plutôt salement, il faut bien l'avouer. Le matin suivant, après un superbe petit déjeuner, Grilli m'attendait comme un chien fidèle pour m'escorter jusqu'à la jeep. Avant de me laisser monter dans le véhicule, il m'embrassa sur les deux joues, à la mode italienne. Pour des raisons qui m'échappent encore, mes compagnons de voyage s'amusèrent énormément de ce manège !

Le cortège d'autobus et de jeeps s'ébranla en direction de l'aéroport de Vérone, où trois avions militaires nous attendaient. Deux heures plus tard, nous atterrissions à Naples : un voyage bien différent de ceux auxquels nous étions accoutumés !

C'est seulement en arrivant à Naples que nous prîmes conscience que nous étions des Allemands, autrement dit des ressortissants d'un pays vaincu. Nous fûmes séparés de nos compagnons de nationalités différentes, et personne ne parut se soucier de nous pendant un long moment. Jusque-là, le capitaine Payne Best ne nous avait pas quittés d'une semelle. Il avait toujours témoigné une grande sympathie à l'égard des Allemands du groupe. Mais dès notre arrivée à l'aéroport de Naples, il était monté dans une voiture d'état-major britannique qui l'avait emmené je ne sais où.

Les Américains ne savaient visiblement pas quoi faire de nous, de sorte que nous languîmes dans l'aérogare pendant des heures, à regarder nos amis d'autres nationalités que l'on emmenait à leur tour. Dans la confusion du moment, personne ne songeait à dire au revoir ou bonne chance. Je suppose que nous croyions alors nous revoir bientôt. Mais j'avoue tristement que je ne devais revoir aucun de mes compagnons de captivité non allemands. Je ne vis même pas partir les Hongrois – des gens que j'aimais pourtant beaucoup, et avec lesquels j'avais partagé bien des épreuves.

Pour finir, le groupe des Allemands fut expédié vers le port, où nous embarquâmes pour l'île de Capri. Nous fûmes logés dans le village d'Anacapri, à l'hôtel Paradiso Eden, un bel endroit jouissant d'une vue magnifique sur la Méditerranée. Mais les Américains nous avertirent que nous ne devions pas quitter l'hôtel avant la fin des interrogatoires d'identité. Je trouvais ce traitement un peu dur après la liberté totale de Lago di Braies !

Heureusement, cette restriction de nos mouvements ne dura que quelques jours. On ne nous interrogea d'ailleurs pas entre-temps, mais les officiers allemands du groupe – Falkenhausen, Thomas, Bonin et Schatz, et aussi les suspects politiques comme le prince de Hesse – furent dirigés au bout de trois jours par les autorités américaines sur une prison militaire située en Allemagne. J'étais particulièrement attristée de voir emmener le colonel von Bonin par des soldats en armes. Somme toute, il nous avait bel et bien sauvés d'une mort certaine à Villabassa.

Après le départ des militaires, ceux qui restaient purent circuler librement. Nous étions soulagés et ravis de pouvoir enfin sortir au grand air. On nous avait entassés à quatre ou cinq dans des chambres individuelles, et cette promiscuité jointe à l'incertitude de notre sort nous avait rendus passablement irritables. Alex et moi continuâmes à passer ensemble une bonne partie du temps. Mais je me rendais bien compte qu'il savait que c'était fini, que j'avais retrouvé ma patrie d'adoption, où j'allais consacrer toute mon énergie à rebâtir mon foyer et à rassembler les morceaux épars de ma famille.

Dès que je pus quitter l'hôtel, je courus au bureau de poste pour expédier à Detalmo un télégramme que j'adressai via Panama à Rome, dans l'espoir qu'il était toujours vivant et en bonne santé, car j'étais sans nouvelles de lui depuis neuf mois. Je lui donnai mon adresse et lui demandai de venir à Capri confirmer mon identité, afin de pouvoir me ramener à la maison. À ma grande joie mêlée de stupéfaction, je reçus sa réponse le jour suivant. Je faillis m'évanouir en la lisant. Detalmo serait là le lendemain matin !

Dans le groupe, les uns et les autres étaient tout excités d'apprendre l'arrivée imminente de Detalmo. Enfin quelqu'un du monde extérieur ! Ils étaient naturellement très curieux aussi de voir le genre d'homme que j'avais épousé. Et un Italien de surcroît ! Après des mois d'angoisse et d'une interminable monotonie, il nous tardait d'éprouver enfin des sensations « normales ».

Le lendemain, je ne cessai d'entrer et de sortir par la grande porte de l'hôtel, cherchant nerveusement Detalmo. Finalement, vers l'heure du déjeuner, je le vis se diriger vers la réception et je courus me jeter dans ses bras. Nous étions tellement troublés que nous ne savions par où commencer le récit de ce qui s'était passé, pour lui comme pour moi, durant cette séparation d'un an et demi. Malheureusement, Detalmo avait cru que les enfants étaient toujours avec moi, et ce fut un choc pour lui d'apprendre ce qui s'était passé à Innsbruck. Mais il eut, comme toujours, le don de m'apaiser en disant que la Croix-Rouge et le Vatican n'allaient pas manquer d'intervenir. Bien qu'il eût l'air de croire ce qu'il disait, je lus dans ses yeux la même angoisse qui me rongeait depuis de longs mois.

Au lieu de partir tout de suite, nous décidâmes d'un commun accord qu'il était préférable de rester à Capri encore un jour ou deux afin de nous réhabituer l'un à l'autre avant de rentrer à Rome, ce qui donnait en outre à Detalmo l'occasion de faire connaissance avec mes compagnons de misère. Nous nous installâmes dans un hôtel voisin, plus grand et plus confortable, et nous invitâmes à dîner les amis plus proches qui avaient vécu avec moi dans les prisons et dans les camps.

Detalmo organisa la soirée dans un restaurant du voisinage, où nous nous retrouvâmes bientôt assis autour d'une longue table avec tous les Stauffenberg, les Hofacker et les Hammerstein. Le repas était délicieux et le vin coulait en abondance. Mais Detalmo et moi fûmes un peu ennuyés de voir que beaucoup de nos invités manifestaient peu d'appétit. Je découvris plus tard que, n'ayant pas encore perdu « l'état d'esprit du prisonnier », ils avaient craint de ne pas avoir assez à manger, de sorte qu'ils avaient d'abord dîné à l'hôtel !

Dans l'ensemble, la soirée connut tout de même un grand succès. Encouragé par le vin, chacun y alla de son discours. Detalmo fut particulièrement brillant et réussit à nous émouvoir. Il conclut en disant qu'après avoir fait la connaissance de mes amis extraordinaires, il regrettait du fond du cœur de n'avoir pas séjourné en prison avec eux.

Grâce aux discours et aux plaisanteries de toutes sortes, la soirée fut très gaie, mais je n'en avais pas moins le cœur gros quand vint l'heure de se séparer. Devais-je vraiment quitter ces gens que j'admirais finalement plus que tous mes amis d'autrefois ? En particulier Alex. Comment pourrait-il affronter la dure existence qui l'attendait, sans femme, sans famille, sans foyer ? L'idée m'était pénible, mais je devais de mon côté faire face à mon propre avenir et renouer le fil de mon existence italienne avec Detalmo. J'espérais seulement qu'Alex comprendrait.

Le matin suivant, Otto Philipp m'aida pour la dernière fois à porter les quelques affaires qui me restaient. Il m'accompagna jusqu'au port, où Detalmo avait retenu des places sur le petit ferry-boat qui devait nous ramener dans la péninsule. Alex n'était pas venu, mais j'avais à la main le dernier poème qu'il m'avait dédié.

La lune éclaire le ciel brillant
Dans les plaisants jardins du Sud
Et touche mon cœur si triste.
Tandis que le dîner réunit les amis
Le coup de poignard de l'adieu déchire celui
Qui se cache tristement de la foule joyeuse.
Le vent du désert souffle avec violence.

Comme je tremble et chancelle, ma vie tient à un fil
Faible lueur d'espoir de cette amère nuit.
Brûlant de soif, je bois à longs traits
Dans votre cœur battant, qui m'emplit la poitrine.

Je hurle à tous les vents que vous êtes à moi
La mer bleue écumante recouvre les rochers
Entendez mon appel en cette cruelle nuit d'été.

Je revois aujourd'hui les jours sombres
Où mon âme envahie d'un bonheur irréel
Vit paraître une nymphe au cœur des Dolomites.
Elle me toucha de sa baguette magique
Et me redonna le goût de vivre.

Comme le bateau s'éloignait du quai, je crus que mon cœur se brisait en mille morceaux, et mes larmes coulèrent irrésistiblement. J'étais à bout de nerfs. J'avais trop longtemps refréné mes émotions. Au milieu des plus durs moments, en dépit du rapt de mes enfants, j'avais réussi à garder mon empire sur moi-même. Maintenant, je me laissais simplement aller. Je sanglotais, sanglotais encore, sanglotais toujours. Le pauvre Detalmo ne parvenait pas à me calmer.

Je venais de quitter des gens qui avaient tant souffert avec moi qu'eux seuls pouvaient comprendre ce que j'éprouvais à cet instant. Rien ne rapproche davantage les êtres que la souffrance commune et le destin partagé aux pires moments de l'existence. Les liens qui en résultent, même noués en l'espace de quelques semaines, peuvent se révéler plus forts que ceux qui ont été forgés par des années d'amitié. On peut en venir à aimer son prochain tout autant, sinon plus, qu'un parent, un époux, un enfant, un frère ou une sœur. Je repensai à ces vers de Goethe fréquemment cités par Alex :

La tristesse n'est pas toujours compagne de la souffrance
La fortune n'apporte pas toujours la joie.

À notre arrivée à Naples, nous décidâmes de déjeuner sur place avant de partir pour Rome. Detalmo m'emmena dans un des charmants petits restaurants du bord de mer. Mais je n'étais tout simplement pas préparée à un retour aussi rapide à la vie quotidienne. J'avais toujours aimé les chansons napolitaines, mais pour l'heure elles m'étaient insupportables. Je haïssais l'infect violoniste du restaurant, et plus encore sa manière de chanter, avec cette fausse sentimentalité faite pour les touristes et ses larmes de crocodile tout aussi factices. Que savait-il de l'âme humaine, de la réalité des sentiments, de la véritable souffrance ?

Ce déjeuner fut un calvaire pour moi. Malgré la mer bleue, le chaud soleil et la paix infinie du paysage méditerranéen, je fus prise d'une véritable haine de tout ce qui m'entourait. Seul Detalmo pouvait me sauver de la répulsion furieuse qui montait en moi, car à cette heure il était mon seul appui. J'étais terriblement désolée pour lui, car il ne pouvait pas comprendre. Mais ce n'était pas sa faute ; il n'avait pas été avec nous derrière ces murs.

Nous rentrâmes à Rome en voiture avec un ami yougoslave, Pipsy Mayer, qui avait séjourné via Panama chez Detalmo et qui avait des affaires à Naples. Bien qu'il eût perdu pratiquement tout ce qu'il possédait au moment de son exil après la guerre, Pipsy faisait partie des rares privilégiés disposant d'une automobile.

15

À la recherche des enfants

Si nous devons quitter la scène, nous fermerons la porte hermétiquement, de sorte qu'aucun autre gouvernement ne la rouvrira jamais.

GOEBBELS, avril 1945.

La beauté de Rome ne fit qu'ajouter à la confusion de mon esprit déjà fort embrouillé. Comment la ville pouvait-elle me paraître aussi familière, aussi normale après tout ce qui s'était passé ? Chaque borne, chaque coin de rue me rappelait des souvenirs : de mon enfance à l'ambassade, de mes camarades d'école, des réceptions et des bals, de mon père. Mais tout cela sonnait faux. Rien ne semblait avoir changé. On ne voyait pas trace de l'horreur et de la destruction qui avaient ravagé le reste de l'Europe.

Je gravis les degrés de marbre conduisant à l'appartement des Pirzio-Biroli, sur la via Panama, où m'attendait Giacomo, le frère de Detalmo. Nous nous étreignîmes en silence. Puis les questions se bousculèrent sur mes lèvres. Comment se portait-il ? Qu'avait-il fait pendant tout ce temps ? Quoi de neuf du côté de Brazzà ? Il me fit le récit de ses aventures d'une voix tranquille qui eut pour effet d'apaiser mon tourment. Son histoire était bien différente de la mienne, mais je compris qu'à sa manière elle tissait un autre point sur la tapisserie de la guerre.

Giacomo avait échappé au camp de prisonniers de guerre en Algérie, d'abord en se portant volontaire pour décharger les navires britanniques sur les quais d'Alger, puis en montant clandestinement à bord d'un cargo en partance pour l'Italie. À son arrivée à Rome, Detalmo l'avait mis en contact avec les services de renseignements américains, le fameux O.S.S. (Office for Strategic Services). Après une formation rudimentaire, il avait été parachuté derrière les lignes allemandes en Italie du Nord. De là, avec l'aide d'un opérateur radio, il guidait les attaques aériennes alliées sur les colonnes blindées allemandes.

La guerre finie, Giacomo avait rejoint aussitôt Brazzà. Il était ainsi le premier membre de la famille de retour au bercail, trop tard pour empêcher les partisans locaux d'entrer dans la maison, mais heureusement ceux-ci n'avaient emporté que des vêtements et quelques matelas. Giacomo m'assura qu'en dépit de l'occupation allemande Brazzà était intact, et que Nonino, Bovolenta et les servantes s'affairaient à tout remettre en ordre.

Malgré le souci des enfants qui me rongeait sans cesse, je m'installai peu à peu dans la routine de la vie romaine. Detalmo, qui s'était fait beaucoup d'amis dans la clandestinité, voulait absolument me les faire tous connaître. Il pensait que cela m'aiderait à effacer mes souvenirs de captivité et détournerait peut-être le cours de mes pensées qui me ramenait toujours au sort des garçons. Instinctivement je me rebellai à l'idée de bavarder avec des inconnus comme si rien ne s'était passé. Detalmo finit cependant par me convaincre.

Au début je me montrai timide, timide comme je ne l'avais jamais été auparavant. Je ne trouvais souvent rien à dire. Dès que l'on m'adressait la parole, je devenais écarlate et me mettais à transpirer. Puis je finis par trouver un moyen. J'achetai un éventail. Lorsque je sentais la chaleur me monter aux joues, je m'éventais énergiquement, ce qui avait l'avantage non seulement de me rafraîchir, mais aussi de dissimuler mon visage et d'occuper mes mains. Il est étonnant que ce simple truc m'ait permis de retrouver au moins une partie de mon assurance.

Il me parut que les Romains avaient continué à mener une existence normale, nullement émus par la barbarie de la guerre et son cortège de désastres. Detalmo me raconta comment, en l'espace de deux jours, les officiers américains avaient pris la place des officiers allemands dans le circuit des cocktails de la via Veneto. On avait donné des dîners d'adieux dans les meilleures maisons en l'honneur du commandant en chef des forces allemandes, le Feldmarschall Albert Kesselring. Quelques jours plus tard, les dîners de bienvenue se succédaient dans ces mêmes maisons pour accueillir le chef suprême des forces alliées, le général Mark W. Clark.

À nos demandes instantes et répétées d'aller en Allemagne pour nous mettre à la recherche des enfants, les officiels répondaient les uns après les autres que c'était strictement défendu. Nous essayâmes par tous les moyens imaginables d'obtenir un sauf-conduit, mais on nous faisait invariablement la même réponse : « D'après vous, que se passerait-il si nous laissions tous les Européens parcourir l'Allemagne en quête de leurs familles disparues ? La situation est bien assez chaotique comme cela ! »

Peut-être à cause de ce que j'avais vu en sur place – les déportations massives, les destructions de villes entières, les interminables colonnes de réfugiés –, j'étais tentée d'accepter ce raisonnement. Mais Detalmo était furieux, remarquant d'un ton amer que, de tous ces disparus dont parlaient les officiels, la plupart étaient morts depuis longtemps.

C'est alors que Detalmo apprit qu'un officier américain partait en avion pour Munich. Il profita de l'occasion pour lui confier une lettre de condoléances destinée à ma mère, car leur dernier contact remontait à bien avant mon arrestation. J'écrivis aussi à cette dernière pour lui demander de se mettre à la recherche des enfants. Les deux lettres mirent plus de trois mois à joindre leur destinataire.

29 mai 1945

Ma chère Mutti,

C'est très difficile de vous écrire, et je ne sais par où commencer. Je suis sûr que vous pouvez imaginer mes pensées et mes sentiments. Septembre 1944 fut très douloureux pour moi, je pensais à vous à chaque instant. Plus tard, en février 1945, j'appris la déportation de Fey trois mois plus tôt, et ce fut pis encore. Je cessai toute activité, sentant que le monde s'écroulait autour de moi. Je compris que la vie sans Fey n'offrait aucun intérêt, et j'attendis mon propre arrêt de mort.

Fey, Dieu merci, est saine et sauve. Je l'ai retrouvée en bonne santé, et elle joint sa lettre à la mienne. J'espère maintenant récupérer les deux petits. Si c'est le cas, la balance se soldera par la perte d'un beau-père, d'un ami que nul ne pourra remplacer.

Je n'ai pas les idées très claires. J'oscille entre la patience chrétienne et la rébellion contre l'ordre établi. Je suis hors d'état d'accepter ce qui nous est arrivé. Si je me sens toujours capable de me battre et de travailler pour édifier un monde meilleur, c'est uniquement par fidélité au sacrifice de ceux qui nous ont montré la voie. Père nous a donné un grand exemple, et son ombre s'étend encore sur nous. C'est comme si s'élevait dans nos cœurs un monument permanent à sa mémoire.

Fey a été merveilleuse. Il doit y avoir en elle un peu de votre caractère, sinon elle n'eût jamais surmonté l'épreuve de la prison et des camps. J'ai envie de l'épouser une deuxième fois. Je l'épouserais dix fois si je devais vivre dix vies. Chère Mutti, nous espérons avoir bientôt de vos nouvelles,

Toute notre affection, Detalmo.

(écrit en anglais)

Quand Detalmo rédigea cette lettre à la fin du mois de mai 1945, nous caressions l'espoir de retrouver les enfants d'un jour à l'autre. Nous refusions d'imaginer leur mort un seul instant.

Mais à mesure que s'écoulaient les semaines interminables, les perspectives s'amenuisaient et nous nous sentions de plus en plus déprimés.

La frustration de nos espérances durant cette période fut intolérable. Hantés par la vision impuissante des enfants laissés à l'abandon, peut-être même mourant de faim, nous usions nos semelles à multiplier en vain les démarches auprès des innombrables bureaucrates de la Ville éternelle. Ils demeuraient inflexibles, de sorte qu'au bout de plusieurs semaines de combats stériles nous finîmes par abandonner l'idée d'aller en Allemagne. Notre seul espoir était qu'au reçu de ma lettre ma mère entreprît elle-même les recherches.

Pour surmonter notre frustration pendant cette période, Detalmo et moi passâmes le plus clair de notre temps à rédiger des affiches et des prospectus donnant le signalement de Corradino et Robertino, accompagnés, bien entendu de leurs photos. Nous fîmes parvenir ces documents à tous ceux qui nous venaient à l'esprit : les évêques et les archevêques d'Autriche et d'Allemagne, la Croix-Rouge internationale et ses antennes en Italie et en Allemagne, les services secrets des États-Unis, de France et de Grande-Bretagne, les ambassadeurs d'Italie à Washington et à Varsovie, Radio-Vatican, et une centaine d'autres adresses.

Chaque imprimé était rédigé en allemand, en anglais, en français, en russe et en italien. Mais nous ne reçûmes jamais aucune réponse. Autant lancer des cailloux dans la mer. Toutes les organisations internationales croulaient sous le nombre des demandes du même ordre, et nous savions qu'il s'écoulerait des mois avant que quelqu'un se penchât sur le cas des enfants Pirzio-Biroli.

Le plus terrible était le sentiment oppressant que chaque semaine qui s'écoulait voyait se réduire nos chances de les retrouver. Ils étaient perdus, peut-être à l'Est, peut-être n'avaient-ils plus de nom. Nous ne pouvions ni nous laisser aller ni agir. Detalmo était l'un des secrétaires particuliers de Ferruccio Parri, alors premier ministre du premier gouvernement italien d'après-guerre. Au moins ce travail lui occupait l'esprit. Pour me distraire, je me mis à écrire le récit de tout ce qui m'était arrivé dans les camps et dans les prisons.

Jour après jour, le désir de retrouver le calme réconfortant de Brazzà grandissait en moi. À Rome, ni Detalmo ni moi ne parvenions au moindre résultat. Je pensais que tout valait mieux que de continuer à se heurter aux murs de pierre de l'incompréhension officielle. Je sentais qu'à Brazzà, où tout avait commencé, je serais d'une certaine façon plus près des enfants. Nous apprîmes cependant par la sœur de Detalmo, Marina, que Brazzà était pour le moment occupé, c'était un comble, par des officiers des Forces aériennes britanniques du désert, revenus d'Afrique du Nord. Marina s'était empressée de louer une maison du voisinage et tentait de se lier d'amitié avec les officiers dans l'espoir d'obtenir la jouissance de quelques chambres. Mais elle avait beau plaider sa cause, ils répétaient que Brazzà était un quartier général allié, et qu'il n'y avait aucune chambre disponible. En dépit de ce contretemps, mon désir de retourner là-bas devenait une idée fixe. Je souhaitais désespérément rentrer à Brazzà et m'y retrouver seule en compagnie de quelques amis proches. Rome était trop brillante, trop heureuse, trop complaisante.

Tandis que je languissais à Rome sans pouvoir repartir vers le Nord, ma mère, qui allait avoir bientôt soixante ans, tentait de retrouver la piste des enfants.

Au moment de l'effondrement de l'Allemagne et du déferlement des armées conquérantes des Américains, des Britanniques et des Russes sur le pays dévasté, ma mère vivait toujours à Ebenhausen avec sa sœur célibataire tante Mani, ma sœur Almuth et ma grand-mère von Tirpitz. Son mari était mort, ses enfants éparpillés un peu partout, et ses petits-fils perdus.

Les dernières nouvelles de mon frère Wolf Ulli dataient de Potsdam, devenu entre-temps zone russe. Mon autre frère Hans Dieter avait été interné après l'attentat contre Hitler dans la forteresse de Küstrin, en Allemagne du Nord. À la fin de la guerre, lui et les autres officiers prisonniers avec lui partirent vers le sud pour échapper aux Russes. Mais quand les autorités françaises prirent le contrôle de la région, elles ne les autorisèrent pas à rentrer chez eux.

C'était le chaos en Allemagne dans les premiers mois qui suivirent l'écrasement. Les routes et les voies ferrées étaient bloquées. Les lignes téléphoniques étaient rompues. Le courrier n'était plus acheminé. Le gouvernement militaire américain de Munich était assiégé de suppliques et de réclamations plus ou moins justifiées. Il ne savait pas quoi faire des réfugiés, des ex-prisonniers, des affamés et des sans-abri.

Par miracle pourtant, vers le milieu du mois de mai, juste une semaine après la capitulation, Markwart von Stauffenberg Jr et Franz von Hammerstein, hâves, sales et à bout de forces, frappaient à la porte de ma mère à Ebenhausen. Séparés de moi et des autres prisonniers de sang au départ de Dachau, forcés de se joindre à la colonne de déportés en route vers les cols escarpés des Dolomites, ils avaient réussi à persuader leurs gardiens S.S. de les libérer !

C'est par eux que ma mère apprit qu'au moins jusqu'à Dachau j'étais vivante et à peu près en bonne santé. Malheureusement, et contrairement à son attente, il n'y avait aucune autre nouvelle de moi. Ce n'est qu'un mois plus tard, en juin, que le chanoine Neuhäusler, qui avait partagé les derniers jours de notre captivité à Villabassa et prononcé cet émouvant sermon à l'occasion de notre délivrance, revint à Munich. Il fit immédiatement savoir à ma mère que j'étais saine et sauve, et que j'avais rejoint Detalmo en Italie. Mais il confirma aussi que les enfants étaient toujours portés disparus.

À la réception du message du chanoine Neuhäusler, ma mère comprit que ni Detalmo ni moi n'avions obtenu la permission de venir en Allemagne pour nous mettre à la recherche de Corradino et Robertino. Si tel avait été le cas, nous serions évidemment d'abord venus à Ebenhausen. C'était donc à elle d'agir. Elle savait qu'elle représentait le dernier espoir de réunir notre famille, et c'était bien dans son caractère de relever le défi avec l'indomptable énergie que nous lui connaissions.

Mais par où commencer dans ce chaos qu'était alors l'Allemagne ? Deux petits garçons, probablement affublés d'un faux nom, parmi les millions de personnes éparpillés dans l'ex-Reich. Les autorités nazies s'étaient évanouies dans la nature, comme si elles n'eussent jamais existé. Seuls disposaient du pouvoir les Américains, pourtant incapables de faire face aux conséquences du désastre qui s'était abattu sur l'Europe. Mais ils ne savaient rien. Les S.S., la Gestapo, sauraient peut-être où se trouvaient les enfants, mais où étaient-ils ? Ma mère n'était même pas certaine de pouvoir reconnaître les garçons. Elle disposait d'un seul indice : elle avait entendu dire, peu après mon arrestation, que les enfants avaient été arrachés à leur mère dans un hôtel d'Innsbruck. Mais il y avait déjà huit mois de cela.

« Toujours est-il qu'avec la meilleure volonté du monde je ne pouvais rien faire », devait-elle nous conter bien plus tard. « Même si j'avais su où chercher, même si j'avais disposé de tous les sauf-conduits de la terre, je ne pouvais me déplacer qu'à pied. » Rien, absolument plus rien, ne fonctionnait en Allemagne.

« Fouiller tout le pays à pied paraissait fou et vain à la fois ; peut-être que les enfants n'étaient même pas en Allemagne. Ils pouvaient être n'importe où : en Autriche, en Tchécoslovaquie, en Pologne, n'importe où ! »

Je me rappelle toujours ma mère nous faisant part de son impuissance. « N'importe où, n'importe où ! » Puis elle reprit le fil de son récit, les yeux brillants d'excitation à ce souvenir. « ... Et puis nous avons eu de la chance, beaucoup de chance. C'est même incroyable, si l'on pense aux milliers de gens dans la même situation. Ils ont retrouvé notre voiture à Munich. Tu sais, la BMW bleu marine que la Gestapo avait confisquée après l'arrestation de ton père. Ils l'ont identifiée grâce à une carte postale de la princesse de Piedmont nous remerciant de je ne sais quoi, qui était restée dans une poche de portière. C'était trop beau pour être vrai. Soudain nous avions une voiture !

« Nous sommes entrées en action, poursuivit-elle. Il y avait tout à faire, un tas de pistes à suivre. Mais d'abord il fallait se procurer les papiers, carte grise, sauf-conduits, tickets d'essence – tout en un mot ! Je compris qu'il fallait que j'aille à Munich. Seul le gouvernement militaire américain de Munich pouvait nous procurer ce dont nous avions besoin. Cela paraît complètement irréel aujourd'hui, mais le simple fait d'aller à Munich, où se trouvait la voiture, posait un énorme problème. J'aurais pu y aller à pied, il n'y a que vingt-cinq kilomètres, mais quelle perte de temps ! Chaque minute comptait. Un jour de marche pour aller à Munich, un autre pour en revenir. Non, il devait y avoir un meilleur moyen.

« Personne ne fit la moindre suggestion, et je décidai donc de tenter ma chance, avec l'espoir qu'un automobiliste complaisant me prendrait à son bord. Je partis de bonne heure le matin suivant par la petite route qui relie Ebenhausen à Munich. Je marchais sans rencontrer âme qui vive, lorsqu'une jeep s'arrêta soudain près de moi. Un jeune officier en uniforme de l'armée allemande sauta à terre et me dit dans un sourire : “ Bonjour, madame von Hassell. Puis-je vous aider ? ”

« Je dévisageai l'inconnu. Qui diable était-ce ? Puis mes yeux se reportèrent sur la jeep cabossée. Mes prières avaient été entendues ! J'étais si excitée que j'avais du mal à trouver mes mots ! Je crois que l'espace d'un instant il pensa s'être trompé ; je le regardais d'un air égaré, tout en tenant des propos incohérents. »

Ma mère fit une pause, le sourire aux lèvres. « Je finis par retrouver mes esprits, et son nom me revint. C'était un ami de ton frère Wolf Ulli depuis les premiers jours de la guerre. Je commençai à lui parler des enfants, et de l'urgence de mon voyage à Munich. Avant de lui laisser le temps de répondre, j'étais déjà dans la jeep. C'était vraiment ridicule, mais en vérité, quelle coïncidence ! »

Pendant le trajet, l'officier dit à ma mère que son régiment était stationné en Italie du Nord. Lors du repli qui suivit la reddition, les troupes avaient fait mouvement en désordre pour s'arrêter, Dieu seul savait pourquoi, dans la région d'Ebenhausen. Le régiment était maintenant dissous. Ce jeune homme devait être un des seuls officiers à porter encore l'uniforme allemand. Et à bord d'une jeep !

Au bout d'une demi-heure ils étaient à Munich. L'officier déposa ma mère devant l'immeuble du quartier général des troupes américaines. Elle resta un moment plantée devant la porte, hésitant sur la conduite à tenir. Elle avait peur d'être éconduite par les Américains et de ne pouvoir rencontrer personne d'important.

« Pourtant je n'avais pas le choix, poursuivit-elle. Je rajustai mon voile de veuve et fis une entrée aussi digne que possible. Il y avait des soldats partout, mais ils étaient si différents des garçons que nous voyions d'habitude. Il était difficile de croire que ces jeunes visages frais et roses avaient combattu les hommes de nos armées quelques semaines plus tôt. Quoi qu'il en soit, lorsque je racontai mon histoire à l'homme assis derrière le bureau d'accueil, il me fit immédiatement recevoir par le colonel Charles Keegan, commandant de la place et de surcroît gouverneur militaire de la Bavière.

« Keegan était un homme aimable d'âge moyen, visiblement choqué et désolé de l'état dans lequel il avait trouvé l'Allemagne. Mais l'intérêt et la sympathie dont il fit preuve étaient sincères. Je lui fus infiniment reconnaissante d'écrire aussitôt une note pour recommander aux autorités américaines de m'aider par tous les moyens. Je lui aurais volontiers sauté au cou ! Rien, pensais-je, ne pouvait désormais m'arrêter ! Je croyais presque avoir déjà retrouvé les enfants. Les dieux étaient avec nous ! »

Le petit bout de papier signé par le colonel Keegan fit merveille. Deux heures plus tard, ma mère quittait l'immeuble, munie de tous les documents nécessaires : papiers de la voiture, permis de circuler temporaire et bons d'essence.

Puis elle nous raconta la suite de ses aventures. De retour à Ebenhausen après avoir récupéré la voiture, Almuth et elle passèrent une partie de la nuit à planifier les recherches. Comme au Moyen Âge, les nouvelles circulaient d'une ville à l'autre, et les bruits contradictoires se succédaient. On disait notamment que de nombreux enfants enlevés par la Gestapo se trouvaient dans des institutions spécialisées des montagnes de l'Oberbayern (dans le sud de la Bavière). Ma mère décida donc, faute d'une meilleure piste, de commencer par là. L'endroit offrait le mérite de ne pas être à plus de deux heures de voiture d'Ebenhausen, alors qu'elles craignaient que les documents miraculeusement obtenus des autorités américaines ne fussent pas valables pour un long voyage.

Le jour suivant, elles prirent à toute allure la direction du sud. Les routes étaient dégagées, si l'on excepte de rares convois militaires. Il ne leur fallut guère de temps pour arriver à la porte du premier home d'enfants, en un lieu appelé Rottach.

« Nous avions si peu d'expérience, dit ma mère, que nous ne savions pas trop à quoi nous attendre. Je pensais trouver des registres, des personnes de bonne volonté soucieuses de nous venir en aide. Mais je n'ai rencontré qu'une directrice affolée, paraissant épuisée et au bord de la crise nerveuse.

« Nous commençâmes notre histoire, en essayant de la rendre aussi émouvante que possible, mais elle nous interrompit d'un geste impatient. À ses yeux nous n'étions que deux personnes de plus venues frapper à sa porte en quête d'enfants perdus. Les récits étaient toujours les mêmes, et elle regrettait de ne pouvoir nous aider. Cette femme s'exprimait sur un ton qui n'avait rien de revêche, mais son indifférence me bouleversa. “ Non, les enfants que vous cherchez ne sont pas ici, dit la directrice, pas plus que dans les maisons du voisinage. Je les ai toutes visitées à bicyclette, et j'ai dûment identifié tous les enfants. ” C'était clair.

Elle n'avait rien d'autre à nous dire. Elle n'eut pas un mot de sympathie, ne fit rien pour atténuer le choc. Almuth et moi partîmes déçues et découragées. »

Après cet échec, ma mère nous expliqua comment elle avait décidé avec Almuth d'orienter leurs recherches dans un autre secteur. Elle alla voir le gouverneur militaire américain de Bad Tölz pour l'informer officiellement de la disparition des enfants. Le gouverneur, un colonel, la reçut très aimablement. Mais après avoir écouté son récit, il secoua la tête en disant qu'il ne pouvait rien faire. Il lui suggéra de commencer les recherches au lieu d'origine de l'affaire, c'est-à-dire à Innsbruck. Elle risquait au moins de trouver là quelques indices.

« Je compris soudain l'immensité de ma tâche, dit ma mère. J'étais désespérée par le sentiment de mon impuissance. Je m'étais attendu à autre chose, à éprouver l'excitation du chasseur, par exemple ! »

Elle nous conta encore comment, de retour à la voiture, elle avait tenté de se consoler avec Almuth. Il y avait aussi Bernd Wendland, un voisin retraité d'Ebenhausen qui les avait accompagnées pour les protéger, et qui avait conduit la plupart du temps.

« De toute manière, continua ma mère, sur le chemin du retour, Almuth et moi réussîmes à nous remonter le moral, et nous projetions déjà l'expédition du lendemain lorsqu'en rentrant nous trouvâmes un message du bon chanoine Neuhäusler. Il nous pressait de nous rendre sans délai dans un endroit du nom de Bad Sachsa, dans le Nord, à une bonne journée de voiture d'Ebenhausen. Les enfants Stauffenberg et Goerdeler avaient été retrouvés là-bas, mais il fallait faire vite, car la région allait incessamment passer sous contrôle russe et devenir zone interdite ! »

Il était trop tard pour aller à Munich le soir même, de sorte que ma mère se présenta le lendemain à l'aube au colonel Keegan, pour lui demander un nouveau laissez-passer. Keegan répondit qu'il ne pouvait pas le lui donner, car Bad Sachsa, qui était situé sur l'ancienne frontière tchécoslovaque, était déjà passé sous contrôle soviétique, et n'était donc plus sous juridiction américaine. Le colonel lui conseilla néanmoins de tenter sa chance sans laissez-passer. Le document qu'il lui avait remis précédemment lui permettrait d'aller au moins jusqu'à la frontière. Comme le chanoine Neuhäusler, le colonel Keegan insista sur la nécessité d'agir sans délai. Dans la confusion du transfert des pouvoirs, il pensait que ma mère avait une chance de passer.

« Avant de partir, il a fallu cependant réparer la voiture, reprit ma mère. Wendland s'en est bien occupé, mais nous avons perdu deux jours entiers. Enfin tout fut prêt pour le départ. Cette fois nous étions cinq dans l'automobile. En dehors de moi, de Wendland et d'Almuth, nous emmenions deux prêtres catholiques qui nous avaient suppliés de les prendre avec nous.

« Tandis que nous roulions en direction de la zone russe, les deux prêtres devenaient de plus en plus nerveux. Ils venaient à peine d'échapper aux Russes, et mouraient de peur à l'idée de retomber entre leurs mains. Wendland, par contre, demeurait insouciant du danger. Dès que notre courage faiblissait, il nous remontait le moral à coups d'histoires drôles.

« La route était longue jusqu'à Bad Sachsa. Au contraire de notre précédent voyage, nous roulions avec une lenteur désespérante. Les routes débordaient de réfugiés fuyant devant les Russes. On croisait aussi de gigantesques camions américains chargés de soldats et de matériel en train d'évacuer la zone. Cette fois nous avions apporté notre nourriture. Pas grand-chose en vérité, du pain, du fromage et des saucisses. Notre dernière expédition nous avait appris qu'il était impossible de se procurer même un bol de soupe ! »

Ma mère nous expliqua que les deux prêtres les quittèrent dès l'arrivée à Göttingen, avec l'espoir de trouver un gîte pour la nuit. Mais comme elle et Almuth avaient entendu dire qu'il n'y avait pas une seule chambre disponible dans cette ville surpeuplée, elles ne tentèrent même pas leur chance. Almuth et Wendland dormirent dans une meule de foin, à côté de huit soldats allemands qui rentraient chez eux, tandis que ma mère restait dans la voiture.

Le jour d'après, ils se frayèrent difficilement un passage jusqu'au quartier général britannique de Göttingen, pour s'entendre dire qu'il n'était plus possible d'aller à Bad Sachsa. Les Russes y étaient arrivés trois jours plus tôt.

« J'étais au-delà de l'exaspération, dit ma mère, mais je savais que nous ne pouvions pas en rester là. J'étais convaincue que les enfants se trouvaient à Bad Sachsa. J'insistai donc. Je supposai que personne ne connaissait réellement la situation. Les informations étaient partout contradictoires. Il me fallait ce laissez-passer. Je plaidais et suppliais tour à tour, et l'officier de service finit par céder. Il croyait ma tentative inutile, mais comme il le dit lui-même : " Il n'y a pas de mal à essayer, madame. " »

Après cela, Almuth, Wendland et ma mère s'en furent retrouver les prêtres, dont le nom figurait aussi sur le laissez-passer. Mais ces derniers avaient changé d'avis. Ils étaient déjà trop près de la zone russe et craignaient de s'aventurer plus loin.

« Nous avancions lentement et précautionneusement d'un bourg à l'autre, continua ma mère. Quand nous atteignîmes le dernier village avant Bad Sachsa, des réfugiés nous dirent que les Russes s'étaient arrêtés un peu plus loin. Un poste de contrôle avait été mis en place pour marquer le début de la zone soviétique. Nerveusement, nous roulâmes au ralenti jusqu'à la barrière de bois. Bad Sachsa n'était plus qu'à trois kilomètres. »

Un imposant sergent de l'armée britannique était en faction. Ma mère fit de son mieux pour le persuader de détacher l'un de ses hommes pour lui servir d'escorte. Comme tout le monde, elle était terrifiée à l'idée de se trouver prise au piège sans pouvoir revenir.

« Aucun de mes arguments ne réussit à fléchir ce grand gaillard. Il ne pouvait, prétendit-il, ni quitter son poste ni relever ses hommes de leur garde. Il essaya de me convaincre d'abandonner et de repartir. Mais, devant mon insistance, il me conseilla de laisser sur place papiers, argent, bijoux, et de continuer à pied en n'emportant que les photographies. Puis, avec une ingénuité merveilleuse, il ajouta : " Les Russes n'ont aucun respect pour les documents britanniques ou américains ; la plupart du temps, ils n'ont aucun respect non plus pour les femmes, surtout les jeunes. Aussi, pour l'amour du ciel, Madame, laissez votre fille ici, et allez-y seule ! "

« Tu imagines à quel point j'étais terrorisée tandis que je marchais sur cette route déserte, enveloppée dans mon voile noir de deuil, et serrant dans ma main crispée les photos des enfants. Almuth et Wendland étaient restés derrière la barrière, et je me sentais terriblement seule. Je me dirigeai vers Bad Sachsa, sursautant au moindre bruit. J'étais décidée, au cas où j'apercevrais un Russe, à couper aussitôt à travers champs pour essayer de rejoindre le poste de garde. »

En dépit de ses frayeurs, ma mère parvint sans incident à Bad Sachsa. La grand-place était vide, on eût dit une ville morte. L'hôtel de ville était également désert, du moins le crut-elle jusqu'au moment où elle aperçut un homme assis tout seul dans un bureau du rez-de-chaussée. Ce n'était ni plus ni moins que le bourgmestre de Bad Sachsa, aussi triste et désolé que sa ville.

« J'avais à peine fini de raconter mon histoire, dit ma mère, que le bourgmestre se leva brusquement, et à ma grande joie offrit de me conduire jusqu'à l'institution en question, qui se trouvait à deux kilomètres de là, mais on ne pouvait y aller qu'au moment de la relève de la garde par les Russes. Il consulta sa montre et me poussa frénétiquement vers la sortie. " Dépêchons-nous, dépêchons-nous, c'est maintenant que nous pouvons passer ! " »

Ils s'engouffrèrent dans une vieille limousine et s'engagèrent à vive allure sur le chemin de terre qui menait à l'institution. Le bourgmestre était pessimiste quant à leurs chances de succès, car il se disait certain que tous les enfants placés là par la Gestapo avaient été depuis longtemps identifiés et rendus à leurs familles.

Le grand bâtiment de pierre était joliment situé au sommet d'une colline et entouré de bois. Lorsqu'ils arrivèrent, il n'y avait que deux personnes en vue, une grande femme blonde dans la cinquantaine, et un petit garçon assis sur la terrasse en train d'avaler goulûment une assiettée de fraises. La femme se révéla être la directrice. Elle eut une attitude amicale et sympathique, mais après avoir examiné les photos elle déclara que les deux enfants n'étaient jamais venus là. Elle en était absolument certaine.

« Après tout le mal que nous nous étions donné pour venir jusqu'à Bad Sachsa, et tous les espoirs mis dans cette expédition, déclara ma mère, c'était une terrible déconvenue. Je demandai qui était l'enfant solitaire, et lorsque la femme répondit qu'il s'agissait d'un des petits-enfants de la famille Goerdeler, j'offris de le ramener avec moi. Mais la directrice refusa. Elle avait reçu l'ordre de ne rendre les enfants qu'à leurs parents. J'étais désolée pour ce pauvre petit ! »

Les deux visiteurs prirent congé tristement, et le bourgmestre reconduisit directement ma mère à la prétendue frontière. Tous deux pleuraient, ma mère de fatigue et de désappointement, le bourgmestre de la détresse environnante. Quand ils arrivèrent à la barrière, Almuth était dans tous ses états. Elle avait vu passer deux gardes russes. Ils s'étaient arrêtés pour bavarder avec le sergent, après quoi ils avaient continué leur route vers le village. Almuth imaginait déjà d'horribles scènes d'enlèvement et de viol !

Ma mère nous raconta ensuite comment ma sœur, elle-même et Wendland étaient rentrés à Ebenhausen cette nuit-là, tristes, las et découragés. « Et ensuite ? Qu'allions-nous bien pouvoir faire ensuite ? C'était impossible ; nous ne disposions pas d'assez de temps ! Et l'Allemagne était grande, beaucoup trop grande ! »

16

Délivrance

Tu es vivante, et cette pensée adoucit les tourments de mon agonie à l'heure de vous quitter toi et les enfants.

Extrait de la dernière lettre écrite par Ulrich von Hassell à sa femme, quelques heures avant d'être pendu.

Le mois de juin 1945 à Rome fut exceptionnellement chaud. Pour moi ce fut une période d'attente fiévreuse de nouvelles d'Allemagne qui n'arrivaient jamais. Toutes les communications étaient bloquées, et le resteraient des mois encore. Nous ne savions pas que ma mère avait déjà commencé à rechercher les enfants. Nos propres efforts n'aboutissaient à rien, et quand vint le mois de juillet notre moral était au plus bas. Je savais que si seulement j'avais eu la possibilité de rentrer à Brazzà, j'aurais pu du moins occuper mon esprit à la remise en état du domaine et de la maison qui m'était devenue si chère. Mais même cette perspective restait lointaine, car il n'y avait aucun moyen de transport vers le nord, et de toute façon les Britanniques occupaient les lieux.

C'est alors que, vers la mi-juillet, nous eûmes un coup de chance incroyable. Detalmo apprit qu'un Anglais de sa connaissance, Charles Medhurst, se trouvait à Rome pour quelques jours. Medhurst, qui avait été attaché de l'Air à l'ambassade de Grande-Bretagne avant la guerre, était maintenant le chef des forces aériennes britanniques de la Méditerranée. Il pouvait peut-être nous aider ! Detalmo réussit à joindre Medhurst, qui occupait une suite au Grand Hôtel et nous invita le soir même à venir boire un whisky.

Charles Medhurst était un homme au début de la cinquantaine, jovial et plutôt corpulent. Visiblement choqué par le récit de l'exécution de mon père, de mes propres malheurs et de la perte des enfants, il s'épanouit quand nous évoquâmes nos problèmes de Brazzà. « Là au moins, je devrais pouvoir vous être utile ! dit-il d'un air assuré. Il se trouve que celui qui commande sur place, le maréchal de l'Air Foster, est un de mes vieux amis. Voyons si je ne pourrais pas le joindre tout de suite ! »

Medhurst se dirigea vers un téléphone « militaire », décrocha l'appareil et ordonna d'une voix brève à l'opérateur d'appeler immédiatement Brazzà. Nous n'en revenions pas ; les semaines précédentes, nous n'avions pratiquement jamais réussi à joindre le numéro.

Après quelques instants d'incertitude, nous entendîmes la voix de Medhurst : « C'est toi, Pussy ? Écoute, je suis ici à Rome en train de boire un verre avec les propriétaires de la maison que tu occupes... Oui, je les connais depuis des années. Ils voudraient monter là-haut pour s'occuper d'un tas de trucs. Pourrais-tu dégoter un avion pour les emmener d'ici à Treviso, et envoyer une voiture les chercher ? Un grand merci, Pussy. »

Medhurst se retourna vers nous, l'air radieux. « Tout est arrangé ; vous partez demain ! Sauvez-vous maintenant, et bonne chance. Je suis sûr que vous retrouverez vos enfants ! » Je me dis soudain que la chance allait peut-être enfin nous sourire.

Le lendemain matin, Detalmo et moi montâmes dans un drôle de petit avion militaire, dont l'aménagement intérieur paraissait assez primitif et où le froid nous saisit dès que nous fûmes au-dessus des nuages. Mais nous atterrîmes à l'heure pour découvrir qu'une voiture d'état-major britannique nous attendait effectivement sur le terrain de Trévise. Tandis que nous roulions vers

Brazzà au milieu d'une campagne ravissante, je reprenais courage en reconnaissant les paysages familiers du Frioul. Je rentrais enfin chez moi, pensais-je.

Malgré les traces laissées par une longue occupation, Brazzà restait d'une beauté saisissante. Comme la voiture remontait la cour de gravier flanquée par les deux longs bâtiments des communs pour s'arrêter devant la maison, Nonino, Ernesta, Bovolenta et la femme de celui-ci s'avancèrent en courant pour nous accueillir. Nous fîmes alors la connaissance du commandant britannique, le maréchal de l'Air Robert Foster, qui s'excusa de ne pouvoir mettre aucune pièce à notre disposition. Nous nous installâmes donc dans une chambre inoccupée de la maison de Nonino.

Nous n'avions pas encore brossé la poussière de nos vêtements qu'un soldat se présenta, porteur d'une invitation à boire un verre avec les officiers le soir même. Il était assez déconcertant d'être invité dans sa propre maison ! Mais les quelque vingt officiers que nous rencontrâmes étaient tous aussi charmants que courtois. Je fus particulièrement captivée par l'un d'eux, le vice-maréchal de l'Air Colin Falconer, un élégant officier d'environ quarante-cinq ans, surnommé, je l'appris plus tard, « Sweety ». Nous étions donc, dans notre propre demeure, les hôtes de « Sweety » et de « Pussy ». La situation me parut piquante.

Quelques jours plus tard, je fus ravie d'apprendre que Sweety prenait le commandement de l'état-major, en remplacement de Pussy, manifestement plus guindé et plus à cheval sur le règlement, qui venait d'être transféré à Londres. Detalmo et moi décidâmes de faire à Pussy Foster une visite d'adieu. Comme de nombreux officiers, il vivait dans une des remorques garées au fond du parc. (Le fait de ne pas vivre dans la maison leur valait, semble-t-il, un complément de solde.)

L'intérieur de la remorque était étonnamment confortable, avec des tapis, des rideaux, et même des tableaux accrochés aux murs. Mon attention fut brusquement attirée par deux aquarelles de Brazzà, représentant respectivement la maison et les ruines du château. Je m'en souvenais très bien, car j'avais été touchée lorsque le soldat allemand qui en était l'auteur me les avait offertes. J'en fis tranquillement la remarque à Foster, qui me les tendit d'un air gêné sans dire un mot.

Dès sa prise de commandement, Sweety Falconer établit une routine selon laquelle Detalmo et moi venions boire un verre au mess chaque soir avant le dîner. C'était très amusant, car les conversations étaient truffées d'excellent humour britannique et de souvenirs de guerre. Les officiers étaient pleins de sympathie pour moi à cause des enfants, mais leur discrétion naturelle les retenait d'aborder souvent le sujet.

Lorsqu'un soir Falconer me demanda si nous aimerions nous joindre à leurs promenades à cheval du matin, nous acceptâmes d'enthousiasme. L'armée britannique avait pris à un régiment autrichien en retraite quelques bons chevaux, dont une dizaine étaient en pension dans une de nos granges, à côté de Mirko, le petit cheval de trait que Robertino aimait tant. Ces longues promenades matinales dans le parc et les douces collines environnantes firent plus que tout le reste pour apaiser mon âme inquiète. Les temps de galop sur les chemins de terre autour de Brazzà, suivis de pique-niques impromptus dans un coin de campagne ravissant, avaient quelque chose de vivifiant. Les officiers organisaient souvent des « rallyes-papier » ou des « courses au clocher ».

Je savais que certains de mes amis désapprouvaient ma conduite. Après tout, je venais de perdre mon père, et mes enfants étaient toujours portés disparus. Ils me trouvaient bien égoïste de faire ainsi la course avec les Britanniques dans les champs du voisinage. Mais que savaient-ils des baraquements infects et des wagons à bestiaux qui avaient marqué durant de longs mois les limites de mon univers, quand nous ne pensions plus qu'à lutter pour voir se lever le jour suivant ? Je ne voyais pas la nécessité de m'habiller de noir et de prendre des airs de circonstance. Tous mes nerfs et mes muscles vibraient d'une ardeur nouvelle. Quand inévitablement la pensée des enfants m'envahissait de tristesse, je m'enfermais dans ma chambre, que je ne quittais pas avant d'avoir repris le dessus.

Au début du mois d'août, plus de deux mois après mes retrouvailles à Capri avec Detalmo, une lettre arriva de Suisse. Elle était de ma mère, écrite au mois de juin, et acheminée par l'intermédiaire de nos cousins de Zurich – les premières nouvelles de ma famille depuis des mois. Je déchirai fiévreusement l'enveloppe dont je dévorai le contenu. Elle était vivante et en bonne santé, et de plus – ô bonheur – recherchait activement les enfants ! Elle n'avait reçu aucune de nos lettres. Avec un cri de joie, je courus trouver Detalmo et lui traduisis la lettre qui était écrite en allemand :

> ... J'ai finalement appris ce qui t'était arrivé par les Stauffenberg... J'étais tellement soulagée de te savoir enfin en sécurité avec Detalmo... Le gouvernement militaire américain fait tout ce qu'il peut pour nous aider à retrouver les garçons. Demain je dois contacter un certain Russe qui pourrait peut-être me donner des renseignements... Tout le monde me dit qu'au Tribunal du peuple ton père a été magnifique. Près de deux cents personnes assistaient au procès, et l'une d'elles a dit à Wolf Ulli que la plupart des personnes présentes auraient voulu se lever pour aller lui serrer la main !
>
> C'était certainement une âme belle et noble, trop bien pour le monde d'aujourd'hui. Il demeure un exemple pour chacun d'entre nous. Apparemment, quand Freisler [l'infâme juge nazi] prononça la sentence de mort, il suait à grosses gouttes, et sa voix tremblait.
>
> Après sa condamnation, ton père m'écrivit une lettre, que ces canailles ne m'ont remise que fin décembre. Je prie pour que son sacrifice apporte au monde le témoignage qu'il existait une autre Allemagne, une Allemagne désespérée par les gang-

sters qui nous opprimaient tous ; puisse l'univers se souvenir que des hommes comme ton père sont morts en combattant les forces du mal...

Les paroles courageuses de ma mère nous émurent profondément, Detalmo et moi. Sa force devant l'ouragan qui avait dévasté sa vie était inimaginable. Mais ce qui comptait le plus désormais, c'était qu'elle recherchait les enfants. Je fus à la fois soulagée et réconfortée de l'apprendre, connaissant son indomptable énergie.

Les semaines s'écoulèrent sans apporter d'autres nouvelles. Puis, vers la fin du mois d'août, Detalmo décida de retourner à Rome. Il comptait y maintenir la pression sur le Vatican et la Croix-Rouge, qui avaient de leur côté promis de rechercher les enfants. Detalmo s'impatientait aussi de ne rien faire à Brazzà, sachant que ses amis politiques romains s'affairaient à mettre en place l'organisation du futur État italien. Je ne désirais pas l'accompagner. Le train agité de Rome m'était toujours insupportable, et l'ouvrage ne manquait pas à Brazzà. Je voulais aussi rester dans le voisinage, au cas où se présenterait une chance de réoccuper enfin la maison.

À mesure que les jours passaient, ma libération du début mai tendait à s'estomper dans ma mémoire. Mais l'absence de nouvelles de ma mère raviva mon angoisse à propos des enfants. Ma frustration devint telle que j'envisageai sérieusement de partir à leur recherche à pied, en traversant l'Autriche, et s'il le fallait jusqu'en Allemagne.

Le mardi 11 septembre marquait le premier anniversaire de mon arrestation à Brazzà. Tard dans la matinée, je donnais des instructions à notre jardinier, Tami, dans la roseraie qui jouxte la chapelle, lorsque Nonino vint m'apporter un télégramme. Le fait n'avait rien de surprenant, dans la mesure où Detalmo m'en avait adressé deux ou trois depuis son départ pour Rome trois semaines plus tôt. Je poursuivis mon entretien avec Tami, tandis que j'ouvrais distraitement le message. J'y jetai d'abord un coup d'œil sans comprendre. Puis je cessai brusquement de parler pour le relire mot à mot. Je n'en croyais pas mes yeux !

ENFANTS RETROUVÉS SONT AVEC TA MÈRE STOP AI EU CONFIRMATION EN APPELANT COLONEL WILLE ZURICH STOP WILLE AVAIT REÇU LETTRE DE TA MÈRE DONNANT INFORMATION STOP ILS SONT EN PARFAITE SANTÉ STOP AI ESSAYÉ TE TÉLÉPHONER MAIS EN VAIN CAUSE MAUVAIS TEMPS ESPÈRE AVOIR LAISSEZ-PASSER POUR L'ALLEMAGNE D'ICI QUELQUES JOURS TENDRESSES DETALMO PIRZIO

Les larmes ruisselaient sur mes joues tandis que je lisais et relisais le câble. C'était fini ! Je fus à l'instant soulagée de l'angoisse qui m'étreignait depuis onze mois. Folle de bonheur, je me mis à crier au pauvre Tami stupéfait : « Les enfants ! Les enfants ! Ma mère les a trouvés ! C'est elle qui les a ! » Je courus jusqu'à la maison de Nonino, où je trouvai sa femme, Pina, ainsi que Bovolenta. Pleurant et riant à la fois, j'agitais frénétiquement le télégramme, ne cessant de répéter : « Les enfants, les enfants ! » Secouée de sanglots, j'étreignis tous les assistants, y compris un soldat britannique qui se trouvait là par hasard, et qui n'avait bien entendu pas la moindre idée de ce qui se passait.

Lorsque Sweety Falconer apprit la bonne nouvelle, il décida immédiatement d'organiser le soir même un grand dîner pour fêter l'événement. Plus tard, après avoir porté un toast à ma santé et à l'avenir de ma famille, il annonça que les Forces aériennes du désert nous cédaient deux grandes pièces ensoleillées du rez-de-chaussée, avec une salle de bains et une véranda.

Mon terrible cauchemar avait pris fin ! Cette nuit-là, je dormis comme une bienheureuse. Il ne restait plus qu'à partir chercher les enfants. Mais par quel moyen ? Et comment avait-elle réussi à les retrouver ?

En attendant d'autres nouvelles de Detalmo, je mis tout mon cœur à préparer Brazzà pour le retour des garçons. Du jour au lendemain, ma façon de voir les choses changea du tout au tout. J'abordais les lieux, les personnes ou mes tâches avec le même allant et le même enthousiasme. Là où j'avais été timide, j'étais sûre de moi. Là où j'avais observé un mutisme obstiné, je devenais bavarde. Le bonheur et la gratitude qui me réchauffaient le cœur m'avaient complètement transformée.

Mais partir vers le nord n'était pas chose facile. Detalmo remuait en vain ciel et terre pour obtenir ces précieux laissez-passer qui nous permettraient d'entrer en Allemagne. On lui faisait toujours la même réponse : « Les ressortissants italiens ne sont pas encore autorisés à pénétrer en Allemagne. » Il finit par ne plus savoir à quel saint se vouer. C'était absurde de nous bloquer en Italie tandis que nos petits garçons nous attendaient à Ebenhausen, pas très loin de l'autre côté de la frontière.

Un mois s'écoula, qui nous parut interminable, et nous étions déjà en octobre. C'est alors que le premier ministre Parri, pour qui Detalmo travaillait toujours, lui demanda d'organiser une réception au Grand Hôtel en l'honneur du général Mark Clark, dont la cinquième armée avait pris Rome, et qui commandait présentement les troupes américaines d'occupation en Autriche.

La réception eut lieu, à laquelle assistaient des centaines d'officiers, d'hommes politiques et de personnalités diverses. À un certain moment, Detalmo vit le général Clark s'écarter d'un groupe de journalistes. Il se précipita vers lui pour lui offrir un whisky. Le général accepta, et Detalmo en profita pour lâcher tout d'une traite : « Général, vous seul pouvez m'aider ! Voilà plus d'un an que mes enfants nous ont été enlevés par les S.S. en Allemagne. Nous ne les avons plus revus depuis. Mais ils ont été retrouvés entre-temps par la mère de ma femme, qui vit près de Munich. C'est la veuve de l'ancien ambassadeur à Rome von Hassell, qui fut exécuté par Hitler après l'attentat manqué de l'année dernière. Je n'arrive pas à obtenir un laissez-passer pour aller les chercher ! »

Detalmo attendit anxieusement la réponse du général, qui le fixa une seconde et se retourna pour appeler quelqu'un de son état-major. « Capitaine, venez ici une minute. » Désignant du doigt Detalmo, Clark dit alors : « Assurez-vous que l'on mette à la disposition de ce monsieur une de nos jeeps ainsi qu'un ordre de mission spécial pour aller en Allemagne. »

Detalmo resta planté là, complètement abasourdi. Le mur impénétrable dressé par la bureaucratie venait de s'écrouler en moins d'une minute ! Tout fut arrangé dans les vingt-quatre heures. Serrant le précieux document sur son cœur, et vêtu d'un uniforme de l'armée américaine, Detalmo grimpa dans la jeep amenée spécialement via Panama. Abondamment pourvu de bons d'essence, il roula toute la nuit afin d'atteindre Brazzà sans perdre de temps.

Son apparition le lendemain matin dans la cour d'honneur provoqua l'excitation, et aussi l'amusement, de tous les hôtes de la maison. Il était là, dans une jeep de l'armée américaine, vêtu de l'uniforme et chaussé des rangers de l'armée des États-Unis, mais coiffé de sa vieille casquette d'officier de cavalerie ! Je fus saisie d'un fou rire, et me précipitai, au comble de l'excitation. Nous partions enfin ! Rien ne pouvait plus nous arrêter désormais !

Avant de partir, nous allâmes voir le curé de la paroisse, à qui nous demandâmes de se tenir prêt à célébrer une messe d'action de grâces dès notre retour avec les enfants, dans la petite chapelle du château. La date fut d'abord fixée au 4 novembre. Mais Detalmo se ravisa, préférant reporter la cérémonie au 6 novembre, deux jours plus tard, au cas où nous ne serions pas rentrés à temps. Nous ignorions que le 6 novembre était le jour de saint Léonard, à qui la chapelle avait été consacrée des siècles plus tôt ! Nous découvrîmes aussi – miracle entre tous – que Léonard était le saint patron de tous les prisonniers !

Bovolenta reçut l'ordre de préparer un grand repas, qui serait servi après la messe, et auquel tous les paysans locaux et les métayers étaient conviés. Il y aurait du vin, de la musique et on danserait. Ce jour-là, nous voulions réunir tout le monde pour marquer la fin de nos souffrances et de nos tragédies privées.

Detalmo dit que ce serait une manière de tourner la page, à l'aube d'une vie plus heureuse pour chacun d'entre nous.

Entre-temps, nous chargeâmes la jeep de toutes les gourmandises que l'Italie pouvait alors offrir. Des sacs de farine et de sucre s'entassèrent dans le véhicule, ainsi qu'un énorme jambon, des roues entières de fromage, des salamis, des fruits, et plusieurs centaines d'œufs. Nous y ajoutâmes du savon, et bien d'autres denrées qui seraient sûrement utiles à ma famille en Allemagne, où nous savions que l'on manquait de tout.

Le lendemain matin à six heures, nous nous mettions en route, accompagnés par les cris affectueux et les souhaits de bon voyage de Nonino et des deux servantes. C'était déjà l'automne, les arbres avaient pris des teintes vert pâle et brun, et la lumière crue qui tombait sur les crêtes des montagnes avait de quoi couper le souffle.

Tandis que nous franchissions les Alpes par le col du Brenner, pour bientôt descendre vers l'Autriche, je n'avais pas une pensée pour l'époque terrible et pleine de dangers où j'avais fait le même voyage en sens inverse. Mika et Gaggi, Otto Philipp, Onkel Moppel et le Dr Goerdeler étaient déjà loin dans le passé. Même l'image imprécise du grand Alex, que j'avais tant admiré, s'estompait graduellement à l'arrière-plan de mes pensées. Je ne désirais plus qu'une chose, revoir ma mère, ma famille, et par-dessus tout, être enfin réunie avec mes deux petits garçons.

Detalmo et moi voulions arriver si vite à Ebenhausen que nous ne prîmes pas le temps de parler pendant le trajet. Nous regardions droit devant nous, priant le ciel pour que rien ne vînt se mettre en travers de notre route. Le passage de la frontière ne posa pas de difficulté. Les ordres de mission faisaient merveille, et nous faisions de grands saluts à chaque poste de garde, comme si nous étions des gens très importants. Nous évitâmes les grandes villes, dont la traversée nous eût ralentis. Vers quatre heures de l'après-midi, après avoir roulé près de dix heures sans arrêt, notre jeep surchargée s'engageait sur la route poussiéreuse menant à la grande maison d'Ebenhausen. À mesure que nous approchions, je devenais de plus en plus nerveuse, mon cœur cognait à grands coups dans ma poitrine, et je commençai à me sentir malade.

Ma mère était debout sur le seuil, mon frère Wolf Ulli à côté d'elle. Vêtue de noir, elle paraissait plus mince que dans mon souvenir. Je sautai à terre et courus me jeter dans ses bras. Il y avait si longtemps, il s'était passé tant de choses, que la rencontre parut un instant irréelle. Suffoquée par l'émotion, je parvins à dire : « Pauvre Mutti », et ses yeux s'emplirent de larmes. Mais ce fut tout. Ce fut le seul signe extérieur de la tragédie qui l'avait frappée. Ensuite j'embrassai Wolf Ulli, et nous entrâmes tous deux dans la maison pour saluer ma grand-mère et tante Mani.

Ma mère dit que Corradino et Robertino étaient partis se promener avec Almuth et ne tarderaient pas à rentrer. Nous dûmes donc refréner notre impatience, et nous assîmes pour prendre le thé, comme si c'était la chose la plus naturelle du monde. La conversation était entrecoupée de longs silences. Detalmo et moi gardions les yeux fixés sur la porte, ne sachant pas très bien ce que nous allions découvrir au bout d'un an. Nous parlâmes de la façon dont il y avait lieu d'accueillir Corradino et Robertino à leur entrée dans la pièce. Fallait-il les étreindre fougueusement à la manière italienne, ou au contraire rester calme et maître de soi, ce qui serait plus conforme au tempérament nordique ? Nous optâmes finalement pour la dernière attitude, afin de voir comment les enfants réagissaient eux-mêmes.

Au bout de quelque temps nous entendîmes un bruit de pas, et la porte s'ouvrit toute grande. Almuth entra, flanquée des garçons qu'elle tenait fermement par la main. Ils s'arrêtèrent sur le seuil. Le silence était total ; personne ne soufflait mot. J'étais au bord des larmes. Les enfants nous dévisagèrent d'un œil curieux.

Puis Corradino devint rouge comme une betterave. Se penchant gentiment vers lui, Almuth chuchota : « Reconnais-tu cette personne ? – Oui, c'est Maman », répondit-il aussitôt. Désignant alors Detalmo, Almuth lui demanda : « Et connais-tu ce monsieur ? » Corradino hésita un moment, regardant son père avec des yeux ronds. Il dit enfin d'une voix excitée : « Oui, c'est Papa ! Comme sur la photo ! »

Corradino resta muet quelques secondes puis, échappant à l'étreinte d'Almuth, il se précipita vers son père qui se tenait debout dans l'angle de la pièce. Il s'accrocha au pantalon de Detalmo et plaça ses petits pieds sur les grandes chaussures paternelles, comme il faisait toujours quand il était plus petit. Robertino trotta dans ma direction, grimpa sur mes genoux, et s'y assit sans dire un mot. Il me parut l'objet à la fois le plus précieux et le plus fragile du monde. À le sentir tout chaud contre moi, je sus que mon cauchemar avait pris fin.

Et pourtant les choses ne seraient sans doute plus jamais comme avant, comme si rien n'était arrivé. Je me demandais dans quelle mesure les épreuves subies avaient pu les changer, et si je pourrais moi-même être un jour avec eux comme autrefois. Nous recommençâmes lentement à parler, mais Detalmo et moi nous arrêtions souvent au milieu d'une phrase pour échanger un coup d'œil et dévorer du regard les enfants. Nous n'avions pas encore réalisé qu'ils étaient vraiment revenus. Mais en dépit de notre nervosité les deux garçons étaient complètement naturels et détendus.

Plus tard, ainsi que nous en étions convenus, Almuth monta au premier étage avec les enfants et les mit elle-même au lit. Je la suivis un peu plus tard pour dire avec eux la prière du soir. C'était étrange de reprendre ainsi nos habitudes et de réciter les mêmes paroles qu'à Brazzà, plus d'un an auparavant. Lorsque, les croyant endormis, je me décidai à quitter la pièce, j'entendis Corradino m'appeler en pleurant : « Maman, maman ! » Au bord des larmes, je revins sur mes pas pour le consoler. Une terrible angoisse m'étreignit de nouveau en songeant à notre brutale séparation d'Innsbruck, et à la fausse promesse de ne plus jamais nous séparer que je lui avais faite à Brazzà pour le rassurer.

Après avoir rejoint les autres en bas, je leur décrivis le désespoir de Corradino quand je l'avais quitté. Ma mère me dit alors qu'à l'arrivée des garçons à Ebenhausen, Corradino m'appelait en pleurant toutes les nuits, et mettait parfois des heures à s'endormir. Au bout de quelques mois cependant, il avait fini par se calmer.

Au bout de quelques mois ! Je regardai ma mère d'un air incrédule. Quand donc les avait-on retrouvés, alors ? La réponse fut à peine croyable : mes enfants se trouvaient sains et saufs à Ebenhausen depuis la fin juillet ! Et nous étions fin octobre ! Tous ces mois d'angoisse pour rien ! Detalmo et moi regardâmes ma mère sans comprendre. Pourtant nous savions bien que, dans les conditions extraordinaires qui suivirent l'effondrement de l'Allemagne, la pauvre femme n'avait aucun moyen de nous contacter. Ce soir-là, ma mère nous raconta comment elle avait retrouvé les enfants. Nous voulions connaître l'affaire dans le détail, et il fut entendu qu'elle nous dirait tout pendant le dîner. Je n'oublierai jamais cette scène. On avait sorti l'argenterie, et la table regorgeait de vin et de tout ce que le Frioul avait de meilleur – en quelque sorte le symbole de la gratitude et de la générosité dont nous débordions nous-mêmes, Detalmo et moi. À sa manière directe et convaincante, ma mère nous raconta les tentatives, les déceptions et les triomphes qui avaient abouti à la découverte des enfants.

Elle nous dit d'abord la frustration qui avait été la sienne durant la première période de ses recherches, qui s'était achevée par l'incursion aussi inutile qu'éprouvante pour les nerfs dans la zone d'occupation russe de Bad Sachsa. Almuth, Wendland et elle étaient rentrés à Ebenhausen complètement découragés. Ils avaient épuisé toutes les pistes, et comme elle le dit elle-même : « C'était impossible. Il aurait fallu bien plus de temps, et l'Allemagne était grande, beaucoup trop grande ! »

Sur ce, ma mère se renversa sur sa chaise et nous regarda, Detalmo et moi, avec dans les yeux cette lueur amusée qui était si caractéristique chez elle.

« Que s'est-il passé, alors ? éclatai-je. Comment as-tu fait pour les retrouver ? » Avec un haussement d'épaules, ma mère passa la main devant son visage, comme pour écarter une toile d'araignée.

« Eh bien, après avoir passé en revue ce soir-là toutes les hypothèses et après force discussions, nous avons repensé, ta sœur et moi, à ce que nous avait dit le gouverneur militaire à Bad Tölz. “ Madame, pourquoi ne pas commencer par le commencement. Reprenez vos recherches au départ d'Innsbruck. ” Mais l'Autriche était un autre pays, pour lequel il nous fallait évidemment un nouveau jeu de documents officiels et de laissez-passer. Nous résolûmes cependant de nous rendre sur les lieux du crime, comme dans les romans policiers ! »

Elles repartirent pour les bureaux du colonel Keegan à Munich. Ma mère commençait à le considérer comme un vieil ami de la famille ! De sa voix lente et un peu hésitante d'Américain perdu en terre étrangère, Keegan doucha leur enthousiasme en disant : « Cette fois, madame von Hassell, j'ai peur de ne pas pouvoir vous aider. Innsbruck est aux mains des Français depuis hier. Si vous persistez dans votre projet, il vous faudra négocier avec la nouvelle administration française. »

Le pessimisme de Keegan eut pour seul effet de renforcer ma mère dans sa détermination d'aller à Innsbruck, d'autant que c'était en quelque sorte le voyage de la dernière chance. En outre, de sa dernière visite à Innsbruck (quand elle avait en vain tenté de me voir), Almuth avait gardé en mémoire les noms de deux S.S. qui avaient eu affaire à moi sur place. « L'un d'eux, précisa ma mère, avait dit à Almuth que tu n'étais pas à la prison, mais dans un certain hôtel. »

Refusant d'abandonner la partie, ma mère persuada Keegan d'essayer au moins de savoir si ces officiers S.S. se trouvaient toujours à Innsbruck. Après avoir dit que c'était certainement inutile, il passa quand même un coup de fil à un agent américain stationné à Innsbruck, et le questionna sur les deux hommes. La réponse fut négative. L'agent « n'avait pas la plus petite idée sur le sujet », pour reprendre les propres termes de Keegan. L'agent dit encore que tous les S.S. d'Innsbruck avaient pris la fuite, ajoutant : « Dites à cette dame qu'elle abandonne tout espoir d'arriver ici au moindre résultat. Elle veut courir dans tous les sens à la recherche de ces enfants, mais elle ne les trouvera jamais de cette façon. Autant chercher une aiguille dans une botte de foin. Des commissions spéciales vont être formées pour traiter ces affaires-là. Il faut agir de manière systématique. Dites-lui seulement d'avoir un peu de patience. »

« Je sortis du bureau de Keegan complètement découragée, dit ma mère. Je me creusais la cervelle pour trouver un moyen de parvenir jusqu'à Innsbruck, lorsque l'idée d'interroger le bureau des Personnes déplacées me vint brusquement à l'esprit. Peut-être ignoraient-ils que les Français avaient pris le contrôle de la zone.

« Je me hâtai d'aller frapper à la porte de ce bureau, dont le responsable était un jeune sergent américain d'aspect candide. J'avais de la chance ! D'un air solennel, il rédigea aussitôt, et sans la moindre difficulté, une autorisation officielle de nous rendre à Innsbruck. Elle ne valait que pour un jour, mais elle me parut aussi précieuse que de l'or massif. Je le remerciai chaleureusement, ce qui parut l'étonner, redescendis en hâte l'escalier et sortis de l'immeuble pour m'engouffrer dans la voiture en criant à l'intention d'Almuth : " Je l'ai, je l'ai ! Nous partons demain matin à cinq heures ! " »

Aux premières lueurs de l'aube, Wendland, Almuth et ma mère franchissaient la frontière autrichienne dans la BMW. L'endroit grouillait littéralement de soldats noirs, qui étaient en fait des Marocains enrôlés dans l'armée française. Par chance, ils n'avaient pas encore officiellement pris leurs fonctions, et le laissez-passer américain fut accepté. Parvenues au cœur de la ville, Almuth et ma mère décidèrent d'aller d'abord au palais épiscopal, près de la vieille cathédrale, dans l'espoir d'y trouver une personne au courant de la disparition de deux enfants. Mais quand elles frappèrent à la grande porte, un serviteur sortit et leur dit textuellement : « Leurs Excellences dorment encore, il ne faut pas les déranger. »

« Imaginez un peu ! s'écria ma mère. L'Europe tout entière était à genoux, et Leurs Excellences dormaient ! »

Furieuses d'avoir perdu un temps précieux, les deux femmes se rendirent au commissariat de police central, comptant au moins laisser sur place des photos et une description des enfants, au cas où leurs autres efforts seraient vains. Lorsque le chef de la police déclara qu'il n'avait aucun pouvoir dans de telles affaires, ma mère voulut savoir où elle pourrait trouver les différents officiers S.S. et agents de la Gestapo responsables de mon incarcération. Le chef de la police haussa les épaules et dit d'un air manifestement indifférent qu'il n'en avait pas la moindre idée ; la plupart se cachaient sous un faux nom avec de faux papiers. Ils pouvaient être n'importe où.

« J'étais effarée, dit ma mère. Tu me croiras sans doute bien naïve, mais même après ce qui était arrivé à ton père, je pensais qu'il existait encore dans la police des hommes scrupuleux capables d'assurer normalement leurs fonctions et de prendre leurs responsabilités ! Ils couvraient peut-être d'anciens collègues. Quelques-uns avaient peut-être même appartenu à la Gestapo. Quoi qu'il en soit, je me trompais. »

À ce moment-là, Almuth et elle commençaient à désespérer tout de bon. Il était près de midi ; la moitié du jour accordé par le précieux permis était écoulée, et elles n'avaient pas avancé d'un pas dans la recherche des enfants.

« Il ne restait plus, poursuivit ma mère, qu'à visiter directement les lieux où tu avais séjourné, c'est-à-dire la prison et l'hôtel. Afin de gagner du temps, Almuth et moi décidâmes de nous séparer ; elle essaierait de dénicher l'hôtel où on t'avait arraché les enfants, tandis que je tenterais ma chance du côté de la prison. Après le départ d'Almuth, Wendland me conduisit donc à cet horrible endroit. »

Par bonheur, ma mère put rencontrer le directeur de la prison. Bien que cela semble incroyable, c'était le même que de mon temps. Chose encore plus étonnante, il se souvenait parfaitement de moi, mais n'avait aucune idée de l'endroit où les S.S. m'avaient emmenée. Bien sûr, il ignorait tout du sort des enfants.

Il compatit néanmoins aux malheurs de notre famille, et pressa ma mère de prendre contact avec le bureau d'Assistance aux jeunes (*Jugendamt*), qui pourrait peut-être retrouver quelques-unes des femmes S.S. de la région qui avaient travaillé dans les « orphelinats ».

« Je revins précipitamment à l'hôtel de ville pour me perdre dans un dédale de bureaux et de couloirs, expliqua ma mère. Tout excitée, je courais d'une porte à l'autre, demandant partout le bureau d'Assistance aux jeunes. On me dit d'aller à la porte 140, mais le chaos était tel que personne ne put me dire où celle-ci se trouvait. Je finis par découvrir la pièce en question, mais seulement pour m'entendre dire : " Désolé, Madame, ce bureau ne s'occupe pas des enfants disparus. Il y a un service spécial pour cela. Vous devez aller... "

« J'étais à bout de patience, et je crois que l'employé s'en est aperçu. Nerveuse à cause de l'heure tardive, et en sueur dans cette atmosphère étouffante, je lui dis que je n'avais simplement pas le temps de chercher un autre bureau. Il sembla tout à coup prendre mon affaire à cœur, saisit le téléphone et appela tous les gens qui lui paraissaient à même de savoir où avaient pu échouer les enfants dont je lui parlais. Naturellement, comme aucun de ses interlocuteurs ne voulait être directement mis en cause, il dut se montrer extrêmement diplomate.

« Pour finir, au cinquième ou sixième appel, il fut mis en communication avec une certaine Fräulein Schleiger qui, d'après un autre correspondant anonyme, avait eu quelque chose à voir avec le transport des enfants dont les parents avaient été arrêtés par la Gestapo. Elle commença par dire qu'elle ne savait rien. Puis peu à peu, par des questions polies autant qu'insidieuses, l'employé finit par lui soutirer les noms de quatre " instituts ", tous situés près d'Innsbruck, où la Gestapo avait coutume d'envoyer des enfants. »

Après avoir remercié chaleureusement l'employé, ma mère alla vivement retrouver Wendland, qui était resté dans la voiture.

Almuth, qui avait par un hasard incroyable déniché d'autres renseignements, était déjà là. « Vas-y, raconte-leur cette partie de l'histoire, Almuth », dit ma mère.

« Eh bien, comme Mutti vient de l'expliquer, dit à son tour Almuth, nous nous sommes séparées dans l'après-midi, et je me suis mise en quête de l'Arlberger Hof, l'hôtel où tu étais détenue. J'y étais déjà venue l'année dernière, quand nous te cherchions avec Hans Dieter, et je me souvenais plus ou moins de son emplacement. Mais, crois-le ou non, j'ai eu du mal à le trouver. Innsbruck avait tellement changé avec tous ces bombardements. Vous imaginez le choc quand j'ai vu qu'il n'y avait plus rien, rien qu'un tas de gravats, et la moitié d'un mur encore debout, là où avait été l'hôtel !

« J'étais près d'abandonner pour regagner la voiture quand j'aperçus un vieil homme dépenaillé qui fouillait les décombres, visiblement à la recherche de ce qui pouvait encore servir – un spectacle assez commun de nos jours. Quoi qu'il en soit, je décidai de lui demander s'il savait quelque chose de l'endroit. C'était tiré par les cheveux, mais je n'avais rien à perdre. Quand j'appris qu'il avait été le chauffeur et l'homme à tout faire de l'hôtel, je faillis tomber à la renverse ! C'était comme si le destin avait choisi de mêler pour une fois la bonne chance à la mauvaise ! »

Quand Almuth lui parla de moi et de la manière dont les S.S. avaient enlevé les enfants, le visage du vieillard s'éclaira, et il dit : « Bien sûr ! Je me rappelle parfaitement la belle jeune femme et les deux petits garçons. J'étais en train de nettoyer l'escalier lorsque deux femmes en uniforme de la police sont montées chercher les enfants. L'un d'eux criait à fendre l'âme, il a fallu le traîner jusqu'en bas des marches. Et j'ai entendu les femmes se disputer parce que l'une voulait les emmener à Wiesenhof, et l'autre à Allgäu. »

« Tu imagines mon état, poursuivit Almuth. Enfin une piste ! Après toutes ces déceptions, je pensais que c'était trop beau pour être vrai ! Je revins donc à la voiture en courant pour attendre Mutti.

– Eh bien, ma petite Fey, tu m'as l'air d'avoir fait une forte impression sur tout le monde, dit ma mère en riant. Le ciel en soit loué, d'ailleurs ! »

Aussi excité que ses passagères, Wendland les conduisit à tombeau ouvert jusqu'à l'institution la plus proche, c'est-à-dire Wiesenhof bei Hall. L'employé du Jugendamt avait dit à ma mère qu'on ne gardait là que les enfants de trois à cinq ans. Les routes étaient encombrées de camions militaires français et américains, mais ils arrivèrent à destination en moins d'une demi-heure.

« L'institution n'était rien de plus qu'un grand bâtiment de pierre, dit ma mère, au pied des montagnes dans un bois de sapins. En se garant devant le portail, Wendland dit que cet endroit devait être le bon. Il en était pratiquement sûr. Mon Dieu, quel homme ! Il était si calme, si maître de lui en toutes circonstances, nous avions une absolue confiance en lui !

« Nous n'étions pas plutôt descendus que j'étais déjà à l'intérieur en train de montrer les photos à la directrice, une femme d'une trentaine d'années au physique agréable qui répondait au nom de Fräu Buri. Elle semblait très aimable et prit la peine d'examiner longuement et attentivement les photos. Je me voyais déjà en route pour l'établissement suivant lorsque, à la troisième ou quatrième photo, Fräu Buri leva la tête et s'exclama : “ Mais ce sont les frères Vorhof, Conrad et Robert. Oui, bien sûr, ils sont ici ! ” Là-dessus, Almuth poussa un cri qui dut s'entendre à l'autre bout de la vallée, j'éclatai en sanglots, et le fidèle Wendland lui-même fut pris de violentes crampes d'estomac ! »

Quand tout le monde eut recouvré son calme, Fräu Buri conduisit ma mère et ma sœur à l'arrière du bâtiment dans une grande pièce où une trentaine d'enfants faisaient leur sieste de l'après-midi. Elles allèrent sur la pointe des pieds jusqu'aux lits de « Conrad et Robert », et virent leurs petites têtes blondes dépasser des couvertures.

« Ma joie était telle que j'avais envie de me mettre à pleurer, s'écria ma mère. Ils avaient l'air si doux, on eût dit de petits anges.

Mais je ne voulais surtout pas les réveiller, et nous nous glissâmes hors de la pièce pour les laisser terminer tranquillement leur sieste. Je ne crois pas avoir été aussi émue de ma vie!

« De toute façon, tandis que nous attendions dans le bureau, je priai Fräu Buri de me dire tout ce qu'elle savait des deux garçons. Elle m'avoua n'avoir jamais su exactement qui ils étaient, car les S.S. changeaient toujours les noms des enfants les plus jeunes, et ne donnaient aucune information sur leur identité, pas plus que sur les motifs de leur internement. »

Sur le registre que leur montra Fräu Buri, on lisait simplement : « Frères Vorhof, Conrad et Robert : mère en état d'arrestation. » Mais elle leur dit que les personnes qui travaillaient à l'orphelinat refusaient de croire que leur mère fût une simple criminelle, car les garçons parlaient de « chevaux », et d'une « grande maison », où ils n'avaient pris « qu'une seule fois » leur repas dans la cuisine. Elle dit encore qu'elle avait cherché à connaître les véritables noms de Conrad et Robert, mais qu'ils les avaient apparemment oubliés, ou bien n'avaient pas voulu donner de réponse. Connaissant les habitudes des S.S., elle soupçonnait que cette fausse identité offrait une certaine ressemblance avec la vraie – en quoi elle ne se trompait pas, car « *V*or*H*of » était manifestement inspiré de *V*on *H*assell.

Fräu Buri dit à ma mère et ma sœur tout ce qu'elle savait sur les enfants, qui étaient, d'après elle, à Wiesenhof depuis sept mois. « Conrad » était timide et nerveux au début, et pleurait toujours à l'heure de se mettre au lit. Robert, par contre, semblait s'adapter plus facilement à la vie de l'orphelinat, et s'était mis assez vite à jouer de bon cœur avec les autres enfants. Mais ils se retrouvaient toujours ensemble, et détestaient qu'on les sépare. Elle dit aussi que tout le personnel de l'institution avait été impressionné par la manière dont Conrad protégeait son petit frère et prenait soin de lui. Il se comportait comme une véritable nurse, aidait Robert à s'habiller le matin, allant même jusqu'à nouer les lacets de ses souliers.

Les trois femmes continuèrent à parler ainsi des garçons, puis, au bout d'une demi-heure, elles entendirent les enfants se lever. Fräu Buri sortit, et quelques minutes plus tard les petites silhouettes de Conrad et de Robert s'encadrèrent dans la porte, poussées en avant par la directrice qui resta dehors par discrétion. Ils enveloppèrent Almuth et ma mère d'un regard curieux, sans dire un mot.

« Ce fut un moment merveilleux », dit ma mère en nous souriant tendrement. « Ils étaient si beaux, avec leurs chemises blanches, leurs culottes bleu marine et leurs sandales de cuir. Leurs petits visages reflétaient à la fois l'émotion et la confiance. Le plus âgé des deux, avec son regard bleu perçant, ses cheveux blonds et sa face carrée, avait un tel air de famille qu'on ne pouvait se méprendre sur son ascendance. Je m'agenouillai, saisis ses frêles épaules et lui demandai : " Tu ne te souviens pas de ta grand-mère ? " Il mit sans hésiter ses bras autour de mon cou et dit : " Est-ce que nous pouvons rentrer à la maison maintenant ? "

« Corradino parut également reconnaître Almuth. Il alla vers elle et lui prit la main, attendant qu'elle l'emmène au-dehors. Nous étions toutes deux très surprises de le trouver si naturel avec nous, et de voir comme il paraissait heureux de partir.

« L'ennui, c'est que je ne reconnaissais absolument pas le plus petit. La dernière fois que j'avais vu Robertino, il venait tout juste de faire sa première dent. Je réalisai brusquement que je n'avais aucune certitude qu'il s'agissait bien de Robertino ! Je lui dis quelques mots en italien, mais aucun des deux ne semblait comprendre cette langue ; ils babillaient dans un horrible patois autrichien que j'avais bien du mal à comprendre !

« Je décidai de les soumettre à l'épreuve des photos que j'avais sur moi. En les voyant, les yeux de Corradino s'allumèrent et il dit aussitôt : " Ça, c'est Brazzà ", " Ça, c'est Maman ", et ainsi de suite. Mais le plus jeune restait planté là sans rien dire, l'air absent, ou bien, si je le poussais dans ses retranchements, répétait exactement les paroles de Corradino.

« J'étais de plus en plus ennuyée. Au cours de nos recherches, je n'avais jamais imaginé que nous pourrions être incapables d'identifier les deux garçons. Tandis que je m'interrogeais sur la conduite à tenir, Robertino montra soudain de son doigt minuscule une tache blanche microscopique sur une photo que je tenais encore sur mes genoux. Levant la tête pour rencontrer mon regard soucieux, il prononça d'un ton ravi ce seul mot : “ Mirko ! ”

« Seigneur Dieu ! Mon cœur bondit dans ma poitrine, s'écria ma mère. Nous avions enfin des certitudes. Les enfants étaient retrouvés ! À défaut d'autre chose, ce garçon se souvenait de ton petit cheval de trait ! Il garda les yeux fixés sur le point blanc qui se détachait en plein milieu de la pelouse du château comme si c'était la seule chose qui comptât en ce monde. »

Detalmo et moi fûmes si frappés par le récit de ma mère que l'émotion nous empêcha de parler. Même Almuth avait les yeux pleins de larmes. Quand elle se fut un peu reprise, ma mère nous raconta la fin de l'histoire.

« Quand je lui expliquai que notre laissez-passer expirait dans moins d'une heure, Fräu Buri réunit les affaires de “ Conrad ” et de “ Robert ” en vue d'un départ immédiat. Elle nous dit encore que tous les *Kinderheim* nazis, Wiesenhof compris, seraient fermés dans les dix jours. Passé ce délai, les enfants non réclamés seraient adoptés par des paysans de la région, et sans doute perdus à jamais. »

Ma mère et Almuth signèrent le registre. Comme les enfants se dirigeaient vers la porte, Fräu Buri se précipita, les bras chargés de chaussettes, de chandails de laine et d'autres vêtements qu'elle entassa dans un gros sac. « Nous avons fait tant de mal à ces enfants, dit-elle tristement. Je veux au moins leur donner de quoi se vêtir chaudement cet hiver. » Alors que Robertino semblait hésiter, se retournant pour regarder Fräu Buri et la grande maison, ma mère vit Corradino revenir sur ses pas pour le tirer par le bras. « Nous rentrons chez nous, insista-t-il. Tu ne comprends donc pas ? Nous rentrons chez nous pour de bon ! »

Épilogue

Depuis ces derniers jours heureux d'octobre 1945, lorsque ma famille se trouvait enfin réunie chez ma mère à Ebenhausen, près de quarante-trois années ont passé, et je viens de fêter mon soixante-dixième anniversaire. Pourtant, chaque fois que je feuillette les pages de mes mémoires de guerre, tous les lieux, tous les personnages me reviennent à l'esprit comme si ces événements dataient d'hier.

Je dois admettre qu'au cours des années qui suivirent la guerre, j'eus tendance à rayer de mes pensées de larges tranches de cette période – certainement les plus déplaisantes. Je me consacrai aux travaux domestiques, à la tâche d'élever mes enfants dans un pays qui luttait pour se relever des destructions de la guerre. Pour mémoire, j'avais couché sur le papier le récit de mes aventures ; peut-être l'avais-je fait inconsciemment pour ne pas trop y réfléchir ensuite. De fait, beaucoup de mes amis, surtout ceux qui avaient lu mes notes, s'étonnaient de constater que mes épreuves n'avaient guère laissé de traces, du moins en apparence.

Bien sûr, je correspondais régulièrement avec certains de mes compagnons de captivité. Mais les souvenirs de notre odyssée commune se révélaient étonnamment peu nombreux. C'est alors qu'en 1984, au cours de l'été, survint un incident qui allait réveiller l'angoisse et la terreur que j'avais oubliées depuis longtemps.

Un jour qu'il faisait particulièrement chaud, le téléphone sonna dans mon petit appartement du centre de Rome. Mon interlocuteur parlait allemand. Je ne compris d'abord rien à cet appel, mais je finis par réaliser qu'il s'agissait de Hans Kretschmann, le jeune lieutenant qui, en septembre 1944 à Brazzà, m'avait annoncé sans ménagement l'exécution de mon père, et qui m'avait dénoncée à la Gestapo. Il parlait exactement comme à l'époque, d'une voix égale et sans détour. Il était au Grand Hôtel avec sa femme, à l'occasion d'une conférence européenne sur les télécommunications. (Il était devenu l'un des directeurs de l'administration allemande des téléphones.) Il serait très heureux si je pouvais les rejoindre au Grand Hôtel ce soir-là, pour boire un verre, faire la connaissance de sa femme et parler du vieux temps.

Cette voix d'Allemand du Nord n'avait pas encore produit sur moi tout son effet, mais j'éprouvai d'instinct la plus grande répugnance. Je finis tout de même par accepter, pour maudire ensuite ma curiosité. À sept heures précises, déjà passablement troublée, je pénétrai dans le bar de l'hôtel. Il était là, bien différent de ce que j'avais imaginé. Kretschmann était devenu gros, et paraissait beaucoup plus petit que dans mon souvenir. Sa femme était jolie, et se révéla d'ailleurs charmante.

Dès le début, notre conversation fut légère et superficielle. Me fixant de son regard bleu de Balte, Kretschmann sortit de son portefeuille une photographie de ses deux enfants et, plein de curiosité, me demanda des nouvelles de Corradino et Robertino. Il s'attendrit ensuite à l'évocation des beaux jours passés avec nous à Brazzà, de son séjour « agréable et paisible » du temps où son régiment stationnait là en 1943-44. Sa femme souriait ; elle devait avoir déjà entendu bien des fois le récit des « jours heureux ».

Très perturbée par cette conversation, je répondais mécaniquement ou par monosyllabes pour dissimuler mon trouble croissant. Mais lorsqu'il me tendit sa carte de visite et me proposa chaleureusement d'échanger nos adresses afin de nous rendre mutuellement visite, je n'en pus supporter davantage. Je bredouillai de vagues excuses et pris congé sans même dire au revoir.

Je ne dormis pas cette nuit-là. Les pires moments du drame que j'avais vécu pendant la guerre revivaient d'un seul coup dans mon esprit. La manière dont Kretschmann m'avait annoncé froidement la mort de mon père, mon arrestation et la prison crasseuse d'Udine, les gémissements de Corradino entraîné de force par les S.S. à Innsbruck, les geôles et les camps. Ces affreux souvenirs étaient probablement enfouis profondément dans mon subconscient, et il avait fallu l'apparition de Kretschmann – quelque quarante ans plus tard – pour les ramener à la surface.

Pourquoi voulait-il me voir ? Je ne voyais d'autre raison que le désir de faire oublier son passé de nazi enragé, et en particulier sa conduite odieuse lorsqu'il avait signalé ma présence à la Gestapo et aux S.S. J'étais stupéfaite de constater qu'il ne semblait pas éprouver le moindre sentiment de culpabilité, qu'il n'avait pas offert un mot d'excuse, qu'il n'avait à aucun moment tenté de justifier ses actes.

Je me sentais terriblement outragée et salie par cette reprise de contact inquiétante. À la fois désespérée et décidée à effacer tout cela de mon esprit, je m'assis à mon bureau le matin suivant et écrivis une lettre à l'adresse indiquée sur la carte de visite de Kretschmann.

Je lui expliquai qu'à la réflexion je préférais ne jamais le revoir. Je ne voulais pas être hantée par les fantômes des tragiques événements que notre rencontre avait réveillés, et dont il était en partie responsable. Il était bien sûr impossible à un être normal de gommer de sa mémoire des faits aussi marquants ; ma vie n'en avait pas été brisée pour autant jusqu'alors, mais je n'avais pas l'intention de prendre ce risque. Je lui demandai de comprendre que je n'étais pas rancunière, mais que j'écrivais sous l'impulsion irrésistible d'une réaction humaine bien compréhensible. En conclusion, je priai Kretschmann de montrer la lettre à sa femme, que j'avais trouvée très sympathique. J'étais certaine qu'elle saurait ce que j'avais voulu dire.

Le seul autre officier allemand de ce groupe que je devais revoir fut le major Eisermann, un homme très différent de Kretschmann sur tous les plans. Eisermann m'avait écrit peu après la guerre, et au fil des années nous entretînmes régulièrement une correspondance affectueuse. Je fus ravie lorsqu'il vint passer la nuit à Brazzà dans le courant de l'été 1965. Il ne semblait pas avoir du tout changé depuis les années de guerre. Ma gorge se noua lorsque, le matin suivant, je le surpris déambulant lentement dans le parc, les mains derrière le dos, le regard perdu dans la contemplation des arbres et des fleurs. On se serait cru vingt-cinq ans plus tôt !

Mais revenons à ma famille. Detalmo, les enfants et moi quittâmes Ebenhausen pour rentrer à la maison dans la jeep. Comme prévu, nous célébrâmes ce retour à Brazzà par une fête mémorable le 6 novembre 1945, jour de la Saint-Léonard, patron des prisonniers. Après cela, les choses reprirent lentement leur cours normal, malgré la présence des officiers britanniques de la Force aérienne du désert, qui devaient rester jusqu'en 1947. J'ai perdu la trace de Bovolenta, qui nous quitta en 1946, mais les servantes Ernesta et Gilla, qui continuèrent à travailler chez nous pendant quelques années, sont aujourd'hui octogénaires et viennent souvent en visite à Brazzà. Le fidèle Nonino, qui était au service de la famille depuis cinquante ans, nous quitta finalement en 1948 pour vivre avec ses fils établis en Argentine.

Nos amis et voisins de Brazzà sont toujours les mêmes, avec l'arrivée de nouvelles générations : les Tacoli, les Stringher, Alvise et Anna di Brazzà – tous ceux qui m'apportèrent généreusement leur soutien après mon arrestation. En fait, si l'on excepte quelques changements sans doute inévitables, Brazzà reste aujourd'hui semblable à ce qu'il était lorsque je le découvris pour la première fois, débordant d'enthousiasme juvénile, par cette glorieuse matinée printanière de 1940.

En 1951, nous quittâmes Brazzà, où nous nous retrouvons chaque été, pour nous installer à Rome. Detalmo s'impliqua d'abord dans les affaires du Conseil de l'Europe, pour rejoindre ensuite la commission des Communautés européennes. Il a pris sa retraite en 1982. À soixante-treize ans, si incroyable que cela paraisse, il est l'expert mondialement reconnu des problèmes de sécheresse en Afrique, et déploie toujours une grande activité dans ce domaine. Bien qu'il voyage une bonne partie de l'année, les trois mois d'été que nous passons ensemble à Brazzà sont une tradition à laquelle nous n'avons jamais failli.

Notre fille Vivian naquit en 1948, et les trois enfants grandirent entre Rome et Brazzà. Suivant les traces de son père, Corrado est aujourd'hui fonctionnaire à la Commission de Bruxelles, tandis que Roberto a choisi de demeurer à Brazzà, où il a créé un studio d'architecture. Les deux garçons sont mariés et ont des enfants. Vivian vit à Rome et travaille au ministère des Affaires étrangères. Elle a épousé David Forbes-Watt, qui est au comité directeur de la Food and Agricultural Organization des Nations-Unies.

Le frère de Detalmo, Giacomo, a quitté l'Italie pour l'Amérique en 1946 dans le but d'étudier la médecine à l'université John Hopkins ; il est devenu l'un des meilleurs physiciens de Seattle. La sœur de Detalmo, Marina, après avoir habité quelques années le Palazzo Pucci de Florence, a divorcé, s'est remariée, et vit à Lausanne. À plus de quatre-vingt-douze ans, la redoutable Santa Hercolani réside toujours à Rome dans la maison familiale, qui n'est autre que le Palazzo Borghèse, et demeure une de mes plus fidèles amies.

En Allemagne, ma mère n'a plus quitté Ebenhausen, où elle mourut en 1982 à l'âge vénérable de quatre-vingt-seize ans. Immédiatement après la guerre, elle et mon frère exhumèrent les journaux de mon père qui étaient cachés dans un mur au fond du jardin. Ces documents, joints aux autres journaux qu'il avait déposés en Suisse, ont été publiés, d'abord à Zurich (*Vom Andern*

Deutschland, Atlantis Verlag, 1946), puis en 1947 sous le titre *The Von Hassell Diaries* par Doubleday en Amérique, et Hamish Hamilton en Angleterre. Une version développée et annotée vient de paraître à Berlin (Siedler Verlag, 1988) [1].

Ma mère resta jusqu'à la fin une personne très active et très entourée. Elle venait régulièrement chaque été passer un mois avec nous à Brazzà. Lors des mariages des enfants, elle jouait bien entendu les premiers rôles. La grande maison d'Ebenhausen fut vendue peu après sa mort, mais ma sœur Almuth et mon frère Hans Dieter vivent toujours là dans des maisons plus modernes construites sur les terres. Almuth, qui travaillait à l'Institut culturel italien de Munich, a pris sa retraite, et Hans Dieter, atteint lui aussi par la limite d'âge, a quitté définitivement ses fonctions de direction chez le géant de l'industrie électrique Siemens. Wolf Ulli réside en permanence à New York après une longue carrière dans le service diplomatique, qu'il a terminée comme ambassadeur d'Allemagne auprès des Nations-Unies. En tout, mes frères ont eu sept enfants.

Quant à mes camarades prisonniers de sang, je suis surtout restée en contact avec les Stauffenberg, avec Ilse-Lotte von Hofacker et Maria von Hammerstein. Ilse-Lotte, qui est morte il y a quelques années, possédait une maison non loin d'Ebenhausen, et n'avait pas trop de ses deux bras pour élever ses cinq enfants. Maria von Hammerstein regagna Berlin, où ses activités dans le domaine social la portèrent au premier plan. Bien qu'il n'ait pas réellement appartenu à notre groupe, je dois préciser que le bon chanoine Neuhäusler fut évêque catholique de Munich durant de longues années.

Pour ce qui est des Stauffenberg, Clemens mourut peu après la guerre, suivi de manière inattendue par Élisabeth. Je correspondis régulièrement avec Otto Philipp, Markwart Jr, et surtout Onkel Moppel. Tous trois allèrent vivre à la campagne dans les

1. Entre-temps, la traduction française est parue : *Journal d'un conjuré 1938-1944*, éditions Belin, 1996.

superbes propriétés héritées de leur famille. Onkel Moppel atteignit l'âge respectable de quatre-vingt-dix ans avant de s'éteindre paisiblement il y a quelques années.

Naturellement, c'est avec Alex que je restai le plus fréquemment en contact. Après sa mise en liberté à Capri, il partit s'installer dans la propriété d'un ami près du lac de Constance. De sa nouvelle résidence il m'écrivit de nombreuses lettres, au début remplies de la tristesse d'avoir tout perdu, parents, famille et biens personnels, et aussi de la nostalgie des moments que nous avions passés ensemble. En dépit de tous ses malheurs, Alex demeurait un vrai romantique, et je n'ignorais pas qu'il désirait follement me revoir. D'un autre côté, j'ai toujours été plus réaliste que sentimentale, j'avais entre-temps repris le cours de mon existence en Italie, et je me consacrais tout entière à l'éducation de mes enfants. Pour moi, l'époque de la guerre et tout ce qui s'y rattachait avait pris fin lorsque j'avais quitté Capri.

Au bout d'un an ou deux, Alex épousa une veuve qui avait vécu dans la même maison que lui près du lac de Constance. Mais nous correspondions toujours régulièrement, et nous nous vîmes plusieurs fois, en Allemagne et en Italie. Il restait à mes yeux un homme terriblement séduisant ; tellement grand, avec son épaisse chevelure rebelle. Je vis Alex pour la dernière fois en 1965 à Rome, qu'il traversait avec un groupe d'étudiants, en route pour la Sicile et ses ruines antiques. (Il avait depuis longtemps retrouvé son poste de professeur d'histoire ancienne à l'université de Munich.) Il approchait alors de la soixantaine. Nous avons dîné ensemble dans un restaurant du centre ; il m'impressionnait toujours autant qu'à l'époque du Hindenburg Baude. Peu de temps après, j'appris sa mort à Munich avec une immense tristesse.

Je n'ai jamais cherché à revoir les lieux où les prisonniers de sang avaient séjourné, ni à refaire leur itinéraire. Une fois cependant, dans le courant de l'été 1975, Detalmo et moi montâmes jusqu'à Lago di Braies, au-dessus de Villabassa dans le Tyrol.

L'immense hôtel me parut absolument le même que dans mes souvenirs de 1945, mais bien sûr il y avait une grande quantité de voitures et de touristes, de sorte que je n'éprouvai guère de nostalgie. Je fus par contre à nouveau saisie par le charme mystique de la petite chapelle de pierre en bas près du lac. C'est là que le chanoine Neuhäusler avait prononcé son émouvant sermon d'action de grâces, là aussi qu'Alex m'avait émue jusqu'au tréfonds de l'âme en jouant de l'orgue, la veille de notre départ pour Florence et Capri.

Au moment de clore ce dernier chapitre, je me souviens d'un personnage aujourd'hui complètement oublié, mais qui a joué un rôle important dans notre histoire; le petit cheval de trait Mirko, clé de l'identification de Robertino en Autriche, dans le *Kinderheim* nazi. Mirko termina heureusement son existence près des écuries de Brazzà, passant le plus clair de son temps à brouter les fourrés qui entourent les ruines du château. Robertino sautait souvent sur son dos pour un temps de galop dans le parc et dans les prés avoisinants. À part cela, il n'avait plus grand-chose à faire, car après la guerre nous utilisâmes des voitures, ainsi qu'une jeep fournie par les Britanniques. Mirko mourut de vieillesse, mais la gracieuse carriole qu'il tirait gaillardement à travers les belles collines du Frioul gît toujours au fond d'une grange de Brazzà, couverte de poussière et de toiles d'araignée.

Index

TABLE

Cet ouvrage a été réalisé par la
SOCIÉTÉ NOUVELLE FIRMIN-DIDOT
Mesnil-sur-l'Estrée
pour le compte de France Loisirs
en février 2000

Cet ouvrage est imprimé
sur du papier sans bois et sans acide.

Imprimé en France
Dépôt légal : février 2000
N° d'édition : 32855 – N° d'impression : 49689